코끼리를 쏘다

코끼리를 쏘다

조지 오웰 산문선 · 박경서 옮김

실천문학사

옮긴이의 말

몇 해 전부터 시간 나는 대로 조금씩 번역한 조지 오웰의 산문을 책상 서랍에 넣어두었다가 작년 초겨울쯤 다시 꺼내보았다. 물론 번역을 하면서 번역서를 출판하려는 욕심도 있었지만, 번역해 놓은 것 중 절반 이상이 문학적 내용인지라 일반 독자들의 취향에 맞지 않을 것 같았고, 또 선뜻 책을 내줄 출판사도 없을 것 같아 그렇게 먼지만 쌓이도록 내버려두었던 것이다.

국내에서 오웰은 스탈린주의를 비판했다고 하는 『동물농장』과 미래의 전체주의 사회를 예견한 『1984년』을 쓴 정치 소설가 정도로, 때에 따라서는 인간의 암울한 미래를 다루었다고 해서 비관주의 작가로 인식되어 왔다. 심지어 동물들이 등장하는 『동물농장』을 어린이들이 읽는 우화로, 『1984년』을 공상과학 소설쯤으로 이해하는 독자들도 있다. 물론 이 두 작품이 드러내는 겉모습만 보면 그렇게 판단할 수 있을지 모르겠지만, 어쨌든 그것은 그의 사상과 문학을 제대로 파악하지 못하고 있는 것이라 하겠다. 독자들은 그의 세계관은 무엇이며, 또 어떤 문학관을 지향하고 있는지 잘 알지 못하고 있으며, 또 작가의 그런 글들을 접할 기회도 없었다.

오웰이라는 작가에 대해 이렇게 인식이 부족할 수밖에 없는 독자들, 나아가 그에 대해 아는 바가 별로 없는 독자들에 대해 생각해 보니, 소위 오웰을 연구해서 학위까지 받은 학자로서 오웰의 문학사상을 제대로 전해주어야겠다는 마음이 점점 생겼다. 그런 막중한 사명감을 가지고 오웰 산문집을 다시 펼쳐보았다. 독자들이 읽기에 흥미도 있고, 한 작가로서의 오웰을 제대로 이해할 수 있는데 도움이 되는 산문들을 골라 다시 번역 작업을 했다. 그렇게 하다 보니 이전에 번역해 놓은 것까지 합쳐 35편쯤 되었다. 그 중에서 너무 학문적으로 치우치거나 지나치게 문학적인 내용을 담고 있는 것을 뺀 25편의 산문을 골랐다. 그리고 적당한 책제목이 없어 고민하다가 '코끼리를 쏘다'로 붙여보았는데, 이 책에 수록되어 있는 「코끼리를 쏘다」라는 수필에서 따온 것이다.

오웰에 대해 독자들에게 말하고 싶은 것을 한마디로 하자면, 그는 서구 제국주의와 전체주의를 철저하게 비판했고, 하층계급 사람들에 대한 남다른 관심과 애정을 가지고 그들의 권익을 찾아주려 평생 노력한 작가였다는 것이다. 그는 소설가인 동시에 산문작가로서도 가히 손색이 없을 만큼 빼어난 수필을 썼는데, 보다 중요한 것은 그러한 수필들이 위에 언급한 작가의 문학사상을 고스란히 다 반영하고 있다는 점이다. 이런 점에서 독자들은 이 책을 통해 서구 제국주의에 대한 비판과 자기 반성, 억압받고 있는 피식민주의자들에 대한 깊은 애정, 노동자들과 빈민계층의 사람들에 대한 따뜻한 인간애 등을 지닌 한 작가로서 오웰의 면모를 충분히 이해할 수 있을 것이다. 그리고 그가 주장하는 문학관은 무엇이며 왜 그런 문학관을 주장하게 되었는지, 그리고 앞으로 문학(소설)이 어떤 방향으로 나아가야 할지에 대한 그의 고민과 거침없는 주장들도 접하게 될 것이다. 메마른 현대 사회 속에서 인간은 위만 쳐다보며 끊임없이 달려가는데, 때론 뒤돌아보며 자신이 걸어온 길을 반추하고, 자기보다 못한 사람들에 대해서도 눈길을 돌려 그들의 아픔을 이해하려 해야 하지 않을까? 이 산문집에서 오웰이 던지는 하나의 메시지가 바로 이것이다. 나는 그 메시지의 울림이 독자들의 마음에 메아리치길 바란다.

이 책은 다섯 개의 부로 나뉘어 있다. 1부는 오웰이 식민지 경찰로서 체험한 것을 바탕으로 쓴 글들이고, 2부는 작가로서 오웰이 가지고 있는 문학적 · 정치적 견해를 밝히고 있는 글들이다. 3부는 파리와 런던의 뒷골목에서 최하층 사람들과 생활했던 경험을 담은 글들이며, 4부는 일상에 스며 있는 정치성에 관한 견해를 담은 글들이고, 마지막으로 5부는 유럽 문학에 대한 단상들을 피력한 에세이들이다.

아래 해설은 25편의 에세이 중 13편에 대한 것이다. 오웰을 이해하는 데 중요하다고 생각되는 에세이를 중심으로 간략하게 해설을 붙였다.

우선 「교수형」과 「코끼리를 쏘다」는 오웰이 1922년부터 1927년까지 '인도제국 경찰'로서 겪은 실제 경험을 바탕으로 쓴 수필이다. 「교수형」은 한 원주민 죄수가 교수대로 끌려가는 모습을 통해 인간의 심리를 교묘하게 묘사하고 있다. 이 사실적인 묘사는 한 생명이 파괴될 때 사라지는 것들을 우리로 하여금 절실하게 느끼게 해준다. 작가는 갈색 등이 구부정하게 휘어 있고 우수에 젖은 눈빛을 띤 죄수의 걸음걸이를 관찰한다. 그런데 그 죄수가 자신이 곧 처형될 것이라는 사실을 잊은 듯 신발이 물에 젖지 않도록 물웅덩이를 피하려고 발걸음을 옆으로 가볍게 옮기는 모습을 보고 작가는 많은 것을 생각한다. "그 순간까지 나는 건강하고 의식 있는 한 인간을 파괴하는 것이 무엇을 의미하는지 깨닫지 못했다. (중략) 그의 뇌는 여전히 기억하고 예견하고 추리한다. 비켜간 웅덩이에 대해서까지 생각하고 있다. 그와 우리는 함께 걷고 똑같은 세상을 보고 듣고 느끼고 이해하는 일행이었다. 그런데 2분 후 순식간에 우리들 중 한 명이 가버릴 것이다. 한 정신이 줄어들면 그만큼 한 세상이 좁아진다." 여기서 우리는 인간이 또 다른 인간의 생명을 앗아가는 비정함과 말할 수 없는 부당함을 느끼게 된다.

「코끼리를 쏘다」는 소설과 수필의 중간 형태로, 박진감 넘치는 사실적 표현을 통해 백인 지배자들의 권위의식이 얼마나 헛된 것인가를 보여주고 있다. 우리를 뛰쳐나와 논에서 한가로이 풀을 뜯고 있는 코끼리를 사살하지 않아도 되는데도 불구하고 죽여야만 하는 어처구니없는 상황을 묘사하고 있다. 수많은 원주민 군중이 주변에 모여들어 백인 나리가 코끼리에 대해 뭔가 극적인 행동을 취하기를 간절히 바라고 있다. “영국 나리는 나리답게 행동해야 한다. 단호하게 보여야 하고, 결심을 하면 확고하게 일을 수행해야 한다. (중략) 나를 위시해 동양에 와 있는 모든 백인들의 생활은 원주민들의 비웃음을 사지 않으려고 발버둥치는 것이었다.” 오웰은 코끼리를 쏘아 죽여야만 하는 자신의 행동을 두고 스스로를 ‘제국주의의 어리석은 꼭두각시’로 비유하고 있다. 제국주의가 식민지 사람들을 노예로 만드는 것은 분명한 사실이지만, 인도제국 경찰로서 그가 배운 더 큰 교훈은 그 제도가 주인들마저도 끝없이 노예화시킨다는 사실이었다.

「구빈원」, 「여인숙」, 「유치장」, 「홉 열매 따기」 등은 오웰이 사회의 최하층계급 사람들과 어울려 시간을 보낸 것을 바탕으로 쓴 수필이다. 인도제국 경찰을 사임한 다음해인 1927년, 그는 빈민가의 거친 생활을 경험해 보고 싶어 뜨내기로 가장한 뒤 구빈원, 구세군보호소, 무료급식소, 여인숙 등을 전전하면서 하층민들의 고통을 경험하며 가난의 극한 상황을 체험했다. 그는 가난한 사람들과 함께 생활하고 그들과 삶에 대한 이야기를 직접 나누어보면서 문학적인 경험을 쌓기 위한 것말고도 진정 가난한 사람들이 어떻게 사는지, 그들의 생각이 어떤지를 알고 싶었던 것이다.

「구빈원」은 어느 뜨내기의 하루를 자세히 묘사하고 있다. 진짜 뜨내기로 위장한 오웰은 작품의 행동을 주도하는 작중 인물인 동시에 해설자의 역할도 하고 있다. 구빈원의 목욕탕에서 뜨내기들이 옷을 벗을 때 “헝클어진 머리카락, 털이 나 있는 쭈글쭈글한 얼굴, 움푹 들어간 가슴, 야윈 발, 축 늘어진 근육 등 모든 기형과 육체적 부패가 거기에 존재하고 있었다"고 묘사한 대목은 당시 뜨내기들의 삶이 얼마나 비참한 것인가를 단적으로 보여주고 있으며, 죽지 못해 들어가는 구빈원의 "푸르스름하고 차갑게 빛나는 여과된 불빛"이 "무자비할 정도로 우리를 비추"는 그 세계가 얼마나 비인간적인지를 여실히 보여주고 있다.

「여인숙」은 하층민들이 주로 이용하는 런던의 싸구려 여인숙에 대한 이야기인데, "괜찮은 침대 위에 누워 자유를 만끽할 여인숙은 런던 어디에도 없"는 현실을 안타까워하며 런던 시의회에 그 책임을 묻고 있다.

「홉 열매 따기」 역시 하층민들의 삶의 애환을 보여주는 글로, 오웰이 뜨내기들과 함께 홉 농장에서 홉 열매 따는 일을 하는 동안 적어놓은 일기이다. 홉 농장까지 가는 동안의 뜨내기들의 인간적 삶이 사실적으로 묘사되어 있을뿐더러, 홉 농장 주인들의 비열한 노동 착취와 낮은 임금 등에 대한 작가의 신랄한 비판을 엿볼 수 있다.

「유치장」 또한 작가의 체험담을 적은 글이다. 구빈원, 싸구려 여인숙, 홉 농장 등에서 뜨내기들과 하층민들과의 생활을 직접 경험한 오웰은 호기심의 발로였는지 몰라도 유치장에 갇혀 있는 범죄자들의 심리 상태까지도 알고 싶어했다. 그래서 의도적으로 술에 취해 경범죄를 저지르고는 유치장에 들어가 그곳의 환경과 거기에 갇힌 사람들의 행동과 심리 상태를 주도면밀하게 관찰한다.

「가난한 자들은 어떻게 죽을까」는 오웰이 1928~1929년경의 무명작가 시절, 파리에 머물렀을 때의 한 경험담이다. 그는 이 수필에서 자신이 입원했던 병원을 더럽고 혐오스러운 악몽 같은 고통의 장소로 묘사하고 있다. 이 글을 읽으면서 마치 초기 빅토리아 시대의 병원에 갇혀 있는 느낌이 들었다. "만약 우리가 의대 학생들이 배우기를 원하는 그런 질병에 걸려 있다면 그제야 우리는 관찰의 대상이 된다. (중략) 나는 참으로 이상한 느낌이 들었다. 의대 학생들은 환자들도 인간이라는 인식은 없고 오로지 배우고자 하는 엄청난 열의만 가지고 있어, 그것은 참으로 이상했다"고 적고 있는 작가는, 환자를 실험실 표본 취급하는 의사와 의대 학생들의 비인간적 태도를 공격한다. 물론 프랑스에 있는 모든 병원이 그런 것은 아니고, 이 병원은 주로 하층민들을 대상으로 하기에 그러했다. 오웰은 본능적으로 병원을 싫어했는데 어쩌면 파리 공동병실에서의 악몽 같은 경험 때문이었는지 모르겠다.

「마라케시」는 오웰이 아내 아일린과 함께 1938년 요양차 당시 프랑스 식민지였던 모로코에서 5개월 동안 머물면서 직접 목도한 피지배자들의 비참한 생활상을 여과 없이 보여주는 수필이다. 이곳에서는 "짐을 많이 실어 등가죽이 벗겨진 당나귀를 보면 측은하다고 생각하지만, 늙은 여자가 무거운 짐을 힘에 부치게 짊어지고 가는 모습을 보면 그런 생각을 하지는 않는다." 혹사당하는 당나귀를 보면 분통을 터뜨리면서도 대문자 엘(L)을 거꾸로 해놓은 것처럼 허리를 굽혀 일하는 원주민들은 눈에 잘 띄지 않는 이유는 무엇일까? 오웰은 이들에게서 삶의 비참함을 느끼지 못하는 사람 중에 자신도 포함시키며 반성한다. 그리고 스스로에게 "그들이 진정 우리와 같은 인간인가? 그들은 이름이라도 가지고 있는가? 그들은 단지 벌이나 산호충처럼 획일적으로 갈색 곤충에 불과한가?"라는 질문을 던진다. 그리고 이 수필의 마지막 부분에 인상적인 대목이 하나 있는데, 흑인으로 구성된 프랑스 식민지 군대가 도로를 따라 행군하는 것이다. 바로 그때 작가는 친구에게 묻는 듯한 직접적인 태도로 우리들에게 "우리가 이 사람들을 얼마나 오랫동안 놀려먹을 수 있을까? 얼마나 오랜 시간이 지나야 그들은 그들의 총부리를 다른 방향으로 돌리게 되는가?"라는 질문을 던진다. 정말로 예리한 질문이 아닐 수 없다. 역으로 생각하면 결국 아프리카 흑인들이 언젠가는 자신들의 정체성을 깨달아 백인들을 향해 총부리를 겨눌 것임을 오웰은 암시하고 있는 것이다. 서구의 아프리카 식민정책에 대한 제국주의자들의 '불안'과 '염려'를 통렬하게 비판하는 동시에, 오웰은 '우리'라는 표현을 사용함으로써 서구 독자들에게 그동안 서구 제국주의자들이 아프리카에서 행한 온갖 착취와 압제에 대해 공동 책임과 반성을 요구하고 있다.

「복수는 괴로운 것」이라는 수필은 제2차 세계대전이 끝난 후 벌어지는 독일에 대한 잔혹한 보복행위를 반대하는 글이다. "1940년이라면 나치의 장교들이 얻어맞고 굴욕을 당하는 모습을 보면서 기뻐 날뛰지 않을 사람이 누가 있겠는가? 그러나 그것이 가능해질 때 그것은 단지 측은하고 역겨운 것이 되어버린다." 복수란 우리가 힘이 없을 때, 그리고 힘이 없기 때문에 우리가 행하기를 원하는 행동인 것이다. 무력감이 사라지면 그런 욕망 또한 없어지게 된다고 말하고 있다. 오웰만큼 파시즘을 맹렬히 반대한 사람도 없을 것이다. 하지만 그는 보복이라는 수단보다는 파시즘에 대한 어떤 확고한 실체를 발견하는 것이 더 중요하다고 생각했다.

「나는 왜 쓰는가」는 오웰이 자신의 문학이 왜 정치적일 수밖에 없는지를 분명하게 밝혀놓은 글이다. 그는 이 수필에서 작가가 글을 쓰는 네 가지 동기에 대해 말하는데, 순전한 이기심, 미학적 열정, 역사적 충동, 정치적 목적이 그것이다. "평화로운 시기에 살았다면 나는 화려한 문체나 단순히 묘사 위주의 책만을 썼을 것이고, 나의 정치적 충성심에 대해서도 거의 인식하지 못했을 것이다"라고 밝히면서, 그러나 세기 초 역사적 격변기를 보내면서 "작가가 이런 주제를 회피할 수 있다고 생각하는 것은 지금 우리 시대와 같이 혼란한 상황에서는 불가능한 일이라고 생각한다"고 분명히 밝히고 있다. 세상을 바라보는 한 지식인의 고뇌 어린 고백이 아닐 수 없다. 이렇듯 오웰은 당대의 굵직한 정치적 사건들과 그 현상들이 인간의 삶에 긍정적이든 부정적이든 영향을 끼치고 있음을 누구보다도 첨예하게 인식하고 있었다. 또 그것을 '소설'이라는 틀 안에서 문학적으로 표현하기 위해 평생 고민한다. "어떠한 책도 정치적 편견으로부터 자유로울 수 없다. 예술이 정치와 관계가 없다고 하는 의견은 그것 자체가 정치적 태도이다"라고 밝히고 있듯, 그는 인류의 삶은 정치적 행위로 영위되어 왔고 개인적인 인간의 삶도 원하든 원치 않든 간에 정치와 무관할 수 없다고 생각한다.

「소설의 옹호」에서 작가는 소설의 위상이 점점 실추되고 있음을 개탄하면서, 그 주된 원인 중의 하나가 그가 '서적 사기'라고까지 일컫는 삼류 서평가들의 무분별한 서평이라고 꼬집고 있다. 이런 식으로 계속 나아간다면 소설의 운명은 '타락한 후예들'이라 할 수 있는, 문방구 판매대에서나 발견되는 형편없는 내용의 싸구려 중 · 단편들로 전락할지도 모른다고 우려하고 있다. 또한 오웰은 서평이 제자리를 되찾을 것을 촉구하고, 나아가 눈치 보지 않고 제대로 된 서평을 쓸 수 있는 신문의 필요성을 절감한다.

「문학과 전체주의」는 오웰이 제2차 세계대전이 한창 진행 중이고 전체주의가 맹위를 떨치고 있던 1941년, BBC 방송의 한 대담 프로에서 언급한 것을 같은 해 《리스너》지에 발표한 글이다. 이 수필은 제목에서도 시사하듯이 전체주의 속에서의 문학의 운명을 묘사하고 있다. 현대문학은 본질적으로 개인적인 감정의 표현인 것이다. 그런데 전체주의는 인간의 사고와 감정까지도 완벽히 지배하려고 한다. 전체주의 국가인 이탈리아, 독일, 러시아에서 이미 문학이 불구가 되었거나 사라질 위기에 처해 있으며, "만약 전체주의가 전 세계적으로 확산되어 영구히 존속된다면, 우리가 지금까지 문학이라고 여겨왔던 것은 분명 사라질 것이다"라고 언급하고 있다. 이 수필은 오웰이 얼마나 전체주의를 증오하고 있는지를 극명히 보여주고 있다. 이렇듯 오웰은 인간의 삶에 끼치는 전체주의의 위협을 누구보다도 첨예하게 인식하고 있었고, 전체주의를 적으로 규정하고 평생 저항했다.

「유럽의 재발견」에서는 제1차 세계대전 전후(戰後)의 문학적 상황을 작품을 예를 들면서 자세히 설명하고 있다. 「나는 왜 쓰는가」에서 주장한 대로 오웰은, 이 수필에서도 작가의 글쓰기 주제는 작가가 살았던 당대의 정치적 상황에 의해 좌우될 수밖에 없음을 다시 한 번 밝히고 있다. 제1차 세계대전 이전의 소설은 과학 숭배, 진보, 애국심, 부르주아적 가치 등의 특성이 지배적이었다. 그러나 전후 작가들에게는 이전 작가들이 견지한 기계문명에 대한 찬양이 결과적으로 제1차 세계대전의 발발로 이어지자 기계문명에 대한 불신과 삶에 대한 허무함이 팽배하게 된다. 오웰은 로렌스나 조이스를 비롯한 전후 작가들의 소설 주제를 '문명의 진보와 기계문명에 대한 반대, 현대적 삶의 비천함과 무의미' 등으로 요약하고 있으며, 전전(戰前) 작가들보다는 전후 작가들에게 높은 점수를 주고 있다. 그들에게는 인간의 전체 역사에 천착해 유럽의 과거사를 조망하는 훌륭한 역사성이 있다고 오웰은 결론을 내리고 있다.

이 책에 나오는 각주는 전부 옮긴이의 것이며, 서너 개 되는 지은이의 각주는 '오웰의 주석임'을 밝혀놓았다. 로렌스나 디킨스와 같은, 우리가 흔히 알고 있는 작가들에 대해서는 굳이 각주를 달지 않았다. 어떤 작가들에 대해서는 백과사전, 세계작가인명사전, 인터넷 검색 등 온갖 노력을 다해 보았지만 도저히 알아낼 길이 없어 각주를 달지 못한 경우도 있다. 독자들의 너그러운 양해를 구한다.

끝으로 이 책은 *The Collected Essays, Journalism and Letters* (Volume 1-4, 1970, Penguin Books)를 번역 대본으로 삼았음을 밝히며, 출판을 허락해 주신 실천문학사 여러분께 감사를 드린다.

2003년 4월

박경서

차례

제1부

식민지에서 보낸 날들

이 사람은 죽어가고 있는 것이 아니라 우리처럼 살아 있는 것이다.
육체의 모든 기관은 살아 움직이고 있다. 창자는 음식물을 소화해 내고,
피부는 스스로를 재생시키고, 발톱은 자라고, 세포도 제 역할을 다하고 있다.
모든 것이 이 냉혹한 어리석음 속에서도 악착같이 작용하고 있다.
그가 교수대 발판에 세워지고 사형이 집행될 10분의 1초의 그 순간에도
그의 발톱은 여전히 자랄 것이다.

교수형

장소는 버마[1]였고 비에 흠뻑 젖은 어느 아침이었다. 노란 은박지 같은 희미한 빛이 높은 담을 넘어 감옥소 뒤뜰을 비스듬히 비추고 있었다. 우리는 작은 짐승 우리처럼 정면에 이중 창살이 쳐진 채 일렬로 늘어선 사형수 감방 밖에서 기다리고 있었다. 가로세로 각각 10피트의 감방 안에는 널빤지로 된 침대 하나와 물주전자가 놓여 있었다. 어떤 감방에는 몇몇 유색인들이 창살 안쪽에서 담요를 몸에 길치고 말없이 쭈그리고 앉아 있었다. 이들은 일 주일이나 이 주일 후 사형이 집행될 사형수들이었다.

한 죄수가 감방에서 끌려나왔다. 매우 연약해 보이는 힌두교도로서 머리는 깎여 있고 두 눈은 우수에 젖어 있었다. 그는 체구에 안 어울릴 정도로 뻣뻣한 콧수염을 삐죽 튀어나오도록 기르고 있었는데, 흡사 영화 속의 희극배우 같아 보였다. 여섯 명의 건장한

인도 교도관들이 그를 호송해서 교수대로 데려갈 준비를 하고 있었다. 그들 중 두 명은 총검을 꽂은 총을 메고 있었고, 나머지 교도관들은 그에게 수갑을 채우고 포승줄을 그 수갑 안으로 돌려넣어 자신들의 벨트에 묶었다. 그들은 그가 거기에 있다는 것을 확인이라도 하려는 듯 더듬거리며 그에게 바싹 밀착해 조심스럽고 부드럽게 그를 쥐었다. 그것은 마치 다시 살아나 물 속으로 뛰어들지도 모르는 물고기 한 마리를 조심스럽게 다루는 것 같아 보였다. 그러나 그 사형수는 곧 무슨 일이 벌어질지 전혀 모르는 듯 힘없이 포승줄에 굴복한 채 자포자기 상태로 서 있었다.

여덟시 정각에 나팔 소리가 먼 막사에서부터 젖은 아침 공기를 가르며 힘없이 울려퍼졌다. 우리와는 상당히 떨어진 곳에서 지휘봉으로 이유 없이 자갈을 탁탁 내리치고 있던 교도소 소장이 나팔 소리를 듣고 고개를 치켜들었다. 그는 회색 칫솔처럼 빳빳한 콧수염을 기른 거친 목소리의 군의관이었다.

"빨리 서둘러, 프랜시스."

그는 초조하고 짜증스러운 목소리로 말했다.

"벌써 끝냈어야 했는데, 아직도 준비 안 됐나?"

굵은 무명 능직의 흰 작업복을 입고 금테 안경을 낀 드라비다인[2] 고참 교도관 프랜시스는 검은 손을 흔들었다.

"예, 소장님."

그는 흥분해서 말했다.

"모든 준비가 다 되었습니다. 사형수도 대기하고 있습니다. 곧

집행할 수 있습니다."

"좋아, 가자. 죄수들은 집행이 끝날 때까지 아침을 먹을 수 없다."

우리는 교수대로 향했다. 교도관 두 명이 어깨에 총을 메고 사형수 양쪽 옆에서 나란히 걸었다. 나머지 두 명은 그의 팔과 어깨를 바짝 붙잡고 걸었다. 그리고 나를 포함해 나머지 교도관들과 치안판사 등 여러 명이 그 뒤를 따랐다. 10야드쯤 갔을 때, 어떤 명령이나 경고도 없었는데 행진이 갑자기 멈추었다. 끔찍한 일이 벌어졌다. 어디서 왔는지 모르는 개 한 마리가 뜰에 나타난 것이었다. 그 개는 함께 모여 있는 사람들을 보고 기뻐 날뛰며 미친 듯이 짖어댔고, 우리 주위에서 몸을 흔들어댔다. 북슬북슬한 털에 반은 에어데일종(種), 반은 들개 피가 섞인 잡종 개였다. 잠시 동안 그 개는 우리 주위를 껑충거리며 뛰어다니다가 사형수에게로 달려가더니 뛰어올라 그의 얼굴을 핥으려고 했다. 우리는 아연실색해 그 자리에 멈춰섰고, 개를 잡을 엄두도 내지 못했다.

"누가 저놈의 개를 이곳에 들여보냈나?"

소장이 화를 내며 말했다.

"빨리 저놈을 잡아!"

사형수를 호송하던 교도관 한 명이 어설프게 쫓았으나, 개는 잡히지 않고 장난이라도 치듯 주위를 뛰어다녔다. 한 젊은 유라시안 교도관이 한 움큼의 자갈을 던져보았지만, 그놈은 돌을 피하더니 다시 우리를 따라왔다. 놈이 짖어대는 소리가 교도소 담에 부딪쳐 울려퍼졌다. 두 명의 교도관에게 결박당한 사형수는 이런 소동도 사형 집행의 또 다른 의식이라고 생각한 듯 별 관심이 없어 보였다. 몇 분이 지난 후에야 우리는 겨우 개를 잡을 수 있었다. 우리가 개의 굴레에 손수건을 집어넣은 후 끌고 가려 하자 놈은 겁에 질려 낑낑거렸다.

교수대까지는 40야드 정도 남았다. 내 앞에서 걸어가는 사형수의 벌거벗은 갈색 등이 보였다. 손은 묶여 있고 머리는 까딱거리며, 무릎을 좀처럼 똑바로 펴본 적이 없는 듯한 인도인 특유의 자세로 꾸부정하게 걷는 모습이 좀 어색해 보였지만, 그는 계속 걸었다. 발걸음을 옮길 때마다 근육이 튀어나왔으며, 머리타래가 아래위로 나불거렸고, 그의 발자국이 젖은 자갈길 위에 뚜렷이 새겨졌다. 교도관들이 그의 어깨를 죄고 있음에도 불구하고, 그는 길 위의 조그만 웅덩이를 피하기 위해 발걸음을 가볍게 옆으로 옮겼다.

곧 사형될 사형수의 이런 행동은 이상했지만, 그 순간까지 나는 건강하고 의식 있는 한 인간을 파괴하는 것이 무엇을 의미하는지 깨닫지 못했다. 그 사형수가 웅덩이를 피하기 위해 발걸음을 딴 데로 옮기는 것을 보았을 때, 나는 신비감, 다시 말해 생명이 한창 절정에 달했을 때 그 생명을 앗아가는 말할 수 없는 부당함을 보았다. 이 사람은 죽어가고 있는 것이 아니라 우리처럼 살아 있는 것이다. 육체의 모든 기관은 살아 움직이고 있다. 창자는 음식물을 소화해 내고, 피부는 스스로를 재생시키고, 발톱은 자라고, 세포도 제 역할을 다하고 있다. 모든 것이 이 냉혹한 어리석음 속에서도 악착같이 작용하고 있다. 그가 교수대 발판에 세워지고 사형이 집행될 10분의 1초의 그 순간에도 그의 발톱은 여전히 자랄 것이다. 그의 두 눈은 누런 자갈과 회색 담을 응시하고 있으며, 그의 뇌는 여전히 기억하고 예견하고 추리한다. 비켜간 웅덩이에 대해서까지 생각하고 있다. 그와 우리는 함께 걷고 똑같은 세상을 보고 듣고 느끼고 이해하는 일행이었다. 그런데 2분 후 순식간에 우리들 중 한 명이 가버릴 것이다. 한 정신이 줄어들면 그만큼 한 세상이 좁아진다.

교수대는 교도소 앞의 넓은 뜰에서 좀 떨어진 조그만 뒷마당에 있으며, 주위에 키 큰 가시덤불이 무성하게 나 있다. 교수대는 가축 우리처럼 3면이 벽돌로 쌓여 있고, 판자로 평평하게 되어 있는 상층부에 두 개의 지주가 세워져 있으며, 그 사이를 가로지르는 가로장에 교수형 밧줄이 매달려 있었다. 또 다른 죄수로서 흰색 죄수복 차림을 한 회색 머리칼의 사형집행인이 교수대 옆에서 기다리고 있었다. 우리가 들어갔을 때, 그는 머리를 굽실거리며 인사를 했다. 프랜시스의 말이 떨어지자, 두 명의 교도관이 사형수를 더욱 꽉 잡고는 교수대로 떠밀다시피 데리고 가 사다리를 타고 올라가도록 했다. 그러자 사형집행인이 교수대 위로 올라가서 사형수의 목에 올가미를 둘렀다.

우리는 5야드 정도 떨어져 서 있었다. 교도관들이 교수대 주위를 에워싸고 있었다. 그리고 고를 낸 매듭이 고정되자, 그 사형수는 울부짖기 시작했다.

"람! 람! 람! 람!"[3)]

목청껏 반복되는 울부짖음은 구원을 바라는 간절하고 두려운 목소리가 아니라 거의 조종(弔鐘)처럼 지속적이고 율동적으로 들려왔다. 이 소리를 듣자 미쳐 날뛰던 개도 애처롭게 킹킹거렸다. 교수대 위에 서 있던 사형집행인이 사형수의 얼굴에 밀가루 포대 같은 작은 면 자루를 뒤집어씌웠다. 사형수의 울부짖음은 자루를 덮어씌우는 바람에 작게 들렸지만 계속 반복되었다.

"람! 람! 람! 람!"

사형집행인이 교수대에서 내려와 지렛대를 당길 준비를 하고 있었다. 몇 분이 흘러간 것 같았다.

"람! 람! 람! 람!" 하는 그의 작은 울부짖음은 일순간도 더듬거리지 않고 반복되었다. 소장이 지휘봉으로 땅을 천천히 탁탁 쳤다. 어쩌면 그는 사형수가 울부짖는 소리를 세면서, 그에게 어떤 제한된 숫자까지만 허용하는 듯 보이기도 했다. 아마 50이나 1백 정도 말이다. 모든 사람들의 얼굴빛이 변했다. 인도인의 얼굴은 맛없는 커피 색깔인 회색빛으로 변했으며, 총검을 찬 한두 명의 교도관이 비틀거렸다. 우리는 포박되어 두건이 씌워진 채 교수대 발판에 선 한 사람을 보았으며, 또 그의 울부짖음을 들었다. 우리 모두의 가슴속에는 똑같은 생각이 들었다.

'오! 그를 빨리 죽여라, 빨리 끝내라, 저 구역질 나는 소리를 멈추게 해라!'

갑자기 결심이라도 한 듯 소장은 머리를 치켜들고 지휘봉을 재빨리 움직였다.

"찰로!"

그는 격렬하게 외쳤다.

철커덕하는 소리가 들렸다. 그리고는 쥐죽은듯 고요했다. 사형수는 사라졌고, 밧줄은 저절로 흔들거리며 꼬였다. 내가 개를 쫓아버리자 그 개는 곧장 교수대 뒤쪽으로 뛰어갔다. 그러나 그 개는 거기에 잠깐 멈추어 짖다가 잡초가 무성한 뒤뜰 구석으로 슬금슬금 도망치면서 우리를 멍하니 쳐다보았다. 우리는 교수대 주위로 가서 사형수가 완전히 죽었는지 확인했다. 발가락이 아래로 힘없이 축 늘어져 있고 돌처럼 말없이 매달려 빙빙 돌고 있었다.

소장이 지휘봉을 들어 죽은 사형수의 몸을 찔러보자 약간 흔들거렸다.

"제대로 됐군."

그가 말했다. 그는 교수대 아래로 내려와 깊은 숨을 내쉬었다. 그의 얼굴에 침울한 기색이 싹 가시었다. 그는 손목시계를 힐끗 보았다.

"여덟시 팔분이군. 좋아, 오늘 아침 행사는 이걸로 끝낸다. 수고했다."

교도관들은 총검을 빼고 다시 행진해 갔다. 개도 제정신이 들어 자기 행동이 엉뚱했다는 것을 알아차린 듯 우리 뒤를 따랐다. 우리는 교수대가 있는 뒤뜰에서 걸어나와 사형수 감방을 지나 교도소의 중앙 뜰로 갔다. 쇠테를 두른 곤봉으로 무장한 교도관들의 명령에 따라 죄수들은 이미 아침식사를 배급받는 중이었다. 그들은 함석 접시를 들고 긴 줄로 쭈그리고 앉아 있었다. 교도관 두 명이 양동이의 밥을 국자로 퍼주었다. 이 모습은 마치 교수형 집행 후의 아늑하고 즐거운 광경인 것처럼 보였다. 우리는 교수형 집행이 무사히 끝났다는 생각 때문에 깊은 안도감이 들었다. 우리는 노래 부르며 뛰쳐나가 킬킬거리며 웃고 싶은 충동을 느꼈다. 갑자기 우리 모두는 유쾌하게 지껄이기 시작했다.

내 옆에서 걷고 있던 유라시안 소년이 우리가 왔던 길 쪽으로 고개를 돌리고는 나에게 미소를 지어 보였다.

"선생님은 우리 친구 하나를 아십니까? 그는 항소가 기각되었다는 사실을 알고 감방 마룻바닥에 오줌을 쌌습니다. 선생님, 제 담배를 피우세요. 저의 새 은도금 담배 케이스가 멋지지 않습니까? 행상한테서 2루피 8아나를 주고 샀습니다. 유럽식 고급 케이스죠."

우리는 웃었다. 누구도 이 소년의 말을 이해할 수 없었다. 소장 옆에서 걷고 있던 프랜시스는 수다스럽게 말했다.

"소장님, 모든 것이 만족스럽게 끝났습니다. 이처럼 빨리 움직여서 말이지요. 그렇지만 항상 만족스러운 것은 아니지요. 오, 아닙니다! 저는 의사 선생님이 사형수가 완전히 죽었는지 확인하기 위해 교수대 밑으로 와서 그의 다리를 끌어내리는 경우도 봤답니다. 그런 경우는 아주 역겹지요!"

"뭐라고…… 몸이 꿈틀거렸나? 그것 참 끔찍하군."

소장이 말했다.

"예, 소장님. 그들이 저항할 땐 더 골치 아픕니다. 우리가 끌고 나오려고 할 때 감방 창살에 죽을힘을 다해 매달려 있던 한 사형수가 기억나는군요. 교도관 여섯 명이 매달려서 세 명이 다리 한 짝씩 잡고 낑낑대며 끌어냈다면 믿지 못하실 겁니다. 우리는 그를 설득했습니다. '이보게, 자네가 지금 우리에게 가하는 고통과 아픔을 생각해 보게!' 그러나 그는 아무 말도 들으려 하지 않았습니다. 예, 우리는 그를 끌고 가는 데 매우 힘들었답니다!"

나는 유쾌하게 웃었다. 다른 사람들 또한 웃었다. 심지어 소장도 억지로 웃음을 참고 있는 기색이 역력했다.

"자네들 모두 밖에 나가 술이나 마시게."

그는 매우 부드럽게 말했다.

"내 차에 위스키가 한 병 있네. 가져가 마시게."

우리는 교도소의 높은 이중문을 지나 도로로 나왔다. 한 버마인 치안판사가 갑자기 "그의 다리를 잡아당기다니!"라고 외치고선 큰 소리로 낄낄거리며 웃었다. 우리 모두 웃었다. 그 순간, 조금 전에 들은 프랜시스의 이야기가 너무 재미있어 보였다. 우리는 원주민이나 유럽인 할 것 없이 함께 모여 술을 마셨다. 죽은 사람은 1백 야드 떨어진 곳에 뉘어 있었다.

1) 버마 : 정식 국가 명칭 미얀마연방의 옛 이름. 1989년 국명이 바뀌었다(이 책에서는 원본 표기를 고치지 않고 그냥 두었다).
2) 드라비다인 : 고다바리 강 이남의 남인도에 주로 거주하면서 드라비다어를 사용하는 종족의 사람들.
3) 람! 람! 람! 람! : 힌두교에서 종교적 의식에 따라 외치는 소리.

코끼리를 쏘다

버마의 남부에 위치한 물메인에서 나는 많은 사람들의 증오의 대상이었다. 어쩌면 내 생애에 처음 있는 일이었으며, 이런 일이 일어날 만큼 나는 중요한 위치에 있었다. 나는 당시에 이 도시 한 파출소의 경찰관이었는데, 이 마을 사람들은 별 목적도 없이 하찮은 반(反)유럽 감정이 유난히 강했다. 어느 누구 하나 폭동을 일으킬 만한 배짱도 없으면서, 유럽인 부인이 혼자 시장을 지나가면 누군가가 입에 품었던 구장[1] 즙을 그녀 옷에 뱉어버리곤 했다. 경찰관인 나 역시 그들의 목표물이 되었고, 그들은 자기에게 별 해가 없을 것이라고 생각되는 범위 안에서는 언제나 나를 못살게 굴었다. 발빠른 버마인이 축구장에서 내 발을 걸어 넘어뜨리면 심판(물론 버마인이다)은 보고도 못 본 체했고, 군중은 엄청나게 웃어댔다. 한두 번 일어나는 일이 아니었다. 결국 가는 곳마다 나를 만나는 젊은이들은 누런 얼굴에 조소를 머금다가 안전한 거리까지 떨어지면 뒤에서 내 신경을 거스르는 온갖 모욕을 퍼붓곤 했다. 젊은 승려들이 가장 심했다. 거리에는 수천 명의 승려들이 있었는데, 별로 할 일이 없는지 길모퉁이에 서서 유럽 사람들을 비웃곤 했다.

이런 모습이 모두 나를 당혹케 만들었고 또 비위를 거슬렀다. 그 당시 나는 이미, 제국주의는 죄악이므로 되도록 빨리 이 직업을 집어치워야겠다는 결심을 했다. 이론적으로는— 물론 비밀이었지만 —나는 전적으로 버마 사람들 편이었고, 억압자인 영국 사람들에게 반감을 품고 있었다. 내가 하는 일에 대해서도 말로 표현할 수 없을 정도로 심한 증오심을 품고 있었다. 제국주의 경찰관을 하게 되면 제국주의의 추악한 수법을 바로 눈앞에서 보게 된다. 악취가 풍기는 감방 안에 웅크리고 있는 죄수들, 장기수들의 창백하고 겁에 질린 얼굴, 대나무 몽둥이로 흠씬 얻어맞은 남자들의 시퍼렇게 멍든 엉덩이…… 이런 것들이 모두 견딜 수 없는 죄의식으로 나를 괴롭혀왔다. 그러나 나는 미래에 대한 판단 능력이 없었다. 당시에 나는 젊었고, 또 교육도 잘못 받았다. 나는 동양에 와 있는 모든 영국인들에게 부과된 절대적 침묵 속에서 내 문제를 곰곰이 생각해봐야 했다. 나는 대영제국이 망하고 있다는 것도 몰랐으며, 그 자리를 대신 차지하려고 하는 신생 제국주의 국가들보다는 그래도 영국이 더 낫다는 생각은 더욱 못했다. 내가 알고 있는 것은 내가 봉사하고 있는 제국주의에 대한 증오와 경찰관으로서의 내 일을 훼방놓으려고 하는 사악한 작은 짐승들에 대한 분노, 그리고 내가 그 사이에 끼어 옴짝달싹 못하게 되었다는 사실이었다. 나는 한편으로는 영국의 식민 통치를 파괴시킬 수 없는 전제(專制)로서, 억압받는 피식민지인들의 의지를 영원히 꺾어버리는 완강한 어떤 것으로 간주했고, 또 한편으로 이 세상에서 가장 큰 기쁨은 승려들의 창자 속으로 총검을 찔러넣는 일일 것이라고 생각했다. 이런 감정은 흔히 생겨나는 제국주의의 부산물이다. 하루 근무를 마친 인도의 영국 공무원들 중 아무나 붙잡고 물어보라.

어느 날 순찰을 돌던 중 정신이 번쩍 든 사건이 하나 일어났다. 작은 사건이었지만, 제국주의의 실상 — 전제정부가 행하는 일들의 진짜 동기 — 을 전보다 더 잘 들여다볼 기회가 되었다. 어느 이른 아침 이 도시의 한쪽 끝에 있는 경찰서의 부서장에게서 전화가 왔는데, 코끼리 한 마리가 시장을 부수고 있으니 거기에 가서 무슨 조치를 좀 강구해야 되지 않겠느냐는 것이었다. 도대체 어떤 조치를 강구해야 하는지는 잘 몰랐지만, 어쨌든 무슨 일이 일어나고 있는지 한번 가봐야겠다고 작정하며 조랑말을 타고 출발했다. 나는 구식 0.44구경 윈체스터총을 휴대하고 있었는데, 이 총은 코끼리를 죽이기에는 너무 작았지만 소리만 내어 위협하기에는 쓸모가 있다고 생각했다. 많은 버마 사람들이 현장으로 가고 있는 나를 불러세우고는 코끼리의 행동에 대해 말해주었다. 물론 야생 코끼리가 아니고 '발정기'에 접어든, 사육되는 코끼리였다. 발정기가 시작된 코끼리는 항상 쇠사슬로 묶어놓는데, 전날 밤에 사슬을 끊어

버린 것이었다. 난폭해진 이런 코끼리를 다룰 수 있는 유일한 사람은 그 코끼리의 사육사뿐인데, 그 역시 코끼리의 행방을 찾고 있었다. 그런데 그는 방향을 헛짚어 걸어서 열두 시간이나 걸리는 곳에 나가 있었다. 오늘 아침에 그 코끼리가 돌연 이 마을에 나타난 것이었다. 버마 사람들은 무기가 없어 속수무책이었다. 그놈은 이미 대나무로 만들어진 누군가의 오두막집을 박살냈고, 소를 죽이고, 노점 과일가게를 습격하여 과일을 다 먹어치웠다. 또 시의 쓰레기차를 만나서는 운전사가 뛰어내려 도망치는 순간에 차를 뒤엎고 난폭하게 뭉개버렸다는 것이었다.

버마인 부서장과 인도인 경찰관 몇 사람이 코끼리가 나타난 지역에서 나를 기다리고 있었다. 그곳은 매우 가난한 구역으로, 종려나무 잎으로 이엉을 엮어 덮은 대나무 오두막집이 늘어서 있고, 미로 같은 길이 가파른 언덕을 따라 구불구불하게 뻗어 있었다. 우기가 시작될 무렵이었고 구름이 낀 후텁지근한 아침이었다고 기억한다. 나는 코끼리가 어느 쪽으로 갔는지 사람들에게 물어보았지만, 흔히 그렇듯 확실한 정보를 얻지는 못했다. 이런 경우는 동양에서 흔히 있는 일이었다. 떨어진 곳에서 이야기를 들으면 분명한 것 같은데, 현장에 가보면 내용은 달라진다. 코끼리가 이쪽으로 왔다는 사람이 있는가 하면 저쪽으로 갔다고 하는 사람도 있고, 또 코끼리 따위는 아예 보지도 못했다고 말하는 사람도 있었다. 이런 이야기들이 모두 꾸며낸 것이라고 단정을 내리려고 할 때, 좀 떨어진 곳에서 고함 소리가 났다. "애들은 가라, 썩 꺼지거라" 하는 욕지거리가 들렸는데, 손에 회초리를 든 한 노파가 한 떼의 벌거숭이 아이들을 몰아내며 오두막집 모퉁이에서 나타났다. 몇몇 여자들이 혀를 차고 무어라 말을 하면서 그 뒤를 따랐다. 분명히 아이들이 봐서는 안 될 것이 있는 모양이었다. 오두막집 뒤로 돌아가 보니 남자의 시체 하나가 진흙탕 속에 뻗어 있었다. 검은 드라비다인 쿨리[2]로 거의 벌거벗은 상태였다. 죽은 지 몇 분 되지 않은 것처럼 보였다. 사람들의 말에 따르면, 코끼리가 갑자기 집 모퉁이에서 나오더니 그를 코로 휘어감고 다리로 등을 누른 후 땅바닥에 짓뭉갰다는 것이었다. 때는 우기라 땅이 물러서, 그의 몸은 깊이 1피트, 길이 2야드의 움푹한 자국을 만들어놓았다. 양팔은 열십자로 벌려졌고, 머리는 한쪽으로 홱 돌아간 채로 땅에 엎드려 있었다. 얼굴은 온통 진흙으로 뒤덮여 있고, 두 눈은 부릅뜨고 이빨을 드러낸 채 고통을 참지 못하는 표정을 짓고 있었다(죽은 자의 얼굴이 평온하다고 말하지 말라. 내가 지금까지 본 시체는 대부분 악마의 표정을 짓고 있었다). 거대한 짐승의 다리로 짓뭉개놓았기 때문에 등가죽은 벗겨놓은 토끼 가죽처럼 깨끗이 벗겨져 있었다. 나는 죽은 사람을 보자마자 가까운 친구 집에 사람을 보내 코끼리 사냥총을 가져오게 했다. 코끼리 냄새를 맡고서 겁에 질려 나를 내동댕이칠까 봐 내가 타고 온 조랑말은 이미 보내버렸다.

심부름을 보낸 사람이 몇 분 후에 총과 다섯 개의 탄알을 가지고 돌아왔다. 그러던 중 몇몇 버마인이 코끼리가 아래쪽 논바닥, 바로 2백~3백 야드 떨어진 곳에 있다고 말해주었다. 내가 준비를 하고 출발하자, 그 일대의 전 주민이 집에서 나와 내 뒤를 따랐다. 그들은 내 총을 보고서는, 내가 코끼리를 쏠 것이라고 서로들 흥분하여 외쳐댔다. 코끼리가 자기네 집을 부술 때는 별 관심도 보이지 않더니, 코끼리를 쏜다고 이렇게 야단법석을 피웠다. 영국의 구경꾼들에게도 그렇지만 이들에겐 이것이 일종의 구경거리였다. 게다가 코끼리 고기도 탐이 났을 것이다. 나는 다소 걱정이 되었다. 나는 코끼리를 쏠 생각이 없었다. 나는 필요시 내 몸을 보호하려고 총을 가져오게 했던 것이다. 그리고 사람들이 졸졸 뒤따라오는 것도 피곤하게 느껴졌다. 나는 멍청한 모습으로 생각에 잠긴 채 어깨에 총을 메고 언덕 아래로 내려갔다. 사람들의 수는 점점 불어나 서로 밀치면서 따라왔다. 언덕 아래 오두막집을 벗어난 곳부터 자갈로 다져진 길이 나왔고, 그 너머에는 몇 차례 내린 비로 수렁이 되고 군데군데 억센 잡초가 난 1천 야드 가량의 황폐한 진흙탕 논이 뻗어 있었다. 코끼리는 도로에서 약 8야드 떨어진 곳에서 왼쪽 배를 우리 쪽으로 향한 채 서 있었다. 다가가는 군중에게는 아무런 관심도 없어 보였다. 그놈은 풀 뭉텅이를 뜯어 무릎에 대고 흙을 비벼 털고는 입 안으로 쑤셔넣고 있었다.

나는 길에서 멈추었다. 코끼리를 목격한 순간, 쏘아서는 안 되겠다는 생각이 분명히 들었다. 부려먹는 코끼리를 죽인다는 것은 중대한 문제였다. 그것은 값비싼 거대한 기계를 파괴하는 것과 같은 것이다. 그래서 피할 수만 있다면 절대로 죽이지 말아야 한다. 게다가 멀리서 저렇게 평온하게 풀을 뜯어먹고 있으니, 황소보다도 위험해 보이지 않았다. 나는 '발정기'의 난폭성도 이미 누그러지고 있으니 사육사가 돌아와서 붙들어 매어놓을 때까지 마음대로 돌아다니게 해도 별 피해가 없을 것이라고 생각했으며, 지금도 그렇게 생각하고 있다. 어쨌든 나는 코끼리를 죽이고 싶은 마음이 조금도 없었다. 나는 오랫동안 그놈을 지켜보고 있다가 다시 난폭해질 기미가 없는지를 확인한 후 집으로 갈 작정이었다.

그 순간 나는 내 뒤를 따라오던 군중을 힐끗 쳐다보았다. 적어도 2천 명은 족히 되어 보였으며, 계속 불어났다. 군중은 길 양쪽을 저 멀리까지 꽉 채우고 있었다. 나는 번쩍거리는 색깔 옷들 위에 떠 있는 누런 얼굴의 바다를 보았다. 이 조그만 구경거리에 들떠 있는 행복한 얼굴들, 그들은 코끼리가 곧 사살될 것이라고 믿고 있었다. 그들은 마술을 시작하려는 마술사를 보듯 나를 지켜보았다. 그들은 나를 좋아하지는 않았지만, 내가 마술과도 같은 총을 들고 있으니 잠시 동안 지켜볼 가치가 있는 사람이 되었다. 갑자기 나는 결국 코끼리를 쏘지 않을 수 없음을 깨달았다. 사람들이 나에게 기대를 걸고 있으니 그 일을 수행해야만 했다. 나는 2천여 명의 사람들이 나에게 압박을 가하는 기운을 실감할 수 있었다. 그 순간 나는 총을 든 채 공허함, 다시 말해 동양에서의 백인 지배의 무익함을 처음으로 깨달았다. 총을 든 백인인 내가 무장하지 않은 원주민들의 무리 앞에 서 있다. 겉으로는 연극 한 토막의 주인공을 맡고 있지만, 사실은 내 뒤에 있는 누런 얼굴의 무리에 의해 우왕좌왕하는 어리석은 꼭두각시에 지나지 않았다. 나는 이 순간 백인이 전제

군주가 되면 파괴되는 것은 백인 자신의 자유라는 사실을 인식했다. 백인은 속이 텅 빈 채 거드름을 피우는 허수아비, 즉 샤히브[3] 라는 인습의 형상이 되어버린다. 원주민들에게 특별한 인상을 심어주면서 평생을 보내야 하고, 또 위기에 처할 때는 원주민들이 기대하는 바를 수행해야 하는 것이 백인들이 지배하는 조건이다. 백인들이 가면을 쓰면, 그들의 얼굴은 그 가면에 맞도록 변하는 것이다. 코끼리를 쏴야 한다. 총을 가져오라고 시켰을 때, 나는 이미 이 일을 수행하도록 스스로를 구속했던 것이다. 영국 나리는 나리답게 행동해야 한다. 단호하게 보여야 하고, 결심을 하면 확고하게 일을 수행해야 한다. 손에 총을 쥐고 2천여 군중을 이끌고 여기까지 와서 아무것도 하지 않고 그냥 물러선다? 그것은 불가능한 일이다. 군중은 나를 비웃을 것이다. 나를 위시해 동양에 와 있는 모든 백인들의 생활은 원주민들의 비웃음을 사지 않으려고 발버둥치는 것이었다.

그러나 나는 코끼리를 쏘고 싶지 않았다. 나는 그놈이 할머니 같은 자태로 코끼리 특유의 일에 여념이 없는 듯 풀더미를 무릎 위에 놓고 비비는 모습을 지켜보았다. 코끼리를 쏘는 것은 어쩐지 살인을 저지르는 느낌이었다. 그 나이에 동물을 죽이는 일이 그리 꺼림칙하지는 않았지만, 그때까지 나는 코끼리를 쏜 일도 없었고, 쏘고 싶지도 않았다(하여튼 큰 동물을 죽이면 죄를 짓는 느낌이 들었다). 게다가 코끼리의 주인 생각도 해야 한다. 살아 있는 코끼리는 적어도 1백 파운드의 값은 나가지만 죽으면 엄니 값으로 기껏해야 5파운드밖에는 받을 수 없다. 그러나 신속하게 행동을 취하지 않으면 안 되었다. 우리가 도착하기 전 이미 그곳에 있었던, 경험이 많아 보이는 몇몇 버마인들에게 코끼리의 행동이 어떠했는지를 물어보았다. 그들은 이구동성으로 말했다. 그냥 내버려두면 아무 일도 없을 테지만, 너무 가까이 다가가면 덤벼들 것이라고 했다.

내가 취해야 할 행동은 명백했다. 코끼리 쪽으로 25야드쯤 다가가서 놈의 반응을 시험해 보았다. 놈이 덤벼들면 총을 쏠 수 있다. 그러나 아무런 반응이 없으면 사육사가 돌아올 때까지 내버려두어도 안전할 것이다. 그리고 내가 스스로 총을 쏘고 싶어하지 않는다는 것도 또한 알고 있었다. 나는 사격이 서툴렀고, 게다가 땅은 진창이어서 한 발 내디딜 때마다 발이 빠졌다. 만일 그놈이 덤벼들고 내가 실수라도 한다면, 롤러 차 밑에 깔린 두꺼비 꼴이 되고 말 것이다. 그러나 이런 순간에서도 나는 나 자신의 안전보다는 뒤에서 지켜보는 누런 얼굴들을 생각했다. 군중이 나를 지켜보는 순간에는 내가 혼자 있을 때 느끼는 것과 같은 보통 의미의 공포심은 느껴지지 않았다. 백인은 '원주민들' 앞에서 겁을 내서는 안 된다. 그래서 백인은 일반적으로 겁을 먹지 않는다. 내 마음속에는 오로지 이 한 가지 생각뿐이었다. 만일 내가 실패하면, 저 2천여 명의 버마인들은 내가 쫓기고 잡히고 짓밟혀서 언덕 위에 죽어 있는 그 인도인처럼 이빨을 드러낸 시체로 변하는 꼴을 볼 것이다. 그런 일이 일어나더라도 몇몇 사람들은 그저 웃고만 있을 것이다. 그래서는 안 된다. 선택할 길은 하나밖에 없었다. 나는 총알을 장전하고 조준하기 좋게 땅바닥에 엎드렸다.

군중은 물을 끼얹은 듯이 조용했다. 마침내 연극의 막이 오르기를 지켜보고 있는 관중처럼, 나직하고 행복한 깊은 한숨이 수없이 많은 목구멍에서 새어나왔다. 어쨌든 그들은 그저 좋은 구경거리를 만난 셈이었다. 총은 열십자 조준기가 붙어 있는 훌륭한 독일제였다. 그때는 알지 못했지만, 코끼리를 쏠 때는 이쪽 귓구멍에서부터 저쪽 귓구멍을 잇는 선을 하나 마음속에 그어야 한다. 코끼리가 옆을 보고 있었으므로 곧바로 귓구멍을 겨냥했어야 했는데, 나는 놈의 뇌가 좀더 앞쪽에 있다고 생각하고 귓구멍보다 몇 인치 앞쪽을 겨냥했다.

방아쇠를 당겼을 때, 나는 총소리도 듣지 못했고 충격도 없었다. 명중할 때는 아무것도 못 느끼는 법이다. 그러나 군중이 토해내는 악마와 같은 외침을 들었다. 총알이 코끼리에 명중되는 데 걸리는 것보다도 짧은 순간에 이상하고도 무서운 변화가 코끼리의 전신을 엄습했다. 놈은 쓰러지지도 않았고 꿈쩍도 하지 않았는데, 몸뚱이의 모든 윤곽선이 변해갔다. 놈은 갑자기 얻어맞은 충격에 한없이 오그라들고 노쇠해 비린 것이다. 마치 총난의 무서운 충격이 그를 넘어뜨리지 않고 그대로 마비시켜 버린 것 같았다. 한참 후라고 생각되는데 — 사실은 5초 정도 되었을 것이다 — 마침내 코끼리는 흐느적거리다가 무릎을 꿇었다. 놈의 입에서 침이 흘러내렸다. 무시무시한 노쇠가 그를 집어삼킨 것같이 보였다. 수천 살의 나이를 먹은 것 같아 보였다. 나는 다시 한 번 같은 곳을 쏘았다. 두 방을 맞고도 놈은 아주 쓰러지지 않았고, 머리를 축 떨군 채 비틀거리며 필사의 힘을 다해 서서히 다리를 펴고 일어섰다. 세번째로 총을 쏘았다. 그 한 방이 모든 것을 끝냈다. 그 고통이 전신을 흔들어 사지의 마지막 남은 힘까지 다 소진된 것을 뚜렷이 볼 수 있었다. 그러나 쓰러지면서 한순간 일어날 듯하더니 뒷다리가 몸뚱이에 깔려 무너지자, 상체는 넘어지는 큰 바위처럼 솟아오르고 코는 한 그루 나무같이 하늘로 치솟았다. 코끼리는 처음으로 단 한 번 포효하고는 배를 내 쪽으로 향하고 내가 엎드려 있는 땅을 뒤흔들듯 '쿵' 하고 쓰러졌다.

나는 일어섰다. 이미 버마인들은 내 옆을 스쳐 지나 진흙탕으로 뛰기 시작했다. 코끼리는 다시 일어나지 못할 것은 분명했지만, 아직 죽지 않았다. 산더미 같은 옆구리가 고통스럽게 기복을 그리면서 율동적으로 길게 헐떡거리는 소리를 내고 있었다. 놈은 입을 딱 벌렸다. 창백해진 연분홍빛 목구멍의 동굴이 들여다보였다. 나는 오랫동안 그가 죽기를 기다렸지만, 숨소리는 가늘어지지 않았다. 결국 나는 심장이라고 생각되는 곳에 남은 두 발을 발사했다. 빽빽한 피가 붉은 벨벳처럼 솟아나왔지만, 여전히 숨은 끊어지지 않았다. 총알을 맞고 꿈쩍도 하지 않았고, 거친 숨결만이 끊임없이 흘러나왔다. 놈은 엄청난 고통 속에 서서히 죽어가고 있었다. 총탄도 더는 상처를 줄 수 없는, 동떨어진 아득한 또 하나의 세계 속에서 죽어가고 있었다. 나는 그 무서운 신음 소리를 그치게 해야만 한다고 생각했다. 움직일 힘도 없고, 그렇다고 죽을 힘도 없이 축 늘어져 누워 있는 거대한 동물을 보면서 완전히 죽여버리지 못하는 것은 끔찍한 일이었다. 나는 내 소총을 가져오게 하여 그의 심장과 목덜미 밑을 연발로 쏴버렸다. 그러나 별 효과가 없었다. 고통을 못 참아 헐떡거리는 소리가 벽시계의 똑딱거리는 소리처럼 지속되었다.

결국 나는 더 지켜볼 수 없어 그 자리를 떠나버렸다. 뒤에 들은 바이지만, 반 시간이 지나서야 완전히 죽었다는 것이었다. 버마인들은 내가 그곳을 떠나기 전부터 칼과 소쿠리를 가져와 오후까지 살을 완전히 발라내 뼈만 앙상하게 남겨놓았다는 말을 들었다.

물론 그 일이 일어난 뒤 코끼리를 쏜 데 대한 끝없는 논의가 이어졌다. 코끼리 주인은 화가 머리끝까지 났지만, 인도인이라서 별 수없었다. 게다가 내가 한 일은 법적으로도 정당하였다. 왜냐하면 미친 코끼리는 주인이 다루지 못하면 미친개와 마찬가지로 죽이기로 되어 있었기 때문이다. 유럽 사람들 사이에선 의견이 분분했다. 나이 든 사람들은 내 행동이 옳았다고 했으며, 젊은 층은 쿨리를 죽였다고 해서 코끼리까지 쏴 죽인 것은 미친 짓이라고 했다. 왜냐하면 코끼리 한 마리는 쿨리보다 값이 더 많이 나가기 때문이었다. 그 후 나는 쿨리가 죽었다는 소식을 듣고 안심했다. 그의 죽음은 내가 코끼리를 쏜 행위의 충분한 구실이 되었고, 내 행동은 법적으로 정당화되었다. 그때 내가 단지 바보 취급을 당하지 않기 위해 코끼리를 쐈다는 사실을 사람들이 알아차렸는지 그렇지 않은지는 지금 생각해도 알 수 없다.

1) 구장 : 동인도산 후춧과의 식물.
2) 쿨리 : 제2차 세계대전 이전에, 중국과 인도 등지에서 외국인들이 불렀던 현지의 짐꾼 · 인력거꾼을 일컫는다.
3) 샤히브 : '주인 나리'라는 뜻. 인도의 피식민지 원주민들이 백인 지배자들을 높여 부르는 말.

가난한 자들은 어떻게 죽을까

1929년 나는 파리의 제15구(區)에 있는 X병원에서 몇 주를 보냈다. 병원 직원들은 접수대에서 가혹한 문초를 하듯 나를 철저히 검사했다. 나는 20분 동안 그들의 질문에 대답을 하고 병원 안에 들어갈 수 있었다. 라틴어 국가에서 서류를 작성해 본 적이 있는 사람이라면 그들의 질문이 어떤 식인지를 이해할 것이다. 얼마 동안 열씨를 화씨로 바꾸는 데 익숙하지는 못했지만, 내 체온이 대략 103도 정도라는 것은 알고 있었다. 질문이 끝나갈 때쯤 나는 서 있는 것조차 무척 힘들었다. 내 뒤에는 고분고분해 보이는 환자들이 한 무리 있었는데, 형형색색의 손수건으로 싼 꾸러미를 들고 있었다.

질문이 다 끝나면 목욕이 기다리고 있는데, 교도소나 빈민 수용 시설처럼 병원에 처음 오는 사람은 의무적으로 목욕을 해야 했다. 옷을 벗고 깊이가 5인치 정도밖에 안 되는 미지근한 물에서 몇 분

동안 덜덜 떨며 목욕을 마치자, 리넨 셔츠와 짧은 푸른색 플란넬 실내복으로 된 환자복이 지급되었다. 발에 맞는 것이 없어 슬리퍼는 신지 못했다. 그리고 나는 바깥으로 내보내졌다. 때는 2월 밤이었으며, 나는 폐렴으로 고생하고 있었다. 병동은 2백 야드 정도 떨어져 있었으며, 그곳으로 가려면 병원 마당을 가로질러야 했다. 어떤 사람이 랜턴을 가지고 와서 내 앞에서 길을 더듬었다. 발 아래의 자갈길에는 서리가 내려 있었으며, 바람이 세차게 불어 벌거벗은 내 장딴지 주변에 환자복이 펄럭거렸다.

병동에 도착했을 때, 나는 그곳이 매우 친숙한 것 같은 이상한 느낌을 받았다. 그곳이 나에게 왜 그렇게 친숙해 보였는지 그날 저녁이 되어서야 깨닫게 되었다. 그곳은 긴 방으로, 희미한 빛을 내는 전등이 낮게 드리워져 있고 중얼거리는 듯한 소리로 가득했다. 병실 안에는 수많은 침대가 3열로 줄지어 있었는데 서로 거의 붙어 있다시피 했다. 그리고 콜록거리는 기침 소리가 끊이질 않았다. 분변 냄새 같기도 한 달짝지근한 냄새가 났는데, 토할 것 같았다. 침대에 누우려고 할 때, 덩치가 작고 모래빛 머리카락에 새우등을 한 사람이 거의 벌거벗은 채로 내 반대편 침대에 앉아 있는 것을 보았다. 의사와 학생 한 명이 그에게 이상한 처치를 해주고 있었다. 의사는 검은 가방에서 포도주 잔처럼 생긴 10여 개의 조그만 유리컵을 끄집어냈다. 그리고 학생이 유리컵 안에 성냥불을 켜 공기를 빼내고 컵들을 그 사람의 등과 가슴에 엎어놓자, 진공 때문에 노란색의 커다란 물집이 빨려나왔다. 얼마간의 시간이 지난 다음에야 비로소 나는 그들이 그에게 무엇을 하고 있는지를 알게 되었다. 그것은 오래된 의학 교과서에서 볼 수 있는 치료법인 흡각법[1]이라 부르는 것이었다. 그때까지 나는 이 치료법이 말(馬)에게나 하는 것이라고 어렴풋이 생각하고 있었다.

바깥의 찬 공기 때문에 어쩌면 체온이 더 떨어진 것 같았다. 나는 이 야만스러운 치료법을 무관심한 체하면서도 흥미롭게 지켜보았다. 그런데 다음 순간 의사와 학생이 내 침대로 다가와 나를 똑바로 앉히고는, 한마디 말도 없이 그 유리 기구를 소독도 하지 않은 채 나한테 갖다대기 시작했다. 이런 치료는 받기 싫다고 힘없이 저항해 보았지만, 마치 동물 대하듯 아무런 대꾸도 하지 않았다. 나는 이 두 사람이 나에게 하고 있는 무례한 행동을 보고 적잖이 놀랐다. 나는 여태껏 병원의 공동병실에는 한 번도 입원해 본 적이 없었는데, 이것은 내가 한마디 말도 없이 혹은 인간적 관점에서 어떠한 주의도 기울임 없이 사람을 다루는 의사를 처음으로 경험한 것이었다. 그들은 내 몸 위에 여섯 개의 유리컵을 올려놓았다. 그런 다음 내 피부에 난 물집 부위를 바늘 같은 것으로 콕콕 찌르고 나서는 유리컵을 다시 올려놓았다. 그러자 각 유리컵은 시꺼먼 피를 디저트 스푼으로 한 가득 될 정도로 빨아냈다.

다시 눕게 되자, 그들이 내게 행한 짓 때문에 깜짝 놀랐고 치욕스럽고 역겹기까지 했다. 이제는 나를 편안하게 내버려둘 것이라고 생각했다. 그러나 아니었다. 절대 아니었다. 또 다른 치료가 기다리고 있었다. 겉으로 보기에는 평범하게 뜨거운 목욕을 하는 것과 같은 겨자 습포제 치료였다. 게을러 보이는 두 명의 간호사가 이미 습포제를 준비하고 있었는데, 그들은 습포제를 정신병자나 흉포한 죄수에게 입히는 구속의(拘束依)처럼 내 가슴 주변에 단단히 붙였다. 그러는 동안 셔츠와 바지만 입고 병실을 돌아다니던 사람들이 내 옆에 와서 측은하다는 듯 씩 웃음을 지었다. 환자에게 겨자 습포제를 붙이는 광경을 보는 것이 병실에서는 아주 재미있는 볼 거리라는 것을 나중에야 알았다. 이런 치료는 15분 동안 계속되는데, 당사자만 빼고는 재미있는 구경거리였다. 최초 5분 동안은 참기 힘든 고통이지만 그래도 참을 수 있을 것이라고 믿는다. 이후 5분 동안 이런 믿음은 사라져버린다. 등에 붙은 습포제는 버클로 죄는데, 결코 이 과정을 피할 수 없다. 이 시간은 구경꾼들이 가장 재미있어하는 시간이다. 마지막 5분 동안 일종의 무감각 현상이 나타나는 것을 느꼈다. 습포제가 제거된 후 얼음이 들어 있는 방수 베개가 내 머리맡에 넣어지고 나면, 그제야 나는 혼자 남게 된다. 그날 저녁 내내 나는 잠을 이루지 못했는데, 내가 아는 한 그날 밤은 내 인생에서—침대에서 잠을 잔 경우에—잠을 한숨도, 단 1분도 잘 수 없었던 그런 밤이었다.

나는 X병원에 입원한 첫날부터 이상하고 말도 안 되는 일련의 치료를 받았는데, 이것은 잘못된 것이다. 아무리 의사들에게 흥미롭고 의대 학생들의 임상교육에 유익한 것이라도 환자에게 그 치료가 반드시 필요한 것이 아니라면, 좋든 나쁘든 간에 그런 치료는 결코 행해지지 말아야 한다. 새벽 다섯시에 간호사들이 들어와 환자를 깨워 체온을 쟀지만 환자의 몸은 씻겨주지도 않았다. 우리는 상태가 좋으면 스스로 몸을 씻는데 그렇지 않을 경우 걸을 수 있는 환자의 친절함에 호소해야 했다. 오줌통과 '스튜 냄비'라고 부르는 더러운 변기통을 들고 다니는 사람도 환자들이었다. 여덟시에 아침식사가 나왔다. 얇은 빵 조각이 군데군데 둥둥 떠다니는 군대식 야채수프였다. 그날 늦게 키가 크고 턱수염을 기른, 근엄하게 생긴 의사가 회진을 돌았는데 인턴 한 사람과 한 무리의 의대 학생들이 그의 뒤를 따르고 있었다. 우리 병실에만 해도 60여 명의 환자들이 있었고, 또 다른 병실에도 여럿 있었다. 그 의사는 매일 환자들이 간청하는 소리는 뒤로하고 그저 스쳐 지나가기만 하는 침대들이 부지기수였다. 다시 말해, 만약 우리가 의대 학생들이 배우기를 원하는 그런 질병에 걸려 있다면 그제야 우리는 관찰의 대상이 되는 것이다. 나의 경우 기관지에서 나는 가르랑대는 소리가 훌륭한 표본이 되어 10여 명 이상의 의대 학생들이 내 가슴에서 나는 이상한 소리를 듣기 위해 줄을 서서 기다렸다.

나는 참으로 이상한 느낌이 들었다. 의대 학생들은 환자들도 인간이라는 인식은 없고 오로지 배우고자 하는 엄청난 열의만 있어, 그것은 참으로 이상했다. 내 말이 이상하게 들릴지 모르지만, 가끔 어떤 젊은 의대 학생은 자기 차례가 되어 앞으로 다가와 우리 몸을 자세히 살펴볼 때면 갖고 싶던 값비싼 장난감을 처음으로 손에 쥔 어린아이처럼 흥분하여 온몸을 전율하기도 했다. 젊은 남학생들, 여학생들, 흑인 학생들이 계속해서 우리의 등을 엄숙하지만 서툴게 손가락으로 누르고 두들겨본다. 그런데 그들 중 누구 한 사람도 우리에게 한마디 말을 건네거나 우리 얼굴을 똑바로 쳐다보는 이는 없다. 환자복을 입은 무료 환자로서 우리는 일차적으로 실험용 표본이 되는데, 나는 그것에 대해 괘씸하게 생각하지는 않았지만 결코 익숙해질 수 있는 성질의 것은 아니었다.

며칠이 지난 뒤 나는 침대에 앉아서 주위 사람들과 이야기를 나눌 만큼 상태가 많이 좋아졌다. 좁은 침대가 서로 다닥다닥 붙어 있어 옆 침대에 있는 사람의 몸에 쉽게 손이 닿는 냄새나고 숨막히는 병실에는 급성 전염병을 제외한 모든 종류의 질병이 다 모여 있었다. 내 오른쪽에 있는 환자는 머리카락이 약간 붉은 구두수선공인데 한쪽 다리가 다른 쪽보다 짧다. 그는 다른 환자들의 죽음(이런 일은 자주 일어나며, 그는 항상 이런 이야기를 제일 먼저 들었다)을 우리에게 알려주곤 했는데, 휘파람을 불면서 양팔을 머리 위로 내뻗으며 "43번이야!"라고 외쳤다. 이 남자에게는 이렇다 할 큰 문제는 발생하지 않았지만, 대부분의 다른 침대에서 비참한 비극이나 어떤 끔찍한 공포 따위가 발생했다. 내 침대와 거의 붙어 있는 옆 침대에는, 어떤 질병에 걸렸는지는 모르지만 아무튼 너무나 민감한 몸 때문에 이리저리 약간만 움직여도, 심지어 이불의 무게조차도 자기를 고통스럽게 하는 병을 앓는 야윈 사람이 누워 죽어가고 있었다(그가 다른 침대로 옮겨갔기 때문에 죽는 것을 보지는 못했다). 그가 가장 심하게 고통을 호소하는 때는 무척 힘들게 소변을 볼 때였다. 간호사가 그에게 오줌통을 갖다 주고는 마부가 말을 대하는 것처럼 그의 침대 옆에 서서 휘파람을 불며 한참 동안 기다리고 있다. 마침내 그는 "오줌 좀 누겠소!"라고 하며 고통스런 비명과 함께 오줌을 누기 시작했다.

그의 옆 침대에는 일전에 흡각 치료를 받는 것을 본 적이 있는, 머리카락이 모래빛인 남자가 하루 종일 기침을 해댔는데 가래에 피가 섞여 나왔다. 내 왼쪽 침대에는 파리하고 연약해 보이는 키 큰 젊은이가 누워 있었는데, 정기적으로 등에 튜브를 꽂아 그의 몸 어딘가에서 엄청난 양의 거품 같은 액체를 뽑아냈다. 또 그 너머의 침대에는 1870년 전쟁에 참전했던 미남형의 늙은 노인이 죽어가고 있었다. 그는 하얀 카이저수염을 기르고 있었다. 면회가 허용되는 시간 동안에는 나이 든 남자 친척 네 명이 검은 옷을 차려입고, 정확히 말해 유산에 대한 유언이라도 받아내기 위해 음모라도 꾸미는 듯 까마귀처럼 그 옆에 줄곧 앉아 있었다. 다음 열 맞은편 침대에는 나이 든 대머리 남자가 콧수염을 축 늘어뜨리고 얼굴과 몸은 퉁퉁 부은 채로 누워 있었다. 그는 쉬지 않고 오줌이 계속 나오는 질병을 앓고 있었다. 그의 침대 옆에는 오줌을 받을 수 있는 큰 유리병이 놓여 있었다. 어느 날 그의 아내와 딸이 병원에 왔다. 그들을 보자 그 나이 든 사람의 부은 얼굴에서 놀랄 만큼 달콤한 미소가 흘러나왔다. 스무 살 정도 되어 보이는 그의 딸이 침대로 다가갔을 때, 나는 그의 손이 침대 이불 밑에서 서서히 움직이는 것을 보았다. 나는 앞으로 벌어질 상황이 머리에 그려졌다. 그 소녀가 침대 옆에서 무릎을 꿇으면 늙은 남자는 희미하게 미소를 머금은 채 그녀의 머리를 쓰다듬으리라. 그러나 아니었다. 그가 소녀에게 오줌통을 건네주자 그녀는 재빨리 그것을 받아 큰 유리병에 오줌을 비웠다.

내 침대에서 대략 열 개 정도의 침대 너머에 57번 환자가 있었는데—아마 이 번호가 맞을 것이다—그는 간경변을 앓고 있었다. 그는 이따금씩 학생들의 의료 실습 대상이 되었기 때문에 우리 병실에 있는 환자들은 모두 그를 알고 있었다. 일 주일에 두 번 오후 시간에 키가 크고 근엄해 보이는 의사가 우리 병실에서 한 무리의 학생들에게 강의를 하는데, 이따금씩 57번 환자를 일종의 환자 운반차에 눕혀 병실 중간에 데려다 놓았다. 거기에서 의사는 그 환자의 옷을 걷어올려 손가락으로 환자의 복부에 불룩 튀어나온 큰 혹 같은 것—짐작컨대 앓고 있는 간이다—을 주물럭거리면서, 이 경우는 포도주를 마시는 국가에서 흔히 생기는 알코올 중독에 의한 질병이라고 근엄하게 설명했다. 언제나 그는 환자에게는 한마디 말도 하지 않고 미소도 짓지 않는 등 알은체도 하지 않았다. 그는 매우 엄숙하게 직설적으로 강의를 하면서 마치 여자가 밀대를 가지고 반죽을 미는 것처럼 그 죽어가는 몸을 양손으로 잡고 이리저리 부드럽게 밀었다. 57번 환자는 의사의 이런 행동에 개의치 않았다. 분명히 그는 입원 환자였는데, 그의 죽어가는 간은 병리학 실험실에 약물을 넣은 병 속에 오랫동안 저장되어 학습 도구로 쓰이는 전시물 같아 보였다. 자기에 대해 이러쿵저러쿵 말하는 것에 전혀 흥미를 느끼지 못하는 그는 생기 잃은 눈만 멍하니 멀뚱멀뚱 뜬 채 누워 있었다. 계속해서 의사는 마치 고대 도자기를 다루듯 자랑스럽게 그를 학생들에게 보여주었다. 그 환자는 나이가 예순 정도 되었으며, 몸은 비쩍 말라 있었다. 송아지 가죽처럼 창백한 그의 얼굴은 초췌했으며, 얼굴은 인형 얼굴만큼이나 작아 보였다.

어느 날 아침, 내 옆 침대의 구두수선공이 간호사가 도착하기 전에 내 베개를 쏙 빼서 자고 있던 나를 깨웠다.

"57번 환자야!"

그는 양손을 머리 위로 내뻗으며 외쳤다. 병실에는 불이 약하게 켜져 있어 주변을 희미하게 볼 수 있을 뿐이었다. 나는 57번 환자가 옆으로 쪼그리고 누워 있는 것을 보았다. 그의 얼굴은 침대 옆으로 튀어나와 내 쪽을 향해 있었다. 밤에 죽었던 것이다. 몇 시에 죽었는지 아무도 몰랐다. 간호사들이 들어와서 그가 죽었다는 소식을 무관심하게 받아들이고는 일에 착수하기 시작했다. 한두 시간이 흐른 후, 다른 두 명의 간호사가 군인들처럼 어깨를 나란히 하고 나막신을 신고 쿵쿵거리며 들어와 시체를 시트 위에서 묶어 매듭을 지어놓고는, 치우지도 않고 얼마 동안 그대로 내버려두었다. 그러는 사이 날이 완전히 밝아 나는 57번 환자를 똑똑히 볼 수 있었다. 실제로 나는 그의 모습을 보기 위해 옆으로 누워 있었다. 이상하게도 죽은 유럽 사람을 본 것은 이번이 처음이었다. 전에도 죽은 사람을 본 적은 있지만 항상 동양인이었으며, 그것도 처참하게 죽은 모습만 보았다. 57번 환자는 눈을 뜨고 있었고, 입은 벌어진 채 작은 얼굴은 일그러져 고통과 번민의 표정을 짓고 있었다.

그런데 가장 놀라운 것은 백지장처럼 흰 그의 얼굴이었다. 조금 전까지만 해도 창백했지만 지금은 시트만큼 하얗게 변해 버렸다.

그 조그맣고 일그러진 얼굴을 보았을 때, 나는 들것에 아무렇게나 실려 해부학 실험실의 수술대 위에 털썩 떨어지게 될 저 구역질 나는 쓰레기 조각이 영국 국교회 기도서에서 기도하는 대상 중 하나인 자연사(自然死)의 전형이라는 생각이 들었다. 저기에 우리가 있다. 저것은 바로 20년, 30년, 40년 뒤에 우리를 기다리는 것이기도 하다. 저것은 운 좋은 사람이 죽는, 다시 말해 살 만큼 다 살고 죽는 방법이다. 물론 우리는 살고 싶어한다. 실제로 죽음의 공포 때문에 살고 있는 경우도 있지만, 나는 그 당시 생각했던 것처럼 너무 늙지 않고 갑자기 죽게 되는 것이 더 좋다는 생각이 든다.

사람들은 전쟁에 대한 공포에 대해 이야기하곤 하는데, 이런 일반적인 질병이 가져다주는 잔혹함에 필적할 만한 무기란 여지껏 없었다. '자연사'의 정의를 내려보자면, 악취를 풍기며 고통스럽게 천천히 죽어가는 그 어떤 것이다. 그럴 때조차도 공공시설이 아닌 집에서 죽음을 맞이한다면 차이점은 있다. 촛불처럼 희미하게 깜빡거리는 이 가련한 늙은이는 임종시 자신을 지켜볼 사람이 하나도 없을 만큼 하찮은 존재였다. 그는 단지 의대 학생들이 해부용 메스를 가지고 실험할 '실용 대상' 번호에 불과했다. 이런 장소에서 비참하게 죽어가는 것은 과연 어떤 심정일까? X병원에는 침대가 서로 가까이 붙어 있고 침대와 침대 사이에 천도 드리워져 있지 않다. 이불이 몸에 닿으면 고통을 참지 못해 끙끙대는, 내 침대에서 약간 떨어져 있는 저 작은 사람처럼 죽어가는 것을 상상해 보라! 그가 신음하듯 뱉어낸 "오줌 좀 누겠소!"는 그의 마지막 말이었다. 이 말은 적어도 그가 제정신이 들었을 때 한 말이었으리라. 죽어가는 사람들은 흔히 죽기 하루나 이틀간은 평온한 마음 상태를 가진다.

저소득층의 사람들에게만 주로 생기는 질병이 있는 것처럼 병원의 공동 병실에는 자신들의 집에서 죽어가는 사람들에게는 볼 수 없는 어떤 공포 같은 것이 있다. 그러나 사실 내가 X병원에서 목격한 것은 영국의 병원에서 볼 수 없는 것들이었다. 예를 들어 이런 부류의 사람들은 임종을 지켜보는 사람도 없고, 아무도 거들떠보지도 않는 동물처럼 죽어가며, 또 죽은 사실도 아침이 되어서야 비로소 알려지게 된다. 이런 일은 자주 일어났다. 영국에서는 분명히 볼 수 없는 사실이다. 더구나 다른 환자들이 보도록 시체를 오랫동안 방치하는 경우도 없다. 영국에 있을 때, 상주하는 의사가 없었던 한 마을의 작은 병원에서 있었던 일이 생각난다. 우리가 차를 마시고 있는 동안에 어떤 사람이 죽었는데, 병실에는 나를 포함해 여섯 명이 있었지만 간호사들이 일을 능숙하게 처리했기 때문에 우리는 차를 다 마실 때까지 그 사람이 죽었으며 시체가 깨끗이 옮겨졌다는 사실조차 몰랐다. 어쩌면 우리는 영국에서 제대로 교육받은 수많은 간호사들에게서 받는 혜택을 과소평가하고 있는지도 모른다. 분명히 영국 간호사들은 말수가 적고, 찻잎으로 점을 치고, 유니언잭 배지를 가슴에 달고, 자기 집 벽난로 선반 위에 여왕

초상화를 걸어놓고 있기는 하지만, 적어도 우리를 씻기지도 않은 채 엉성한 침대 위에 변비라도 걸린 사람처럼 굼뜨게 누워 있도록 방치해 두지는 않는다. X병원 간호사들의 모습에선 갬프 부인[2]이 연상되며, 그 후 스페인의 군대 병원에서 나는 체온도 재주지 않을 정도로 거만한 간호사들을 본 적이 있다. X병원에 존재하는 것과 같은 행위는 영국에서는 볼 수 없다. 그 뒤 내가 욕실에서 세수를 할 수 있을 정도로 호전이 되었을 때 나는 그곳에 있는 큰 포장 상자 하나를 보게 되었는데, 거기에는 음식물 찌꺼기와 병실에서 나온 더러운 거즈나 붕대 같은 것들이 어지러이 들어 있었다. 그 상자 모서리 밑에는 귀뚜라미 같은 곤충들이 우글거리고 있었다.

나는 의사의 퇴원 지시도 없었지만 내 옷을 다시 돌려받고는 그동안 풀렸던 다리에 힘을 꽉 주고 X병원을 도망치듯 빠져나왔다. 나는 이 병원말고 다른 병원에서도 도망쳐 본 경험이 있지만, 특히 우중충하고 더럽고 냄새나고 무엇보다도 이 병원만이 가지고 있는 어떤 황당한 분위기가 머릿속에 아직까지 뚜렷이 남아 있다. 내가 그 병원으로 가게 된 이유는 그 병원이 내가 살고 있던 구에 속했기 때문이다. 나는 퇴원한 이후에도 그 병원의 평판이 아주 나쁘다는 사실을 한동안 몰랐다. 1년인가 2년 후, 유명한 사기꾼인 마담 하나우드가 수감 중에 몸이 아파 X병원으로 이송되었는데 거기서 며칠을 보낸 뒤 감시인 몰래 병원을 빠져나와 택시를 타고 교도소로 돌아왔다. 그녀는 교도소가 훨씬 지내기 편하다고 말했다. 나는 그 당시 프랑스에 있던 병원들이 모두 X병원과 똑같은 것은 아니라고 생각하며, X병원은 보기 드물게 독특한 병원인 것 같다. 대부분이 노동자들인 그 병원의 환자들은 삶의 의욕도 없이 무기력해 보였다. 어떤 환자들은 상태가 호전되는 경우도 있었다. 가난한 꾀병 환자가 두 명 있었는데, 그들에게 이 병원은 겨울을 나기에 안성맞춤의 장소였다. 간호사들도 그들이 병원의 허드렛일을 잘하기 때문에 눈감아주었다. 그러나 대부분의 분위기는 어땠는가? 물론 이곳은 비열한 장소로 그 밖에 어떤 것도 기대할 수 없었다. 그들은 아침 다섯시에 일어나 세 시간을 기다리고 난 뒤 멀건 수프로 아침을 먹고 하루를 시작했고, 곁에서 지켜보는 사람도 없이 쓸쓸히 죽어가야 했으며, 그곳에서 의사의 치료를 받아볼 기회를 얻는 것은 오로지 그가 지나갈 때 그와 눈을 마주쳐야 가능하다는 사실은 전혀 낯설지 않았다. 그들의 전통에 따르면 모든 병원은 으레 그렇다는 것이었다. 심하게 아프고 또 너무 가난해 집에서 치료를 받을 형편이 못 되면 그때 병원에 가야 한다. 일단 병원에 가면 군대 생활처럼 규율과 불편함을 감수해야 한다.

지금 내 기억에서 거의 사라져가는 옛날이야기지만 무엇보다 재미있는 대목을 하나 이야기하겠다. 예컨대 명백히 호기심 때문에 우리의 배를 가르는 의사가 있는가 하면, 마취가 덜 된 상태에서 수술하는 것을 재미있어하는 의사가 있다는 점이다. 욕실 바로 옆에 위치한 한 작은 수술실에 대한 우울한 이야기가 하나 있다. 끔찍한 비명 소리가 이 방에서 흘러나오곤 했다는 것이다. 이런 이야기는 확인할 길도 없지만 또 있을 수도 없는 일이라고 생각한다.

나는 두 명의 의대 학생이 의료비를 지불하는 환자에게는 절대로 하지 않을 짓궂은 실험 따위를 열여섯 살 먹은 어떤 소년에게 실시해 그를 죽이는 것, 구체적으로 말해 죽음으로 몰고가는 것(내가 병원에서 나올 때 그 소년은 죽어가고 있었지만 어쩌면 후에 나았을지도 모르겠다)을 목격한 적은 있다. 내 기억에 큰 병원에서는 해부 실습을 위해 환자를 죽이는 일이 벌어진다고 하는 소문이 런던에 떠돈 적은 있었던 것 같다. X병원에서 이런 소문을 듣지는 못했지만, 이 병원에 입원해 있던 일부 사람들은 이 이야기를 그대로 믿고 있는 것 같았다. 왜냐하면 의료 기술은 발달했음에도 불구하고 19세기의 분위기가 그대로 배어 있는 듯해 특별한 흥미를 불러일으키는 곳이 이 병원이기 때문이었다.

지난 50여 년 동안 의사와 환자 사이의 관계에는 많은 변화가 있었다. 19세기 후반 이전의 모든 문학작품을 살펴보면, 병원이라는 곳이 거의 낡은 성과 같은 교도소로 간주되고 있다는 것을 알 수 있을 것이다. 병원은 죽음에 이르는 일종의 대기실과 같이 더러움, 고문, 죽음이 연상되는 장소였다. 가난하지 않은 사람은 병 치료를 위해 그런 장소에는 절대 가지 않았다. 특히 의학이 어느 때보다 괄목할 만하게 성장했지만 성공률은 그다지 높지 않았던 18세기 초에, 일반 사람들은 의사들이 하는 전반적인 일들을 끔찍스럽고 무서움을 자아내는 것으로 간주했다. 특히 수술은 소름 끼치는 사디즘의 한 형태로 여겨졌고, 시체 처리업자의 도움으로나 가능한 해부는 단지 마법과 혼동되기까지 했다. 나는 19세기부터 의사와 병원에 관련된 공포문학을 광범위하게 수집할 수 있다. '기절할 때까지 피를 뽑기' 위해 자신에게 다가오는 담당 의사를 보고 살려달라고 비명을 지르는, 망령이 들고 늙고 가련한 조지 3세를 생각해 보자! 결코 패러디가 아닌 봅 소어와 벤저민 알렌의 대화나, 『붕괴』와 『전쟁과 평화』에 나오는 야전병원, 혹은 허먼 멜빌의 『화이트 재킷』 중에 나오는 신체를 절단하는 끔찍스러운 대목을 생각해 보자. 슬래서,[3] 카버,[4] 소어,[5] 필그레이브[6] 등과 같이 19세기 영국 소설에 등장하는 의사의 이름들이나 의사를 일컫는 일반적 별명 '뼈를 자르는 사람(sawbones)'은 희극적이면서도 끔찍함을 자아낸다.

수술을 반대하는 전통은 어쩌면 알프레드 테니슨의 시 「아동 병원」에 가장 잘 묘사되어 있다. 이 시는 1880년에 씌어진 것으로 추정되고 있지만, 마취를 이용해서 수술하기 이전의 수술 형태를 잘 보여주는 중요한 문서가 된다. 게다가 테니슨이 이 시에 기록해 놓은 전망은 마취에 대한 논란거리를 제공해 주었다. 마취 없이 수술하는 것이 얼마나 야만적인 행위인가를 생각하면 그런 수술을 하는 의사의 동기를 의심하지 않을 수 없다. 의내 학생들이 그렇게 열렬히 바라마지 않는 이 끔찍스러운 공포심(슬래서가 그것을 한다면 멋진 광경이리라!)은 그다지 중요하지 않았다. 겁에 질려 죽지 않은 환자는 어차피 수술 후의 당연한 결과로서 괴저(壞疽)로 죽기 때문이다. 심지어 오늘날에도 의사들의 동기가 의심스러울 때가 있다. 중병에 걸려본 적이 있거나 의대 학생들이 이야기하는 것을 들어본 사람이라면 내 말을 이해할 것이다. 그러나 마취제와 살균제의 등장이 전환점을 이루었다. 어쩌면 지금은 세계의 어디에서도 『성 미카엘 이야기』에서 악셀 먼디가 묘사하는 그런 장면은 볼 수 없을 것이다. 실크햇을 쓰고 프록코트를 입은 사악한 의사가 빳빳하게 풀을 먹인 셔츠의 가슴받이에 피와 고름을 잔뜩 묻히고는 똑같은 칼로 이 환자 저 환자의 몸을 가르고 절단된 수족을 수술대 옆 통에 던져버리는 것이다. 그러나 국민건강보험으로 인해 노동계층의 환자들이 보험 혜택을 받을 가치가 없는 극빈자라는 인식이 부분적으로 철회되기 시작했다. 금세기에는 '공짜' 환자들이 큰 병원에서 마취 없이 이를 뽑는 것이 당연시되었다. 그들은 돈을 내지 않는다. 왜 그들에게 마취제를 사용해야 하는가. 이러한 생각이 일반적 관행이었으나 그것 또한 바뀌었다.

그러나 모든 시설은 항상 과거의 좋지 못한 기억을 간직하고 있다. 군대 막사와 같은 병실은 여전히 키플링의 망령에 사로잡혀 있고 구빈원에 들어가면 반드시 『올리버 트위스트』가 생각난다. 병원은 나병 환자들을 평생 수용하기 위한 일종의 빈민구호소로 시작되어 의과대학 학생들이 가난한 사람들의 신체를 통해 의학 지식을 배우는 장소로 유지되었다. 병원만이 지니고 있는 특유의 암울한 건축 구조를 통해서도 그 역사에 대해 어렴풋이나마 알 수 있다. 나는 영국의 병원에서 받은 모든 치료에 대해서는 불평하지 않는다. 그러나 나는 사람들에게 가능하면 병원을 멀리하라고 권하고 싶다. 특히 공립병원은 안 가는 게 좋다. 법적 견해는 어떻든지 간에 '의대 학생들이 있는' 병원에서는 스스로의 치료에 대해 마음대로 통제할 수 없고, 성가신 검사를 하지 못하게 할 수도 없다. 그리고 근무 중에 죽는 것이 가장 좋긴 하지만 자신의 침실에서 죽음을 맞는 것이 병원에서 죽음을 맞는 것보다는 좋다. 아무리 친절하고 효율적이라 하더라도 병원에서 죽는 것은 잔인하고 비참한 것이다. 다시 말해, 너무 사소하여 무시하고 지나갈 수 있을지 모르지만, 서두름, 복잡함, 그리고 이방인들 사이에 섞여 매일 사람들이 죽어나가는 장소에 밴 비인간성이 만들어내는 지독히 고통스런 기억을 뒤에 남기는 것이 병원에서의 죽음이다.

가난한 사람들한테는 어쩌면 병원에 대한 두려움이 지금도 존재할 것이다. 대부분의 사람들에게 그런 두려움은 최근에야 사라졌다. 그것은 우리 정신계 바로 밑에 있는 검은 파편이다. 나는 X병원의 병실에 들어섰을 때 이상할 정도로 친숙함을 느꼈다고 말한 바 있다. 지독한 악취를 내뿜는, 고통으로 가득 찬 19세기의 병원이 머리에 떠올랐기 때문이다. 물론 19세기의 병원을 직접 보지는 못했지만, 그것에 대한 전통적 지식은 가지고 있다. 어떤 것, 어쩌면 더러운 검은 상사를 들고 있는 검은 옷을 입은 의사, 아니면 특유의 역겨운 냄새가 20년 동안 까마득히 잊고 있었던 테니슨의 시 「아동 병원」을 다시 생각나게 만들었다. 어린아이였을 때 간호사가 내 옆에 앉아 그 시를 큰 소리로 읽어주었는데, 그 간호사는 테니슨이 그 시를 썼던 당시에도 어쩌면 간호사 일을 했을 것이다. 구식 병원에서의 공포와 고통은 그 간호사에게 생생한 기억으로 남아 있었다. 우리는 그 시를 함께 읽으며 벌벌 떨었는데, 그 후 나는 시의 내용을 다 잊어버렸다. 어쩌면 그 시의 제목조차 생각나지 않았을 수도 있었다. 그러나 침대가 서로 다닥다닥 붙어 있는 어두침침한 병실을 처음 보았을 때, 과거의 기억이 갑자기 내 머리에서 솟아올랐다. 그날 밤에 나는 그 시의 전체 내용과 분위기가 모두 생각났으며, 대부분의 행을 다시 암송할 수 있었다.

1) 흡각법 : 흡각을 써서 피부 표면에서 혈액·고름 등을 빨아내는 치료법.
2) 갬프 부인 : 1843년에서 1844년까지 분할 출판된 디킨스의 『마틴 처즐위트』에 등장하는, 산모를 돌보는 늙고 뚱뚱한 간호사.
3) 슬래서 : 칼질하는 사람.
4) 카버 : 쪼개는 사람.
5) 소어 : 톱질하는 사람.
6) 필그레이브 : 시체 매장.

마라케시[1]

시체가 지나가자 식당 테이블 주변에 윙윙거리던 파리 떼가 우르르 그 시체를 따라갔다가 몇 분 후 다시 돌아왔다. 많지 않은 조문객들—여자들은 없고 남자와 소년들이 전부였다—은 계속해서 구슬픈 노래를 부르며 석류나무 더미와 택시와 낙타 등이 서로 뒤섞여 있는 시장을 뚫고 나아갔다. 파리 떼가 실제로 좋아하는 것은, 이곳에서는 시체를 관에 넣어지지 않고 누더기 조각으로 둘둘 말아 조잡하게 만든 나무 상여 위에 얹어서 네 명의 친구가 어깨 위로 들어 옮긴다는 것이다. 그 친구들은 묘지에 도착하면 2피트 깊이의 긴 사각형 구덩이를 파고 시체를 그 속에 넣은 후, 부서진 벽돌처럼 바싹 마르고 울퉁불퉁한 흙을 덮는다. 묘비도 없고 이름도 없고 신원을 알 수 있는 그 어떤 것도 없다. 그 묘지는 마치 짓다가 중단된 건설현장 같은 언덕배기 황무지에 불과했다.

한두 달이 지나면 자신의 친척이 어디에 묻혀 있는지 찾을 수 있는 사람은 아무도 없다.

우리가 이런 도시—인구는 20만 명이며, 이들 중 적어도 2천 명은 자신들이 걸치고 있는 누더기 옷을 제외하면 말 그대로 가진 것이라곤 아무것도 없다—를 가로질러 걸어갈 때, 그들의 사는 모습과 그들이 얼마나 쉽게 죽는지를 볼 때, 과연 인간들 사이를 걸어가고 있는 것인지 도저히 믿어지지 않는다. 사실상 모든 식민제국들은 이런 토대 위에 건설되었다. 그 사람들의 피부색은 갈색이다. 갈색 피부를 가지고 있는 사람들이 피지배자인 경우가 많다! 그들이 진정 우리와 같은 인간인가? 그들은 이름이라도 가지고 있는가? 그들은 단지 벌이나 산호충처럼 획일적으로 갈색 곤충에 불과한가? 그들은 땅에서 나왔으며 얼마 동안 땀 흘리고 일하다 굶어 죽는다. 그러면 둔덕의 이름 없는 묘지에 묻힌다. 그들이 사라져도 그걸 아는 사람은 아무도 없다. 그들의 무덤조차도 곧 뭉개져 흙속에 파묻혀버린다. 이따금 산책을 나가 부채선인장을 헤치고 걷다 보면, 발 밑이 좀 울퉁불퉁하다는 것을 느끼게 된다. 그 울퉁불퉁한 것이 규칙적으로 나타난다면, 우리는 다름 아닌 해골 위를 걷고 있는 것이다.

나는 공원에서 가젤에게 먹이를 주고 있었다.

가젤은 다른 동물과는 달리 살아 뛰어다니는 모습을 볼 때면 잡아먹기에 좋겠다는 생각이 드는 유일한 동물이다. 사실 그들의 하반신을 보면 민트 소스[2]가 생각난다. 내가 먹이를 주고 있던 가젤은 내가 이런 생각을 하는 줄 알고 있는 것처럼 보였다. 그 녀석은 내가 내밀고 있는 빵 조각을 받아먹기는 해도 분명 나를 좋아하지는 않았다. 그놈은 빵을 냉큼 받아먹고선 머리를 숙여 나를 받으려고 했다. 그러고는 빵을 받아먹고 또다시 머리로 나를 받으려고 하는 것이었다. 어쩌면 그놈은 자기가 나를 머리로 받아 물리치면 빵은 공중에 그대로 매달려 있을 것이라고 생각하는지도 몰랐다.

근처의 좁은 길에서 일을 하고 있던 한 아랍인 인부가 무거운 괭이를 내려놓고 우리 앞으로 살금살금 다가왔다. 그는 전에 이런 모습을 한 번도 보지 못한 사람처럼 매우 놀라운 듯 가젤과 빵을 번갈아 쳐다보았다. 마침내 그는 프랑스말로 수줍게 말했다.

"나도 빵을 먹을 수 있어요."

나는 빵을 찢어 남의 눈에 띄지 않도록 그의 누더기 아래에 흔쾌히 던졌다. 그는 시청에 소속된 노동자였다.

유태인 구역에 들어가 보면 중세의 빈민가가 과연 이런 곳이었구나 깨닫게 된다. 무어인 지배자들 밑에서 유태인들은 제한된 지역에서만 땅을 소유할 수 있었으며, 수세기에 걸쳐 이런 대우를 받고 나니 이제 특정 지역에서 오밀조밀하게 살아도 별 신경을 쓰지 않게 되었다. 대부분의 도로는 폭이 6피트도 안 되었으며, 집에는 창문이 하나도 없고 우수에 젖은 눈빛의 어린아이들이 여기저기에 파리 떼처럼 모여 있었다. 오줌으로 가득 찬 작은 도랑이 도로 가운데를 따라 흐르고 있었다.

시장에는 검은색의 긴 옷을 입고 테두리 없는 검은색 실내 모자를 쓴 유태인 가족들이 동굴처럼 어둡고 파리가 들끓는 가게 안에서 일을 하고 있었다. 한 목수가 낡은 선반 앞에 책상다리를 하고 앉아 의자 다리를 돌려가며 엄청난 속도로 깎고 있었다. 그는 오른손에 활톱을 들고 왼발로 끌을 조정하면서 선반작업을 하고 있었다. 평생 이런 자세로 앉아 일을 하다 보니 그의 왼쪽 다리는 휘어 있었다. 그 옆에 여섯 살쯤 되어 보이는 손자가 벌써 쉬운 것부터 그 일을 배우고 있었다.

구리세공사 가게 옆을 지나가고 있는데 누군가가 내가 담배 피우는 모습을 보았다. 즉시 주변의 어두컴컴한 구멍 같은 데에서 유태인들이 쏟아져나왔는데, 대부분은 잿빛 턱수염을 기르고 있는 늙은이들이었다. 그들은 나에게 담배를 좀 달라고 외쳤다. 심지어 가게 안 구석에 있던 장님도 내가 담배를 피우고 있다는 소리를 듣고 엉금엉금 기어나와 손을 공중으로 내밀었다. 1분 정도 지나자 내 담배는 모두 동이 나버렸다. 그들은 모두 하루에 열두 시간 이상씩 일을 했다. 그들은 담배 피우는 것을 자신들은 누릴 수 없는 일종의 사치라고 여기고 있었다.

유태인들은 자급자족적인 공동체에 살면서 농업을 제외하고는 아랍인들과 똑같은 일에 종사한다. 과일장수, 옹기장이, 은세공사, 대장장이, 푸줏간 주인, 가죽 무두질 업자, 재단사, 물 운반꾼, 거지, 짐꾼 등의 직업을 가지고 있다. 주변 어디를 둘러봐도 이런 일을 하는 사람들은 유태인을 제외하고는 없다. 사실상 이런 일을 하는 유태인들은 1만3천 명 정도 되는데, 이들은 모두 비좁은 지역에 모여 살고 있다. 히틀러가 이곳에 없는 게 그나마 다행이었다. 어쩌면 그는 이곳에 오고 있는 중인지도 모른다. 우리는 아랍 사람들뿐만 아니라 가난한 유럽 사람들한테서도 유태인의 일상적인 우울한 소문을 듣는다.

"예, 선생님. 그들은 나의 일자리를 빼앗아 한 유태인에게 주었답니다. 유태인들 말입니다! 아시다시피, 그들은 이 나라의 실질적 지배자들입니다. 그들이 모든 돈을 다 긁어갑니다. 그들은 은행과 금융, 모든 것을 지배합니다."

"그렇지만 일반 유태인들은 시간당 1페니 정도밖에 못 버는 육체 노동자들 아니오?"

"아, 그것은 쇼에 불과합니다! 그들은 모두 실제 돈놀이꾼들입니다. 교활한 유태인들이죠."

2백 년 전과 마찬가지로, 늙고 가난한 여자들은 넉넉한 식사를 할 만큼 구걸을 충분히 할 수 없을 때 마법을 동경하곤 했다.

육체 노동을 하는 사람들은 대체적으로 눈에 잘 띄지 않으며, 그들이 더 중요한 일을 하면 할수록 우리 눈에 잘 들어오지 않는다. 백인들은 항상 눈에 잘 띈다. 만약 북유럽에서 밭을 갈고 있는 농부를 본다면, 어쩌면 우리는 그에게 단 1초도 관심을 두지 않을 것이다. 지브롤터 남부나 수에즈 동부에 위치한 무더운 국가에서도 역시 마찬가지다. 나는 다시 한 번 이것을 인식할 수 있었다. 열대 지방에서 우리의 눈은 인간을 제외한 모든 것에 고정된다. 바싹 마른 토양, 부채선인장, 야자수와 멀리 보이는 산, 이런 것들만 쳐다볼 뿐 언제나 땅을 파는 농부들은 보지 못한다. 농부의 피부는 땅과 같은 색깔이라 전혀 쳐다볼 마음이 생기지 않는다.

이런 사실 때문에 아시아와 아프리카의 기아 국가들은 관광 휴양지 정도로만 여겨지고 있는 것이다. 누구도 궁핍 지역으로 가는 값싼 여행을 하려고 들지 않는다. 갈색 피부의 인간들이 살고 있는 지역의 가난은 우리의 관심의 대상조차 되지 않는다. '모로코' 하면 프랑스인은 무엇을 생각할까? 오렌지 농장이나 정부 기관의 일자리? 영국 사람들은 낙타, 성, 야자나무, 해외 재향군인들, 놋쇠그릇, 산적 따위를 생각할까? 우리는 이곳에서 수십 년 동안 살고 있으면서도, 척박한 토양에서 목숨만 연명할 정도의 적은 식량이라도 얻기 위해 힘겨우면서도 끝없는 투쟁을 벌이는 것이 이들 모두의 현실이란 것을 모른다.

모로코 대부분의 땅은 척박해서 토끼보다 덩치가 큰 야생동물은 도저히 살 수가 없다. 한때 숲으로 뒤덮였던 거대한 지역은 지금은 퍼석퍼석하게 부서진 벽돌 조각처럼 흙이 메말라 있는, 나무 한 그루 자라지 않는 황무지가 되어버렸다. 그럼에도 불구하고 이 땅의 넓은 지역에서 아직도 농사를 짓는데, 모든 것이 사람의 손으로 행해진다. 여자들이 밭을 따라 긴 줄을 지어 허리를 굽힌 채 가시투성이의 잡초를 손으로 뽑아내면서 느릿느릿 일을 하고 있다. 그들의 모습은 흡사 대문자 엘(L)을 거꾸로 해놓은 것처럼 보였다. 사료용으로 자주개자리를 수확하는 농부들은 그것을 다 베어버리지 않고 1인치나 2인치 정도를 남겨놓은 뒤 줄기를 꺾는다. 나무로 조잡하게 만든 쟁기는 가벼워서 한 사람이 어깨에 메고 쉽게 운반할 수 있으며, 4인치 정도의 깊이로 땅을 가는 투박한 쇳날이 아랫부분에 달려 있다. 이런 쟁기라도 동물들과 맞먹을 정도의 힘을 발휘한다. 흔히 멍에를 메운 소 한 마리와 당나귀 한 마리가 쟁기를 끈다. 이렇게 하는 이유는, 당나귀 두 마리는 큰 힘을 내지 못하고, 소 두 마리는 사육하는 데 돈이 너무 많이 들기 때문이다. 농부들은 써레는 없고 단지 여러 방향에서 쟁기질을 여러 번 해서 밭을 갈며, 결국 울퉁불퉁한 골이 생기면 쟁기질을 다하고 난 뒤에도 괭이질을 해 작고 긴 직사각형 모양으로 다듬어 물을 가둔다. 비가 온 뒤 하루나 이틀이 지나버리면 물은 곧 부족하게 된다. 밭 가장자리를 따라 30여 피트 깊이로 하층토에 떨어지는 물을 받기 위한 수로가 나 있다.

매일 오후에 무척 늙어 보이는 여자들이 무리를 지어 장작 한 더미씩을 들고 내 집 앞 도로를 따라 내려갔다. 그들은 모두 나이 탓도 있고 또 햇볕에 그을려 미라처럼 보였다. 체구도 작았다. 여자들의 경우 대체적으로 어떤 특정한 나이가 지나면 다시 어린아이의 크기로 줄어들었는데, 원시공동체의 경우와도 비슷해 보였다. 어느 날 키가 4피트도 채 안 되는 한 가난한 늙은이가 장작을 한 짐 지고 내 옆을 기어갔다. 나는 그녀를 멈추게 해 5수짜리 동전(1파딩보다 약간 많은 금액임)을 손에 쥐어주었다. 그녀는 거의 비명을 지르듯 울부짖는 소리로 무슨 말인가를 했는데, 그것은 감사의 표시였지만 한편으로는 놀라움의 표시이기도 했다. 그녀의 관점에서 보면, 내가 그녀를 알아봄으로써 자연법을 어겼다는 것이었다. 그녀는 자신의 위치를 늙은 여자, 다시 말해 부담이 되는 짐승쯤으로 간주했던 것이다. 한 가족이 여행을 할 경우, 아버지와 장성한 아들은 당나귀를 타고 앞장서고 늙은 여자는 짐을 들고 걸어서 뒤를 따라가는 모습을 흔히 볼 수 있었다.

그러나 이상한 점은, 우리 눈에 뚜렷하게 드러나지 않는다는 것이다. 몇 주 동안 항상 같은 시간에 한 무리의 노파들이 장작을 등에 지고 다리를 절뚝거리며 내 집 앞을 지나갔다. 비록 나의 눈에 각인이 되었더라도 나는 그들을 보았다고 확실히 말할 수 없었다. 그저 장작더미가 지나갔다고밖에. 그것이 바로 내가 그들을 본 방법이다. 어느 날 나는 우연히 그들의 뒤를 따라간 적이 있었다. 장작더미가 이상하게 위아래로 흔들리는 모습을 보고서야 나는 그 장작더미 아래에 있는 인간들에게 관심이 갔다. 나는 그때 처음으로 흙색의 몸을 뚜렷이 보았다. 짓누르는 짐의 무게 때문에 허리가 굽어진 그들의 몸은 살이라고는 붙어 있지 않고 뼈와 가죽처럼 생긴 쭈글쭈글한 피부뿐이었다. 모로코 땅을 밟은 지 채 5분도 되지 않아 당나귀들에게 너무 많은 짐을 실은 것을 보고 화가 났던 기억이 난다. 이곳의 당나귀들은 처참할 정도로 혹사당하고 있다. 모로코 당나귀들은 세인트버나드 개의 크기밖에 되지 않지만, 영국 군대에서는 한 마리의 덩치 큰 노새에게도 너무 무겁다고 여겨질 정도의 많은 짐을 옮기고 있다. 그리고 흔히 길마도 몇 주 동안 떼어 내지 않는다. 특히나 비참한 것은, 당나귀는 지구상에서 가장 온순한 동물로 개처럼 주인을 따르며 굴레를 씌울 필요도 없다는 점이다. 주인을 위해 10여 년 동안 죽어라고 일만 하고 난 뒤 노쇠해 죽는다. 그러면 주인은 죽은 당나귀를 도랑에 내다 버리고, 당나귀의 몸이 식기 전에 동네 개들이 몰려들어 내장을 파 먹는다.

이런 일은 우리의 피를 끓어오르게 만든다. 그런데 인간들의 역경을 보면서도 이런 생각이 들지 않는 까닭은 무엇인가? 어떤 사실을 입증하려고 하는 말은 아니다. 갈색 피부를 지닌 사람들이 내 옆집에 살고 있지만, 거의 눈에 띄지 않는다. 모든 사람들이 짐을 많이 실어 등가죽이 벗겨진 당나귀를 보면 측은하다고 생각하지만, 늙은 여자가 무거운 짐을 힘에 부치게 짊어지고 가는 모습을 보면 그런 생각을 하지 않는다.

황새 떼가 북쪽으로 날아갈 때 흑인들이 남쪽으로 행군을 하고 있었다. 긴 행렬의 보병대와 포병중대가 먼지를 일으키며 이동하고 있었다. 보병대가 더 많아 보였는데, 다 합치면 4백~5백 명 정도 되는 군인들이 철커덕 거리는 마차의 쇠바퀴 소리와 함께 무거운 군화를 신고 쿵쿵거리면서 도로를 행진하고 있었다.

그들은 아프리카에서 가장 새까만 세네갈 사람들이었다. 그들은 너무 검어서 이따금씩 머리가 목 어느 부분에서부터 시작되는지조차 분간하기가 어렵다. 번쩍거리는 몸은 헌 카키색 군복 아래에 감추어져 있었고, 철모는 너무 작아 보였다. 날씨가 무더워 행렬은 엿가락처럼 늘어져 있었다. 그들의 몸은 어깨에 멘 무거운 짐 때문에 축 늘어져 있었으며, 이상할 정도로 민감한 검은 얼굴은 땀으로 번들거리고 있었다.

그들이 통과할 때, 키가 크고 어려 보이는 한 흑인 병사가 고개를 돌려 내 눈과 마주쳤다. 그러나 나를 쳐다본 그의 얼굴이 보통 예상할 수 있는 그런 모습은 전혀 아니었다. 적개심도 없고, 경멸감도 없고, 시무룩한 인상도 아니고, 그렇다고 호기심 있는 얼굴도 아니었다. 그것은 실제로 상대방을 존경스럽게 바라보는 수줍고 천진난만한 흑인의 모습이었다. 나는 곧 그 이유를 알았다. 프랑스 시민으로, 숲에서 끌려나와 수비대가 주둔하는 도시에서 잡일을 하다가 매독에 걸린 이 불쌍한 소년은 백인만 보면 존경심을 가진다. 그는 백인이 자신의 지배자라고 배워왔고 아직도 그 사실을 믿고 있는 것이다.

그러나 모든 백인들(이런 상황에서 그들이 스스로를 사회주의자라고 부른다 한들 전혀 중요하지 않다)이 옆에서 행진하는 흑인 병사들의 모습을 볼 때 생각하는 것은 한 가지뿐이다. '우리가 이 사람들을 얼마나 오랫동안 놀려먹을 수 있을까? 얼마나 오랜 시간이 지나야 그들은 그들의 총부리를 다른 방향으로 돌리게 될까?'

참으로 궁금하다. 저기 있는 모든 백인들은 그들의 마음 한구석에 이런 생각을 간직하고 있을 것이다. 나 또한 다른 구경꾼처럼, 땀 흘리는 군마(軍馬)에 올라탄 장교처럼, 대열을 맞추어 행군하는 하사관들처럼 그러한 생각을 가지고 있었다. 이것은 우리 모두가 알고 있지만 도저히 말할 수 없는 일종의 비밀이었다. 흑인들만이 그 사실을 몰랐다. 그리고 실제로 무장한 군인들이 2마일이나 길게 행렬을 지어 평화스럽게 언덕 위를 걸어 올라가는 모습을 보는 것은 소 떼를 보는 것과 별반 다르지 않다. 그러는 동안 그들 머리 위에는 위대한 흰 색의 새들이 하얀 종잇조각처럼 반짝거리며 반대 방향으로 날아가고 있었다.

1) 마라케시 : 모로코 중서부에 있는 도시. 모로코는 1830년 알제리가 프랑스령이 된 후 서유럽 국가들의 분할 경쟁의 대상이 되었으며, 1904년 프랑스와 스페인의 협상을 거쳐 1912년 프랑스와 스페인의 보호령으로 분할되었다. 제2차 세계대전 후 반(反)프랑스 해방투쟁을 거친 뒤 1953년 3월에 프랑스로부터 독립하였다.

2) 민트 소스 : 설탕, 식초에 박하 잎을 썰어넣은 것. 새끼 양고기, 불고기 요리에 쓰인다.

제2부

문학과 정치

모든 작가들은 헛되고, 이기적이고, 게으르며, 동기의 밑바닥엔 어떤 신비가 흐른다.
소설을 쓰는 것은 장기간의 고통스러운 질병에 시달리듯 끔찍하고 극도의 투쟁이 요구되는 작업이다.
저항할 수도, 이해할 수도 없는 어떤 악마에 씌지 않고는 이런 작업을 결코 떠맡을 수 없는 것이다.

나는 왜 쓰는가

아주 어렸을 때부터, 아마 다섯이나 여섯 살 때부터 나는 어른이 되면 작가가 될 것임을 알고 있었다. 열일곱 살부터 스물네 살 사이에 그 생각을 포기하려고 노력도 해보았지만 결국 그것이 나의 본성에 어긋남을 알게 되었고, 안정을 찾아 글을 써야 한다는 의식이 점점 커져갔다.

나는 삼남매[1] 중 중간으로 각각 다섯 살의 터울이 있으며, 여덟 살 때까지 아버지를 거의 보지 못했다.[2] 여러 가지 이유로 나는 다소 외톨이였고 또 무뚝뚝한 면이 있어, 학창 시절 학우들 사이에서 별로 인기가 없었다. 외톨이 어린아이가 흔히 그러하듯, 나는 이야기를 지어내기도 하고 상상으로 만들어낸 인물들과 대화를 나누는 습관이 있었다. 처음부터 나의 문학적 포부는 내가 무시당하고 제대로 평가받지 못하고 있다는 느낌과 서로 뒤섞인 것이었다. 나는 스스로 단어를 구사하는 재주와 불쾌한 사실들을 직면할 수 있는 능력이 있다는 것을 알고 있었다. 이것 덕분에 나는 나만의 비밀스런 세계를 만들어 그 속에 들어가 내가 일상적 삶에서 겪은 실패에 대한 보복을 할 수 있었다. 그러나 유년 시절과 소년기를 통틀어 내가 썼던 진지한—예컨대 진지한 의도로 쓴—이야기는 다 합쳐봐야 여섯 장도 되지 않았다.

나는 네 살인가 다섯 살 때 처음으로 시를 썼는데, 그것은 어머니가 내 말을 받아 적은 시였다. 그 시는 호랑이에 관한 내용이었는데 '걸상처럼 생긴 이빨'(제법 그럴 듯하게 들리지 않는가?)이라고 쓴 것을 제외하고는 기억나는 게 없지만, 아마 윌리엄 블레이크의 「호랑이, 호랑이」라는 시를 베낀 것이 아니었나 하는 생각이 든다. 제1차 세계대전이 발발했던 해인 열한 살 때, 나는 한 편의 애국시를 써서 지방 신문에 실었고, 또 2년 후에는 호레이쇼 키치너[3]의 죽음에 대한 시를 실었다. 좀더 나이가 들면서 나는 이따금 조지 시대 스타일[4]로 서툰 미완의 '자연시'를 썼다. 또한 열두 살 때는 단편을 시도해 보았지만 형편없는 실패작으로 끝났다. 이런 것들이 이 시절 내가 종이 위에 확실히 남겨놓았던 자칭 '진지한 작품'의 전부였다.

그러나 이 기간 동안 나는 어떤 의미에서 볼 때 문학활동을 했다고 볼 수 있다. 우선 나 자신에게 그다지 큰 즐거움은 되지 않았지만 빠르고 쉽게 쓸 수 있는 주문에 맞춰 쓰는 글이 있었다. 나는 학교 공부와는 별도로 희극시 비슷한 행사용 기회시(機會詩)[5]를 썼는데, 지금 생각해도 엄청난 속도로 쓴 것 같다. 그리고 열네 살 때는 아리스토파네스[6]를 모방해 각운 희곡 한 편을 일 주일 만에 쓰기도 하고, 또 학교에서 내는 여러 잡지의 인쇄 및 원고 교정 일을 도왔다. 그 잡지들은 형편없는 광대극 수준을 넘지 못했는데, 지금 값싼 싸구려 잡지를 만들 때보다 훨씬 적은 수고와 노력을 들여서 만든 것 같았다.

그러나 나는 이런 것들에 힘입어 열다섯 살 때 완전히 다른 종류의 문학연습을 하기 시작했다. 단지 내 마음속에서만 존재하는 일종의 일기인 나 자신에 대한 '이야기'를 계속 지어내는 일이었다. 이것은 보통 어린아이와 청소년에게 흔히 있는 버릇이라고 생각한다. 꼬마 시절 나는 내가 로빈 후드라고 상상하기도 하고, 또 스릴 넘치는 모험 이야기의 주인공이라고 꿈꾸어보기도 했지만, 곧 나의 '이야기'는 방식 면에서 솔직한 자기 도취가 되지 못하고 내가 한 행위와 본 것에 대해 단순히 묘사하는 일에 점점 더 열중하게 되었다. 한번 생각날 때마다 몇 분씩 다음과 같은 것이 내 머릿속에 맴돌고는 했다. '그는 문을 밀어 열고서는 방에 들어왔다. 노란 광선이 모슬린 커튼을 투과해 테이블 위에 비스듬히 내리비추었다. 테이블 위에는 성냥갑 하나가 반쯤 열린 채 잉크 병 옆에 놓여 있다. 오른손을 호주머니에 찔러넣은 채 그는 창문 쪽으로 갔다. 길에는 얼룩고양이 한 마리가 떨어진 나뭇잎 하나를 쫓고 있었다…….'

이 버릇은 나의 비문학적 연대라 할 수 있는, 정확히 말해 스물

다섯 살이 될 때까지 계속되었다. 나는 적절한 단어를 찾아야 했고 또 찾아보기도 했지만, 거의 나의 의지와는 별도로 외부로부터의 어떤 충동질 때문에 그런 묘사를 하려고 했던 것 같다. 생각하면 이런 '이야기'는 내가 각기 다른 나이 때 존경했던 다양한 작가들의 문체를 반영한 것 같지만, 지금 기억해 보니까 항상 뭔가를 꼼꼼하게 묘사해 보려고 했던 그런 종류의 것이었다.

열여섯 살 때 나는 단순한 단어, 예컨대 단어의 소리와 연상이 주는 즐거움을 발견해 냈다. 다음은 『실낙원』의 한 구절이다.

So hee with difficulty and labour hard
Moved on : with difficulty and labour hee,
그래서 그는 고난과 역경을 이겨내면서
나아갔다. 고난과 역경을 이겨내면서 그는,

이 두 행은, 지금은 그렇게 대수롭지 않은 것 같지만, 당시엔 나에게 짜릿한 전율을 주었다. '그'라는 대명사의 철자가 'he' 대신 'hee'로 되어 있는 것도 큰 즐거움이다. 나는 어떤 사물을 묘사할 필요성에 관해서는 이미 꽤 많이 알고 있었다. 그래서 당시 내가 책을 쓰고 싶었던 것이라고 지금 말할 수 있을지는 모르지만, 내가 쓰고 싶었던 책이 어떤 종류의 것이었는지는 분명하다. 나는 불행한 결말을 가지고, 상세한 묘사와 인상적인 직유로 가득 차고, 또 말이 부분적으로 소리 그 자체를 위해 사용되는 화려한 문장의 거창한 자연주의 소설을 쓰고 싶었다. 그리고 사실상 서른 살 때 썼지만 그보다 훨씬 일찍이 구상했던 나의 첫 장편소설 『제국은 없다』가 다소 그런 유에 속하는 소설이다.

내가 나의 모든 배경 정보를 여기에 밝혀놓은 까닭은, 한 작가의 초기 발전 과정을 어느 정도 알지 못하고는 그 작가를 지배하고 있는 문학 동기를 제대로 이해할 수 없기 때문이다. 작가의 문학적 주제는 그가 살고 있는 시대에 의해 결정된다. 적어도 우리 자신의 시대처럼 격동적이고 혁명적인 시대에는 특히 그러하다. 그러나 작가가 글을 쓰려고 시작하기 전에 이미 그는 거기에서 완전히 벗어날 수 없는 자신만의 독특한 정서적 태도를 획득하게 된다. 자신의 기질을 길들이고, 미숙한 단계나 어떤 왜곡된 방법에 빠지지 않도록 자기를 훈련시키는 것이 명백히 작가가 해야 할 일이다. 그러나 만약 작가가 자신의 초기 영향으로부터 완전히 벗어난다면, 그 작가는 글을 쓰고자 하는 자신의 충동 자체를 죽이는 꼴이 될 것이다. 생계비를 벌어야 하는 요구를 제외해 놓고, 나는 글, 특히 산문을 쓰는 데에는 네 가지의 큰 동기가 있다고 생각한다. 이 네 가지 동기는 모든 작가들에게 정도에 따라 서로 다르게 나타날 수 있고, 또 동일 작가에서도 그가 살고 있는 환경에 따라 때때로 다를 수 있다. 그 네 가지 동기란 다음과 같다.

1. 순전한 이기심

똑똑해 보이고, 남들의 입에 오르내리고, 죽은 후에도 기억되고,

어린 시절 자기를 놀렸던 사람들에게 보복하려는 욕망이다. 이것이 작가에게 큰 동기가 아니라고 말하는 것은 거짓말이다. 작가들은 이런 특징적 욕망을 과학자, 예술가, 정치가, 법률가, 군인, 성공한 사업가들, 간단히 말해 인류의 꼭대기 부분을 점유하고 있는 상류층 인간들과 공유한다. 대부분의 인간들은 지나칠 정도로는 이기적이지 않다. 대략 서른 살이 넘으면, 사람들은 개인적 야심을 포기하고—실제 많은 경우에 이들은 개인적 야심을 거의 포기한다—주로 다른 사람들을 위해 살거나 아니면 단조롭고 일상적인 일에 짓눌려 산다. 그러나 또한 자신의 삶의 방식을 끝까지 고수하려고 결심하는 소수의 재능 있고 의지가 굳은 사람들이 있는데, 바로 작가들이 이 부류에 속한다. 진지한 작가들은 저널리스트들보다 돈에는 관심이 적지만 대체로 허영심이 더 강하고 더 자기 중심적이다.

2. 미학적 열정

외부 세계의 아름다움에 대한 인식, 혹은 말과 그것들의 적절한 배열의 아름다움에 대한 인식. 하나의 소리가 또 다른 소리에 미치는 영향, 다시 말해 괜찮은 산문의 견고함이나 좋은 이야기의 리듬을 아는 즐거움 등이 이에 해당한다. 값지다고 느껴 놓쳐서는 안 된다고 생각되는 어떤 경험을 공유해 보고자 하는 욕망, 미학적 동기는 많은 작가들에게 주된 것은 아니지만 팸플릿 지은이나 교과서 집필자조차도 공리적 목적을 넘어 자신들이 좋아하는 단어와 관용어법을 가질 수 있다. 혹은 활자체, 여백의 폭 등에 관해서도 큰 관심을 보일 수 있다. 철도시간 안내 책자의 수준을 넘어서는 책이라면, 어떤 책도 미학적 고려로부터 자유로울 수 없다.

3. 역사적 충동

사물을 있는 그대로 보고자 하는 욕망, 진실한 사실을 발견해서 후손들을 위해 그것들을 보존하려는 욕망이다.

4. 정치적 목적

가능한 한 넓은 의미에서 '정치적'이라는 단어를 사용했다. 세계를 특정 방향으로 몰고 가고자 하는 욕망, 다시 말해 성취하려고 노력해야만 하는 그런 종류의 사회를 위해 다른 사람들의 생각을 바꿔보려는 욕망이다. 다시 한 번 말하지만, 어떠한 책도 정치적 편견으로부터 자유로울 수 없다. 예술이 정치와 관계가 없다고 하는 의견 자체가 정치적 태도이다.

이 다양한 충동들이 서로 공유할 수 없을 만큼 얼마나 상충되는지, 또 이것들이 사람마다 그리고 시대에 따라 어떻게 달라지는가를 우리는 잘 알고 있다. 성격상—흔히 성격이란 우리가 처음 어른이 되었을 때 우리에게 형성되어 있는 상태를 말한다—나는 원래부터 네 가지의 동기 중 처음 세 가지를 네번째 동기보다 더 중요하게 여겼던 사람이다. 평화로운 시기에 살았다면 나는 화려한 문체나 단순히 묘사 위주의 책만을 썼을 것이고, 나의 정치적 충성심에 대해서도 거의 인식하지 못했을 것이다. 사실 나는 일종의 팸플릿 작가가 될 수밖에 없었다. 우선 나는 버마에서 제국주의 경찰이라는, 나에게는 바람직하지 못한 직업을 5년 동안이나 가졌으며, 그 후 가난과 실패를 맛보기도 했다. 이런 경험 덕분에 나는 한층 권위에 대한 증오를 키웠으며, 처음으로 노동계급의 존재를 충분히 인식할 수 있었다. 또 버마에서의 직업은 나에게 제국주의의 본성에 대해 상당한 이해를 가능케 해준 계기가 되었다. 그러나 그런 경험들은 나에게 정치 성향을 형성시켜 주기에는 충분치 못했다. 그러는 사이 히틀러의 독재가 시작되었고, 스페인내전이 발발하게 되었다. 1935년 말까지 나는 여전히 어떤 확고한 결정에 도달하지 못했다. 그 무렵 내 정신적 고뇌를 표현한 짧은 시 한 편을 썼던 기억이 난다.

행복한 교구 목사가 될 수 있었다.
2백 년 전이었다면,
영원한 운명에 대해 설교하고
호두나무가 자라는 모습을 보면서.

그러나 슬프다, 사악한 시대에 태어나
나는 그 행복한 안식처를 놓쳤다.
나의 입술 위에는 수염이 자라고

목사들은 모두 면도를 깨끗이 했다.

후에 다시 좋아진 시절에,
우리는 즐거운 일이 너무 많았다.
우리의 혼란스러운 생각들을 달래서 잠자게 했다,
나무들 가슴 위에.

아무것도 모른 채 우리는 감히 가지려고 했다,
지금 우리가 숨기고 있는 즐거움들을.
사과나무 가지 위의 방울새가
나의 적들을 떨게 만들 수 있다고.

그러나 여인들의 배와 살구들,
그늘진 개울의 물고기들,
말들, 새벽에 날아오르는 오리 떼,
이 모든 것은 다 꿈이다.

다시 꿈을 꾸는 것은 금지되었다.
우리는 즐거움을 망가뜨리거나 감춘다.
말들은 크롬강으로 만들어지고
살진 작은 남자들이 그 말들 위에 탄다.

나는 결코 꿈틀거릴 수 없는 벌레와 같은 인간,
규방의 여인도 없는 거세된 남자
목사와 인민위원 사이에서
나는 유진 아람[7]처럼 걷고 있다.

인민위원은 나의 운명을 말하고 있다.
라디오가 켜져 있는 동안.
그러나 목사는 오스틴세븐[8] 한 대를 약속했다,
목사일은 돈벌이가 좋으니까.

나는 대리석 저택에서 살고 있는 꿈을 꾸었다.
깨어보니 꿈은 현실로 바뀌었다.
나는 이러한 시대에 살려고 태어나지 않았다.
스미스는? 존스는? 그대는?

스페인내전과 1936년에서 1937년 사이에 일어난 사건들[9]은 세상을 완전히 바꿔놓았고, 그로 인해 나는 비로소 내가 서 있는 위치를 알게 되었다. 1936년 이후 내가 쓴 진지한 작품의 모든 구절은 하나같이 직접적으로든 간접적으로든 전체주의를 반대하고 내가 이해하고 있는 민주적 사회주의를 옹호하는 글이었다. 나는 작가가 이러한 주제를 회피하는 것은 지금 우리 시대와 같이 혼란스러운 상황에서는 불가능한 일이라고 생각한다. 모든 작가들은 이런저런 이유로 해서 이런 주제의 글을 쓴다. 그것은 작가가 어떤 쪽으로 글을 쓸 것인지, 또 어떤 방식을 따를 것인지의 문제이다. 그리고 작가는 자신의 정치적 편견을 더 많이 의식하면 할수록 미학적이고 지적인 자신의 성실성을 희생시키지 않으면서도 정치적으로 더 많이 행동할 기회를 갖게 된다.

내가 과거 10년 동안 가장 하고 싶었던 것은 정치적 글쓰기를 예술작품으로 승화시키는 것이었다. 나는 항상 당파의식, 즉 불의(不義)에 대한 인식에서부터 출발했다. 책상에 앉아 글을 쓸 때, '나는 예술작품을 쓰겠다'고 나 자신에게 말하지 않는다. 나는 폭로하고 싶은 어떤 거짓말, 다른 사람들의 관심을 끌고 싶어하는 어떤 사실이 있기 때문에 글을 쓴다. 그래서 나의 일차적 관심은 내 말에 귀를 기울이도록 하는 것이다. 그러나 글을 쓴다는 것이 동시에 미학적 경험이 아니라면 나는 책은 말할 필요도 없고 잡지의 기삿거리도 쓸 수 없을 것이다. 내 작품을 검토해 보고자 하는 사람들은 내 글이 명백히 선동적인 경우일 때조차도 본격 정치인이 보기엔 부적절한 요소들이 있다는 것을 알게 될 것이다. 나는 어린 시절에 획득한 세계관을 안전히 포기할 수 없고, 또 그렇게 하고 싶지도 않다. 살아 있는 한, 나는 산문 스타일에 대해 강한 매력을 느끼고, 세상을 사랑하고, 확고한 대상과 소용없는 정보에도 지속적으로 즐거움을 느낄 것이다. 나의 이런 면을 억누른다는 것은 소용없는 일이다. 내가 할 일은 내가 천성적으로 좋아하는 것과 싫어하는 것을, 이 시대가 우리 모두에게 강요하고 있는, 본질적으로 대중적이고 비개인적인 활동들과 서로 조화를 이루도록 하는 것이다.

이것은 쉽지 않은 일이다. 이것은 구조의 문제와 언어의 문제를 일으키며, 또한 새로운 각도에서 본다면 진실함의 문제도 야기한다. 이런 어려운 문제가 발생한 뚜렷한 예를 한 가지 들어보겠다. 스페인내전에 관한 소설 『카탈로니아』의 경우 나의 정치적인 견해를 피력한 책이지만, 대체로 공정한 시각과 형식을 염두에 두고 쓴 소설이다. 나는 이 소설에서 나의 문학적 본능을 해치지 않는 범위에서 전반적인 진리를 말하려고 애썼다. 우선 이 소설에는 신문 기사 등에서 인용한 긴 장(章)이 하나 있는데, 당시 프랑코[10]와 공모했다고 비난받았던 트로츠키주의자들[11]을 옹호하는 내용이다. 1년이나 2년이 지나면 독자들의 관심 밖에 있을 것이 틀림없는 이 장은 분명 소설을 망치게 할 수도 있다. 내가 존경했던 한 비평가가 나에게 이 문제에 관해 충고를 해준 적이 있다.

“왜 그런 것을 집어넣었습니까? 당신은 좋은 소설 한 권을 저널리즘으로 만들었습니다.”

그의 말은 맞지만, 나는 달리 어떻게 할 수가 없었다. 나는 영국 사람들이 모르고 있었던 한 가지 사실을 알고 있었는데, 그것은 스페인에서 죄 없는 사람들이 이유 없이 투옥되고 있다는 것이었다. 만약 내가 이러한 사실에 대해 분노하지 않았더라면, 나는 결코 이 소설을 쓰지 않았을 것이다.

이런 문제는 여러 가지 형태로 계속 대두된다. 언어의 문제는 보다 미묘한 것이라 그것에 대한 논의는 시간이 적잖이 걸릴지도 모른다. 최근에 나는 덜 화려하지만 보다 정확히 글을 쓰려고 노력하고 있다고만 말하고 싶다. 어쨌든 글쓰기의 어떤 스타일을 완벽하게 터득하고 나면, 그 순간 우리는 항상 또 다른 스타일을 찾게 된다. 『동물농장』은 정치적 목적과 예술적 목적을 하나의 전체로 융합시키기 위해 내가 하고 있는 것을 완벽히 인식하고 쓴 최초의 소설이다. 나는 7년 동안 소설을 한 권도 쓰지 않았지만, 곧 다시 쓰려고 생각하고 있다. 물론 실패작이 될 것이고 모든 소설이 실패작이지만, 나는 내가 어떤 종류의 책을 쓰고 싶어하는지를 분명히 알고 있다.

이 글의 마지막 한두 페이지를 다시 살펴보니 내 글쓰기의 동기가 마치 투철한 공공심에 바탕을 두고 있는 것처럼 비친다. 그러나 나는 그것을 이 글의 마지막 인상으로 남기고 싶지는 않다. 모든 작가들은 헛되고, 이기적이고, 게으르며, 동기의 밑바닥엔 어떤 신비가 흐른다. 소설을 쓰는 것은 장기간의 고통스러운 질병에 시달리듯 끔찍하고 극도의 투쟁이 요구되는 작업이다. 저항할 수도, 이해할 수도 없는 어떤 악마에 씌지 않고는 이런 작업을 결코 떠맡을 수 없는 것이다. 왜냐하면 악마란 존재는 마치 아기가 자기에게 관심을 가져달라고 우는 것과 똑같이 단순한 본능과 같은 것이므로. 그러나 만약 작가가 자신의 개성을 없애버리려는 투쟁을 끊임없이 하지 않는다면 남들이 읽어줄 만한 어떤 글도 쓸 수 없다는 것 또한 사실이다.

좋은 산문은 유리창과 같다. 나는 글을 쓰는 동기 중 어떤 것이

나에게 가장 강하게 작용했는지 확실히 말할 수는 없지만, 이들 중 어떤 것을 추구해야 하는지는 알고 있다. 그리고 나의 작품을 돌이켜보건대, 정치적 목적이 결여된 곳에서 내가 한결같이 화려한 문체, 의미 없는 문장, 쓸모없는 장식적 형용사 등에 유혹당한 생명 없는 소설을 썼다는 사실을 잘 알고 있다.

1) 오웰은 위로 누나와 아래로 여동생이 있다. 누나 마조리 프랜시스 블레어는 1898년에, 오웰은 1903년 에릭 아서 블레어라는 이름으로 각각 인도에서 태어났으며, 여동생 에이브릴은 1907년 영국의 소도시 헨리에서 태어났다.
2) 오웰이 태어난 이듬해 그의 어머니는 오웰과 그의 누나를 데리고 영국으로 돌아왔다. 당시 그의 아버지는 영국 행정부 산하 아편국의 식민지 관리로서 인도에서 근무하고 있었다. 그 당시 영국 아이들은 여섯 살이 되면 본국에서 교육을 받는 것이 관례였다.
3) 호레이쇼 키치너(1850~1916) : 영국의 군인. 아프리카 보어전쟁시 총사령관과 인도군 사령관을 지내는 등 군 경력의 대부분을 아프리카와 아시아에서 보냈다. 제1차 세계대전 때 육군 장관에 취임하였고, 군사회의를 위해 러시아로 가던 도중 그가 탄 군함이 격침되어 사망하였다.
4) 1910년 조지 5세의 대관식 이후 등장한 동인들의 시풍. 에드워드 마시가 1912년 『조지 왕조의 시』라는 시 모음집을 발간한 데에서 그 유래를 찾을 수 있다. 조지 왕조 시대의 대부분의 시들은 영국의 자연과 국

민을 찬미하는 내용으로, 시골과 자연으로부터의 영감을 노래했으며, 대체적으로 생동감이 결여되어 있다. 대표적 시인들로는 존 메이스필드, 에드워드 토머스 등이 있다.

5) 생일이나 결혼, 군사적 승리, 공공건물 헌당식과 같이 특별한 때를 장식하거나 기념하기 위해서 쓴 시.

6) 아리스토파네스(B.C. 445~B.C. 385?) : 고대 그리스 최고의 희극 시인. 작품 제목은 44편이 알려져 있으나, 완전한 형태로 전해지는 것은 11편이고 그 밖에 많은 단편들이 있다. 대표작으로 『복신』, 『아카르나이의 사람들』, 『여자의 평화』 등이 있다.

7) 유진 아람(1704~1759) : 영국의 언어학자. 살인 공범자로 처형되었다.

8) 오스틴세븐 : 자동차 이름.

9) 스탈린이 광범위한 규모로 자행한 숙청재판을 가리킨다.

10) 프랑코(1892~1975) : 스페인의 장군이자 정치가. 1936년 '인민전선정부'가 수립되자 그해 7월 반(反)정부 쿠데타를 일으켰다. 그 후 2년 반에 걸친 내전에서 승리하여 팔랑헤당 일당 독재에 의한 파시즘 국가를 수립하였다.

11) 트로츠키주의 : 러시아의 혁명가 트로츠키의 사상과 그것에 의거한 운동. 러시아의 혁명 과정에서 세계적인 공산주의 혁명 없이도 한 나라에서 사회주의를 건설할 수 있다는 스탈린의 '일국사회주의' 이론에 맞서, 트로츠키는 후진국에서의 프롤레타리아 혁명의 연속적 추진을 내세우는 '영구혁명론'을 주장했다. 트로츠키는 러시아혁명은 서유럽의 사회주의 혁명을 유발시키게 된다고 보았으며, 자신의 마지막 저서인 『배반당한 혁명』에서 스탈린주의에 대한 완벽하고 상세한 비판을 전개했다. 오웰은 『동물농장』에서 정치적 알레고리 수법으로 러시아 혁명기의 스탈린과 트로츠키의 권력 투쟁을 그리고 있다.

소설의 옹호

요즈음 소설의 위상은 극도로 낮아져 "나는 결코 소설을 읽지 않는다"는 말이 10여 년 전에는 변명하는 듯한 말로 들렸지만, 요즈음에는 의도적으로 자랑이라도 하듯 말해진다는 사실은 굳이 지적할 필요조차 없다. 물론 지식층 사람들이 읽어봄 직하다고 여겨지는 몇몇의 작품들이 있는 것은 사실이다. 그러나 문제는 일반적으로 좋으면서 나쁜 소설[1]이 습관적으로 무시되고 있는 반면, 시나 비평과 같이 일반적으로 좋으면서 나쁜 작품들은 여전히 진지하게 간주되고 있다는 점이다. 이것은 우리가 소설을 쓸 때 다른 장르의 독자들보다 지적으로 더 떨어지는 사람들을 대상으로 삼는다는 것을 의미한다.

왜 이런 것이 소설을 쓸 수 없게 만드는가에 대한 두 가지 분명한 이유가 있다. 오늘날에도 소설의 질은 현저히 떨어지고 있으며,

대부분의 작가들이 자기의 소설의 잠재적 독자가 누구인지를 염두에 둔다면 그 속도는 더 빨라질 것이다. 물론 소설이 괄시받는 예술 장르라서 소설의 운명은 그다지 문제가 되지 않는다고 쉽게 주장—힐레어 벨록[2]의 증오 어린 에세이를 참조해 보라—할 수 있다. 나는 이런 주장이 논쟁할 가치가 있는지 의심스럽다. 어쨌든 나는 소설의 가치를 높일 필요가 있고, 그러기 위해서는 지식층 사람들이 소설을 진지하게 받아들이도록 설득해야 한다고 생각한다. 그러면 소설의 위상을 떨어뜨린 중요한 원인 중 하나—내 생각으로는 '주된 원인'—를 분석해 보자.

문제는 소설이 그 존재 영역으로부터 외면당하고 있다는 사실이다. 분별 있는 사람을 찾아가 '왜 절대 소설을 읽지 않는가?'라고 물어보라. 그러면 그 이유가 광고 목적으로 고용된 삼류 서평가들이 써놓은 형편없는 단평 때문이라는 것을 알게 될 것이다. 한 가지 예를 소개하겠다. 지난주 《선데이 타임스》[3]에서 발췌한 문구이다. "만일 당신이 이 책을 읽고 비명을 지르지 않는다면, 당신의 영혼은 죽은 것이다." 잘 알다시피, 책 광고에 적힌 인용문을 살펴보면, 출간되는 모든 소설에 위의 표현과 비슷한 그렇고 그런 문구가 적혀 있다. 《선데이 타임스》에 실리는 이런 내용을 진지하게 받아들이는 독자들에게는, 위의 서평대로라면, 삶이란 쟁취하기 위한 하나의 긴 투쟁임에 틀림없다. 하루에 열다섯 권의 비율로 우리 앞에 쏟아지는 그 책들은 모두 우리가 읽지 않으면 우리의 영혼에 위협이 될 만큼 잊혀질 수 없는 명작들이다. 도서관에서 책 한 권을 선택하기란 쉬운 일이 아니다. 그래서 즐거운 비명을 지르지 못할 경우에는 커다란 죄책감을 느껴야만 할 것이다. 그러나 실상 의식 있는 사람이라면 그와 같은 속임수에 넘어가지 않는다. 그리고 소설 서평이 받는 비난은 소설 그 자체에까지 이어지고 있다. 모든 소설이 천재의 작품으로 우리들에게 다가올 때면, 그것들 모두 형편없는 것이라고 쉽게 가정해 볼 수 있다. 문학 지식인들 사이에서 이런 가정은 현재 당연시되고 있다. 오늘날 우리가 소설을 좋아한다고 인정하는 것은 코코넛 아이스크림을 좋아한다거나 혹은 제러드 홉킨스보다는 루퍼트 브룩[4]을 더 좋아한다고 말하는 것과 거의 같은 이치다.

이것은 모두 사실이다. 내가 궁금하게 여기는 점은, 오늘날과 같은 이런 상황이 일어나게 된 경위이다. 서적 사기는 피상적으로 볼 때 매우 단순하고 냉소적이다. Z라는 작가가 책을 쓰고 그 책은 Y에 의해 출판된다. 그리고 주간지 W에 X가 그 책에 대한 단평을 쓴다. 만일 그 단평이 마음에 들지 않으면 Y는 그 단평을 책 광고에 싣지 않는다. 따라서 X는 '잊을 수 없는 걸작'이라고 쓰지 않으면 일자리를 놓치게 된다. 본질적으로 이것이 문제이며, 대체로 모든 서평가들은 자기의 비위를 거스르면서까지 출판업자와 관계를 맺고 있기 때문에 소설 서평은 현 수준으로까지 격하되고 말았다. 그러나 이 일은 보기보다 그렇게 조잡한 것은 아니다. 사기에 관련한 다양한 당사자들이 의식적으로 함께 행동하는 것은 아니며, 그들의 의지와 부분적으로 대립되는 그 일에 어쩔 수 없이 얽매이게 된다.

흔히 그렇듯(예컨대 비치캄버의 「여기저기에(passim)」 같은 칼럼을 보라) 우선 소설가는 자신의 작품에 대해 써놓은 서평에 만족해서도 안 되고 심지어 자신이 그 서평에 어느 정도 책임이 있다고 생각해서도 안 된다. 어떤 작가도 그가 쓴 글들이 영어만큼이나 오래 지속될 열정을 지닌, 가슴 뛰는 이야기라고 말해지는 걸 '좋아하지는' 않는다. 그러나 모든 소설가들이 위와 같은 말을 듣기 때문에, 이런 말을 듣지 못하는 소설가는 아마 기분이 별로 좋지 않을 것이다. 그래서 이런 말을 듣지 못하는 것은 아마도 책이 잘 팔리지 않을 것이라는 걸 의미할지도 모른다. 의도적으로 짜맞춘 서평은 사실상 책표지에 씌어 있는 광고문처럼 일종의 필수적 '광고'이다. 그러나 수준 낮은 삼류 서평가조차도 자신이 쓴 시시한 글에 대해 비난받는 일은 없다. 특별한 상황에 처하게 되면 그는 그 밖에 다른 어떠한 글도 쓸 수 없게 될 것이다. 비록 직간접으로 뇌물을 주고받은 의혹이 없다 하더라도 모든 소설에 대해 서평을 쓸 가치가 있다고 가정하는 한, 훌륭한 소설비평이라는 것은 있을 수 없다.

출판사는 매주 한 묶음의 책 뭉치를 받고, 그것들 중 열 권 남짓한 책을 X(고용된 서평가)에게 보낸다. 그에게는 아내와 가족이 있고 책 한 권당 반 크라운(25펜스)을 받는다. 그는 서평을 팔아 돈을 번다. 자신이 관계하고 있는 책에 대해 X가 왜 진실하게 말할 수 없는가 하는 데에는 두 가지의 이유가 있다. 우선 열두 권 중 열한 권의 책은 아주 작은 흥미의 불길조차 일으키지 못한다는 점이다.

이런 책들은 대개 나쁜 책이 아니다. 단순히 뚜렷이 눈에 띄는 생동감이나 요점이 없기 때문이다. 만일 눈에 들어오지 않으면 서평가는 그러한 책들 중에는 단 한 줄도 읽지 않을 것이며, 그런 경우에 그가 진실하게 쓸 수 있는 유일한 서평은 '이 책은 나에게 아무런 생각도 불러일으키질 못했다'는 것이 된다. 그러나 어느 누가 그런 서평을 쓴 당신에게 대가를 지불하겠는가? 분명 아무도 없을 것이다. 그러므로 X는 자신에게 아무런 의미도 없는 책에 대해 불가피하게 3백 개 정도의 어휘를 만들어내야 하는 상황에 처하게 된다. 대개 그는 전체 이야기를 간략하게 요약—그가 그 책을 읽지 않았다는 사실을 지은이에게 무심코 드러내 보이기도 한다—하고 매춘부가 흘리는 미소 정도의 가치밖에 없는 두서너 마디의 찬사를 덧붙인다.

그러나 이보다 더 심한 죄악이 있다. X는 책의 내용뿐만 아니라 그 책이 좋은 것인지 아닌지에 대해서도 이야기해야 한다. 그는 글을 쓰는 사람이므로 어쨌든 바보는 아닐 것이다. 즉, 『고결한 님프』를 다른 작품보다 더 낫다고 여길 만큼 바보는 아닐 것이다. 서평가가 소설을 좋아한다면, 아마 가장 좋아하는 소설가는 스탕달, 디킨스, 제인 오스틴, 로렌스, 혹은 도스토예프스키일 것이다. 어쨌든 동시대의 보통 수준의 소설가들보다 훨씬 더 나은 소설가를 좋아한다. 따라서 서평가는 그의 기준을 많이 낮추어 시작해야 한다. 내가 다른 곳에서도 지적했듯이, 보통 수준의 소설에 대해 고상한 기준을 적용한다면, 그것은 코끼리를 재는 저울 위에 벼룩 한 마리를 올려놓는 것과 같을 것이다. 벼룩 한 마리의 무게는 저울의 눈금을 움직이지 못하기 때문에, 우리는 큰 벼룩과 작은 벼룩을 구별하는 또 다른 저울을 만들어야 하는 것이다. 그리고 X는 이런 일을 맡아 한다. '이것은 별볼일 없는 책이다'는 식의 단순한 서평은 아무 소용이 없다. 왜냐하면, 다시 한 번 말하지만, 이런 서평에 대해서는 어떠한 대가도 받을 수 없기 때문이다. X는 하찮은 작품을 계속해서 찾아야 하고, 그렇지 못할 경우 해고당하게 될 것이다. 이것은 말하자면 델의 『독수리의 길』 같은 작품을 꽤 좋은 소설이라고 말할 정도까지 자신의 기준을 낮추어야 한다는 것을 의미한다. 그러나 『독수리의 길』을 훌륭한 작품으로 본다면, 『고결한 님프』는 일급 수준의 작품이 된다. 그렇다면 『실업가』는 어떠한가? 가슴 뛰는 열정적 이야기, 영혼을 뒤흔드는 걸작품, 혹은 영어만큼이나 오래 지속될 잊지 못할 대서사시 등의 평가가 나올 수 있다.

'모든 소설은 다 훌륭하다'는 가정으로 시작하면, 서평가는 결국 수식어의 끝없는 사다리 끝으로 내몰리게 된다. 모든 서평가들은 똑같은 전철을 밟게 된다. 어쨌든 어느 정도 정직한 의도를 가지고 서평 생활을 시작한 서평가라도 2년만 지나면 바바라 베드워시가 쓴 『진홍색 밤』이 어떠한 작품보다 더 훌륭하고 더 신랄하고 더 감동적이고 잊을 수 없는 명작이라는 광적인 찬사를 터뜨릴 것이다. 형편없는 것을 훌륭한 작품이라고 거짓 찬사를 보내는 죄를 범할 경우, 이제는 거기서 빠져나올 방법이 없다. 서평가는 그런 죄를 저지르지 않고서는 소설에 대한 서평을 쓸 수 없다. 그러는 동안 모든 지식 있는 독자들은 고개를 돌리고 역겨워하게 되며, 소설을 비난하는 것은 일종의 속물적인 의무가 되어버린다. 소설을 단순히 시시하다는 식으로 칭찬해 왔기 때문에 진정한 가치를 지닌 소설이 주목을 받지 못하는 웃지 못할 일이 생겨나게 된다.

이런 문제를 해결하기 위해, 소설 서평 자체를 하지 않는 것이 낫다고 생각하는 사람들도 많다. 그러나 그런 일은 결코 일어나지 않을 것이기에 이런 생각은 별 소용이 없다. 출판업자들의 광고비에 의존하는 신문사는 이러한 광고를 외면할 수 없는 것이다. 보다 더 지적인 출판업자들은 고용된 서평가들의 서평이 폐지되더라도 자기네 수입이 줄어들지 않을 것이라고 인식하고 있지만, 국가가 결코 무장 해제를 할 일이 없는 것만큼이나 그들은 그것을 폐지할 수 없을 것이다. 어떤 출판사도 소설 서평을 없애려고 먼저 나서지 않을 것이기 때문이다. 따라서 삼류 서평은 오랫동안 계속될 것이며, 앞으로 더욱 심화될 것이다. 그러므로 이 문제를 해결하는 유일한 방법은 이런 서평들을 외면할 방법을 만들어내는 것이다. 그러나 그것은 비교 기준으로 작용할 수 있는 훌륭한 소설 서평이 어딘가에 있어야만 가능하다. 말하자면, 특별한 소설 서평을 하면서도 하찮은 소설에 대해서는 관심을 두지 않는 하나의 정기간행 잡지가 필요하다. 그 잡지에서의 서평가들은 서평가들일 뿐이지 출판업자가 끈을 잡아당길 때 턱을 움직이는 복화술사의 꼭두각시는 아니다.

이미 이런 종류의 잡지가 존재한다고 말할 수도 있다. 가령 지식층을 대상으로 한 잡지들이 많은데, 이들 잡지에 등장하는 소설 서평은 매수당하지 않은 지적 수준의 것이다. 그러나 문제는 그런 잡지들이 소설 서평의 특성을 제대로 살리지 못하고 있으며, 현재 쏟아져나오는 소설에 뒤처지지 않으려는 노력을 제대로 못하고 있다는 점이다. 이런 잡지들은 지식층을 대상으로 한 것으로써, 소설을 비천한 것이라고 여기고 있다. 그러나 소설은 대중적인 예술형식이며, 문학을 소위 지식층 집단에서 행하는 일종의 아침놀이(상황에 따라 손가락을 넣었다 뺐다 하는 놀이)로 간주해 버리는 《크라이티어리언》지와 《스크루티니》지[5]식의 가정으로 접근하는 것은 옳지 못하다. 소설가는 주로 이야기꾼인데, 누구든지 좁은 의미에서 볼 때 '지식인'은 되지 않더라도 훌륭한 이야기꾼(예컨대 트롤럽, 찰스 리드, 서머셋 몸 등 참조)은 될 수 있다. 해마다 5천 권 정도의 소설이 출판되는데, 랄프 스트라우스[6]는 우리가 그 책을 모두 읽으라고 권하고 있다. 그가 그 책 전부를 서평한다 해도 아마 똑같은 말을 할 것이다. 《크라이티어리언》지는 아마 열두 권 정도에 대해서만 서평할 계획을 가지고 있는지도 모른다. 하지만 그 열두 권과 5천 권 중에는 다른 각도에서 볼 때 진정한 장점을 지니고 있는 1백 권, 2백 권, 혹은 5백 권이 있을지도 모른다. 따라서 소설을 좋아하는 비평가들이 관심을 보여야 할 부분은 바로 여기에 속하는 책들이다.

먼저 해야 할 일은 이런 책에 등급을 매기는 방법이다. 소설 전부를 언급해서는 안 된다(가령 《페그스 페이퍼》지에 연재되는 모든 소설을 진지하게 서평할 경우 생기게 될 끔찍한 결과를 상상해 보라). 그러나 언급할 필요가 있는 책들은 매우 다른 범주에 속해 있다. 『래플스』[7]는 훌륭한 책이고, 『모로우 박사의 섬』, 『파르마의 샤르트뢰즈주(酒)』 및 『맥베스』도 훌륭하다. 다른 기준에서 볼 때도 역시 '훌륭한' 책이다. 마찬가지로 『겨울이 온다면』, 『가장 사랑하는 사람』, 『한 비사회적 사회주의자』, 『멋진 랜슬롯경(卿)』 등은 모두 형편없는 책이지만, '나쁨'의 다른 기준에서 볼 때도 나쁜 책이다.

사실 삼류 서평가들은 작품을 애매모호하게 만드는 것을 그들의 특별한 일로 삼고 있다. 소설을 A, B, C로 등급을 매기는 엄격한 제도를 도입해야만 서평가가 어떤 작품에 대해 호평을 하든 비난을 하든, 우리는 적어도 그 서평가가 얼마나 진지하게 서평을 했는지 알게 된다. 서평가들은 소설이라는 예술을 정말로 좋아하는 사람들, 다시 말해 기법에도 관심을 보이지만 그 책이 무엇을 썼는지에 더 관심이 있는 사람들이어야 한다. 오늘날 이런 서평가들도 상당히 많이 있다. 그러나 예전에 씌어진 서평을 보면 알 수 있듯이, 아주 형편없는 삼류 서평가들 중에도 처음에는 제대로 된 소설 서평을 쓴 서평가들도 있다. 그러나 그들은 현재에는 과거처럼 다시 마음을 바로잡을 가능성이 없어 보인다. 그런데 많은 소설비평이 아마추어 비평가에 의해 행해진다면 괜찮을지도 모르겠다. 경험 있는 작가는 아니지만, 책을 읽고 깊은 감동을 받은 사람이 재능은 있지만 지루한 전문가보다 책에 대한 이야기를 더 잘할 수 있는 것이다. 이것이 바로 미국 서평가들이 다소 우둔하지만 영국 서평가들보다 더 낫다고 하는 이유이다. 왜냐하면 미국 서평가들은 더 아마추어이기 때문이다. 다시 말해 이들은 더 진지한 서평을 한다는 것이다.

나는 어떤 방법으로든 소설의 위상을 되찾을 수 있다고 생각한다. 현재의 소설에 보조를 맞추면서도 소설의 기준을 격하시키지 않을 신문이 절실히 필요하다. 이러한 신문은 그다지 눈길을 끌지 않는 것이어야 하는데, 그래야만 출판업자들이 그 신문에 책 광고를 싣지 않을 것이기 때문이다. 반면 그들이 이 신문 어딘가에서 진정한 칭찬이 담긴 기사를 발견한다면, 책 광고 단평에 반드시 이 기사를 인용할 것이다. 비록 이런 신문이 대중의 눈에는 잘 띄지 않는다 하더라도 일반 수준의 소설 서평을 탄생시킬 것이다. 왜냐하면 일요 신문 따위에 실리는 허튼 소리들은 그것들과 비교될 만한 높은 수준의 서평이 많지 않아 그런대로 지속될 것이기 때문이다. 삼류 서평가들이 예전과 별 다름 없이 활개를 치더라도 진지한 서평 작업이 존재하는 한, 진지한 작가들이 소설에 몰두할 수 있다는 사실을 소수의 사람들에게나마 쉽게 상기시켜 줄 수 있을 것이다. 마치 거기서 열 명의 의인(義人)을 발견할 수 있다면 소돔을 파괴하지 않겠노라고 하느님이 약속한 것처럼 소수의 지각 있는 서평가들이 어딘가에 있다는 사실을 아는 한, 소설은 그렇게 철저히 멸시당하지는 않을 것이다.

오늘날 우리가 소설에 대해 걱정을 하고 더 나아가 소설을 직접 쓴다 하더라도 전망은 극히 어둡다. '치킨' 하면 '빵가루 소스'가 자동적으로 생각나듯, '소설'이라는 용어를 생각하면 '삼류 단평', '천재성', '스트라우스' 등이 머리에 떠오른다. 지성인들은 거의 본능적으로 소설을 피한다. 그 결과 기성 소설가들은 자제력을 잃어 거의 와해될 상태에 놓여 있으며, '할 말이 있는' 갓 입문한 소설가들은 다른 장르로 발길을 돌리고 있는 실정이다. 그렇다면 결과적으로 어떤 일이 일어날 것인가는 분명하다. 예컨대 싸구려 문방구의 판매대에 쌓여 있는 값싼 중 · 단편소설을 보라. 이러한 것들은 소설의 타락한 후예들이다. 비록 보통 수준의 소설들이 좀 비싼 제본을 하고 또 출판업자의 화려한 선전을 통해 서점가의 책꽂이에 꽂히지만, 곧 싸구려 중 · 단편소설과 크게 다르지 않게 될 것이라는 추측은 얼마든지 가능하다. 소설이 가까운 미래에 사라질 운명에 놓여 있다고 예견하는 사람들이 많다. 나는 그렇게 생각하지 않는다. 왜냐하면, 그렇게 되기에는 시간이 너무 오래 걸리기도 하겠지만, 그보다 분명한 이유가 있다. 가장 훌륭한 문학가들이 소설로 다시 돌아오도록 권유받지 않는다 하더라도 소설은 마치 현대판 묘비나 펀치와 주디 쇼[8]처럼 형편없이 경멸적이고 절망적이며 변질된 형태로 계속 존속할 것이기 때문이다.

1) '좋으면서 나쁜 소설(책)'에 대해서는 이 책에 수록된 에세이 「좋으면서 나쁜 책」을 참조.

2) 힐레어 벨록(1870~1953) : 프랑스 출생의 영국 시인이자 역사가. 1902년 영국에 귀화했다. 평생 친구였던 체스터튼과 더불어 20세기 초반의 영국 가톨릭 문학의 부흥에 절대적 역할을 했다. 대표작으로 『운문과 소네트』, 『악동을 위한 동물 우화집』이 있다.

3) 《선데이 타임스》 : 1822년 헨리 화이트가 창간한 일요신문.

4) 루퍼트 브룩(1887~1915) : 영국의 시인. 대표작으로 소네트집 『1914년』, 평론집 『존 웹스터와 엘리자베스조 연극』이 있다. 제1차 세계대전 참전 중 그리스에서 병사하였다.

5) 《크라이티어리언》 : 1922년 T. S. 엘리엇이 창간한, 높은 수준의 지성을 갖춘 교양인을 대상으로 한 계간 문학잡지. 창간호에 엘리엇의 「황무지」가 실렸다. 1939년 폐간되었다.

《스크루티니》 : 문학비평가 리비스가 주축이 되어 1932년 출범하여 1953년까지 발간된 비평지. 문학작품의 평가는 역사와 사회 전체의 성격에 관한 심층적인 판단들과 깊이 연관되어 있다고 주장함으로써 사회와 삶 전체의 성격에 대한 영문학 연구에 결정적이고 핵심적인 역할을 했다.

6) 랄프 스트라우스(1882~1950) : 1928년부터 죽을 때까지 《선데이 타임스》의 수석 소설 서평가였다.

7) 『래플스』 : 1880년대 말부터 영국 잡지에 연재되었던 호닝의 단편들은 1906년 『래플스 : 아마추어 도둑』이라는 제목으로 출간되었다.

8) 펀치와 주디 쇼 : 매부리코와 곱사등에 괴상한 얼굴을 가진 광대인 펀치와 그의 아내 주디가 요란한 일들을 벌이면서 만나는 갖가지 희비극적인 사건을 다룬 인형극. 펀치는 자식을 교살하고 아내 주디를 몽둥이로 쳐죽여 감옥에 갇힌다. 나중에 탈옥하지만 끝내 지옥으로 끌려간다.

문학과 전체주의

BBC 방송국 좌담회에서 나는 지금이 비평의 시대가 아니라고 말했다. 지금은 초연함의 시대가 아니고 당파의 시대, 즉 우리가 그 결론에 쉽게 동의하지 않는 책의 문학적 특성을 파헤쳐보는 것이 특히 어려운 시대가 되었다. 정치—일반적 의미에서의 정치—는 우리가 이해하지 못할 정도까지 문학을 침범했으며, 그 결과 개인과 사회 사이에 항상 존재하는 투쟁은 우리 의식의 표면에까지 드러나게 되었다. 요즘 같은 시대에 정직하고 편견 없이 비평을 쓰는 것이 얼마나 어려운 것인가를 생각해 보면, 비로소 우리는 미래의 문학 전반에 드리우게 될 위협의 본질을 이해할 수 있다.

우리는 자율적 개인이 더는 존재하지 않는 그런 세상, 혹은 개인이 자율적일 수 있다는 환상을 더는 가지지 못하는 그런 시대에 살고 있다. 문학에 대해, 무엇보다 비평에 대해 이야기할 때 우리는 자율적 개인을 본능적으로 당연히 여긴다. 전반적인 현대 유럽 문학—지난 4백 년 동안의 문학에 대해 이야기해 보면—은 지적 정직성이라는 개념 위에서 형성되었다. 다시 말해 '자기 자신에게 정직해라'[1)]라는, 셰익스피어가 남긴 유명한 말로써 설명을 대신할 수 있다. 우리가 작가에게 첫번째로 요구하는 것은 거짓말하지 말고 실제로 생각하고 느낀 것을 말하라는 것이다. 예술작품이 비평될 때 가장 혹독한 평가는 '거짓'이라는 말일 것이다. 그리고 이것은 창조적 문학작품에서보다 비평의 경우에 더 심하다. 창조적 문학에서 억지 표현과 매너리즘, 심지어 약간의 거짓말은 작가가 근본적으로 솔직하다면 크게 문제가 되지는 않는다. 현대문학은 본질적으로 개인적인 것이다. 이것은 한 인간이 생각하는 것에 대한 진솔한 표현일 뿐 그 이상도 그 이하도 아니다.

우리는 이런 개념을 당연한 것으로 받아들이지만, 글을 쓰는 사람이라면 이것을 글로 기술하는 순간부터 문학이 얼마나 위협을 받고 있는지를 깨닫게 된다. 지금은 개인에게 어떠한 자유도 허용하지 않고 또 그렇게 할 수도 없는 전체주의 국가의 시대이기 때문이다. 전체주의라는 말이 나오면 즉시 독일, 러시아, 이탈리아가 생각나지만, 우리는 이런 현상이 전 세계적으로 퍼질 수 있다는 위험을 직시해야 한다고 생각한다. 자유 자본주의 시대는 끝나가고 있으며, 국가들은 그것을 편의대로 사회주의라고 부르든지 혹은 국가 자본주의라고 부르든지 차례대로 중앙집중적인 경제체제를 채택할 것이 분명하다. 이렇게 되면 개인의 경제적 자유와 더불어 개인이 하고 싶어하는 것을 하고, 자신의 일을 선택하고, 지구 어디라도 마음대로 갈 수 있는 자유는 이제 막을 내릴 것이다. 최근에 이런 현상들이 점차 가시화되고 있다. 경제적 자유가 사라지면 지적 자유에 대해서도 그만큼 큰 영향을 미칠 것이라는 사실을 사람들은 깨닫지 못하고 있다. 사회주의는 항상 일종의 도덕화된 자유주의로 간주될 수 있다. 국가는 우리의 경제생활을 떠맡아 우리를 가난과 실업에 대한 공포에서 해방시켜 주더라도, 우리의 개인적인 지적 생활까지 간섭할 필요는 없을 것이다. 예술은 자유 자본주의 시대에서 그랬던 것처럼 융성할 수 있을 것이며, 어쩌면 더 융성할지도 모른다. 왜냐하면 예술가들은 더는 경제적 억압을 받지 않을 것이기 때문이다.

다양한 관련 증거들이 불거져나오고 있는 오늘날, 이러한 생각은 극히 잘못된 것임을 인정해야 한다. 전체주의는 이전의 어떠한 시대에서도 그 유례를 찾아볼 수 없을 정도로 사고의 자유를 말살시키고 있다. 그런데 전체주의가 행하는 사고의 통제는 금지하는 측면뿐 아니라 강요하는 측면도 있다는 사실을 알아야 한다. 그것은 우리가 어떤 사고를 표현하는 것을 금지할 뿐 아니라, 우리의 사고를 지도하고, 우리에게 이데올로기를 주입하고, 행위 규범을 설정해 우리의 감정까지도 지배하려 한다. 전체주의는 가능한 우리를 외부 세계로부터 차단시키며, 어떤 비교 기준도 없는 인위적인 우주 속으로 우리를 가두어버린다. 어쨌든 전체주의 국가는 국민들의 행동을 지배하는 것과 똑같이 그들의 사고와 감정까지도 완벽히 지배하려고 한다.

우리에게 중요한 질문은 다음과 같다. 문학은 그런 분위기 속에서 살아남을 수 있는가? 간단히 말해, 나는 살아남을 수 없다고 생각한다. 만약 전체주의가 전 세계적으로 확산되어 영구히 존속된다면, 우리가 지금까지 문학이라고 여기고 있던 것은 분명 사라질 것이다. 그리고 사라질 것은 단순히 후기 르네상스 유럽 문학만이라고 말하는 것은—처음에는 그럴듯하게 들릴지 모르지만—지극히 잘못된 생각이다.

유럽이든 동양이든 간에 전체주의와 과거의 모든 정통성 사이에는 몇 가지 뚜렷한 차이점이 있다. 가장 중요한 것은 과거의 정통성은 변하지 않았다는 것이며, 혹은 적어도 급속히 변하지는 않았다는 것이다. 중세 유럽에서 교회는 우리가 무엇을 믿을 것인가를 강요했지만, 적어도 우리가 태어나면서부터 죽을 때까지 같은 신념을 가지도록 해주었다. 월요일에는 이것, 화요일에는 저것을 믿도록 하지는 않았다. 그리고 오늘날의 정통 기독교, 힌두교, 불교 혹은 이슬람교의 경우도 어느 정도 과거와 똑같다. 이런 점에서 인간의 사고는 제한되어 있으며, 그 제한된 사고의 틀 안에서 자신의 전체적 삶을 살아간다. 인간의 감정은 바뀌지 않는 것이다.

전체주의는 이것과 정반대이다. 전체주의 국가의 특수성은 비록 그 국가가 사고를 제한하더라도 그것을 고정시키지는 않는다. 전체주의 국가는 명백한 도그마를 여러 개 설정해 날마다 서로 바꿔

치기한다. 전체주의 국가는 국민들로부터 절대적인 복종을 요구하기 때문에 그런 도그마가 필요하지만, 힘의 정치에 필수적인 변화를 외면할 수는 없다. 전체주의 국가는 스스로를 완전 무결한 것으로 선전하며 동시에 객관적 진실의 개념을 공격한다. 확실한 예를 하나 들어본다면, 1939년 9월까지 모든 독일 사람들은 러시아 볼셰비즘을 공포와 혐오의 대상으로 여겨야 했는데, 그해 9월 이후에는 볼셰비즘을 존경과 애정의 대상으로 간주해야 했다. 몇 년 이내에 그렇게 될 것처럼 보이는데, 만약 러시아와 독일이 전쟁을 벌인다면 또 다른 급격한 변화가 똑같이 일어나야만 할 것이다. 독일인들의 감정적 삶, 사랑, 증오 같은 것들은 필요한 경우 하룻밤 사이에 바뀌어야 하는 것이다.

이런 것들이 문학에 얼마나 영향을 끼칠 것인가에 대해서는 말하지 않겠다. 왜냐하면 글쓰기는 넓게 말해 외부로부터 항상 통제받지 않는 감정의 문제이기 때문이다. 현재의 정통성에 대해 말로는 동의할 수 있지만 어떤 결과에 대한 글쓰기는 그가 말하고자 하는 것에 대해 진실을 느낄 때에만 가능하다. 이것 없이 창조적 충동은 고갈될 뿐이다. 전체주의가 그 추종자들에게 요구하는 갑작스러운 감정의 변화는 심리적으로 볼 때 불가능하다는 사실이 여러 증거들을 통해 잘 제시되고 있다. 그리고 만약 전체주의가 전세계적으로 확산되어 영구히 존속된다면, 우리가 지금까지 문학이라고 여겨왔던 것은 사라질 것이다. 그리고 실제로 전체주의는 지금까지 그런 영향을 끼쳐온 것처럼 보인다. 이탈리아에서 문학은 불구가 되었으며, 독일에서는 거의 사라질 위기에 처해 있다. 나치스의 가장 특징적인 행위는 책을 불사르는 것이다. 그리고 심지어 러시아에서도 우리가 한때 기대했던 문학의 르네상스는 일어나지 않고 있으며, 가장 희망적인 러시아 작가들은 자살을 하거나 감옥에 투옥되는 경향이 뚜렷이 나타나고 있다.

내가 자유 자본주의는 명백히 끝나가고 있다는 느낌이 든다고 일찍이 말한 바 있어, 사고의 자유 또한 필연적으로 운명지어져 있다고 제안하는 것처럼 비칠 수 있다. 그러나 나는 그렇게 되리라고는 믿지 않는다. 결론적으로 문학이 생존할 수 있는 희망은 자유주의가 근본적으로 뿌리를 내리고 있는 국가들, 비(非)군국주의 국가들, 서유럽, 미 대륙, 인도, 중국 등과 같은 나라에서 찾아볼 수 있을 것이라고 말하고 싶다. 희망에 불과할지 모르지만, 나는 비록 집단화된 경제가 도래한다 하더라도 그런 국가들은 전체주의적 성향이 아닌 어떤 사회주의 형태의 국가를 만드는 방법을 알고 있을 것이라고 믿는다. 그런 사회주의 속에서 사고의 자유는 경제적 개인주의가 사라진 후에도 오랫동안 살아남을 수 있을 것이다. 어쨌든 그것은 문학을 사랑하는 모든 사람들이 매달릴 수 있는 유일한 희망이다. 문학의 가치를 느끼고 문학이 인간 역사의 발전에서 중추적 역할을 해왔다고 생각하는 사람은 모두 그것이 외부로부터 우리에게 강요되든지, 내부로부터 우리에게 부과되든지 간에 전체주의에 반대하고 저항할 필요성을 분명히 인식해야 한다.

1) 『햄릿』의 1막 3장에 나오는, 폴로니우스가 그의 아들 레어티스에게 해주는 말이다. "무엇보다도 중요한 것은 자기 자신에게 정직한 것. 그렇게 하면 밤이 지나 낮이 오듯이, 타인에게도 정직해지게 마련이야."

문학 비용

1946년 9월 《호라이즌》지가 '문학 비용'에 관한 설문조사를 했는데, 이 글은 아래 여섯 가지 질문에 대한 오웰의 답변이다.

1. 작가는 생계비로 어느 정도의 돈이 필요하다고 생각하십니까?
2. 전업 작가가 글을 써서 그 정도의 돈을 벌 수 있다고 생각하십니까? 그렇다고 한다면 어떻게 벌 수 있을까요?
3. 그렇지 못하다면, 작가가 할 수 있는 가장 적절한 부업은 무엇이라고 생각하십니까?
4. 작가가 가지고 있는 다양한 에너지를 문학 외의 다른 일에 쏟아붓는다면 문학이 피해를 입는다고 생각하십니까? 아니면 오히려 도움이 된다고 생각하십니까?

5. 국가나 다른 기관이 작가를 위해 더 많은 일을 해야 한다고 생각하십니까?

6. 이 문제에 대한 선생님 개인의 해결책에 만족하시는지, 그리고 순전히 글만 써서 살아가겠다고 하는 젊은 사람들에게 남길 특별한 충고라도 있으면 말씀해 주십시오.

1. 요즈음의 돈의 구매 가치를 생각해 볼 때, 결혼한 사람 한 명의 최저 생활비는 일 주일에 소득세를 뺀 10파운드 정도, 그리고 결혼을 하지 않은 사람은 일 주일에 6파운드 정도는 되어야 한다고 생각합니다. 작가에게 가장 만족할 만한 수입은—다시 한 번 돈의 구매가치를 생각해 보면—1년에 1천 파운드 정도라고 생각합니다. 이 돈이면 작가는 잡문을 쓰지 않고, 또 빚에 쪼들리지 않고 어느 정도 편안한 생활을 할 수 있지요. 그렇다고 특권층으로 상승하고 있다는 생각이 들 만큼 큰 돈은 아니지요. 사람들은 작가가 노동계층의 수입만으로 최고의 작품을 쓰리라고 기대하지는 않는다고 생각합니다. 목수에게 우선 필요한 것이 연장이듯이, 작가에게 확실히 일차적으로 필요한 것은 방해를 받지 않는 편안하고 따뜻한 공간일 것입니다. 이 정도라면 그다지 큰돈이 들지 않을 것 같지만, 작가의 생활에 필요한 비용을 다 계산해 보면 상당한 돈이 들어갑니다.

작가의 글쓰기는 주로 집에서 행해지는데, 만약 작가가 있는 그대로의 상태에서 글을 쓴다면 끊임없이 방해를 받을 것입니다. 작업 방해를 차단하기 위해 직 · 간접으로 항상 돈이 들어가지요. 그리고 작가는 엄청나게 많은 책과 잡지가 필요하며, 또 이런 것들과 서류를 보관할 공간이 필요합니다. 통신비용도 적잖이 들어가며, 그리고 어쨌든 완전한 고용은 아니더라도 일시적으로 비서의 도움도 필요합니다. 또 대부분의 작가들은 여행을 하거나 비참한 환경이라고 여겨지는 그런 장소에서도 한번 살아보고, 그들이 가장 좋아하는 것을 먹고 마셔보고, 또 친구를 데리고 나가 식사를 사주는 등의 생활을 함으로써 글쓰기에 대한 도움을 받습니다. 이런 것에 모두 돈이 들어가지요. 이상적인 생각이지만 전부 다 높은 수입이 있다고 가정한다면, 나는 모든 사람들이 똑같은 양의 돈을 벌었으면 좋겠습니다. 그러나 사람들이 버는 돈이 천차만별인 관계로, 작가에게 현재 기준으로 1년에 1천 파운드 정도 필요하다고 본다면, 작가의 위치는 중간 정도 된다고 생각합니다.

2. 아닙니다. 영국에서 순전히 글만 써서 먹고사는 작가는 기껏해야 수백 명 정도밖에 되지 않으며, 어쩌면 그들 대부분이 탐정소설 따위를 쓰는 작가들일 것입니다. 어떻게 보면 순수작가들이 에셀 델 같은 작가들보다 타락하기가 더 쉽지요.

3. 작가의 모든 시간을 빼앗기지 않는 조건이라면 작가의 부업으로는 비문학적인 것이 좋다고 생각합니다. 물론 작가의 취미에 맞는 일이라면 더욱 좋겠지요. 예를 들어 퇴근하고 집에서 진지하

게 글을 쓸 수 있는 은행 서기나 보험회사 대리인 같은 것을 생각해 볼 수 있지요. 반면 남을 가르치거나 방송일을 하거나 혹은 영국문화진흥회 같은 단체에서 홍보활동을 하는, 어느 정도 창조적인 일에 정력을 낭비하는 그런 직업은 좀 어렵지 않을까요?

4. 작가의 모든 시간과 정력이 낭비되지 않는 한 그것은 득이 된다고 생각합니다. 결국 우리는 평범한 세상과 이런저런 종류의 관계를 지속적으로 맺어야 하니까요. 그렇게 하지 못한다면 작가가 무엇에 대해 글을 쓸 수 있겠습니까?

5. 국가가 유용하게 해줄 수 있는 유일한 것은 공공도서관에 도서 구입비를 더 많이 보조해 주는 것입니다. 만약 우리 나라가 완전한 사회주의 국가라면 우리 작가들은 확실히 국가로부터 지원을 받아야 하며 수입이 괜찮은 집단에 속해야만 되지요. 그러나 국가기업뿐 아니라 민간기업도 여러 분야에서 엄청나게 증가되고 있는 요즘 같은 경제 상황에서, 작가가 국가 또는 다른 단체와 관계를 적게 맺으면 맺을수록 작가와 그 작품에는 그만큼 더 유리합니다. 어떤 종류의 조직화된 후원과 연결되는 한 불변의 관계가 있지요. 작가가 사실상 어떤 부유한 한 사람에게 예속되어 있었던 예전 형태의 조직화된 후원은 분명히 바람직하지 않습니다. 강요가 적으면서도 가장 훌륭한 후원은 바로 큰 대중입니다. 오늘날 독서량은 점점 더 많아지는데, 다시 말해 영국 대중의 독서 취향은 지난 20

년간 크게 향상되고 있지만 불행하게도 영국 대중은 책을 사는 데는 돈을 쓰지 않습니다. 현재 영국 시민 한 명당 책값으로 지불하는 돈은 1년에 1파운드밖에 되지 않습니다, 반면 담뱃값과 술값으로는 25파운드를 지출합니다. 지방세와 세금의 지출을 살펴보면, 영국 시민은 자신도 모르게 더 많은 돈을 쓰도록 강요받았지요. 전쟁 기간 동안 재무성은 BBC 방송국에 재정적 원조를 많이 했고, 우리의 세금은 라디오 방송에 평소보다 더 많이 들어갔습니다. 만약 정부가 전체 도서 시장을 떠맡아 도서 시장을 어떤 선전 도구로 만들지 않으면서 도서 구입에 보다 많은 예산을 따로 책정해 놓는다면 작가라는 직업은 다소 안정감을 얻을 것이며, 문학 또한 그 혜택을 보게 되리라고 생각합니다.

6. 개인적으로 저는 만족합니다. 재정적인 측면에서 말입니다. 왜냐하면 저는 어쨌든 지난 몇 년 동안 운이 좋았기 때문입니다. 저는 처음부터 필사적으로 분투했으며, 다른 사람들의 말을 들었더라면 저는 결코 작가가 되지 못했을 것입니다. 최근까지 내가 진지하다고 여기는 글을 쓸 때마다 출판하지 말 것을 권유하는 엄청난 설득이 있었습니다. 심지어 꽤 영향력 있는 사람들한테서도 그런 이야기를 들은 바가 있지요.

자신에게 잠재력이 있다고 의식하는 젊은 작가에게 내가 해줄 수 있는 유일한 충고는, 남의 충고를 듣지 말라는 것입니다. 물론 재정적인 면에 대해서도 해주고 싶은 말이 있지만 재능이 없다면 들어봐야 별 소용이 없을 것 같습니다. 그저 종이에 글을 써서 '먹고 살겠다'고 한다면 BBC 방송국이나 영화사 같은 곳이 도움이 될 것입니다. 그러나 말 그대로 작가가 되고자 하는 사람이 있다면, 그 사람은 우리 사회로부터 너그럽게 대접을 받을지언정 용기는 얻지 못하는, 동물 같은 존재가 되지요. 다시 말해 집에서 키우는 새라고나 할까요. 그래서 작가의 현 위치를 처음부터 인식하고 출발한다면 더 잘해 나갈 수 있을 것입니다.

좋으면서 나쁜 책

나는 얼마 전에 한 출판업자로부터 레오나드 메릭[1]이 쓴 한 소설의 재판에 부쳐 서문 하나를 써 달라는 부탁을 받았다. 이 출판사는 20세기 이류 작가들의 작품과 부분적으로는 잊혀진 소설들을 시리즈로 발행할 계획을 갖고 있었다. 이런 작품들을 구하기 힘든 오늘날, 이 기획은 참 값진 것이라는 생각이 들었다. 값싼 책을 찾으려고 돌아다니고 어린 시절에 좋아했던 책을 수집하는 사람을 보면 부러운 생각마저 든다.

지금은 거의 출판되지 않지만, 19세기 후반과 20세기 초에 굉장한 인기를 누렸던 책들은 소위 체스터튼이 '좋으면서 나쁜 책'이라고 부른 그런 종류의 책들이다. 다시 말해 문학적 주장은 없지만 진지한 출판물이 없을 때에 그래도 읽어볼 만한 그런 종류의 책들이다. 이런 측면에서 가장 뛰어난 작품으로는 『래플스』와 셜록 홈스 이야기를 꼽을 수 있는데, 이런 이야기들은 많은 '문제소설', '인간 기록물'과 여러 종류의 '무시무시한 고발소설'이 우리들의 머리에서 잊혀질 때, 나름대로의 위치를 차지하게 된다(코난 도일과 조지 메러디스 중 누가 더 오래 남아 있는가?). 위 작품들과 비슷한 수준의 작품을 더 든다면 리처드 프리먼[2]의 초기 이야기들—「노래하는 뼈」, 「오시리스의 눈」과 다른 작품들—어니스트 브라머[3]의 『맥스 카라도스』 등이 있고, 수준을 조금 낮추어 본다면 형편없는 점강법처럼 비칠 수 있는 헉의 『타타르 기행』 아동용판으로 티베트 지방을 배경으로 한 스릴러 소설 가이 부스비의 『니콜라 박사』가 있다.

그러나 공포소설뿐 아니라 이 시대의 이류 유머작가들도 있다. 예를 들어 페트 리지[4]—그러나 그의 장편소설은 이제는 재미있게 읽을 수 있는 것은 아니다—『보물을 찾는 아이들』을 쓴 네스빗,[5] 조지 버밍엄,[6] 그리고 외설문학의 빈스테드 등이 있으며, 미국 소설도 포함시킨다면, 부스 타킹턴[7]의 펜로드[8] 이야기 정도가 있다. 이들보다 더 우수한 작가로서 배리 페인도 있다. 그의 유머스러운 작품들은 지금도 여전히 출판되고 있지만, 그의 책을 접하는 사람에게 오늘날 구하기가 힘든 작품인 『클로디어스의 8일』을 권하고 싶다. 그리고 그 후의 작가로는 극동지방의 항구도시에 대한 이야기로 출판 당시 웰스의 찬사를 받았지만 이상하게 요즈음은 세인의 주목을 별로 받지 못하는 피터 블룬델이 있다.

그러나 내가 지금 언급한 소설들은 솔직히 말해 '도피' 문학이다.

이런 문학은 조용한 구석에서 언제든지 아무 곳이나 불쑥 펼쳐놓고 읽을 수 있는 유쾌한 기억의 단편들로 구성되어 있어 실제 삶과는 거리가 있다. 그리고 보다 진지한 의도로 쓴 또 다른 종류의 '좋으면서 나쁜 책'이 있는데, 이런 책들은 우리들에게 소설의 본질이 무엇인지, 또 현재 소설이 쇠퇴의 길을 걷는 이유는 무엇인지에 대해 말해주고 있다. 지난 50년 동안, 엄격한 문학적 기준에서 볼 때 '좋은' 작가라고 부르기는 곤란하지만 나름대로 훌륭한 취향을 드러내기 때문에 성실성을 확보하고 있는 일련의 작가들—이들 작가들 중 일부는 아직까지 작품활동을 하고 있다 — 로는 메릭, 월터 조지, 존 베레스포드, 어니스트 레이먼드, 메이 싱클레어 등이 있고, 수준은 다소 떨어지지만 본질적으로 이들과 비슷한 A. 허친슨도 있다.

이런 작가들 중 대부분이 다작을 하며, 이들의 작품은 원래 질적으로 천차만별인 경우가 많다. 이들이 쓴 작품 중 한두 권의 우수한 소설을 생각해 본다. 예컨대 메릭의 『신시아』, 베레스포드의 『진리를 위한 후보자』, 조지의 『캘리번』, 싱클레어의 『합쳐진 미로』, 레이먼드의 『우리, 피고인들』 등이 있다. 이런 소설에서 작가는 자신을 등장인물들과 동일시하여 그들과 함께 느끼며, 또 공감대를 형성했다. 물론 현명한 독자들이라면 선뜻 받아들이기가 어려울지도 모르지만……. 이런 작가들은 지적인 정련이 뮤직홀의 코미디언에게 그렇듯이 이야기 작가에게 득이 될 게 없다고 말한다.

레이먼드의 『우리, 피고인들』—크리펜 사건[9]을 바탕으로 하고 있는, 비참하지만 설득력 있는 살인 이야기—을 예로 들어보자. 나는 작가가 그리고자 하는 인물들에 대한 감상적 저속함을 단지 부분적으로만 이해한 나머지 그들을 제대로 경멸하지 못했기 때문에 이 소설에서 오히려 더 많은 것을 얻었다고 생각한다. 아마 이것은 드라이저의 『아메리카의 비극』에서처럼 이 소설에 씌어진 서툴고 장황한 방식에서 그 이유를 찾아낼 수도 있을 것이다. 작가의 의도적 선택 없이 세부 묘사가 점점 쌓이는 과정에서 끔찍하고 가혹한 잔인성이 서서히 형성된다. 『진리를 위한 후보자』 역시 마찬가지다. 『우리, 피고인들』에서와 같은 서투름은 없지만, 평범한 사람들의 문제를 진지하게 간주하는 능력을 역시 가지고 있다. 『신시아』도 마찬가지며, 『캘리번』의 전반부 역시 그러하다. 조지가 쓴 대부분의 작품은 조잡한 잡동사니 같지만, 노스클리프의 생애를 다루고 있는 『캘리번』에서 조지는 하류 중산계급의 런던 생활을 아주 사실적으로 묘사했다. 이 소설의 각 장은 자전적 형태인데, 좋으면서 나쁜 작가들이 가지는 이점 중의 하나는 자서전을 쓰는 데 작가들이 수치심을 가지지 않는다는 점이다. 과시욕과 자기 동정은 소설가에게 독이 되지만, 그렇다고 이 두 가지를 너무 경계해도 그것 역시 작가의 창조적 재능을 해치는 결과가 된다.

좋으면서 나쁜 문학—단순히 우리의 지적 수준으로 판단해 볼 때 진지하게 간주하고 싶지 않은 작품임에도 재미있기 때문에 우리를 흥분시키거나 혹은 감동을 줄 수 있다는 사실—이 존재한다는 것은 예술이 대뇌작용 같은 것이 아니라는 사실을 상기시켜 준다. 나는 토머스 칼라일이 트롤럽보다 더 지적인 인간이라고 생각한다. 그런데 트롤럽의 책들은 우리가 읽기에 재미있고 칼라일의 책은 그렇지 못하다. 그는 명석함에도 불구하고 평범하고 솔직한 영어로 글을 쓰는 재주가 없었다. 시인의 경우와 마찬가지로, 소설가의 경우에도 지성과 창조력이 서로 어떤 연관성이 있는 것은 아니다. 훌륭한 소설가는 구스타프 플로베르처럼 자기 단련의 귀재도 될 수 있고, 혹은 디킨스처럼 지적으로 산만한 작가도 될 수 있다. 『타르 혹은 속물의 귀족』과 같은 윈담 루이스의 소설을 보면 수십 명의 평범한 작가를 만들 수 있을 만큼의 충분한 재능이 발견된다. 그러나 이런 소설들을 처음부터 끝까지 읽기란 무척 어렵다. 심지어 『겨울이 온다면』과 같은 작품에 존재하는 일종의 문학적 영양소 역할을 하는 특질이 루이스의 소설에는 없다.

'좋으면서 나쁜' 책의 가장 훌륭한 예는 아마 『톰 아저씨의 오두막집』일 것이다. 이 책은 터무니없을 정도로 멜로드라마적인 사건들로 가득 찬 작품으로, 은연중에 웃음을 자아내게 한다. 또한 본질적으로 사실적이며, 우리들에게 깊은 감동을 준다. 이 소설의 특질이 무엇인지 정확히 말하기는 어렵지만, 실제 세계를 다루려는 진지한 노력을 하고 있다. 공포와 '가벼운' 유머 제공자들인 현실도피 문학가들은 어떤가? 『셜록 홈스』, 『바이스 베르사』, 『드라큘라』, 『헬렌의 아기들』, 『솔로몬 왕의 광산』과 같은 작품은 어떤가? 이런 모든 작품들은 결단코 형편없는 책들로서 우리가 함께 웃을 수 있는 것이 아니라 비웃을 수 있는 것이고, 이런 종류의 소설을 쓰는 작가들에 의해서조차도 거의 진지하게 간주될 수 없는 성질의 것들이다. 그럼에도 불구하고 이런 소설들은 살아남았으며, 또 앞으로도 계속 그러할 것이다. 문명이 존재하는 한 우리는 때때로 기분전환이 필요할 것이며, '가벼운' 문학이 그 자리를 굳게 차지할 것이다. 또한 박식함이나 지적인 힘보다 더 오래 생존할 가치가 있는 완벽한 기술이나 천부적 우아함과 같은 것도 있다. 시선집에 들어 있는 대부분의 시보다 더 나은 뮤직홀의 노래도 있다.

> 술값이 싼 술집으로 오시오,
> 잔을 가득 채워주는 술집으로 오시오,
> 활달한 주인이 술을 파는 곳으로 오시오,
> 이웃 술집으로 오시오!

또 다른 시를 예로 들어보자.

> 두 개의 사랑스런 검은 눈 —
> 오, 얼마나 놀라운가!
> 다른 남자를 나쁘다고 부르기만 하니,
> 두 개의 사랑스런 검은 눈!

나는 「축복 받은 처녀」[10]나 「계곡에서의 사랑」과 같은 시보다는 오히려 위와 같은 시를 쓰고 싶기도 하다. 문학의 우수성을 결정짓는 엄격한 문학적 시금석에 대해서는 잘 모르지만, 어쨌든 나는 버지니아 울프나 조지 무어[11]의 모든 작품보다 더 오랫동안 독자들에 의해 읽힐 『톰 아저씨의 오두막집』을 더 많이 지지할 것이다.

1) 레오나드 메릭(1864~1939) : 영국의 소설가. 1892년 『훌륭했던 자』를 발표하여 문학적 기틀을 마련했다. 그는 인간의 모든 오락 형태 중 사냥이 가장 야만적이고 잔인하다는 강한 신념을 가지고 있었다.
2) 리처드 프리먼(1862~1943) : 영국의 의사이자 추리소설가. 자신의 과학탐정소설에 탐정 역으로 법의학자 손다이크 박사를 등장시켰다. 『붉은 무지문(拇指紋)』과 『손다이크 박사의 사건기록부』 등의 작품이 있다.
3) 어니스트 브라머(1869~1942) : 영국의 유머리스트이자 탐정소설 작가. 그의 탐정소설에서 내레이터인 카이 링과 맹인 탐정인 맥스 카라도스라는 인물을 창조했다. 맥스 카라도스는 코난 도일이 창조한 셜록 홈스에 비견된다
4) 페트 리지(1857~1930) : 영국의 유머작가이자 소설가.
5) 네스빗(1858~1924) : 영국의 여류 아동문학가. 사회주의 작가인 남편 H. 블랜드와 함께 페이비언 협회의 설립에 도움을 주었다. 작품으로 『보물을 찾는 아이들』, 『마법의 성』 등이 있다.
6) 조지 버밍엄(1865~1950) : 아일랜드계 영국 소설가. 본명은 제임스 오웬 해니. 그의 모든 작품은 조지 버밍엄이라는 가명으로 출판되었다. 1908년

『스페인의 황금』이라는 작품으로 소설가로서의 입지를 굳혔다.

7) 부스 타킹턴(1869~1946) : 미국의 소설가이자 극작가. 『훌륭한 엠버슨 집안 사람들』과 『앨리스 애덤스』로 퓰리처상을 두 번 받았다.

8) 펜로드 : 타킹턴의 소설 『펜로드』에 등장하는 열두 살의 주인공. 부모와 선생님의 말을 잘 안 듣는 말썽꾸러기로 여러 가지 모험과 좌절을 경험한다.

9) 영국 거주 미국인 의사 크리펜이 아내를 독살한 혐의로 처형된 사건.

10) 「축복 받은 처녀」 : 로세티의 시.

11) 조지 무어(1852~1933) : 아일랜드 태생의 소설가이자 문필가. 프랑스 자연주의의 영향을 받아 작품활동을 시작했으며, 아일랜드 문학운동에도 가담했다. 작품으로 『한 젊은이의 고백』, 『호수』 등이 있다.

제3부

파리와 런던의 뒷골목

얼마 전 런던 시의회는 침대와 침대 사이의 간격이 적어도 3피트는 되어야 한다는 규정을 새로 만들었다.
그 간격이 3피트이든지 1피트이든지 그것은 이미 복잡해질 대로 복잡해진
공동 침실에 기거하는 하숙인들에게는 중요한 문제가 아니었다.
오히려 그것은 마루의 면적에 따라 수입이 달라지는 여인숙 주인들의 관심거리였다.
이 법으로 만들어진 단 하나의 실제 결과는, 하숙비가 인상되었다는 것뿐이었다.

구빈원

늦은 오후였다. 여자 한 명을 포함해서 우리 마흔아홉 명은 구빈원(救貧院)[1]의 문이 열리기를 기다리면서 잔디밭에 누워 있었다. 너무 지쳐 말할 기력도 없었다. 우리는 집에서 만든 담배를 털이 숭숭 난 얼굴에 삐죽 튀어나오도록 문 채 피곤에 지쳐 아무렇게나 누워 있었다. 머리 위에는 밤꽃이 나뭇가지를 뒤덮고 있고, 그 너머엔 큰 뭉게구름이 미동도 하지 않은 채 쾌청한 하늘에 떠 있었다. 잔디 위에 어지럽게 누워 있는 우리는 도시의 초라한 극빈자들처럼 보였다. 마치 해변에 마구잡이로 버려져 있는 빈 정어리 통조림 깡통이나 종이봉투처럼 우리는 주변 풍광을 해치고 있었다.

구빈원 감독관에 대한 이야기가 떠돌아다녔다. 그는 악마이고 난폭한 독재자이며 사납게 짖어대는, 불경스럽고 동정받지 못할 개라는 소문이었다. 그가 우리 주변에 있으면 우리의 영혼조차도 온전히 우리의 것이라고 부를 수 없을 정도며, 부랑자들이 말대꾸를 했다는 이유로 한밤중에 내쫓기도 했다는 것이다. 또 그가 몸수색이라도 할라치면 당신을 완전히 거꾸로 세워 흔들어버린다. 담배를 피우다 들키기라도 하면 지옥 같은 벌이 기다리고 있고, 돈을 가지고 있는 것이 발각되면 신의 은총을 빌어야 할 뿐이다.

나는 8펜스를 가지고 있었다. 한 나이 든 노동자가 나에게 "친구여, 그리스도의 사랑을 위하여!"라고 말하고는, "그 돈을 버리게. 그 돈을 가지고 구빈원으로 들어가려고 하면 족히 이레는 걸릴 걸세!"라고 충고해 주었다.

그래서 나는 산울타리 밑의 구멍에다가 그 돈을 숨겨놓고는 한 움큼의 자갈로 표시해 두었다. 그리고 우리는 성냥과 담배를 몰래 숨기기 시작했는데, 이러한 물건들은 애시당초 구빈원 안으로 들여갈 수 없으며, 또 구빈원 정문에서 몸수색을 하여 이 물건들을 압수하기 때문이었다. 우리는 양말 속에 담배를 넣었고 양말을 신지 않은 극빈자들은 신발 안에 담배를 숨겼으며, 심지어 발가락 사이에 숨기기도 했다. 우리는 발목 근처를 밀수품들로 가득 채웠기 때문에 마치 상피병(象皮病)이라도 걸린 사람처럼 보일 정도였다. 그러나 아무리 엄격한 감독관이라 해도 무릎 아래는 수색할 수 없다는 것이 불문율이었다.

몸에 털이 많이 난 스코티라는 부랑자가 있었다. 그는 글래스고 출신으로, 런던 사투리가 섞인 이상한 영어로 말했다. 그는 실수로 담배꽁초가 들어 있는 양철통을 신발에 떨어뜨려 압수당하고 말았다.

여섯시에 문이 열리자 우리는 다리를 질질 끌며 구빈원 문으로 향했다. 문 앞에 서 있던 직원 한 명이 우리의 이름과 기타 특기사항들을 명부에 기입한 다음 가지고 들어간 짐 꾸러미를 압수했다. 여자들은 구빈원에 들어갈 수 없어서, 여자를 제외하고 안으로 들어갔다. 그곳은 침침하고 으스스한 분위기를 자아냈다. 벽은 회반죽으로 칠해져 있고, 욕실과 식당과 1백여 개의 폭이 좁은 석조 방이 있을 뿐이었다. 끔찍스러운 감독관이 우리를 맞이하고자 문에서 옷을 벗겨 몸수색을 한 뒤 욕실로 몰아넣었다. 그는 부랑자들에게 어떠한 인간적 대접도 하지 않는, 무뚝뚝하고 군인처럼 보이는 사십대의 사람으로, 우리의 면전에 욕설을 퍼부어댔다. 그러나 내 앞에 왔을 때, 그는 나를 보고 얼굴이 굳어진 채 말했다.

"당신은 신사요?"

"그런 것 같습니다."

나는 대답했다. 그는 다시 한 번 나를 훑어보았다.

"그래, 매우 운이 나쁘군요, 신생. 지독하게 말이요, 지독하게."

그 후로 그는 동정과 심지어 존경심으로 나를 대접해 주었다.

욕실의 광경은 보기 역겨울 정도였다. 우리가 입고 있던 내의의 모든 추잡한 비밀이 다 벗겨졌다. 묵은 때와 해진 헝겊 조각들, 단추 대용으로 사용되는 약간의 실, 덕지덕지 꿰매어 붙인 천 조각들, 여기저기에 구멍이 나 있는 더러운 옷들이 함께 모아져 있었다. 부랑자들의 땀 냄새는 흔히 코를 찌르는 배설물 냄새만큼이나 지독했다. 어떤 부랑자들은 욕실 가기가 싫어 발을 감싸는 번질번질한 천 조각인 '발싸개'만을 빨았다. 목욕하는 데에는 각각 3분씩밖에 안 걸렸다. 수건은 때가 묻어 미끌미끌한 여섯 개의 롤러 수건이 전부였다.

목욕을 하고 있을 때 구빈원측이 우리의 옷을 다 가져갔다. 그 대신 우리는 구빈원이 제공하는 잠옷 같은 회색 면 셔츠를 입었는데 장딴지 중간까지 내려왔다. 목욕을 대충 하고 난 뒤, 우리는 목조 테이블 위에 저녁식사가 준비된 식당으로 갔다. 식사는 간단했으며, 아침, 점심, 저녁 모두 똑같은 음식이었다. 예컨대 반 파운드의 빵, 약간의 마가린, 1파인트의 형편없는 차가 전부였다. 이런 맛없고 역겨운 음식을 먹어치우는 데 5분이면 충분했다. 식사시간이 끝나자 감독관은 우리에게 각각 석 장의 면 담요를 나누어주고, 작은 방으로 몰아넣었다. 각 방의 문은 저녁 일곱시가 되면 밖에서 잠기는데, 이후 열두 시간 동안 문 밖으로 나갈 수 없었다.

방은 가로 8피트, 세로 5피트로, 조그만 빗장이 쳐진 창문과 하나의 감시구멍을 제외하곤 실내를 밝혀주는 어떤 시설도 없었다. 방에는 뼈대만 남은 침대와 그 위에 짚을 넣은 이불이 있었는데 벌레가 없어서 그런대로 덮을 만했다. 그러나 많은 구빈원에서 사람들은 나무 선반 같은 데서 잠을 자며, 어떤 구빈원에서는 맨땅에서 잠을 자기도 한다. 나는 침대가 놓인 작은 방을 나 혼자 차지했기 때문에 잠을 푹 잘 수 있을 것이라고 생각했다. 그러나 구빈원이라는 곳에는 뜻밖의 일이 항상 존재하므로 그렇게 잠을 푹 잘 수 없었다. 금방 알게 되었지만, 여기서 가장 불편한 것은 추위였다. 계절의 여왕이라고 하는 5월이 시작되어 구빈원 당국이 난방을 중단했기 때문이었다. 면 담요는 거의 소용이 없었다. 사람들은 몸을 오른쪽, 왼쪽으로 번갈아 쪼그려 누우면서 10여 분 동안 잠이 들었다가 몸이 반쯤 언 상태로 깨어나기를 반복하면서 밤을 보내야만 했다.

구빈원에서 흔히 있는 일인데, 나는 아침에 일어날 시간이 되어서야 편한 잠에 빠졌다. 감독관은 둔탁한 발소리를 내며 통로를 걸어다니면서 방문의 자물쇠를 열고는 "기상하라!"고 외쳐댔다. 통로는 곧 더러운 셔츠를 걸치고 욕실로 향하는 사람들로 붐볐는데, 아침 내내 우리가 사용할 수 있는 물이라곤 한 통밖에 없었다. 따라서 먼저 차지하는 사람이 임자였다. 내가 세수하러 갔을 때에는 이미 20여 명의 부랑자들이 얼굴을 씻고 있었다. 나는 물 표면에 떠 있는 검은 찌꺼기를 힐끗 쳐다보고선 세수를 하지 않은 채 하루를 지내겠다고 마음먹었다.

우리는 서둘러 옷을 갈아입고 아침을 먹기 위해 식당으로 갔다. 빵은 감독관처럼 군대 기질이 있는 멍청이가 밤새도록 잘라놓아 가게의 비스킷만큼이나 딱딱해져 맛이 형편없었다. 그러나 우리는 밤새도록 추위에 떨고 난 뒤라 차를 마실 수 있다는 것만으로도 아주 기뻤다. 나는 부랑자들이 차 없이 할 수 있는 일이란 아무것도 없다는 사실을 알았다. 그만큼 차는 그들에게는 음식이고, 약이며,

모든 악마를 물리치는 만병통치약이었다. 하루에 마실 반 갤런 정도의 차가 없다면, 그들은 분명 생존할 수 없을 것이다.

아침식사 후 우리는 천연두 예방 차원의 의료검진을 받기 위해 다시 한 번 옷을 벗어야 했다. 45분이 지나서야 의사가 도착했는데, 이제 우리가 그를 살펴보고 우리의 태도가 어떠한지를 보여줄 차례였다. 그것은 교훈적인 장면이었다. 우리는 통로에 두 줄로 길게 늘어서서 윗옷을 벗은 채 추위에 떨면서 차례를 기다렸다. 푸르스름하고 차갑게 빛나는 여과된 불빛이 무자비할 정도로 우리를 비추고 있었다. 우리의 벗은 모습을 직접 보지 않고서는, 우리가 올챙이배를 가진 타락한 똥개라고 누구도 상상하지 못할 것이다. 헝클어진 머리카락, 털이 나 있는 쭈글쭈글한 얼굴, 움푹 들어간 가슴, 야윈 발, 축 늘어진 근육 등 모든 기형과 육체적 부패가 거기에 존재하고 있었다.

부랑자들은 모두 마치 햇볕에 탄 것처럼 무기력하고 창백해 보였다. 옷을 벗고 거기에 서 있던 두세 명의 사람들이 내 머릿속에 오래도록 남아 있다. 탈장 증세가 있고 붉은 눈에 분비액이 흐르는 일흔네 살의 올드 '대디', 마치 어떤 예스러운 구식 그림에나 나오는 나사로의 시체처럼 수염은 드문드문 나 있고 두 뺨은 햇볕에 그을렸으며 굶주려 창자가 몸 밖으로 튀어나올 정도로 야윈 사람, 바지가 항상 흘러내려 수줍어하고 미묘하게 킬킬 웃으면서 여기저기 돌아다니는 정신박약자에 대한 기억이다. 그러나 우리들 중 이들보다 더 나은 사람은 별로 없었다. 건강이 양호한 사람은 열 명도 채 안 되며, 반 정도는 이미 병원 신세를 져야만 하는 사람들이었다.

그날은 일요일이기 때문에 우리는 주말 내내 구빈원에 갇혀 있어야만 했다. 의사가 돌아가자마자 우리는 다시 식당으로 내몰렸고 식당 문은 닫혔다. 식당은 회반죽으로 벽이 칠해져 있었고, 돌이 깔려 있는 바닥에는 목조 식탁과 의자가 놓여 있었으며, 감옥에서나 날 듯한 냄새가 배어 있는, 형언할 수 없을 정도로 황량한 장소였다. 창문은 너무 높아 밖을 내다볼 수가 없었고, 장식품으로는 비행을 저지른 자에게는 끔찍한 형벌을 가한다고 위협하는 일련의 규칙을 열거한 액자가 하나 걸려 있을 뿐이었다. 식당은 너무 비좁아 우리는 팔꿈치로 옆 사람을 칠 정도로 끼어 앉았다. 아침 여덟 시경 이미 우리는 포로 상태로 지쳐 있었다. 우리는 길거리의 하찮은 소문거리, 좋은 구빈원과 나쁜 구빈원, 혜택을 많이 받는 지역과 그렇지 않은 지역, 경찰과 구세군의 사악함 등에 관한 이야기 외에는 어떤 말도 하지 않았다. 부랑자들의 대화에는 이런 이야기들이 좀체로 빠지는 법이 없다. 그들은 소위 일자리에 관한 이야기만 나누었는데, 대화라고 부를 가치조차 없이 보였다. 배가 고픈 상태에서는 정신적 사색이 불가능하기 때문이다. 세상은 그들에게 너무 가혹했다. 그들은 다음 끼니를 때울 수 있을지 결코 장담할 수 없었다. 따라서 다음 끼니에 대한 것 이외에 다른 어떤 것에 대해서도 생각할 수 없었다.

두 시간이 지루하게 지나갔다. 나이 때문에 우둔해진 올드 대디가 활처럼 몸을 굽혀 마룻바닥에 두 눈을 붙박은 채 앉아 있었다. 모자를 푹 눌러쓰고 잠을 자는 이상한 버릇이 있는 나이 든 부랑자 조지는 빵 한 봉지를 길에서 잃어버렸다고 투덜거렸다. 우리들 중 가장 신체가 건장하고 구빈원 내에서 개봉한 지 열두 시간이나 지나버린 김 빠진 맥주 냄새도 맡을 수 있는, 힘센 좀도둑이자 거지 빌은 좀도둑질한 이야기, 술집에서 마신 술, 목사가 자신을 경찰에 밀고해 며칠 동안 구류를 당한 일 등의 이야기를 해주었다. 노퍽 출신 어부였던 윌리엄과 프레드는 배신을 당하고 눈 속에서 죽은 가엾은 벨라에 대한 노래를 구슬프게 불렀다. 지능이 떨어지는 친구는 일전에 그에게 2백57개의 금화를 주었다는 상상 속의 거만한 사람에 대해 지껄이고 있었다. 이렇듯 우리는 재미없고 음란한 말만을 지껄이면서 시간을 때웠다. 부랑자들은 모두 담배를 피웠는데 스코티는 담배를 압수당해 피우질 못했다. 담배가 없는 그의 모습이 너무 애처로워 나는 그에게 말아서 피울 담배를 조금 집어주었다. 그는 감독관의 발소리를 들을 때마다 마치 중학교 학생처럼 담배를 숨겨놓았다가 다시 몰래 피워댔다. 왜냐하면 다소 묵인은 되지만 공식적으로 흡연은 금지되어 있었기 때문이다.

대부분의 부랑자들은 무료한 방에서 열 시간을 보냈다. 얼마나 참기 힘든지는 상상하기조차 어렵다. 나는 무료함이야말로 배고픔과 불편함보다 더 지독하고, 사회적으로 푸대접받는 감정 상태보다도 훨씬 더 참기 어려운, 부랑자의 악 중에서 최악이라고 생각하게 되었다. 무식한 사람들을 하루 종일 아무 일도 시키지 않고 가두어두는 것은 잔인한 짓이다. 그것은 마치 개집에 개를 묶어놓는 것과 똑같다. 스스로의 내부에서 위안을 찾을 수 있는 교육받은 사람들만이 이런 감금을 참을 수가 있다. 대다수가 글을 거의 읽지 못하는 부랑자들은 그저 아무런 대책 없이 공허한 생각만으로 그들의 가난에 맞선다. 그들은 불편한 벤치에 열 시간씩 꼼짝 않고 앉아서 스스로를 몰두시킬 어떠한 것도 찾아내지 못한다. 그리고 조금이나마 생각을 한다면, 그것은 바로 그들의 곤경에 대해 슬퍼하고 하고 싶은 일을 바라는 것뿐이었다. 그들은 무료함의 공포를 참을 수 있는 재주가 없다. 그래서 아무 일도 하지 않고 대부분의 인생을 보내기 때문에 무료함에서 생기는 고통을 당한다.

나는 다른 사람들보다 훨씬 운이 좋았다. 감독관은 열시에 구빈원의 모든 일 중에서 부랑자들이 가장 탐내는 일을 나에게 맡겼다. 그 일이란 구빈원의 닭장을 청소하는 것이었다. 거기엔 할 일이 별로 없어서, 나는 일요예배를 가지 않으려고 이곳으로 숨어 들어온 사람들과 함께 감자 창고에서 숨바꼭질을 했다. 거기엔 또 난로와 앉을 만한 상자, 묵은 《패밀리 헤럴드》지, 구빈원 도서관에서 나온 『래플스』 한 권도 있었다. 그곳은 구빈원에서 추구할 수 있는 유일한 천국이었다.

또한 나는 구빈원 직원들이 먹는 밥을 먹었는데, 그 밥은 내가 지금까지 먹어보았던 것 중 최고의 식사였다. 부랑자들은 그런 밥을 구빈원 안이나 밖에서도 1년에 두 번도 구경하지 못한다. 극빈자들은 항상 일요일 같은 날에는 배가 터질 듯이 많이 먹었고, 나머지 6일은 배가 고팠다고 했다. 식사가 끝날 때 주방의 요리사가 나에게 설거지를 시키면서, 남은 음식은 버리라고 했다. 버리는 음식이 엄청났다. 소고기, 빵, 야채 등이 쓰레기처럼 버려져 차 잎사귀와 함께 더럽게 뒤범벅이 되었다. 나는 이 중 먹을 만한 음식을 골라 다섯 개의 쓰레기통에 가득 채웠다. 내가 그렇게 하고 있는 동안 나의 다정한 부랑자들은 언제나 똑같은 빵과 차 그리고 어쩌면 두 개의 차가운 찐 감자로 허기진 배를 겨우 달랜 채 여기서 2백 야드 떨어진 곳에 쭈그리고 앉아 있을 것이다. 이런 남은 음식들은 부랑자들에게 나누어주지 않고 의도된 방침에 따라 모두 버리는 것 같았다.

나는 오후 세시경 주방에서 나와 다시 구빈원으로 돌아갔다. 복잡하고 불편한 방에서의 무료함은 더는 참을 수 없었다. 한 부랑자가 간직해 둔 마지막 담배도 다 떨어져 이제 흡연조차 중단되었다. 구빈원이 그를 받아주지 않는다면 그는 마치 목초지에서 이탈된 초식동물처럼 굶어죽을 것이다. 나는 시간을 때우기 위해 셔츠를 입고 타이를 맨, 다소 상황이 나아 보이는 한 젊은 부랑자와 이야기를 나누었는데, 그는 목수이고 연장이 없어서 이렇게 떠돌아다닌다고 했다. 그는 다른 부랑자들과는 말도 않고 지냈으며, 구빈원의 구호대상자가 아닌 자유인처럼 행세했다. 그는 또한 문학적 취향도 있었는데, 월터 스콧의 소설 한 권을 들고 어슬렁어슬렁 돌아다녔다. 그는 배고픔에 시달리지 않았더라면 산에 있는 울타리나 건초더미 아래에서 잠을 자더라도 결코 이 구빈원에 들어오지 않았을 것이라고 했다. 그는 남쪽 해안을 따라 걸으며 낮에는 구걸을 했고, 한번은 수주일 동안 해수욕장의 이동식 탈의실에서 잠을 잔 적도 있다고 말했다.

우리는 떠돌이 시절에 대한 이야기를 나누었다. 그는 구빈원에서 하루 열네 시간을 갇혀 지내고 나머지 열 시간은 경찰을 피해 이리저리 돌아다녀야만 하는 제도를 비난했다. 그는 3파운드짜리 목수 연장이 없어 6개월째 국가 구호대상자로 전전하고 있다고 자신의 처지를 이야기하면서, 이런 제도는 아주 어리석은 것이라고 흥분하며 말했다.

나는 그에게 구빈원 식당에 남아도는 음식이 있다는 것과 또 그것에 대한 나의 생각을 말했다. 그러자 그는 갑자기 말투를 바꾸었다. 나는 내가 모든 영국 근로자들의 마음속에 잠재되어 있는 영국 국교의 정신을 깨뜨렸음을 알았다. 그는 자신 또한 다른 사람들처럼 굶주림에 시달리고 있는 처지이면서도, 즉시 음식이 부랑자들에게 제공되지 않고 버려져야 하는 이유를 알아채고 나를 심하게 꾸짖는 투로 말했다.

"그렇게 해야지요."

그가 말했다.

"만약 이런 장소를 너무 편안하게 만들면, 우리 나라의 쓰레기 같은 인간들은 죄다 이곳으로 모여들 것입니다. 모든 찌꺼기를 멀리 내다 버려야 하는 것처럼, 그들은 그저 나쁜 음식에 불과합니다. 그자들에게 문제가 되는 것은 너무 게을러 일을 할 수가 없다는 것입니다. 일깨우려 해봤자 아무 소용 없습니다. 쓰레기 같은 인간들이니까요."

나는 그의 생각이 잘못된 것이라고 설득하려 했지만, 그는 들으려고 하지도 않고 계속 말했다.

"쓰레기 같은 부랑자들을 동정할 필요 없어요. 당신은 이들을 당신이나 나 같은 사람의 기준으로 판단하길 원치 않을 것입니다. 그들은 쓰레기, 쓰레기니까요."

흥미롭게도 그는 동료 부랑자들과 자신을 교묘하게 차별화했다. 그는 6개월 동안이나 떠돌아다녔으면서도 하느님의 눈으로 볼 때 자신만은 부랑자가 아니라고 여기는 듯했다. 그의 몸은 비록 구빈원에 있지만 정신만은 하늘 높이 솟아 중산층에 속해 있었다.

시간은 고문을 가하는 것처럼 천천히 지나갔다. 더는 이야깃거리가 없었고 무료하고 싫증이 나서, 내뱉는 말이란 기껏해야 욕설밖에 없었으며 하품만 연신 해댔다. 시계에서 억지로 눈을 떼고 시간이 한 1년은 족히 지나갔을 듯해서 다시 시계를 보면 고작해야 3분 정도밖에 지나지 않았다. 그 정도로 우리에게 시간은 더디게 갔다. 차가운 양고기의 지방질처럼 권태가 우리의 정신을 꽉 막아버렸다. 시간이 너무 더디게 가 우리는 뼛속까지 가려웠다. 시계의 침은 네시를 가리켰고, 저녁식사는 여섯시가 되어야 나온다. 떠오르는 달 아래 남아 있는 어떤 것도 눈에 잘 들어오지 않을 지경이었다.

마침내 여섯시가 되어 감독관과 직원들이 저녁식사를 가지고 왔다. 하품을 해대던 부랑자들은 식사시간이 되자 사자처럼 움직였다. 그러나 음식은 형편없었다. 아침에 먹었던 아주 형편없는 빵이 이제는 먹을 수조차 없게 되었다. 너무 딱딱해서 턱이 아무리 강한 사람도 먹지 못할 정도였다. 나이 든 사람들은 거의 먹지 못했으며, 우리 모두는 배가 무척 고팠지만 단 한 사람도 자신의 몫을 다 먹질 못했다. 우리는 식사를 다 끝내자마자 담요를 지급받고 곧장 그 형편없는 싸늘한 방으로 갔다.

열세 시간이 흘렀다. 우리는 아침 일곱시에 일어나 목욕실에 있는 세숫물을 먼저 차지하려고 싸움질을 해대고는, 식당에서 빵과 차를 집어삼켰다. 구빈원에서의 시간도 마지막이었지만, 우리는 의사가 우리 몸을 다시 검사할 때까지는 나갈 수 없었다. 왜냐하면 정부는 부랑자가 천연두를 옮기고 다닐까 봐 전전긍긍하고 있었기 때문이다. 의사는 이번엔 두 시간이나 우리를 기다리게 했는데, 열시가 되어서야 우리는 검진을 다 마쳤다.

드디어 구빈원을 나갈 때가 되어 우리는 마당으로 나갔다. 음산하고 악취가 나는 구빈원을 벗어나니 모든 것이 얼마나 밝으며, 또 바람은 얼마나 날콤하게 부는지! 우리는 이틀 진에 몰수당한 소지품과 점심용 빵 한 덩어리와 치즈를 받아들고 구빈원을 빠져나와 그곳이 안 보이는 데까지 재빨리 걸어갔다. 이것은 잠깐 동안의 일시적 자유이다. 우리는 하루나 이틀 저녁을 할 일 없이 보낸 후 기분전환도 하고, 담배꽁초를 뒤지고, 구걸을 하고, 또 일자리를 찾기 위해 여덟 시간 정도 길거리를 헤집고 다닌다. 또한 우리는 새

로 시작되는 다음 구빈원으로 가기 위해 10마일이나 15마일, 심지어 20마일까지도 걸어야 한다.[2)]

나는 구빈원에 들어오기 전 땅에 묻어두었던 8펜스를 파내 호주머니에 넣은 후, 여분의 구두 한 켤레를 들고 있는, 점잖지만 기가 죽어 있는 부랑자 노비와 함께 길거리로 나와 공립 직업소개소를 찾아다녔다. 우리 동료들은 마치 벌레가 매트리스 안으로 기어들어가듯이 사방으로 흩어졌다. 정신박약자만은 감독관이 쫓아버릴 때까지 구빈원 문 앞에서 어슬렁거렸다.

노비와 나는 크로이던[3)] 구역으로 갔다. 가는 길은 조용했는데, 지나가는 차도 없고, 밤나무는 큰 밀랍 양초처럼 온통 꽃으로 뒤덮여 있었다. 모든 것이 고요했으며 냄새도 상큼했다. 우리는 단지 몇 분 전만해도 하수구와 연성비누의 고약한 냄새가 나는 곳에서 죄수들의 무리에 엉켜 있었다는 사실을 기억할 수 없었다. 다른 사람들은 다 사라지고, 걷고 있는 부랑자는 우리 둘뿐이었다. 그런데 누군가가 급히 달려오는 소리가 뒤쪽에서 들렸다. 다름 아닌 스코티가 숨을 헐떡거리면서 뒤쫓아와 내 팔을 붙잡았다. 그는 주머니에서 녹슨 양철통을 꺼내면서 빚을 갚으려는 사람처럼 빙그레 미소를 지었다.

"여기 있소, 친구."

그는 다정하게 말했다.

"당신에게 담배꽁초 몇 개를 신세졌소. 어제 나에게 담배를 말아주었잖소. 구빈원을 나올 때 감독관이 담배꽁초 통을 다시 돌려

주었소. 호의를 받았으면 보답을 해야 되겠지요. 이거 받으시오."

그러더니 그는 물에 젖어 뭉개진 더러운 담배꽁초 네 개를 내 손에 쥐어주었다.

1) 구빈원 : 1601년 영국 최초로 제정된 구빈법(救貧法)을 개정한 1834년의 신구빈법에 따라, 자립할 능력이 없는 사회적 빈곤자를 수용하는 공공부조 시설. 디킨스는 『올리버 트위스트』에서 올리버 트위스트라는 인물을 통해 구빈원의 실상을 생동감 있게 표현했다.

2) 당시의 구빈원법에는 한 부랑자가 같은 구빈원에서 연속해서 이틀을 머물 수 없도록 되어 있었다.

3) 크로이던 : 영국 런던 남부의 한 행정구역. 공장이 많이 밀집해 있음.

여인숙

물론 런던에 있는 수백 개의 여인숙은 런던 시의회로부터 특별히 허가받은 숙박 시설이다. 이들 여인숙은 형편상 정상적인 하숙을 할 수 없는 사람들을 위한, 사실 공짜나 다름없는 싸구려 숙소이다. 여인숙에서 생활하는 사람들의 숫자가 얼마나 되는지 정확히 알 수는 없지만 수만 명은 될 것이며, 어쩌면 겨울에는 5만 명에 육박할 것이다. 이런 여인숙들은 온갖 종류의 잡다한 사람들을 수용하고 있고 또 시설이 형편없이 나빠 여인숙으로서의 본래 기능을 상실하고 있다.

이 문제에 대한 런던 시의회의 법률 제정의 타당성을 따져보기 위해, 먼저 여인숙에서의 생활이 과연 어떤 것인지 알아볼 필요가 있겠다. 일반 여인숙(보통 싸구려 여관이라 부른다)은 많은 공동 침실과 거실 겸용으로 사용되는 부엌(항상 지하에 배치되어 있음)으로 구성되어 있다. 특히 사우스워크와 버몬시같이 남부지구에 위치한 여인숙의 상태는 구역질이 날 정도로 더럽다. 공동 침실은 1백여 명이 우글우글 들어차 있어 악취가 풍기는 소굴 같으며, 런던의 빈민구호소에 있는 것보다 더 형편없는 침대가 놓여 있다. 보통 침대는 길이가 5피트 6인치, 폭이 2피트 6인치이며, 그 위에 딱딱하고 불룩한 매트리스가 깔려 있고 통나무 조각처럼 생긴 원통형 베개가 있다. 싸구려 여인숙에는 베개조차 없는 경우도 있다. 이불은 황갈색 시트로 되어 있는데, 일 주일에 한 번 교체하도록 되어 있지만 대부분의 경우 실제로는 한 달에 한 번도 바꾸지 않는다. 그리고 침대보는 면으로 되어 있는데 겨울철에는 담요로 바뀔 때도 있지만 담요의 양은 충분치 못하다. 가끔 침대에서 해충이 기어나오며 부엌은 바퀴벌레가 들끓는다. 물론 욕실은 없으며 프라이버시가 보호될 여지는 전혀 없다. 이런 것들이 모든 일반 여인숙의 현실이다. 이런 여인숙에 지불하는 하숙비는 하룻밤에 7펜스부터 1실링 1펜스까지 다양하다. 이 하숙비가 싸게 들릴지 모르지만, 여인숙 주인들의 주당 평균 순수입은 40파운드나 된다.

런던에는 더러운 여인숙뿐만 아니라 깨끗하고 제법 산뜻한 개량형 저소득층 주택과 구세군 호스텔 같은 숙박 시설도 수십 군데 있다. 불행하게도 이런 시설에는 매우 엄격하고 또 지키기 지겨운 규칙이 있어, 이곳에 머무는 것은 감옥에 있는 것과 다를 바 없다. 다른 도시의 여인숙들은 상황이 더 좋은 것 같지만 이상하게도 런던에는 괜찮은 침대 위에 누워 자유를 만끽할 여인숙이 어디에도 없다.

런던 시의회로부터 지속적으로 감독을 받는 지역에 있는 일반 여인숙이 이렇게 더럽고 불편한 것은 참으로 이상했다. 선사시대 동굴 같은 어둑어둑한 여인숙의 부엌을 처음 본 사람은, 그곳을 어쨌든 개혁가들의 손길이 미치지 않은 19세기 초의 한쪽 모퉁이쯤으로 여길 것이다. 이 여인숙들이 악법을 이용해 일련의 폭정을 일삼는다는 사실을 알면 아마 놀랄 것이다. 런던 시의회 규정에 따르면, 실제 여인숙에서 일어나는 모든 행위는 법에 위배된다. 도박, 음주, 심지어 술 반입, 욕, 바닥에 침 뱉기, 애완동물 기르기, 싸움—간단히 말해 모든 사회생활—등은 모두 금지되어 있다. 물론 법은 습관적으로 위배되지만 실행 가능한 규칙도 있다. 그런데 런던 시의회의 법률 제정이 얼마나 무용지물인지는 이런 규칙들을 통해 여실히 알 수 있다.

예를 들면, 얼마 전 런던 시의회는 여인숙에 놓여 있는 침대와 침대 사이의 간격에 대해 깊은 관심을 보였다. 그래서 침대와 침대 사이의 간격이 적어도 3피트는 되어야 한다는 규정을 새로 만들었다. 이것은 일종의 시행 가능한 법으로, 당연히 침대와 침대 사이의 간격은 그렇게 되었다. 오늘날 그 간격이 3피트이든지 1피트이든지 그것은 이미 복잡해질 대로 복잡해진 공동 침실에 기거하는 하숙인들에게는 중요한 문제가 아니었다. 오히려 그것은 마루의 면적에 따라 수입이 달라지는 여인숙 주인들의 관심거리였다. 그러므로 이 법으로 만들어진 단 하나의 실제 결과는, 하숙비가 인상되었다는 것뿐이었다. 비록 침대와 침대 사이의 공간이 엄격히 지켜진다 하더라도 침대 자체에 대해서는 아무 말도 하지 않는다—예컨대 침대가 잠을 자기에 적합한지에 대한 문제에 대해서는 전혀 언급이 없는 것이다—는 사실에 주목해 보자. 여인숙 관리인이 짚더미보다 편치 못한 침대 한 개당 1실링을 하숙인에게 부과할 수 있고 또 그렇게 하고 있는데도 이것을 막을 법규는 없는 것이다.

런던 시의회 규정의 또 다른 예는 이런 것이다. 거의 모든 여인숙은 여성을 받지 않는다. 여성들이 잘 수 있는 여인숙은 거의 없다. 남자가 여자를 데리고 들어갈 수 있는 여인숙은 있지만 극히 드물다. 따라서 여인숙에서 장기 투숙하는 집 없는 사람들은 여성 사회와는 완전히 담을 쌓게 되는 것이다. 실제로 같은 여인숙에 들어갈 수가 없어서 남편과 그의 아내가 떨어져 잠을 자는 경우도 있다. 빈민들은 떼를 이루어 습관적으로 싸구려 여인숙에 들이닥치기도 한다. 이들은 무작정 부엌으로 달려가 장시간 종교의식을 가진다. 하숙인들은 이런 빈민 거지들을 무척 싫어하지만 쫓아낼 방도는 없다. 호텔에서 이런 일이 벌어진다는 것을 어디 상상이라도 할 수 있겠는가? 그러나 여인숙은 하룻밤에 10파운드 6실링이 아니라 1인당 8펜스를 내는 유일한 숙박 시설인 것이다. 실제로 이런 종류의 사소한 폭정은 돈이 없어 여인숙에 사는 가난한 사람들은 한 시민으로서 누려야 할 권리를 몰수당할 수 있다는 이론에 의거해서만 옹호될 뿐이다.

여인숙에 관한 런던 시의회의 규정 이면에 이러한 이론이 숨어 있다고 할 수 있다. 이런 모든 법규는 간섭 법률의 본질에 속한다. 다시 말해 이런 법규는 하숙인들을 위한 것이 아니고, 이래라 저래라 간섭만 하는 것에 불과하다. 이런 법의 요체는 위생과 도덕에 대한 것이며 편안함의 문제는 여인숙 주인에게 관심의 대상도 아니다. 물론 주인들은 이것에 관해 신경을 전혀 쓰지 않든지 아니면 자선단체의 도움으로 해결하려 한다. 법률 제정에 의해 여인숙이 실제로 개선되는 경우는 거의 없다. 청결함에 대한 어떤 법도 효력이 없다. 법은 어떤 경우에도 제대로 힘을 발휘하지 못한다.

그러나 중요한 숙박의 문제는 괜찮은 수준까지 쉽게 끌어올릴 수 있다. 여인숙은 사람들이 잠을 자기 위해 돈을 지불하는 곳인데 대부분의 여인숙은 본래의 목적과는 상당한 거리가 있다. 왜냐하면 떠들썩한 공동 침실, 벽돌처럼 딱딱한 침대 위에서는 누구도 잠을 제대로 잘 수 없기 때문이다. 만약 런던 시의회가 여인숙 주인들에게 공동 침실에 칸막이를 쳐 작은 침실로 분리하도록 하고 무엇보다 편안한 침대를 설치하도록 하는 규정을 만든다면, 시의원들은 대단한 일을 하는 셈일 것이다. 예컨대 침대는 적어도 런던의 빈민구호소에 있는 침대 정도는 되어야 한다. 그리고 남성과 여성을 마치 폭발의 위험성 때문에 서로 분리시켜 놓아야 하는 나트륨과 물처럼 간주해, 모든 여인숙을 '남성 전용'이나 '여성 전용'으로 허가해 주는 원칙은 의미가 없다. 여인숙은 남성용 · 여성용 구별 없이 허가되어야 한다. 어떤 지방도시에서는 이미 이런 제도를 실시하고 있다. 그리고 하숙인들은 여인숙 주인들과 관리인들이 장난을 치는 각종 사기에 대해 법적 보호를 받아야 한다. 이런 것들이 해결되면 여인숙은 지금의 열악한 상태보다 훨씬 나은 여인숙 본래의 기능을 어느 정도 할 수 있을 것이다. 결국 수만 명의 실직자들과 부분 실업자들은 말 그대로 살 장소가 없다. 그들이 지금처럼 지저분한 돼지우리와 위생적인 교도소 중 어쩔 수 없이 한 곳을 선택해야만 하는 것은 불행이다.

유치장

이번 여행은 실패였다. 이 여행의 목적은 교도소에 들어가보는 것이었는데, 사실 나는 48시간의 구류 이상은 달성하지 못했다. 하지만 나는 경찰법원에서의 판결 절차 따위가 매우 흥미로웠기 때문에 이를 모두 기록했다. 나는 이런 일을 겪은 지 8개월이 지난 지금에야 이 글을 쓰고 있다. 날짜는 정확하지 않지만 내가 겪은 일은 1931년 크리스마스에서 일 주일 내지 10일 전에 일어난 것이었다.

나는 토요일 오후에 4~5실링만 달랑 들고 출발해 마일엔드로드까지 갔다. 나의 계획은 술에 취해 인사불성이 되는 것이었는데, 이스트엔드에서는 경찰이 술 취한 사람한테 관대하게 대해주지 않을 것이라고 생각했다. 나는 곧 처하게 될 투옥에 대비해 약간의 담배와 양키 잡지를 샀다. 술집 문이 열리자 안으로 들어가 많은 양의 위스키를 시켜 마신 뒤, 취기가 돌았지만 1백 밀리리터들이 위스키 한 병을 더 샀다. 이제 내 수중에는 2펜스만 달랑 남았다. 나는 위스키 병의 밑바닥이 거의 보일 때쯤에는 얼큰하게 취해 있었다. 내가 의도했던 것보다 더 많이 마셔버렸다. 게다가 하루 종일 아무것도 먹지 않고 술을 마신 관계로 비어 있는 뱃속에서 알코올이 빠르게 작용했다. 정신은 말짱했지만—술을 마실 때 나는 다리의 힘이 풀리고 혀가 꼬부라져도 정신만은 말짱하다—똑바로 설 수가 없었다. 나는 서쪽 방향으로 난 도로 위를 비틀거리며 걷기 시작했는데, 거리는 복잡하고 사람들은 모두 나를 쳐다보고 웃고 있었지만 얼마 동안 한 명의 경찰관도 만나질 못했다. 마침내 나는 경찰관 두 명이 오고 있는 것을 보았다. 나는 위스키 병을 주머니에서 끄집어내 그들이 보는 앞에서 병에 들어 있던 나머지 위스키를 다 마셨는데, 거의 녹초가 되었다. 그래서 나는 가로등 기둥을 붙잡고 쓰러졌다. 두 명의 경찰관이 나에게로 달려와 내 몸을 세워 내가 쥐고 있던 병을 빼앗았다.

그들 : 이봐요, 무엇을 이렇게 마셨소? (그들은 잠시 내가 사실이라도 기도하지 않을까 하는 생각을 했을 것이다.)

나 : 위스키를 퍼마셨소. 상관 마시오.

그들 : 이런, 위스키로 목욕을 했군. 뭘 하고 있었소?

나 : 술집에 있었소. 기분이 참 좋아요. 오늘이 크리스마스 아니오?

그들 : 아니, 일 주일 남아 있소. 당신, 날짜를 혼동하고 있군. 우리와 함께 좀 갑시다. 돌봐줄 테니.

나 : 내가 왜 당신들과 함께 가야 되오?

그들 : 우리가 보살펴주면 편안할 거요. 이러다가 자동차에 치일 거요.

나 : 보시오. 저기에 술집이 있군. 들어가서 한잔 합시다.

그들 : 당신은 하룻밤 사이에 너무 많이 마셨소. 그러지 말고 우리와 함께 갑시다.

나 : 어디로 데리고 갈 작정이오.

그들 : 당신이 편안히 잘 수 있는 깨끗한 침대와 담요가 준비되어 있는 곳이오.

나 : 거기에서 한잔 해도 괜찮겠소?

그들 : 물론이오. 그곳에 있는 술집을 하나 알고 있소.

이렇게 해서 그들은 나를 데리고 갔다. 그들은 내 팔을 한 번 비틀어 곧 부러뜨릴 수도 있는 그런 모양으로 잡고 있었지만, 마치 어린아이 다루듯 부드럽게 붙잡았다. 나는 속으로는 정신이 말짱했는데, 우리가 경찰서로 가고 있다는 사실을 전혀 들추어내지 않고 나를 설득하는 그들의 교묘한 방법을 보는 것이 무척이나 재미있었다. 나는 이것이 술 취한 사람들한테 흔히 하는 수법이라는 것을 잘 알고 있었다.

경찰서에 도착하자(그곳은 베스날그린이었지만 나는 월요일까지 이 사실을 몰랐다), 그들은 나를 의자에 털썩 주저앉히고는 경사가 나를 심문하는 동안 내 주머니를 뒤지기 시작했다. 하지만 나는 술에 취한 체하면서도 질문에 또박또박 대답을 했다. 그가 다른 경관들에게 나를 유치장으로 데리고 가라고 말하자 그들은 그렇게 했다. 유치장은 빈민구호소의 부랑자 수용소와 크기는 비슷했지만(너비 10피트, 길이 5피트, 높이가 10피트였다), 더 깨끗하고 시설이 잘 되어 있었다. 유치장은 흰 벽돌로 되어 있었는데, 화장실이 붙어 있고 온수 파이프가 설치되어 있었으며 널빤지 침대, 말의 털을 넣은 베개 하나와 담요 두 장이 있었다. 쇠창살이 쳐진 조그만 창문이 거의 천장 높이에 나 있었으며, 두꺼운 안경을 낀 간수 너머에 있는 전구는 밤새도록 켜져 있었다. 쇠문 아래쪽에는 음식을 들여보내는 조그만 구멍이 나 있었다. 나를 조사했던 두 명의 경관은 내 주머니에 있던 돈, 성냥, 면도기, 심지어 스카프까지도 몽땅 압수했다. 나중에 안 사실이었지만 유치장에 갇힌 사람들이 스카프로 자살을 한다고 알려져 있었기 때문이었다.

온몸이 근질근질할 정도로 무료했던 다음날 낮과 저녁에 대해서는 할 이야기가 별로 없다. 나는 전날 밤 술을 마셨을 때보다도 배가 더 아프고 쑤셔왔다. 분명히 위가 비어 있어 더 심했다. 나는 일요일 동안 마가린 바른 빵과 커피(거의 구빈원의 식사 수준으로), 고기 한 조각, 토마토 몇 조각으로 두 끼를 때웠을 뿐이었다. 그나마 고기와 토마토라도 얻어먹을 수 있었던 것은 친절한 경사의 아내 덕분이었다는 것을 알게 되었다. 유치장 죄수에게는 마가린 바른 빵만 제공된다. 면도는 할 수 없었으며 세수는 적은 양의 찬물로 해야 했다. 기소장이 작성될 때 나는 항상 말하던 대로 즉시 대답했다. 즉, 이름은 에드워드 버튼이며, 부모님은 내가 잠시 점원으로 일을 했던 포목점이 위치한 블리스버그에서 빵집을 하고 있다고 말이다. 나는 술주정 때문에 해고를 당했으며, 부모님 또한 내 술주정에 진절머리가 나 나를 집에서 쫓아냈다고 이야기했다. 또 나는 빌링스게이트[1]에서 짐꾼으로 일을 한 적도 있다고 말했으며, 토요일에는 6실링을 급히 마련해 진탕 술을 마신다고 덧붙였다. 경찰은 매우 친절했으며 내가 술 취한 것에 대해 훈계를 늘어놓았다. 그는 나에게 술을 흥청망청 마시며 술주정할 사람은 아니며, 앞으로 얼마든지 괜찮은 인생을 살 수 있다는 것을 일상적인 말투로 내뱉었다. 그들은 나의 서약서에 따라 보석금을 내면 풀어주겠다고 했다. 하지만 나는 돈이 없었으며 갈 곳도 없었기에 계속 갇혀 있기로 했다. 이곳은 매우 무료했지만 나는 양키 잡지도 있고 또 근무 경관한테 불을 빌리면 담배를 피울 수도 있었다. 물론 죄수들은 성냥을 가지고 들어가지 못한다.

다음날 아침 일찍 그들은 나를 유치장에서 나오게 해 세수를 시키고 스카프를 돌려주고 마당으로 데리고 나와 죄수 호송차에 태웠다. 차 안은 프랑스 공공화장실 같았다. 양쪽에 작은 자물쇠로 잠근 칸막이 방이 일렬로 늘어서 있었다. 각 칸막이 방은 한 명이 앉을 만한 크기의 공간이었다. 내가 앉은 칸막이의 벽에는 사람들의 이름, 욕, 형량 같은 것들이 휘갈겨 씌어 있었다. 또한 다음과 같이 이행연구(二行聯句)로 씌어진 시도 눈에 띄었다.

스미스 형사는 다그치는 법을 알고 있다.
개새끼라고 그에게 말하라.
(이 문맥에서 '다그치다'라는 말은 스파이로 행동하는 것을 의미한다.)

우리는 여러 군데 경찰서를 들러서 열 명의 죄수들을 더 태웠는데 마침내 죄수 호송차는 완전히 차게 되었다. 차 안은 무척 비좁았다. 칸막이 방의 문은 환기를 위해 열려 있어 건너편 칸막이 방까지 손을 뻗을 수 있었으며, 어떤 사람은 몰래 성냥을 가지고 들어왔다. 우리는 모두 담배를 피웠다. 이윽고 우리는 노래를 부르고 크리스마스가 된 것처럼 캐럴도 몇 곡 불렀다. 우리는 노래를 부르며 올드스트리트 경찰법원으로 갔다.

오라, 신앙 두터운 자, 영광스러운 자는 모두,
오라, 오라 베들레헴으로…….

이 노래는 나한테 어울리지 않아 보였다.

경찰법원에 도착하자, 그들은 나를 차에서 내리게 해 베스날그린에 있는 유치장과 똑같이 생긴, 심지어 벽돌 숫자도 똑같은 유치장에 집어넣었다. 나는 두 유치장의 벽돌 숫자를 세어보았다. 유치장에는 나를 제외하고 세 명이 더 있었다. 한 명은 서른다섯쯤 되어 보이는데, 옷을 말쑥하게 차려입었고 혈색도 좋은, 신체가 건장한 사람이었다. 나는 그가 외판원 아니면 출판업자라는 생각이 들었다. 또 다른 사람은 중년의 유태인이었는데, 그 또한 옷을 깔끔하게 차려입었다. 나머지 한 명은 습관적인 좀도둑이었다. 그는 키가 작고 거칠게 보였으며 머리카락은 잿빛이고 얼굴은 많이 수척해 있었다. 그는 곧 있을 재판에 대해 초조해하면서 한순간도 가만있질 못했다. 그는 널빤지 침대에 앉아 있는 우리의 무릎을 스쳐 지나가며 야생동물처럼 유치장 위아래를 계속 번갈아 쳐다보고는, 자신은 죄가 없다고 소리를 질렀다. 그는 강도질을 할 목적으로 주위를 배회하다가 붙잡혔다. 그는 이전에 아홉 번이나 유죄판결을 받은 적이 있는데 주로 의혹만 있는 이런 경우에도 과거에 유죄판결을 받은 사람은 거의 항상 유죄판결을 받는다고 말했다. 가끔 그는 문을 향해 주먹을 휘두르면서 자신을 체포한 경관을 염두에 두고 "이 빌어먹을 거지새끼! 이 빌어먹을 거지새끼!"라고 소리를 질러댔다.

곧 두 명의 죄수가 우리 유치장에 더 들어왔다. 손수레를 끌어 교통을 방해한 혐의로 잡혀왔는데, 한 명은 얼굴이 못생긴 벨기에 청년이었고, 또 다른 한 명은 농아이든지 아니면 영어를 못하는, 이상할 정도로 털이 많은 사람이었다. 이 마지막 사람을 제외한 모든 죄수들은 극도의 자유스러운 분위기 속에서 각자 붙잡혀 온 사연을 이야기했다. 혈색이 좋은 말쑥한 사람은 선술집 관리인(이들이 항상 '주인'이 아니라 '관리인'으로 불리는 것은 런던 선술집 주인들이 얼마나 철저히 양조업자들의 손아귀에 있는지를 잘 보여주는 대목이다) 이었으며, 크리스마스클럽[2)]의 돈을 횡령했다. 통상 그는 양조업자들에게 빚이 있어 옴짝달싹 못했는데 분명히 경마에 돈을 걸기 위해 돈을 빼낸 것이었다. 가입자 중 두 명이 돈이 지불되기 며칠 전에 이 사실을 발견해 그를 고소했다. 그 관리인은 즉시 12파운드를 제외한 모든 돈을 돌려주었다. 12파운드 또한 그의 소송사건이 재판에 회부되기 전 상환되었다. 그럼에도 불구하고 그는 확실히 형을 받을 처지에 놓여 있었다. 치안판사들은 이런 사건에는 무척 엄중했다. 실제로 그는 이날 늦게 4개월의 징역형을 언도받았다. 물론 그는 영원히 파멸되었다. 양조업자들은 파산 절차를 밟아 그의 모든 주식과 가구를 처분할 것이며 두 번 다시 술집 경영 허가를 받지 못할 것이다. 그는 우리 앞에서 끝까지 잡아떼려고 했으며, 인생이 끝장난 사람처럼 골드플레이크 담배를 끊임없이 피워댔다. 나는 그가 담배를 엄청나게 많이 가지고 있을 것이라고 생각했다. 그가 말하고 있는 동안 내내 그의 눈 속에는 멀뚱멀뚱하고 공허한 모습이 엿보였다. 그나마 괜찮은 사회적 지위를 누렸던 자신의 인생이 이제 끝장났다는 것을 점차 깨달아가는 것이 그의 초조한 행동에 역력히 나타났다.

중년의 유태인은 스미스필드[3)]의 한 유대교 식육점에서 구매담당자로 일을 했었다. 그는 같은 주인 밑에서 7년 동안이나 일을 하고 있었는데, 어느 날 갑자기 28파운드를 횡령해서 에든버러로 가서—왜 그곳으로 갔는지는 모르겠다—매춘부와 놀아나는 등 돈을 탕진하고 난 뒤 돌아와서는 경찰에 자수했다. 그 돈 중 16파운드는 갚고 나머지는 매달 조금씩 갚기로 했다. 그에게는 아내와 많은 아이들이 있었다. 그는 흥미로운 이야기를 계속 들려주었는데, 어쩌면 그의 주인이 자기를 고소하기 위해 유대교 예배당에서 말썽을 부렸을 것이라는 것이었다. 유태인들은 자신들의 중재법원을 가지고 있는데, 적어도 이와 같은 신용 사기사건의 경우 중재법원에 고소장을 즉시 제출하지 않으면 한 명의 유태인은 다른 한 명을 고소할 수 없게 되어 있다.

유치장의 죄수들이 이구동성으로 내뱉는 한마디 한마디의 말은 나에게 깊은 인상을 주었다. 나는 중죄를 범해 기소되어 있는 거의 모든 죄수들로부터 이 말을 들었다.

"내가 신경 쓰이는 건 감옥이 아니야. 일자리를 잃는 게 걱정돼."

나는 이런 사실이 자본주의자들의 힘에 비해 상대적으로 법의 힘이 약해지는 징후라고 생각한다.

경찰은 몇 시간씩이나 우리를 기다리게 했다. 널빤지 침대는 우리 모두가 앉기에 비좁았고, 또 많은 사람이 모여 있었지만 날씨가 지독스럽게 추웠기 때문에 유치장 안은 무척 불편했다. 변기의 마개가 고장난 화장실은 구역질이 날 정도로 더러웠다. 술집 관리인이 자기 담배를 우리에게 나누어주어 우리는 통로의 근무 경관한테 성냥을 빌려 피웠다. 가끔씩 철컥거리는 소리가 옆방에서 들렸다. 그 방에는 어떤 매춘부의 배를 칼로 찌른 젊은이—그 여자는 곧 회복될 것이라는 소리를 들었다—가 혼자 갇혀 있었다. 무슨 일이 일어났는지는 모르지만 들리는 소리로 봐서 그는 벽에 붙어 있는 쇠사슬에 몸이 묶여 있는 것 같았다. 열시경 우리는 각자의 머그컵으로 차를 얻어먹었다. 이것은 당국에서 제공하는 것이 아니고 경찰선교단에서 주는 것이었다. 차를 다 마시자마자 간수는 죄수들이 재판을 받기 위해 기다리는 일종의 대기실로 우리를 데리고 갔다.

이곳에는 50여 명의 각양각색의 죄수들이 있었는데, 예상했던 것보다 대체로 옷을 잘 차려입고 있었다. 그들은 모자를 쓰고 추위에 떨면서 주위를 서성거리고 있었다. 이곳에서 나는 매우 흥미로운 사실 하나를 목격했다. 유치장으로 가던 중 남루해 보이는 깡패 두 명을 보았는데, 나보다 더 더러워 보였고 추측컨대 술에 취했거나 아니면 소란죄로 잡혀온 것 같았다. 그들은 같은 열의 다른 유치장으로 들어갔다. 대기실에서 두 명이 손에 공책을 들고 죄수를 심문하면서 뭔가를 적고 있었다. 이들은 경찰이었고, 죄수로 가장하여 정보를 캐내고 있었다. 죄수들 사이에는 어떤 완벽한 암묵적 우애가 있는데, 나른 죄수들 앞에서는 마음을 털어놓고 이야기한다. 나는 경찰들의 이런 행위가 비열한 속임수란 생각이 들었다.

얼마 후 죄수들은 한 사람 두 사람씩 복도를 따라 법정으로 끌려갔다. 이윽고 경사가 소리쳤다.

"술 취한 사람들은 이리 오시오!"

그 말이 떨어지자 우리 다섯 명은 일렬로 복도를 따라 걸어가 법정 문에 서서 기다렸다. 거기에 있던 한 젊은 당직 경관이 나에게 훈계를 했다.

"들어갈 때 모자를 벗으시오. 유죄를 시인하고 어떤 대꾸도 하지 마시오. 어떤 전과라도 있소?"

"없소."

"벌금 6실링을 받게 될 거요. 낼 수 있겠소?"

"능력이 안 되오. 2펜스밖에 없소."

"오, 그래요. 문제 없을 거요. 다행히도 오늘 아침 브라운 씨께서는 재판을 하지 않으십니다. 그분은 절대 금주주의자이지요. 그분은 술 취한 사람한테는 무척 엄격하시거든요!"

술 취한 자들에 대한 재판은 신속히 진행되어, 법정이 어떻게 돌아가는지를 충분히 볼 겨를이 없었다. 나에게는 약간 솟아오른 단상과 그 위에 놓인 코트를 걸친 팔, 그 아래 테이블에 앉아 있는 서기, 그리고 난간만이 희미하게 보였을 뿐이었다. 우리는 마치 회전식 출입문을 통과해 지나가는 사람들처럼 난간을 지나 일렬로 걸어갔다. 각 재판에 대한 절차가 다음과 같이 들려왔다.

"에드워드－버튼－술 취한 사람－그리고－몸을 가눌 수 없을 정도로 취했나?－예－6실링－이동－다음!"

약 6초간의 간격으로 이 모든 것이 진행되었다. 법정의 반대편에서 우리는 경사가 장부를 지니고 앉아 있는 방으로 이동했다.

"6실링?"

그는 말했다.

"예."

"낼 수 있소?"

"돈이 없습니다."

"좋아, 방으로 다시 돌아가."

그리고 그들은 나를 다시 데리고 나가 유치장에 가두었다. 나는 유치장에서 나온 지 10분 만에 다시 돌아온 것이었다.

술집 주인 또한 다시 돌아왔다. 그의 재판은 연기되었다. 두 명의 벨기에인들도 나처럼 벌금을 낼 능력이 없었다. 중년의 유태인은 사라져버렸는데, 석방이 되었는지 형을 받았는지 알 수 없었다. 그날 하루 종일 죄수들이 분주하게 오갔는데, 어떤 사람들은 재판을 기다리고 또 어떤 사람들은 감옥에 데려다줄 죄수 호송차를 기다렸다. 날씨는 추웠으며, 유치장 안은 분뇨에서 풍기는 악취로 참을 수 없었다. 그들은 두시에 우리에게 식사를 주었다. 식사는 머그컵에 담긴 차와 두 조각의 마가린 바른 빵이 전부였다. 이것은 확실히 규정식이었다. 바깥에 친구라도 있으면 음식을 안으로 들여보내 줄 수도 있지만, 무일푼인 사람은 마가린 바른 빵과 한 잔의 차만으로 재판에 응해야 한다는 것은 심히 불공평하다는 생각이 들었다. 물론 면도도 못 하고 말이다. 면도를 하지 않고 재판을 받게 되면 판사는 피고에게 불리한 편견을 가질 수 있다. 이번에 나는 48시간 동안이나 면도를 하지 못했다.

유치장에 일시적으로 갇혀 있는 죄수들 중 스노터와 찰리라고 하는, 친구 사이나 아니면 동업자로 보이는 두 명이 있었다. 그들은 도로교통법 위반으로 잡혀왔다. 손수레를 끌면서 교통을 방해했다는 것이었다. 스노터는 마르고 혈색이 붉으며 인상이 험악해 보였으며, 찰리는 키가 작고 힘이 세어 보이는 쾌활한 사람이었다. 그들의 대화는 무척 흥미로웠다.

찰리 : 야아, 이곳 더럽게 춥네. 오늘 재수 더럽게 없어. 자네 얼굴을 보니 한 달 정도는 살겠는데.

스노터 : (지루한지 노래를 부른다.)

훔쳐라, 훔쳐라, 모든 것을, 훔쳐라.

나는 훔치는 데는 귀신이다.

이곳에서 이것을 훔쳐라, 저곳에서 저것을 훔쳐라.

나는 모든 곳에서 저것들을 훔쳐왔다…….

찰리 : 제발 훔친다는 이야기 좀 집어치워! 훔치는 것은 자네가 1년 중 이맘때 가장 원하는 거지. 빌어먹을 군인들이 발가벗고 줄지어 서 있는 것처럼 털 뽑힌 칠면조가 꼬챙이에 끼워져 있는 것을 생각해 봐. 그것만 봐도 입에서 침이 줄줄 흐르지 않겠어? 6펜스 걸어도 좋아. 나는 오늘 저녁에 칠면조 한 마리를 가지게 될 테니까.

스노터 : 뭐라구? 화덕 위에 올려놓고 요리할 줄은 알아?

찰리 : 요리를 해서 먹고 싶다구? 아니야. 1실링이나 2실링 받고 팔아먹을 곳을 알고 있어.

스노터 : 소용없어. 연중 이맘때가 되면 도시는 온통 노랫소리

로 난리거든. 캐럴을 부르는 소리로 말이야. 난 슬픈 사람을 만나면 심금을 울릴 수 있어. 늙은 창녀들은 내 말을 들으면 눈물을 흘리지. 그런데 이번 크리스마스에는 그들에게 해줄 게 별로 없어. 그들의 마음을 사로잡을 수 없어 그냥 집구석에나 틀어박혀 있을 거야.

찰리 : 너한테 캐럴 한 곡조 뽑아줄게.(그는 저음으로 노래를 부르기 시작한다.)

예수님, 내 영혼의 사랑,

그대의 가슴을 날리도록 허락해 주소서…….

당직 경관 : (쇠창살을 통해 쳐다보며) 자, 이제 그만둬. 이곳에서 그렇게 떠들면 안 돼! 이곳이 어디라고 생각하는 거야? 기도회라도 하는 줄 알아?

찰리 : (경관이 사라지자 낮은 목소리로) 꺼져버려, 이 오줌통 같은 놈. (그는 흥얼거린다.)

고요한 물이 출렁거리고,

폭풍우가 맹위를 떨칠 때!

내가 자네에게 불러주지 않으면 자넨 찬송가집을 봐도 노래를 부르지 못할 거야. 다트무어에서 마지막 2년 동안 교회 합창대에서 베이스로 노래를 불렀지.

스노터 : 그래? 다트무어에선 어땠어? 지금 잼은 먹고 있어?

찰리 : 아니야. 치즈를 먹고 있지. 일 주일에 두 번뿐이긴 해도 말이야.

스노터 : 그래? 다트무어에선 얼마 동안 일했어?

찰리 : 4년 동안.

스노터 : 여자 맛도 못 보고 4년씩이나? 이것 참! 벌목자들이 여자만 보면 환장했겠네.

찰리 : 아, 그랬지. 다트무어에서 우리는 늙은 여자들과 돌아가며 성행위를 했지. 안개 낀 숲 속에 눕혀놓고 하지. 그년들은 돈에 환장한 사람들이야. 나이가 무려 일흔다섯이나 된 여자들이지. 결국 우리 마흔 명은 붙잡혀 감옥에 갔어. 빵과 물, 사슬이 있는 곳 말이야. 나는 성경에 손을 얹고 맹세했지. 다시는 감옥 같은 곳에 들어오지 않겠다고.

스노터 : 아, 그랬군! 그땐 어떻게 감방에 들어가게 됐어?

찰리 : 이봐, 자네는 내 말을 믿지 못할 거야. 친여동생한테 밀고를 당했어! 그래, 빌어먹을 여동생한테 말이야. 제기랄, 빌어먹을 년이지. 그년은 어떤 종교 미치광이와 결혼했는데 그놈은 하는 것을 너무 밝혀 지금 자식이 열다섯 명이나 있어. 그래, 나를 밀고하도록 내 여동생을 꼬드긴 놈도 바로 그 개자식이야. 그러나 나는 그놈에게 복수를 했어. 내가 교도소에서 나온 뒤 처음으로 무엇을 했는지 말해줄까? 망치를 하나 사서 여동생 집에 쳐들어가 피아노를 장작 패듯 박살내 버렸지. 그렇게 끝장을 내버렸어. 그러고는 "이봐, 이것이 바로 네가 나를 밀고한 대가야. 이 암캐 같으니라구!"라고 말했지.

이런 식의 대화가 이들 둘 사이에 하루 종일 계속되었다. 이들은 단지 경범죄를 저질렀을 뿐이므로 유쾌하게 떠들어댔다. 교도소로 갈 사람들은 말이 없고 초조해했으며, 얼굴 모습 — 맨 처음 체포되었을 때는 어엿하고 점잖은 모습이었을 것이다 — 또한 끔찍했다. 경찰은 술집 주인을 오후 세시경 감옥으로 보냈다. 그는 카일산트[4]가 갇혀 있는 교도소에 가게 될 것이라는 당직 경관의 말에 환호성을 질렀다. 그는 카일산트에게 아첨하면 출소해 일자리를 하나 얻을지도 모른다고 생각했다.

내가 얼마 동안이나 구금되어 있었는지는 잘 모르겠지만 짐작컨대 적어도 사나흘은 되었을 것이다. 나는 네시와 다섯시 사이에 유치장에서 끌려나와 몰수되었던 물건을 돌려받고 거리로 쫓겨났다. 나는 분명히 벌금 대신 구금으로 때웠던 것이다. 나는 수중에 2펜스밖에 없었고, 마가린 바른 빵을 제외하고는 하루종일 아무것도 먹지 못해 무척 배가 고팠다. 하지만 담배와 음식 중에서 하나를 선택하라고 하면 흔히 그렇게 하듯이 나도 2펜스로 담배를 샀다. 그런 다음 워털루가에 있는 처치아미[5] 구호소로 갔다. 그곳에서 네 시간 정도 나무 자르는 일을 하면 잠자리를 제공받고 빵, 콘비프, 차 등을 얻어먹을 수 있으며 기도회에 참석할 수 있다.

다음날 아침 나는 집으로 가서 약간의 돈을 마련해 에드먼턴[6]으로 갔다. 나는 완전히 술에 취한 것은 아니지만 어느 정도 취기가 오른 상태로 밤 아홉시경 빈민구호소로 발길을 돌렸다. 방랑에 관한 포고령에 따르면, 부랑자들이 술에 취해 빈민구호소에 오는 것은 범죄행위에 해당되기 때문이었다. 그런데 수위는 나에게 매우 친절하였다. 그는 분명히 술을 사 마실 수 있는 정도의 돈을 가지고 있는 부랑자라면 대접을 받아야 한다고 생각하고 있는 듯했다. 다음 며칠 동안 나는 경찰이 훤히 볼 수 있는 자리에서 구걸을 해 말썽을 일으키려고 여러 번 시도를 했다. 나는 마치 불사신인 것처럼 보였다. 어느 누구도 나에게 관심을 두지 않았다. 그런데 어떤 심각한 일을 더 벌이면 나의 신분을 조사할 것 같은 생각이 들어서 그만두었다. 그러므로 이번 여행은 다소간 실패라고 말할 수 있겠지만, 나는 아주 재미있는 하나의 경험담으로 이 글을 썼다.

1) 빌링스게이트 : 1699년 이래 영국 템스 강 북쪽 기슭에 있는 런던 최대의 어시장.

2) 크리스마스클럽 : 크리스마스 선물 구매 회원이 정기적으로 적립하는 은행구좌.

3) 스미스필드 : 원래 가축 시장이 있었던 런던 북서쪽 외곽의 한 지구. 고기 시장으로 유명하다.

4) 카일산트(1863~1937) : 보수당 의원이자 로열 메일 스팀 패키지 컴퍼니의 회장. 불법 인쇄물을 배포한 혐의로 1931년 10개월의 징역형을 받았다. 하지만 그의 개인적 범죄는 대중의 마음에 완전히 인식되지는 않았다.(오웰의 주석임)

5) 처치아미 : 1882년 창설된 영국 국교회의 전도 봉사단체.

6) 에드먼턴 : 예전 런던의 자치구의 하나. 지금은 엔필드에 속한다.

홉 열매 따기

1931년 8월 25일

25일 밤에 나는 수중에 약 14실링을 들고 첼시를 떠나 웨스트민스터브리지로드에 있는 루레비 여인숙으로 갔다. 숙박 요금이 9펜스에서 1실링으로 오른 것말고는 3년 전과 다른 게 하나도 없었다. 숙박 요금이 오른 이유는 여인숙에 있는 침대와 침대 사이의 간격이 더 떨어져야 한다는 조례를 통과시킨(위생을 문제 삼아) 런던 시의회의 개입 때문이었다. 여인숙과 관련된 일련의 법규들이 있지만 침대는 어느 정도 안락해야 된다고 주장하는 법규는 없으며, 앞으로도 없을 것이다. 이 법규로 침대와 침대 사이의 간격이 2피트에서 3피트로 넓어졌지만, 이에 따른 실질 효과는 숙박 요금이 3펜스 오른 것뿐이었다.

8월 26일

다음날 나는 트라팔가르 광장으로 가서 런던 뜨내기들이 주로 모이는 북쪽 벽 근처에서 야영을 했다. 연중 이맘때가 되면 광장은 1백 명에서 2백 명 정도의 사람들이 몰려들며(그 중 10퍼센트 정도는 여자들이다), 어떤 사람들은 이곳을 자기 집으로 여기기도 한다. 그들은 규칙적으로 구걸을 하면서(새벽 네시에는 코벤트가든에서 흠이 있는 과일을 구걸하고, 아침에는 수도원을 돌고, 저녁 늦게는 식당을 찾거나 쓰레기통을 뒤진다) 음식을 조달하며, 지나가는 사람들 중 찻값을 줄 것 같아 보이는 마음씨 착한 사람에게 접근해 구걸을 한다. 차는 광장에서 언제든지 구입할 수 있는데, 한 사람은 야영용 주전자를 내놓고 다른 사람은 설탕을 내놓는 식으로 해서 차를 끓여 먹는다.

그들이 구입하는 우유는 가당연유인데 가격은 깡통당 2.5펜스이다. 칼로 두 개의 구멍을 뚫어 그 중 한 곳을 입으로 불면, 회색을 띤 끈적끈적한 액체가 다른 구멍을 통해 흘러나온다. 그런 다음 종이를 뭉쳐 구멍을 틀어막고 며칠 동안 깡통이 보관되는데, 먼지와 오물로 뒤덮인다. 뜨거운 물은 커피숍에서 얻거나 밤에는 야경꾼의 모닥불 위에서 끓이기도 하지만 경찰이 허락하지 않기 때문에 몰래 끓여야 한다. 내가 광장에서 만난 어떤 사람들은 6주 동안 계속 이곳에 머무르고 있었는데, 눈 뜨고는 차마 볼 수 없을 정도로 더러웠다. 이 세상에서 이보다 더 비참한 것은 없는 듯했다. 흔히 그렇듯 극빈자들 중 제일 많은 것이 아일랜드 사람들이었다. 이들은 가끔 집에 가기도 하는데 조그만 화물선에 항상 짐을 실으면서도 뱃삯을 낼 생각은 하지도 않으며, 승무원들도 못 본 체 눈감아주는 것 같았다.

나는 세인트마틴 교회에서 하룻밤 자려고 마음먹었는데, 거기에 들어갈 때 '마돈나'라고 알려진 여자가 몇 가지 질문을 하는 것 같더라고 어떤 사람이 말해주어 광장에서 밤을 보내기로 작정했다. 이곳은 내가 예상했던 것만큼 나쁘지는 않았지만 추위와 경찰 틈바구니에서 한숨도 잘 수가 없었다. 그래서 나이 든 부랑자들을 빼고는 누구도 잠을 청할 수 없었다. 50여 명 정도는 벤치에 누워 잠을 잤지만 나머지 사람들은 바닥에 웅크리고 자야 했는데 물론 그것도 법으로 금지되어 있었다. "조심해. 이보게, 경찰이 이곳으로 오고 있어!"라는 외침이 몇 분마다 들려왔으며, 경찰관은 주변을 순찰하면서 잠자고 있는 사람들을 깨워 일으켜 세우곤 했다. 우리는 그들이 지나가면 즉시 다시 잠들었으며, 이것은 저녁 여덟시부터 다음날 새벽 세시나 네시까지 계속되는 일종의 게임 같았다.

자정이 지나자 날씨는 더 쌀쌀해져, 나는 몸을 데우기 위해 한참 동안 걸어야 했다. 그 시간이 되면 거리는 끔찍했나. 모든 깃이 정적에 휩싸이고 버려진 것 같았다. 가로등 불빛은 주위를 훤하게 밝혔는데, 그 하얀 빛 때문에 런던이 마치 시체의 도시처럼 모든 것들이 죽음의 공기에 뒤덮인 것 같아 보였다.

세시쯤 나는 어떤 남자와 함께 근위병 연병장 뒤쪽의 잔디밭으로 갔는데 거기에는 남자들과 창녀들이 서로 짝을 맞추어 차가운

안개와 이슬을 맞은 채 누워 있었다. 광장에는 항상 창녀들이 많이 있었다. 그들은 하룻밤을 자주는 대가로 형편없는 돈을 받는 불행한 여자들이었다. 이들 중 한 명은 어떤 남자가 일종의 화대라 할 수 있는 6펜스를 주지 않고 도망가버려 밤새도록 땅바닥에 누워 서글프게 울고 있었다. 아침이 밝아오면 그들은 6펜스는 꿈도 꾸지 못하고 단지 차 한 잔이나 담배 한 개비 정도만 받고 몸을 판다.

네시경 어떤 사람이 신문 광고지를 많이 가져와서, 우리는 벤치에 앉아 거대한 종이박스를 만들어 몸에 둘렀다. 그렇게 하면 세인트마틴레인에 있는 스튜어트 카페가 문을 열 때까지 몸을 따뜻하게 할 수 있었다. 스튜어트 카페에 가면 차를 한 잔 시켜놓고 다섯시부터 아홉시까지 앉아 있을 수 있으며(가끔 서너 명이 차를 한 잔만 시켜놓고 나누어 마시기도 한다), 또 테이블 위에 엎드려 일곱시까지 잠을 잘 수도 있다. 아홉시가 지나면 카페 주인이 우리를 깨운다. 이 카페에서는 부랑자, 코벤트가든 짐꾼, 새벽부터 일하는 사람, 창녀 등 다양한 직업을 가진 사람들이 만나며, 시끌벅적한 싸움과 주먹질도 보게 된다. 가끔 소란이 있었는데, 한 짐꾼의 아내인 매우 추해 보이는 노파가 두 명의 창녀를 향해 심한 욕설을 퍼붓고 있었다. 그 창녀들이 자신보다 더 나은 아침을 먹을 수 있다는 이유 때문이었다. 그들이 주문한 요리를 먹기 시작하자 그녀는 요리를 손으로 가리키며 "또 몸을 팔아 처먹는군! 우리는 아침으로 훈제 청어를 먹지 않아, 우리 여자들은 말이야. 아이고, 저년이 저 도넛 값을 지불했다고 생각해? 검둥이에게 몸을 팔고 받은 6펜스로 도넛을 사먹고 있을 거야" 따위의 말을 퍼부었지만 창녀들은 아무런 대꾸도 하지 않았다.

8월 27일

아침 여덟시에 우리 모두는 트라팔가르 광장 분수로 가서 세수를 했으며, 나는 가져온 유일한 책인 『공작부인 외젠』을 읽으며 하루의 대부분을 보냈다. 나는 어떤 프랑스 책을 보고는, "아, 프랑스어. 저런 책이라도 한 권 있으면 마음이 따뜻해질 텐데"라는 말을 내뱉은 적이 있다. 확실히 대부분의 영국 사람들은 외설적이지 않은 프랑스 책도 있다는 생각을 하지 못한다. 뜨내기들은 버펄로 빌[1] 타입의 책을 읽고 있는 것처럼 보였다. 모든 부랑자들은 이런 책을 한두 권쯤은 가지고 다니는데, 이들은 일종의 이동도서관이다. 구빈원에 들어갈 때 이들은 서로 책을 바꾸어 읽는다.

우리는 다음날 아침 켄트로 출발하기로 했기 때문에, 나는 그날 밤은 침대에서 잠을 자기로 마음먹고 사우스워크브리지가에 있는 여인숙으로 갔다. 그곳은 런던에서도 보기 드문, 하룻밤 자는 데 7페니밖에 하지 않는 곳이었다. 침대 길이는 5피트이고 베개는 없고(코트를 둘둘 말아 베고 자야 한다), 벌레와 벼룩이 들끓고 있었다. 부엌은 작았으며 악취가 풍기는 지하에 있었는데, 거기에는 종업원인 듯한 사람이 화장실 문 바로 앞에 앉아서 파리가 쉬를 슨 잼이며 파이 등을 식탁에 올려놓고 팔고 있었다. 또 쥐들이 설치고 돌아다녀 고양이 몇 마리를 키워야 했다. 하숙인들은 대개 부두 노동자들이었는데 나쁜 사람들은 아닌 것 같았다. 그들 중에 폐결핵이라도 걸린 듯 얼굴색이 창백하고 시를 좋아하는 젊은 노동자가 한 명 있었다.

그는 감정을 잡으며 다음과 같이 시를 낭송했다.

이프릴에서는 뻐꾸기의
감동적인 목소리는 결코 들리지 않는다
저 멀리 헤브리디스 제도 너머
바다의 침묵을 깨면서

그의 시를 듣고 사람들이 크게 비웃지는 않았다.

8월 28일

다음날 오후, 우리 네 명은 홉 농장을 향해 출발했다. 우리 일행 중 가장 재미있는 사람은 '진저'라는 한 젊은이였는데, 그는 내가 이 글을 쓰고 있는 지금도 여전히 내 짝패이다. 그는 스물여섯 살로 운동선수처럼 신체가 건장했고, 머리가 둔해 글은 거의 읽지 못해도 무엇이든지 해보려고 하는 적극적인 자세를 가진 친구였다. 그는 감옥에 있을 때를 제외하고는 지난 5년 동안 거의 매일 법을 어기고 있는 것 같았다. 그는 어릴 적에 소년원에서 3년을 보냈으며 출소해서 열여덟 살에 강도질을 한 건 올리고 결혼을 했고, 결혼 생활을 잠깐 한 후 포병으로 징집당했다. 그의 아내는 죽었으며, 그는 얼마 후 왼쪽 눈에 부상을 입어 상이병으로 제대를 했다. 그는 연금 혹은 일시불 중에서 하나를 선택하라는 제의를 받았는데, 물론 일시불을 선택해 일 주일 만에 그 돈을 다 날려버렸다. 그 후 그는 다시 강도질에 손을 대 여섯 번이나 감옥에 들락거렸지만 사소한 강도 행위로 잡혔기 때문에 오랫동안 갇혀 있지는 않았다. 5백 파운드 이상 훔친 것은 한두 번밖에 되지 않았다.

그는 자신의 짝패인 나한테는 지나칠 정도로 정직했지만 일반적으로 소위 '묶여져 있지 않은 것'은 죄다 훔친다. 하지만 그는 위험을 내다볼 수 없을 정도로 어수룩해서, 괜찮은 강도라고 생각되지는 않는다. 마음만 먹으면 정직한 삶을 살 수도 있을 텐데, 애석한 생각이 든다. 그는 노상에서 물건을 파는 재주가 있으며 지금까지 커미션을 받고 여러 물건을 팔아오기도 했지만, 기회가 생기면 그 물건을 가지고 줄행랑을 치기도 했다. 그는 흥정을 하는 데 대단히 솜씨가 뛰어났는데, 예를 들어 푸줏간 주인을 설득해 2펜스로 1파운드어치의 고기를 산다. 하지만 동시에 돈에 대한 물정을 전혀 몰라 반 페니도 저축을 하지 못한다. 그는 서부 스타일로 〈리틀 그레이 홈〉을 잘 부르며, 죽은 아내와 어머니에 대해 말할 때는 흐느낄 정도의 감상적인 어조로 이야기한다. 나는 그가 전형적인 이류 범법자라는 생각이 든다.

다른 두 명 중 한 명은 '영 진저'라고 불리는 열두 살의 소년으로, 평범한 아이처럼 보이지만 사실은 고아로서 정상적인 양육을 받지 못했으며, 작년에는 주로 트라팔가르 광장에서 살았다. 나머지 한 명은 열여덟 살 된 '리버풀 주'라는 사람인데 완전히 떠돌이다. 나는 이 소년만큼 나를 혐오스럽게 만드는 사람을 여태까지 본 적이 없다. 그는 음식만 보면 돼지처럼 설쳐대고 끊임없이 쓰레기통을 뒤지고 다닌다. 그래서 그런지 그의 얼굴을 보면 썩은 고기를 찾아 헤매는 짐승이 연상된다. 여자들에 대해 말할 때면 그의 태도와 얼굴 표정은 음흉하게 변해 구역질이 날 정도였다. 우리가 그에게 몸은 그렇다 치고 코밑에 기어다니는 이나 좀 잡으라고 하면, 그는 대뜸 자기 몸에는 여러 종류의 이가 있다고 말했다. 그 역시 고아로 어릴 때부터 떠돌이 생활을 해오고 있었다.

나는 이제 6실링밖에 없었다. 출발하기 전 우리는 1실링 6펜스를 주고 담요를 샀고, 몇 개의 깡통 음식을 구걸해서 얻었다. 구걸해서 얻은 것 중에는 쉽게 얻을 수 없는 코담배 깡통도 있었다. 또한 빵, 마가린, 차, 그리고 많은 나이프와 포크도 준비했는데 이런 것들은 모두 울워스 백화점에서 여러 차례에 걸쳐 훔친 것들이었다. 우리는 2페니를 주고 브롬리까지 전차를 타고 가서 쓰레기더미 위에 불을 피우고 난 뒤 만나기로 되어 있는 다른 두 명을 기다렸지만, 나타나지 않았다. 날이 어두워지자 우리는 결국 기다리는 것을 포기하고 야영할 장소를 찾았지만 좋은 장소가 없었다. 그래서 운동장 끝자락의 젖은 잔디밭에서 밤을 보내야 했다.

추위는 지독했다. 우리는 네 명인데 담요는 두 장밖에 없었고, 근처에 집이 있었기 때문에 불을 피우는 것도 불가능했다. 또한 경사지에 누워 있었기 때문에 이따금씩 도랑으로 굴러떨어졌다. 나이가 나보다 어린 사람들이 이런 조건하에서도 잠을 잘 자는 모습을 보니, 밤새도록 한숨도 잘 수 없던 나는 창피한 생각이 들었다. 우리는 붙잡히지 않기 위해 새벽녘에 도로가로 나와야 했으며, 몇 시간이 지나서야 뜨거운 물을 마시고 아침을 먹을 수 있었다.

8월 29일

우리는 2마일 정도 걷다가 어떤 과수원 옆을 지나가게 되었는데, 일행들이 과수원 안으로 곧장 들어가 과일을 훔치기 시작했다. 출발하기 전 이러한 것을 염두에 두지는 않았지만, 다른 사람들이 하는 것처럼 나도 그렇게 하거나 아니면 그들을 두고 떠나거나 둘 중의 하나를 선택해야 한다는 것을 알았다. 결국 나도 합류했지만 첫날에는 도둑질에 참여하지 않고 망만 보았다.

우리는 세븐오크스를 향해 조금씩 나아가고 있으며, 저녁 무렵까지 10여 개의 사과와 자두를 따고 15파운드의 감자를 몰래 캤다. 또한 빵집이나 식당을 지나칠 때마다 동료들이 안으로 들어가 구걸을 했는데, 상당한 양의 부스러기 빵과 고기를 얻을 수 있었다. 저녁밥을 짓기 위해 가던 길을 멈추고 불을 피우고 있을 때, 근처 과수원에서 과일을 훔쳤던 두 명의 스코틀랜드 부랑자들을 만나 오랫동안 이야기를 주고받았다. 사람들은 하나같이 구역질나는 말투로 선정적인 이야기만 했다. 부랑자들이 이런 이야기를 하면 혐오스럽게 보인다. 왜냐하면 그들은 가난한 관계로 여자들을 거의 접하지 못하기 때문에, 그들의 마음은 외설로 뒤덮여 있다. 그저 외설적인 사람들은 다 그렇다 치더라도, 외설적이고 싶은데도 여자를 만날 기회가 없는 사람들은 외설 앞에 추할 정도로 타락하고 만다. 그들의 이런 모습을 보니 두 마리 개가 교미할 때 그걸 구경하면서 그 주변을 부러운 듯 도는 개 같다는 생각이 들었다.

이야기 도중 영 진저는 그의 패거리 중 동성애자 한 명을 트라팔가르 광장에서 어떻게 찾게 되었는지를 말해주었다. 어떤 한 명이 동성애로 낙인찍히자, 그들은 그에게 즉시 달려들어 그의 전 재산인 12실링 6펜스를 빼앗아 다 써버렸다. 그들은 분명히 그가 동성애자이기 때문에 돈을 빼앗아도 괜찮다고 생각한 것이다.

영 진저와 주는 걷는 데 익숙하지 못했고, 또 조금 가다가 항상 음식 부스러기를 먹고 싶어해 우리의 걷는 속도는 더딜 수밖에 없었다. 주는 발에 짓밟힌 감자를 집어들고 먹기까지 했다. 오후에 접어들자 우리는 세븐오크스 대신 이드힐 구빈원으로 가기로 결정했다. 스코틀랜드 사람들은 그곳이 소문보다는 괜찮은 곳이라고 우리에게 귀띔해 주었다.

우리는 차를 마시기 위해 구빈원에서 1마일 정도 떨어진 지점에서 멈추었다. 근처에서 자동차를 몰고 가던 어떤 신사가 친절하게도 모닥불을 피우기 위해 장작을 긁어모으는 우리를 도와주었던 것이 기억난다. 그는 우리들에게 담배 한 개비씩을 주었다. 그런 다음 우리는 구빈원으로 갔는데, 도중에 구빈원 감독관에게 줄 인동넝쿨을 한 다발 땄다. 이 넝쿨을 주면 기분이 좋아져 다음날 아침 우리를 구빈원 밖으로 내보내주지 않을까 하고 생각하고 있었다. 왜냐하면 일요일에는 부랑자들을 밖으로 내보내지 않기 때문이다. 그러나 우리가 그곳에 도착하자 구빈원 감독관은 우리를 화요일 아침까지 머물게 해줄 것이라고 말했다. 그 감독관은 모든 복지수당 수령자들[2]이 하루 일과를 완수하도록 하는 데 아주 열성적인 사람이었다. 동시에 그는 일요일에는 일을 시키지 않았다. 그래서 우리는 일요일 내내 빈둥거려야만 했다. 영 진저와 주는 화요일까지 머무르려고 마음먹었지만, 진저와 나는 구빈원을 나와 교회 근처의 어느 공원 끝에서 잠을 잤다. 날씨는 무척 추웠지만 많은 장작으로 불을 피울 수 있어서 전날 밤보다는 훨씬 좋았다. 푸줏간 주인은 토요일 밤에는 항상 마음이 좋은 법이다.

8월 30일

다음날 아침, 새벽예배를 보러 온 목사가 우리를 깨워 쫓아냈는데 기분 나쁘지는 않았다. 우리는 세븐오크스를 지나 실까지 갔다. 거기서 만난 어떤 남자가 3~4마일 정도 더 가면 미첼 농장이 있는데 거기에 일감이 있을 것이라고 말해주었다. 우리는 그래서 거기로 갔지만, 우리가 어디에 사는 사람들인지 모르므로 일자리를 줄 수 없다는 말을 들었다. 또 정부 감독관들이 주위를 순찰하며 모든 홉 열매 따는 일꾼들이 '적절한 숙소'가 있는지를 확인하고 있었다(이런 감독관들[3] 때문에 수백 명의 실업자들이 올해 홉 농장에서 일감을 얻지 못했다. 일꾼들에게 '적절한 숙소'를 제공하지 못할 경우에 농장은 자기 집에서 다닐 수 있는 그 지역 사람들만을 고용해야 했다). 우리는 미첼 농장에서 1파운드 정도의 딸기를 몰래 따고 난 뒤 크론크라고 하는 다른 농부를 찾아갔지만 똑같은 대답을 들었다. 그러나 우리는 그에게 10파운드 정도의 감자를 얻었다.

메이드스톤[4]을 향해 가고 있던 중 우리는 실에서 숙박을 하는 조건으로(실제 그녀는 실에서 숙박하지 않았다) 미첼 농장에서 일감을 얻었다고 하는 한 늙은 아일랜드 여자를 만났다(사실 그녀는 어떤 사람의 집 창고에서 잠을 잤다. 그녀는 날이 어두워지면 남의 집에 몰래 들어가 잠을 자고 동트기 전 빠져나오는 데 익숙했다). 우리는 어떤 농가에서 뜨거운 물을 얻어 그 여자와 함께 차를 마셨는데 그녀는 구걸한 많은 음식을 우리에게 주었다. 우리에게 남아 있는 돈이라고는 고작 2.5펜스밖에 없었고 음식도 부족했기 때문에 그녀에게서 음식을 얻으니 매우 기뻤다.

비가 내리기 시작해서 우리는 교회 근처에 있는 어떤 농가에 들어가 헛간이라도 좋으니 비를 좀 피하게 해달라고 부탁했다. 농부와 그의 가족은 막 저녁예배를 보러 나가는 길이었다. 물론 그들은 불쾌한 표정을 지으며 우리의 부탁을 거절했다. 다음에 우리는 몸이 흙투성이인데다 피곤해 보였기 때문에 사람들이 예배를 보러 들어갈 때 몇 푼의 돈이라도 적선해 주지 않을까 싶어 교회의 묘지문 아래에서 비를 피했다. 우리는 아무것도 얻어내지 못했지만 예배가 끝난 후 진저는 목사에게서 상당히 좋은 바지 한 벌을 얻을 수 있었다. 교회 묘지문 밑은 매우 불편했으며 몸은 온통 젖었고 담배도 떨어졌다. 게다가 진저와 나는 12마일이나 걸어왔다. 그러나 당시에 나는 즐거웠고 웃음을 잃지 않았다. 평생 동안 돌아다니며 사는 예순 살의 그 아일랜드 여자는 이상할 정도로 성격이 쾌활한 늙은 소녀였다. 몰래 들어가 잠을 잘 수 있는 장소에 대해 이야기하다가 그녀는 어느 추운 날 몸을 녹이기 위해 돼지우리에 들어가 늙은 암퇘지를 끌어안고 잤다고 말했다.

어둠은 다가오고 비는 계속 내렸다. 그래서 우리는 빈집을 찾아 거기서 자기로 했는데, 우선 설탕 반 파운드와 초 두 개를 사기 위해 식료품점으로 갔다. 내가 그것들을 사는 동안 진저는 카운터에서 사과 세 개를 훔치고 아일랜드 여자는 담배 한 갑을 슬쩍했다. 그들은 나에게 말하지 않고 미리 이렇게 하기로 모의했다. 순진해 보이는 내 외모를 방패막이로 삼기로 했던 것이다. 많은 것을 훔치고 난 뒤 우리는 공사가 중단된 어떤 집을 찾아내어 열린 창문을 통해 안으로 들어갔다. 휑뎅그렁한 바닥은 딱딱했지만 바깥보다는 따뜻했다. 나는 서너 시간 정도의 잠을 청할 수 있었다.

9월 1일

우리는 동트기 전에 일어났으며, 약속에 따라 숲 근처에서 아일랜드 여자를 만났다. 비가 내리고 있었지만 진저는 어떠한 상황하에서도 불을 피울 수 있는 재주가 있었다. 차를 끓이고 감자를 구워 먹었다. 날이 밝아오자 아일랜드 여자는 일하러 가버리고, 진저와 나는 일감을 얻기 위해 2마일 정도 떨어진 체임버 농장으로 내려갔다. 우리가 농장에 당도했을 때, 사람들이 고양이를 목매달아

죽이고 있었는데 나는 사람들이 이런 야만적 행위를 하는 것에 대해 여태까지 들어본 적이 없었다. 농장 관리인은 우리에게 일감을 줄 수 있다고 말하고 기다려보라고 했다. 우리는 아침 아홉시부터 오후 한시까지 기다렸지만 농장 관리인은 그제야 나타나 우리에게 일을 줄 수 없다고 말했다.

우리는 상당량의 사과와 자두를 훔쳐 메이드스톤가를 따라 걸어갔다. 세시경 우리는 가던 길을 멈추어 저녁을 해 먹고 또 전날에 훔친 딸기로 잼을 만들었다. 농가 여주인이 부랑자들에게는 어떤 것도 주지 말라고 말했기 때문에, 이 근처에 있는 두 채의 농가 주인은 우리에게 마실 물도 주지 않았다. 진저는 근처에서 차를 타고 소풍 나온 한 신사를 보고 그에게 다가갔다. 진저는 소풍 나온 사람들은 집으로 갈 때 항상 음식이 남아 있어 얻을 게 있을 것이라고 말했다. 확실히 그 신사는 뜯지 않은 새 버터를 기꺼이 내놓고 우리에게 말을 걸기 시작했다. 그의 태도가 너무 친절해 나는 그만 런던 사투리 억양을 흉내내는 것을 까먹어버렸다. 그는 나를 유심히 쳐다보더니 이런 생활이 나 같은 사람에게 고통스러울 것이라고 말했다. 그러고는 "자네, 불쾌하게 생각하지 않겠지? 이 돈 받겠나?" 하고 돈을 내밀었다. 1실링이었다. 그 돈으로 우리는 담배를 사서 그날 처음으로 담배를 피웠다. 이것이 우리 여행에서 유일하게 돈을 얻은 경우였다.

우리는 메이드스톤 쪽으로 가고 있었지만 몇 마일 가지 않아 비가 억수같이 내렸고 나는 왼쪽 구두가 꽉 끼어 발이 심하게 아팠다. 나는 3일 동안 구두를 벗지 않았고 지난 5일 동안 여덟 시간밖에 못 잤다. 게다가 바깥에서 보낸 하룻밤 동안에는 한숨도 자지 못했다. 우리는 8마일 정도 떨어져 있는 웨스트몰링 구빈원으로 가기로 했다. 그리고 가능하면 지나가는 차를 얻어 타려고 했다. 마흔 대 정도의 트럭을 향해 손을 흔들어대고서야 겨우 한 대에 올라탈 수 있었다. 요즘 트럭 운전수들은 손을 흔드는 사람들을 잘 태워주지 않는다. 왜냐하면 자기가 제3자 사고에 대한 보험을 들지 않았으며 또 사고라도 내면 해고당하기 때문이다. 다행히 우리는 트럭을 얻어 타고 구빈원에서 2마일 가량 떨어진 지점에 내렸고, 다시 걸어서 저녁 여덟시경 구빈원에 도착했다.

비가 계속 쏟아졌는데 우리는 구빈원 문 밖에서 우두머리 행세를 하려고 하는 어떤 귀머거리 부랑자를 만났다. 그는 전날 밤에도 구빈원에 머물렀다. 그는 근처의 블레스트 농장에 가면 어쩌면 일감이 있을 것이라는 것과, 일감이 있다고 구빈원에 말하면 아침 일찍 우리를 구빈원에서 내보내줄 것이라고 말했다. 그렇지 않으면 우리는 구빈원 담을 넘지 않는 한, 하루 종일 구빈원에 갇히게 된다. 다시 말해 구빈원 감독관의 감시가 소홀한 틈을 타 도망을 쳐야 한다. 부랑자들은 종종 이렇게 하지만, 그럴 경우 구빈원에 들어오기 전에 소지품을 밖에 감추어두어야 한다.[5] 그런데 우리는 빗속이어서 그럴 수가 없었다. 우리는 안으로 들어갔는데 (웨스트몰링 구빈원을 예로 들자면) 구빈원이 요즘 많이 개선되고 있다는 것을 알게 되었다.[6] 목욕탕은 깨끗했고 아늑했으며, 우리는 각자 깨끗한 수건을 지급받았다. 하지만 음식은 예전과 똑같이 오래된 빵과 마가린이었다. 우리에게 마시라고 준 것이 차인지 코코아인지 공손하게 물어보았는데 감독관은 버럭 화를 냈다.[7] 진저와 나는 짚을 넣은 침대 위에서 담요를 여러 장 덮고 죽은 듯 쓰러져 잠을 잤다.

우리는 아침 열한시까지 일을 해야 했는데 숙소 하나를 청소하라는 지시를 받았다. 대체로 일은 형식적이었다(나는 구빈원에서 일다운 일은 한 번도 해보지 않았으며 또 그렇게 하는 사람을 본 적도 없다). 숙소에는 쉰 개의 침대가 다닥다닥 붙어 있었는데 구역질나는 오물 냄새가 코를 찔렀다. 이 구빈원에는 몸무게가 약 16스톤[8]쯤 나가는 땅딸보 저능아가 한 명 있었는데, 얼굴은 작고 뾰족했으며 얼굴 한쪽 옆으로만 빙그레 웃고 다녔다. 그는 느릿느릿 침실용 변기를 비우는 일을 했다. 이런 구빈원들은 모두 똑같아, 이런 환경에는 항상 지독할 만큼 역겨운 장면이 있게 마련이다. 얼굴이 잿빛인 늙은이들이 지독한 냄새를 풍기며 우두커니 노년의 삶을 사는 모습이나 동성애를 하는 행위 등은 정말 구역질났다. 그러나 이런 것은 모두 구빈원의 냄새와 매우 밀접하게 관련되어 있기 때문에 내가 의미하는 것을 글로 다 표현하기란 쉽지 않다.

열한 시경 우리는 빵과 치즈 조각을 받고 3마일 떨어진 블레스트 농장으로 출발했다. 그러나 가는 도중에 자두를 많이 따면서 시간을 지체해 한시가 되어서야 농장에 도착했다. 농장에 도착하자 반장이라는 사람이 홉 열매 따는 인부들이 필요하니 우리를 즉시 농장에 투입하겠다고 말했다. 우리에게 남아 있는 돈이라곤 3펜스밖에 없었기 때문에 그날 저녁 나는 10실링을 부쳐달라는 편지를 집으로 보냈다. 돈은 이틀 후에 도착했다. 돈이 오는 동안 홉 열매 따는 노동자들이 우리에게 먹을 것을 주지 않았더라면 우리는 실제로 아무것도 먹지 못했을 것이다. 이후 거의 3주 동안 우리는 홉 열매를 땄는데, 이것에 대해 보다 상세하게 적어보겠다.

9월 2일에서 19일까지

홉은 지주를 따라 위로 뻗어 있거나 혹은 약 10피트 높이의 줄 위에 걸쳐 1야드나 2야드 간격을 두고 열을 지어 자라고 있었다. 홉 열매 따는 노동자들이 해야 할 일은 나뭇가지를 아래로 잡아당겨 홉을 벗겨낸 후 포대에 담는 것이다. 가능한 한 잎은 포대에 넣지 말아야 한다. 물론 잎을 모두 제거하는 것은 실제로 불가능했다. 숙련된 사람은 농장이 인정할 수 있을 만큼의 잎을 적당히 넣어 자기가 딴 홉 열매의 양을 부풀린다.

일을 조금 하다 보면 요령을 곧 터득하게 되는데, 유일하게 힘이 드는 일은 서 있는 것(우리는 보통 하루에 열 시간 정도 서 있었다)이며, 또 나무에 붙어 있는 해충이 옮기는 병과 손의 상처도 무시 못할 어려움이었다. 우리 손은 홉 열매에서 나오는 즙으로 인해 흑인의 손처럼 새까맣게 물이 들었는데 진흙으로 씻어야만 즙을 없앨 수 있었으며, 하루나 이틀이 지나면 홉 덩굴의 가시 때문에 손바닥이 갈라지고 터졌다. 나는 아침마다 손이 무척 아팠으며 심지어 이 글을 쓰고 있는 지금도(10월 10일) 자국이 남아 있다. 돌아다니며 홉 열매를 따는 대부분의 노동자들은 이 일이 어릴 적부터 매년 해오던 일인데, 홉 열매를 번개처럼 빨리 따며 양이 많아 보이도록 하기 위해 홉 열매를 포대에 넣을 때 흔들어 볼록하게 만드는 속임수를 알고 있었다.

이곳에 모인 노동자들 중 가장 능숙한 사람은 덩굴을 훑는 두세 명의 어른과 떨어진 홉 열매를 줍거나 남아 있는 홉 열매를 마저 따는 두 명의 아이가 있는 가족이었다. 어린이 노동자에 대한 법은 철저히 무시되고 있었으며 어떤 사람들은 자녀들을 심하게 혹사시키기도 했다. 이스트엔드[9] 출신으로 우리 옆에서 홉 열매를 따는 한 여자가 있었는데, "계속해, 로사. 이 게으른 고양이 새끼 같으니라구. 빨리 따. 잡으면 엉덩이를 갈겨줄 테야"라고 말하는 등 손자들을 노예처럼 부려먹고 있었다. 여섯 살에서 열 살 정도의 아이들은 노동에 지쳐 바닥에 쓰러져 잠을 자기 일쑤였다. 그러나 그들은 이 일을 좋아했으며, 나 역시 이곳이 학교보다는 그들에게 해를 덜 끼친다고 생각한다.

우리가 받는 임금 체계는 다음과 같다. 하루에 두 번 내지 세 번 우리가 딴 홉 열매의 양을 측정하며 1부셸[10]마다 일정량의 돈(우리 경우에 2펜스)을 받기로 되어 있다. 괜찮은 덩굴에서는 약 반 부셸 정도의 홉 열매가 나오며, 능숙한 노동자는 약 10분 안에 덩굴 하나를 벗길 수 있다. 그래서 이론적으로는 일 주일에 60시간 일한다고 할 때 약 30실링[11]을 벌 수 있다. 그러나 실제로 그런 일은 거의 불가능하다. 우선 홉은 엄청나게 다양하다. 홉 열매는 한 덩굴에 배만큼 큰 것도 있고 또 완두콩만큼 작은 것도 있다. 일반적으로 서로 얽혀 있는 덩굴에서 홉 열매를 벗기는 데에는 그렇지 않은 덩굴보다 시간이 더 오래 걸리며, 1부셸을 모으는 데 다섯 개나 여섯 개의 덩굴이 필요할 때도 있다. 그리고 일을 못 할 때도 있는데, 그럴 경우 노동자들은 보수를 받지 못한다. 가끔 비가 내리는 경우도 있으며(비가 세차게 내릴 경우 홉 열매는 너무 미끄러워 따기가 힘들다), 밭에서 밭으로 이동할 때 시간도 꽤 걸린다. 그래서 매일 한두 시간은 허비된다. 그리고 무엇보다 거두어들인 홉 열매의 측정에 문제가 많다. 홉 열매는 스펀지처럼 부드러운 것이라, 측정하는 사람이 마음만 먹으면 짓이겨 1부셸의 홉 열매를 1쿼트쯤 줄이는 것은 식은 죽 먹기처럼 쉽다. 그는 어떤 날에는 홉 열매를 우묵하게 하지만, 또 어떤 날에는 농장으로부터 '홉 열매를 무겁게' 하라는 지시를 받고 광주리 안에 꾹꾹 채워넣기 때문에 20부셸 정도 되는 것이 12나 14부셸로 줄어들어 1실링 정도 손해를 본다. 이스트엔드 출신의 늙은 여자와 그녀의 손자들이 이것에 대해 항상 부르는 노래가 있다.

> 우리의 비참한 홉!
> 우리의 비참한 홉!
> 반장이 둘러보러 오면,
> 홉 열매를 따라, 홉 열매를 따라!
> 그는 홉 열매 부피를 잴 때

어디에서 멈춰야 하는지 알지 못한다.
아, 아, 홉 열매 포대 속에 집어넣어
저 빌어먹을 놈을 가두어라!

홉 열매는 포대에서 꺼내져 1백12파운드의 무게가 나가는 10부셸들이 포대에 채워지는데, 보통 남자 한 명이 옮길 수 있는 정도이다. 그런데 측정하는 사람이 포대에 홉 열매를 많이 넣을 경우 들어올리는 데 두 명이 필요하다.

이런 어려움 때문에 일 주일에 30실링 버는 것은 고사하고 그 근방에도 이를 수 없다. 그런데 이상하게도 노동자들은 자신들이 적은 임금을 받고 있다는 사실을 깨닫지 못하고 있다. 성과급제도라는 것이 저임금제도를 은폐하고 있기 때문이었다. 우리 단원들 중 가장 능숙한 노동자는 다섯 명의 어른과 한 명의 자녀로 구성된 집시 가족인데, 물론 이들은 아주 어린 나이부터 매년 홉 열매를 따온 사람들이었다. 이들은 3주가 채 되기도 전에 10파운드를 벌었다. 아이는 제외하고 어른 한 명당 일 주일에 14실링을 벌었다.

진저와 나는 각각 일 주일에 9실링을 벌었으며, 어떤 능숙한 노무자라도 일 주일에 15실링 이상은 벌지 못한다. 한 가족이 함께 일하면 생활비와 런던으로 돌아갈 차비를 벌 수 있지만 한 명이 벌면 그렇게 할 엄두도 내지 못한다. 근처 다른 몇몇 농장에서는 6부셸당 1실링이 아니라 8부셸이나 9부셸당 1실링을 준다. 그럴 경우 일 주일에 10실링을 벌려면 정말 뼈빠지게 일해야 한다.

일을 하게 되면 농장은 노동자들을 다소간 노예로 부려먹기 위해 의도적으로 고안한 규칙을 적어놓은 종이 한 장씩을 모두에게 나누어준다. 이 규칙에 따르면 농장은 노동자들을 통보 없이 해고할 수 있으며, 이유가 어떻든 6부셸 대신 8부셸당 1실링을 줄 수도 있다는 것이다. 말하자면 수입의 4분의 1을 몰수하겠다는 것이었다. 만약 어떤 노동자가 홉 열매 따기가 끝나기 전에 일을 그만두면 그의 수입은 깎이게 된다. 게다가 번 돈을 다 지급받지도 못한다. 농장은 우리가 번 임금의 3분의 2 이상은 미리 주지 않기 때문에 농장은 마지막 날까지 임금 체불을 하게 된다.

포대 수거인(예를 들어 한 조의 반장 따위)은 성과급제도로 보수를 받는 게 아니고 일정 급여를 받으며, 만약 파업이라도 일어나면 임금을 받지 못한다. 따라서 어떤 일이 있더라도 파업을 막으려고 한다. 농장측은 서로 담합을 해 홉 열매 따는 노동자들을 꼼짝 못하게 만들며 노조 조직의 기미가 있으면 즉각 해고시켜 버린다. 게다가 노조를 만들려고 해봤자 소용도 없다. 왜냐하면 홉 열매 따는 노동자들의 반 정도가 여자와 집시들이며, 또 그들은 너무 어리석어 노조가 무엇인지소차 잘 모르기 때문이다.

숙소에 대해 이야기하면, 농장에서 가장 좋은 숙소는 아이러니컬하게도 사용하지 않는 마구간이다. 우리는 대부분이 창문에 유리도 없고 구멍이 여기저기에 뚫려 있어 바람이 들어오고 비가 새는, 폭이 약 10피트 정도 되는 둥근 함석 오두막집에서 잠을 잤다. 오두막집 안에 들어 있는 것이라곤 짚더미와 홉 덩굴이 전부였다.

우리 오두막집에는 네 명이 잠을 잤지만 어떤 곳엔 일곱 명이나 여덟 명씩 기거했다. 사람이 많으면 오두막집이 따뜻하기 때문에 오히려 더 좋았다. 잠을 푹 잔다는 것은 생각도 못할 일이며, 진저와 나는 각각 담요 한 장씩만 가지고 있어 첫 주에는 추위에 무척 고생했다. 그 후 우리는 포대를 충분히 훔쳐 이불 삼아 덮어 몸을 따뜻하게 했다. 농장측은 우리들에게 필요한 만큼은 아니지만 어느 정도의 장작을 제공했다. 세면실은 2백 야드나 떨어져 있고 변소 역시 그만큼 떨어져 있었다. 그러나 변소는 사용할 수 없을 정도로 너무 더러웠다. 그리고 빨래를 할 수 있는 냇가가 하나 있었지만 마을에서 목욕을 한다는 것은 상상도 할 수 없었다.

홉 열매를 따는 노동자에는 세 가지 유형이 있다. 이스트엔드 출신의 사람들(대부분이 과일 행상인들이다), 집시, 약간의 부랑자들을 포함한 이동농업 노동자들이다. 진저와 나는 부랑자라는 사실 때문에 많은 동정을 받았다. 특히 부유한 사람들 사이에서는 더욱 그랬다. 과일 행상인 부부가 있었는데 그들은 우리에게 부모 같은 존재였다. 그들은 토요일 밤 같은 날 술에 취하면 모든 명사 앞에 흔히 '빌어먹을'이라는 단어를 붙여 지껄여대는 그런 사람들이었지만, 나는 그들만큼 친절하고 예의 바른 사람을 여태까지 본 적이 없었다. 그들은 우리에게 자주 음식을 주었다. 한 아이가 스튜 냄비를 들고 우리의 오두막으로 왔다.

"에릭, 엄마는 이 스튜를 바닥에 버리려고 해요. 하지만 스튜를 버리면 죄를 받는다고 했어요. 이걸 가지고 가겠어요?"

물론 그들은 스튜를 버리지 않을 것이지만 남에게 자선을 베푼다는 것을 표시 내지 않기 위해 이런 말을 하는 것이다.

어느 날 그들은 삶은 돼지머리를 통째로 우리에게 주었다. 그들은 수년 동안 이동생활을 해온 관계로 우리의 처지를 이해해 주었다. 그는 "아, 저는 그런 게 어떤 건지 다 안답니다. 빌어먹을! 젖은 잔디 위에서 잠을 자고, 차 한잔 얻어 마시려고 아침 일찍 우유 배달부에게 사정을 해야 하죠. 나의 두 아들도 길에서 태어났습니다" 와 같은 말을 했다.

우리에게 매우 친절했던 또 한 사람은 종이 공장의 노동자였다. 종이 공장에서 일하기 전 그는 인간쓰레기 같은 미천한 존재였다. 그는 이제는 지나간 추억이 되어버린 벌레 같은 미천한 존재에 대해 나에게 말했다. 종이 공장에서 일할 때 쥐가 너무 극성이어서 밤에 무장을 하지 않고서는 부엌에 들어갈 수가 없었으며, 심지어 권총까지 휴대해야 한다는 것이었다.

이런 사람들과 며칠 동안 어울리면서 런던 사투리 억양을 계속 흉내내는 것은 너무 힘들었다. 그들 역시 나의 어투가 '다르다'는 것을 알아차렸다. 흔히 나른 억양의 말을 하면 더욱 친해지기도 한다. 그들은 '자기 말을 잃어버린다는 것'을 매우 불행한 일이라고 생각하고 있는 듯했다.

블레스트 농장의 2백 명의 노동자들 중 50여 명 정도는 집시였다. 그들은 이상할 정도로 동양의 농부들과 비슷했는데 울적한 얼굴, 언뜻 보면 둔하기도 하고 교활하기도 한 모습, 날카로운 인상,

놀랄 만한 무지 등은 동양의 농부들과 닮았다. 이들 대부분은 글자 한 자도 읽지 못하고 자녀들도 학교에 보내지 않는다. 나이가 마흔 살 정도 되어 보이는 한 집시는 "프랑스에서 파리까지는 얼마나 멀지요?", "파리까지 대상(隊商) 여행을 하면 며칠이나 걸리지요?" 따위의 질문을 해대곤 했다. 스무 살 가량의 젊은이는 "당신한테 하나묻겠는데, 당신이 할 수 없는 것은?", "뭐라구요?", "전신주로 각다귀의 똥구멍을 간질이는 것 아니오?"와 같이 엉뚱한 수수께끼를 하루에도 수십 번씩 해댔다(이 말을 듣고는 웃음소리가 끊이질 않았다).

집시들은 대상(隊商), 말 같은 것을 소유한 부자처럼 보였지만 이동 노동자로서 1년 내내 돌아다니며 일을 하고 돈을 버는 사람들이다. 그들은 우리의 생활방식(집에서 사는 것 등)이 자기들에게는 혐오스러운 것처럼 보인다고 말하고, 이런 생활 덕분에 전쟁 동안 군대 가는 것을 얼마나 쉽게 피할 수 있었는지 자랑했다. 그들과 이야기하면 마치 다른 나라 사람들과 이야기하는 듯한 느낌이 든다. 나는 집시들이 "아무개가 어디 있는지 안다면 나는 말의 편자가 닳아 없어질 때까지 말을 몰아 그를 잡을 것이다"와 같은 말을 하는 것을 종종 듣는다. 어느 날 집시 몇 명이 조지 빅랜드라고 하는 유명한 말 도둑에 대해 말하고 있었는데, 한 명이 그를 옹호하면서 "조지는 우리가 알고 있는 것처럼 그렇게 나쁜 사람은 아니라고 생각해. 나는 그가 고르기아스의 말을 훔쳤다고 생각하긴 해도 우리의 말은 훔치지 않았을 거야"라고 말했다.

집시들은 우리를 고르기아스라고 부르고 자신들을 로마니라 불렀지만 디다케라는 다른 이름도 있었다. 그들은 모두 자신들만의 로마니어(語)를 알고 있으며, 다른 사람들에게 알리고 싶지 않은 얘기가 있으면 이따금씩 저희들끼리만 알아듣는 한두 단어의 로마니어를 사용했다. 다른 곳에서도 그런지는 모르겠지만, 집시에 대해 내가 안 이상한 사실 한 가지는, 한 가족의 집시 중에서도 얼굴이 서로 다른 사람들이 있다는 점이었다. 이런 점으로 미루어 짐작컨대, 집시들이 아이들을 잡아간다고 하는 이야기는 맞는 말인 것 같기도 하다. 이렇게 짐작하는 이유는, 집시 가족 중에는 얼굴 모습이 다른 아이도 있지만 꽤 똑똑해 보이는 아이도 있기 때문이다.

우리 오두막집에는 우리가 웨스트몰링 구빈원에서 만났던 한 늙은 귀머거리 부랑자가 있는데 항상 데피라고 불렸다. 그는 아무개와 동성연애를 하고 있었으며, 조지 벨처의 그림에 나오는 사람 같았지만 지적이고 교육을 잘 받은 사람이었다. 귀머거리가 아니었더라면 분명히 그는 길거리로 나오지 않았을 것이다. 그는 힘든 일을 할 만큼 그렇게 튼튼하지 못해 수년 동안 홉 열매 따기와 같은 일을 제외하곤 아무 일도 하지 못했다. 그의 계산에 의하면 그는 줄잡아 4백여 곳의 구빈원을 전전했다.

바렛이라는 사람과 우리 조의 조지는 이동농업 노동자들의 훌륭한 전형이었다. 과거 수년 동안 그들은 규칙적으로 돌아다니며 일을 했다. 다시 말해 초봄에는 새끼 양을 키운 다음 콩, 딸기, 다른 다양한 과일, 홉 열매 등을 따고, 감자를 캐고, 순무와 사탕무를 뽑는다. 이들이 일하지 않는 기간은 중간중간 이 농장 저 농장을 돌아다니는 기간인 일 주일이나 이 주일 정도에 불과하지만, 벌어 놓은 돈은 한 푼도 없다. 블레스트 농장에 도착했을 때 이들은 무일푼이어서, 바렛은 아무것도 먹지 않고 하루종일 일만 했다. 이렇게 일해서 벌어들이는 수입을 몸에 걸치는 옷, 덮고 잘 짚을 넣은 이불, 빵과 치즈와 베이컨뿐인 음식, 그리고 어쩌면 1년에 한두 번 마시는 술에 지출하고 나면 한 푼의 돈도 남지 않는다.

조지는 먹지도 못하고 죽도록 일만 하는 일종의 벌레 같은 불쌍한 사람인데 항상 이 일 저 일을 하며 떠돌아다닌다. 그는 늘 "우리 같은 사람들이 무언가를 많이 알고 있다는 것은 별로 도움이 안 되죠"라는 투로 이야기했다(그는 읽을 줄도 쓸 줄도 몰랐으며 글자를 아는 것을 일종의 사치로 생각했다). 나는 이런 것을 파리에서 접시 닦는 사람들에게서도 느꼈기 때문에 이런 철학을 잘 알고 있다. 예순세 살인 바렛은 자기가 어린아이였을 때 먹었던 것과 비교해서 요즘의 음식은 질이 많이 떨어진다고 하면서 "옛날에는 이런 빌어먹을 빵과 마가린은 먹지 않았어. 그때는 맛있는 빵, 커스터드 애플, 베이컨 덤플링, 검정 푸딩, 돼지머리를 먹었단 말이야"라고 불평을 늘어놓곤 했다. 그가 '돼지머리'라고 말할 때의 느끼하고 회상에 잠긴 듯한 말투로 보아, 그는 수십 년 동안 이런 것들을 먹어보지 못한 것 같았다.

이렇게 정규적으로 홉 열매를 따는 노동자들뿐만 아니라 소위 '주택 거주자들', 다시 말해 시간이 있을 때 주로 재미 삼아 홉 열매를 따는 지역민들이 있었다. 이들 대부분은 그 지역 농부의 아내로서 대체로 정규적으로 홉 열매를 따는 노동자들과는 잘 지내지 못했다. 그러나 지역민들 중에 마음씨가 좋은 여자가 한 명 있었는데, 그녀는 진저에게 신발 한 켤레를, 나에게는 좋은 코트 한 벌과 조끼와 두 벌의 셔츠를 주었다. 대부분의 지역민들은 우리를 쓰레기 같은 사람으로 취급했으며, 우리가 마을에서 수백 파운드를 쓰고 있건만 상점 주인들도 우리를 무척 멸시했다.

홉 열매 따는 날의 분위기는 언제나 똑같다. 아침 여섯시 십오분 전에 우리는 짚단에서 빠져나와 코트를 걸치고 장화를 신고 불을 피우기 위해 밖으로 나갔다. 요즘 같은 9월에 비가 내리면 불을 피우는 것은 일상적인 일이 되어버린다. 여섯시 삼십분경 우리는 아침식사로 차와 프라이한 빵을 먹고 점심용으로 베이컨 샌드위치와 찬물을 넣은 야영용 주전자를 들고 일하러 갔다. 비가 오지 않으면 한시까지 계속 일을 하고 난 뒤 덩굴 사이에 불을 피워 차를 끓이고 삼십 분 정도 쉰다. 다시 다섯시 삼십분까지 일을 하고 난 뒤 집에 와 손에 묻은 홉 열매 물을 씻어내고 차를 마시면, 날은 어느새 어두워지고 우리는 잠에 곯아떨어진다.

하지만 날씨가 좋은 밤에는 밖에 나가 사과를 훔치곤 했다. 근처에 큰 과수원이 있었는데 우리들 중 서너 명이 규칙적으로 사과를 훔쳐 자루에 담아 왔다. 한 번에 60파운드 정도 따오는데, 약간의 개암나무 열매를 따올 때도 있었다. 일요일에는 냇가에서 셔츠와 양말을 빨고 낮잠을 잤다. 나는 냇가에 내려가 빨래를 하거나 이를 닦아본 적은 없었다. 단지 일 주일에 두 번 정도 면도만 했을 뿐이다. 우리는 일하는 시간과 식사 시간 사이에 짬을 낼 수 없었다. 나는 책 한 권을 읽고 있었는데 버펄로 빌에 대한 것이었다. 쓰고 있는 돈을 계산해 보니 진저와 나는 일 주일에 각각 5실링을 식비로 지출했다. 그래서 담배는 항상 부족했으며, 사과도 있고 또 다른 사람들이 우리에게 먹을 것을 주었지만 늘 배가 고팠다. 우리는 쥐꼬리만한 돈을 가지고 반 온스의 싸구려 담배를 살지 아니면 2페니어치의 베이컨을 살지 이리저리 머리를 굴렸다.

홉 열매를 따는 일이 나쁘지는 않았지만, 하루 종일 서 있어야 하고 잠도 편하게 못 자고 손도 베일 때가 많아 일이 다 끝나갈 때쯤 내 몸은 완전히 녹초가 되었다. 대부분의 노동자들은 홉 열매 따는 기간을 비참하게도 휴일이라 불렀다. 사실 노동자들은 최저 생계에도 못 미치는 기아 임금을 받는 이런 노동을 휴일로 간주하는 것이다. 홉 열매 따기가 그들의 기준으로 보았을 때 진정한 노동이 아니라는 것을 깨닫게 되면 농장 노동자들의 삶을 이해하게 된다.

어느 날 밤, 한 젊은이가 문을 두드리며 자신은 홉 열매 따러 새로 온 노동자인데 우리 오두막에서 자도록 배정받았다고 했다. 우리는 그를 안으로 들어오게 했으나 아침에 먹을 것을 받아 얻어먹고는 사라져버렸다. 그는 홉 열매 따는 노동자가 아니고 떠돌이 같았으며, 떠돌이들은 홉 열매 따는 계절에 하룻밤 숙식을 위해 종종 이런 식으로 우리를 속여먹는다. 또 어느 날 밤에는 집으로 가는 한 길이던 여자가 워터링베리 역까지 짐을 좀 들어달라고 나에게 부탁을 했다. 농장을 떠날 때 그녀는 홉 열매 8부셸을 따 1실링의 임금을 받았다. 그녀가 벌어들인 전체 금액은 그녀와 가족이 집으로 갈 수 있을 만큼 충분한 돈이 되었다. 나는 어둠 속에서 칭얼대고 있는 그녀 자식들을 따라 이상한 바퀴가 하나 달려 있고 많은 꾸러미가 실린 유모차를 반 마일이나 밀고 가야 했다. 우리가 역에 도착했을 때 마지막 기차가 막 들어오고 있었는데, 건널목을 건너는 순간 나는 그만 유모차를 실수로 넘어뜨렸다. 지금도 나는 그 순간을 잊을 수가 없다. 기차는 으르렁거리며 우리에게 달려오는데 나는 선로에 뒹구는 양철 요강을 주우려고 우왕좌왕했던 기억이 난다.

진저는 함께 교회를 털자고 며칠 밤이나 나를 졸랐는데, 교회를 털면 십중팔구 우리가 범인으로 의심받게 될 것이라고 설득하지 않았다면 그는 혼자서라도 교회를 털었을 것이다. 그는 전에도 교회를 턴 경력이 있었는데, 놀랍게도 자선 헌금 상자에 상당한 돈이 들어 있었다고 말했다. 토요일 저녁이면 우리는 커다란 모닥불을 피워놓고 사과를 구워 먹으면서 자정까지 앉아 놀면서 한두 번 즐거운 밤을 보냈다. 어느 날 밤에는 약 열다섯 명의 사람들이 불 주변으로 몰려들었는데 나를 제외한 사람들은 모두 감옥을 드나든 경험이 있는 전과자들이었다. 토요일 같은 날에는 마을에 굉장한 소동이 일어난다. 돈을 가지고 있는 사람들은 술을 마셔 취하기 일쑤고 그렇게 되면 술집에서는 그들을 끌어내기 위해 경찰이 동원

된다. 마을 사람들은 우리를 정말 혐오스러운 놈들이라고 생각하고 있지만, 나는 오히려 정체되어 있는 마을이 1년에 한 번씩 런던내기들의 침입을 받는 것도 좋은 일이라고 생각한다.

9월 19일

농장에서 홉 열매를 땄던 마지막 날 아침, 여자를 잡아 포대에 집어넣는 이상한 놀이가 있었다. 어쩌면 『황금가지』[12]라는 책을 보면 이런 놀이에 대해 자세히 알 수 있을 것이다. 이것은 분명히 오래된 관습이며, 이런 종류의 관습은 농작물을 수확할 때 거행된다. 글을 잘 모르는 사람들은 임금기록부를 가지고 다른 '학자들'에게 보여주며 확인을 부탁했으며, 몇몇은 고마움의 표시로 동전 한두 개를 주었다. 나는 농장의 임금 지급 담당자들이 임금 계산에 '실수'를 하는 것을 자주 보았다. 실수는 한결같이 농장측에 유리한 것이었다. 물론 노동자들이 불평을 하면 농장측은 정해진 임금을 주었지만, 만약에 농장측 임금 지급 담당자의 확인을 그대로 받아들이면 그 이상은 받지 못했다. 게다가 임금기록부에 대해 불만을 터뜨리는 사람은 모든 사람들이 임금을 다 받고 난 다음 맨 나중에 임금을 받아야 하는 비열한 규칙이 있었다. 이것은 오후까지 기다려야 한다는 것을 의미했다. 그래서 버스를 타야 하는 사람들은 임금에 대해 불평을 하지 못하고 집으로 가야 했다(물론 잔돈 몇 닢이 잘못 계산된 것이 대부분이었다. 그러나 어떤 여자의 임금기록부의 경우에는 1파운드 이상이나 잘못되어 있었다).

진저와 나는 짐을 꾸리고 난 뒤 홉 열매 따는 노동자들을 실어나르는 기차를 타기 위해 워터링베리까지 걸어갔다. 가는 길에 우리는 담배를 샀으며, 켄트에서의 이별의 의미로 진저는 담배가게의 소녀에게 교묘한 속임수를 써서 4펜스를 우려냈다. 우리가 워터링베리 역에 도착했을 때 50여 명의 홉 열매 따는 노동자들이 기차를 기다리고 있었는데 가장 먼저 우리 눈에 띈 사람은 신문지를 앞에 놓고 풀밭에 앉아 있는 늙은 데피였다. 그는 신문을 옆으로 들어올리고 바지를 벗어 지나가는 여자들과 아이들에게 성기를 보여주었다. 나는 놀랐지만, 사실 어떤 식으로든 변태적인 성향을 가지고 있지 않은 부랑자는 거의 없다.

홉 열매 따는 노동자들이 타고 다니는 기차는 일반 기차보다 찻삯이 9펜스나 더 저렴하며 30마일밖에 되지 않는 런던까지 가는데 거의 다섯 시간이나 걸린다. 밤 열시쯤이 되면 노동자들은 런던브리지 역에 쏟아져 내린다. 많은 사람들이 술에 취해 있었고 여러 다발의 홉 열매를 들고 있었다. 홉 다발은 길에서 쉽게 팔리는데, 사람들이 왜 그것을 사는지 모르겠다. 우리 객차에 탔던 데피는 역에서 가장 가까운 식당으로 우리를 데려가 각각 1파인트의 맥주를 사주었다. 나는 3주 만에 맥주를 마시는 거였다. 그리고 그는 해머스미스로 갔는데, 분명히 그는 내년 홉 열매 따기가 다시 시작될 때까지 떠돌이 생활을 할 것이다.

우리의 임금기록부를 살펴보니, 진저와 나는 18일 동안 일을 해서 미리 8실링을 받아 쓴 것을 빼고 26실링을 벌었다. 그리고 훔친 사과를 팔아 6실링을 벌었다. 각각 16실링씩 나누어 가진 뒤 우리는 런던으로 갔다. 결국 우리는 켄트에서 그럭저럭 생활을 하고 난 뒤 주머니에 약간의 돈을 지닌 채 돌아온 것이었다. 그러나 우리가 돈을 아껴 최소한의 소비생활을 했기 때문에 이런 돈이나마 가질 수 있었다.

9월 19일에서 10월 8일까지

진저와 나는 루 레비라는 사람이 툴리가(街)에서 운영하는 여인숙으로 갔다. 그곳은 하룻밤에 7펜스로, 런던에서 7펜스 숙박치고는 괜찮았다. 침대에는 해충이 있었지만 많지는 않았으며, 부엌은 어둡고 더러웠지만 불과 따뜻한 물이 있어 그런대로 참을 만했다. 하숙인들은 하층민들인데 대부분 아일랜드 미숙련 노동자들이었다. 우리는 그들 중 매우 이상한 사람들도 만났다. 빌링스게이트 시장에서 생선 상자를 나르는 예순여덟 살의 노인이 있었는데, 그는 정치에 관심이 많아 1888년 '피의 일요일' 폭동에 가담했고 같은 날 특수경찰관으로 임명되기도 했다고 말했다.

꽃장수인 늙은 남자 한 사람은 미친 사람이었다. 평소에는 정상적인 행동을 하지만 발작이 시작되면 무서운 야수처럼 고함을 지르면서 부엌을 오르락내리락했다. 이상하게도 발작은 습기가 많은 날에만 찾아왔다.

도둑도 한 사람 있었다. 그는 가게 카운터에서 물건을 훔치고 승용차, 특히 외판원들의 차를 훔쳐 람베드컷에 있는 유태인에게 팔았다. 그는 매일 저녁마다 웨스트엔드[13]로 가기 위해 몸을 치장했다. 가끔 큰 건수도 올리지만 보통 일 주일에 2파운드 정도 훔친다고 했다. 그는 크리스마스 때마다 선술집의 현금서랍을 터는데 지금까지 40파운드 내지 50파운드를 훔쳐냈다. 그는 수년 동안 도둑질을 해왔지만 붙잡힌 적은 단 한 번밖에 없었다. 도둑에게 흔히 그렇듯이 도둑질은 그에게 어떠한 이익도 주지 못했다. 큰돈을 훔치면 그 돈을 즉시 다 날려버린다. 그는 여태까지 내가 본 사람들의 얼굴 중 하이에나처럼 가장 야비하게 생긴 사람이었다. 그럼에도 불구하고 그는 먹을 것을 나누어주거나 남의 빚을 갚아주는 괜찮은 놈으로, 나는 그에게 호감이 갔다.

진저와 나는 며칠 동안 아침마다 빌링스게이트에서 짐꾼들을 도와주는 일을 하고 있었다. 새벽 다섯시에 빌링스게이트에서 이스트칩으로 이어지는 도로의 모퉁이에 서 있다가 손수레를 끄는 짐꾼이 힘에 겨울 때 “언덕 위로!”라고 소리를 지르면 즉각 튀어나가(물론 이 일도 경쟁이 무척 심하다) 손수레 뒤를 밀어주고 2펜스를 받는다. 한 번 밀어주는 짐의 무게는 약 4백50파운드 정도 되는데, 이 일은 넓적다리와 팔꿈치를 많이 상하게 하지만 몸이 녹초가 될 만큼 일이 많지는 않다. 나는 새벽 다섯시부터 거의 정오까지 거기에 있었지만 기껏해야 1실링 6펜스밖에 벌지 못했다. 운이 좋을 경우 짐꾼은 자기의 조수로 우리를 계속 데리고 다니는데, 아침에 4실링 6펜스의 돈을 번다. 짐꾼들은 일 주일에 4파운드나 5파운드의 돈을 버는 것 같았다.

빌링스게이트에 대해서는 흥미로운 것이 몇 가지 더 있다. 그 중 하나는 이곳에서 행해지는 엄청나게 많은 작업이 사실상 불필요하다는 점이다. 집중 운송 시스템이 없기 때문에 이렇게 사람의 손을 빌려 행해지는 것이다. 요즈음 빌링스게이트에서 짐꾼, 손수레를 끄는 사람, 밀어주는 노동자 등을 이용할 경우, 런던 철도 터미널까지 1톤의 생선을 운반하는 데 약 1파운드의 운송비가 든다. 트럭 운송과 같은 체계적인 방법으로 운송한다면 단 몇 실링이면 충분할 것 같다. 그리고 빌링스게이트에 있는 선술집들은 다른 술집들이 문을 닫을 때 문을 연다. 또 다른 흥미로운 사실은 빌링스게이트의 손수레꾼들이 도난당한 생선을 규칙적으로 거래를 한다는 것인데, 그들을 잘 알고 있으면 생선을 공짜나 다름없이 아주 값싸게 살 수 있다.

나는 여인숙에서 약 2주간 머물렀는데 아무런 글도 쓰지 못했다. 내가 머물고 있던 장소 자체가 내 신경을 거스르기 시작했기 때문이다. 소음, 사생활 침해, 부엌의 냄새와 더위, 지저분함 등이 나를 짜증나게 만들었다. 부엌에는 생선의 비린내가 배어 있으며 생선 내장으로 막혀 있는 개수대에서는 썩는 냄새가 코를 찔렀다. 음식을 놓아둔 어둡고 구석진 곳에는 바퀴벌레가 들끓었고 온 집안에 파리 떼가 극성을 부렸다. 숙소 또한 기침 소리와 침을 뱉는 소리로 구역질이 날 정도였다. 여인숙에 있는 모든 사람들은 오염된 공기 속에서 만성적 기침에 시달리고 있었다. 나는 몇 개의 기사를 쓰기 시작했지만, 이런 분위기에서는 도저히 쓸 수가 없었다. 그래서 집에 편지를 보내 돈을 좀 받아서 해로우가(街) 근처에 있는 윈저가(街)에 방을 하나 빌렸다. 이 글의 대부분은 여인숙과 가까운 곳에 괜찮은 열람실이 있는 버몬시 공립도서관에서 쓴 것이다.

1) 버펄로 빌(1846~1917) : 미국 서부 개척시대의 전설적인 흥행사였던 윌리엄 코디의 별명. 서부극단을 조직하여 아메리카 · 유럽 전역을 순회공연했다.
2) 구빈원에 들어온 극빈자들.
3) 영국 노동당 정부에 의해 임명된 자들이다.(오웰의 주석임)
4) 메이드스톤 : 영국 잉글랜드 남동부 켄트 주(州)의 주도.
5) 구빈원에 들어가기 전에 모든 소지품은 압수되며 나갈 때 돌려받는다.
6) 아니다. 더 악화되었을 뿐이다.(오웰의 주석임)
7) 지금까지도 나는 그가 왜 그처럼 화를 냈는지 모르겠다.(오웰의 주석임)
8) 스톤 : 무게 단위. 1스톤은 14파운드에 해당함.
9) 이스트엔드 : 영국 런던 동부의 하층민 거리.
10) 부셸 : 8갤런, 약 36리터.
11) 1971년 2월 폐지된 구화폐제도에 의하면 1실링은 약 12펜스이고 1파운드는 240펜스였음.
12) 『황금가지』 : 영국의 민속학자이자 인류학자인 J. G. 프레이저의 저서. 종교와 신화에 관한 방대한 자료의 분석을 통하여 인류의 정신 발전을 기술한 인류학의 고전이다..
13) 웨스트엔드 : 영국 런던 중앙부에서 서쪽으로 치우친 지역. 부호의 저택이 많고 큰 상점과 극장들이 많다.

제4부
일상에 스민 정치성

런던과 같은 도시에서는 완전히는 아니지만 하여튼 정신이 반쯤 나간 사람들이 항상 거리를 돌아다니는데, 자연스럽게 서점 쪽으로 발길을 돌린다. 왜냐하면 서점은 돈을 쓰지 않고서도 오랫동안 머물 수 있는 몇 안 되는 장소 중 하나이기 때문이다. 그들 중 누구도 책값을 지불하지 않고 책을 그냥 가지고 나가지는 않는다. 그들은 단지 주문으로 충분하다. 진짜로 돈을 썼다는 환상에 사로잡혀 있는 것이다.

복수는 괴로운 것

'전범재판', '전범처벌' 등과 같은 어구를 접할 때마다 내 마음은 올해 초 남부 독일의 어느 포로수용소에서 목격했던 일에 대한 기억으로 쏠린다.

나는 특파원 한 사람과 함께 죄수들의 심문을 담당하는 미군 파견대에서 복무하는 자그마한 유태인의 안내를 받으며 포로수용소를 둘러보고 있었다. 빈 태생의 그는 스물다섯쯤 되어 보이는 금발의 미남형 청년으로 매우 신중한 태도를 보였다. 정치적으로 표현하자면 보편적인 미군 장교들보다 훨씬 더 지적으로 보여, 그와 함께 있는 것은 즐거웠다. 포로수용소는 비행장 안에 있었다. 우리가 수용소를 다 돌고 난 뒤 안내원은 우리를 격납고로 데리고 갔는데, 거기에는 많은 죄수들이 다양한 죄목으로 분류되어 있었다.

격납고의 한쪽 끝에는 10여 명의 사람들이 콘크리트 바닥에 일렬로 누워 있었다. 그들은 다른 죄수들과 격리되어 있는 나치 독일의 친위대 장교들이었다. 그들 중에 거무튀튀한 민간인 옷을 걸친 한 남자는 팔로 얼굴을 괸 채 엎드려 자고 있었다. 그의 두 발은 이상할 정도로 끔찍하게 뒤틀려 있었다. 두 발은 서로 대칭을 이루고 있었지만 불룩 튀어나와 비정상적으로 구형의 형태를 띠고 있었는데, 사람의 발이라기보다는 마치 말발굽처럼 보였다. 우리가 그들에게 다가가자 유태인 안내원은 극도의 흥분 상태에 빠진 듯 보였다.

그는 "저자들은 진짜 돼지들이오!"라고 말하고는, 갑자기 무거운 군화를 휘둘러 엎드려 있던 남자의 뒤틀린 발 중간의 부풀어오른 부분을 정확히 가격했다.

"일어나, 이 돼지 같은 놈아!"

그가 소리를 지르자 남자는 잠에서 깨어났으며, 독일말로 뭔가를 계속 지껄였다. 그 죄수는 벌떡 일어나 주위를 두리번거리며 꼴사납게 서 있었다. 유태인은 짐짓 화를 내는 듯한 태도로—실제로 그는 깡충깡충 뛰어 돌아다니면서 말을 하고 있었다—그 죄수의 기록을 우리에게 들려주었다. 그는 '진짜' 나치였다. 당원번호를 보아하니 아주 이른 나이부터 나치의 당원이었다는 것이 분명했다. 나치 독일의 정치국에서 장군급에 상응하는 직위를 지녔던 그는 여러 포로수용소를 책임지고 있었으며, 고문과 처형을 주관했었다는 사실이 명백했다. 간단히 말해, 그는 우리가 지난 5년 동안 대항해 싸웠던 모든 것을 대표하고 있는 인물이었다.

나는 얼마 동안 그의 표정을 관찰했다. 그는 포로수용소에 금방 들어온 죄수들처럼 굶주리고 세수도 하지 못한 초라한 그런 일반적인 모습이 아닌, 혐오감이 들 정도로 흉측한 모습을 하고 있었다. 그렇다고 짐승처럼 보이진 않았지만 어쨌든 그의 모습은 놀라웠다. 단순히 신경증 환자처럼 보이기도 하고 어떻게 보면 지적으로 보이기도 했다. 도수가 높은 안경 너머로 보이는 그의 창백하고 간교한 두 눈은 찌그러져 있었다. 그는 성직복을 벗은 성직자, 술 때문에 파멸한 배우, 혹은 심령주의자처럼 보이기도 했다. 나는 런던의 여인숙과 대영도서관의 열람실에서도 그와 비슷한 사람을 본 적이 있었다. 그는 분명히 정신 상태가 불완전해 보였는데, 실제로 이 순간에도 군화로 한 대 더 얻어맞을까 봐 겁에 질려 있었지만, 어떻게 보면 또 의심이 들 정도로 정신이 멀쩡해 보였다. 그러나 유태인 안내원이 나에게 말한 그의 모든 기록은 사실이 아닐지도 모르지만, 어쩌면 다 사실일 것이다! 우리가 그렇게 많은 세월 동안 대항해 싸워왔던 괴물 같은 상상 속의 나치 고문자들은 이렇게 비참한 모습으로 전락하였다. 그들에게 분명 필요한 것은 형벌이 아니라 어떤 정신치료를 해주는 것이나.

얼마 후 나는 이보다 더 심한 굴욕을 목격할 수 있었다. 덩치가 크고 뼈대가 억센 어떤 나치 독일 친위대 장교가 상의를 벗자 겨드랑이 밑에 문신으로 새긴 혈액형 번호가 보였다. 또 다른 나치 장교는 어떻게 나치 친위대원의 신분을 숨기고 일반 독일군 행세를 하려고 했는지 우리에게 자백하라는 강요를 받았다. 나는 유태인 안내원이 지금 행세하고 있는, 새로 얻게 된 권력을 정말로 재미있어 하는지 어떤지는 잘 모른다. 나는 그가 실제로 이것을 즐기고 있는 것은 아니며, 매음굴에 있는 남자처럼, 처음 담배를 피우는 소년처럼, 혹은 화랑을 어슬렁거리는 관광객의 기분처럼 단지 들떠 있고, 독일군에게 박해받던 시절에 언젠가 복수하리라고 마음먹었던 그런 행동을 지금 하는 것뿐이라고 스스로에게 말하고 있을 것이라고 생각했다.

독일계나 오스트리아계의 모든 유태인이 나치에게 복수하는 것을 비난할 수는 없다. 이 특별한 사람이 얼마나 많은 복수를 해야 하는지는 하느님만이 알고 있다. 그의 모든 가족은 살해당했다. 한 죄수에게 무자비하게 한 대 갈기는 것쯤은 히틀러 정권이 자행한 잔학함에 비하면 그야말로 아무것도 아니다. 그러나 이 장면뿐만 아니라 내가 독일에서 목격했던 다른 많은 장면들을 통해 나는 '복수'와 '처벌'이라는 전반적 개념이 어린애 장난에 불과하다는 생각이 들었다. 적절히 표현하자면 복수 같은 것은 없다. 복수는 우리가 힘이 없을 때, 그리고 힘이 없기 때문에 행하기를 원하는 행동인 것이다. 무력감이 사라지면 그런 욕망 또한 없어지게 된다.

1940년이라면 나치의 장교들이 얻어맞고 굴욕을 당하는 모습을 보면서 기뻐 날뛰지 않을 사람이 누가 있겠는가? 그러나 그것이 가능해질 때 그것은 단지 측은하고 역겨운 것이 되어버린다. 무솔리니의 시체가 대중 앞에 전시되었을 때 한 늙은 여자가 권총을 뽑아들고 그 시체를 향해 다섯 발을 쏘면서 "내 아들 다섯을 죽인 대가야!"라고 외쳤다는 소문이 있다. 물론 이것은 언론이 꾸민 이야기일 테지만, 사실일 수도 있다. 나는 그녀가 다섯 발을 쏘면서 얼마나 만족했는지는 모르겠다. 분명히 그녀는 오래전부터 총을 쏘는 것을 꿈꾸어왔을 것이다. 그녀가 무솔리니에게 가깝게 다가가 총을 쏠 수 있는 조건은, 그가 죽어 시체가 되어서야 비로소 가능했다.

이 나라의 대중이 지금 독일에 강요하고 있는 터무니없는 평화체결에 어느 정도 책임이 있다면, 그것은 적을 처벌해도 어떠한 만족감도 느끼지 못한다는 사실을 미리 내다보지 못했기 때문이다. 독일인들은 우리를 분노하게 했고, 놀라게 만들었다. 따라서 우리는 그들이 패할 때 그들에게 어떠한 동정도 해서는 안 된다고 분명히 했기 때문에, 동프로이센에서 모든 독일인들을 추방하는 것과 같은 범죄—어떤 면에서 우리가 막을 수는 없지만 적어도 거기에 반대는 할 수 있는 그런 범죄—를 우리는 묵인했다. 우리는 독일인들을 계속 처벌해 오고 있다는 이유로, 또 앞으로도 이런 일을 계속 해야만 한다는 모호한 감정 때문에 이런 정책을 고집하며, 혹은 다른 사람들이 우리를 위해 그런 일을 지속해 나가기를 바라고 있는 것이다.

사실 독일에 대한 직접적 증오는 우리 나라에 거의 남아 있지 않다. 군대 조직에서도 점점 줄어들고 있다고 기대하고 싶다. '잔학한 행위'의 근원을 또 다른 곳으로 옮기는 소수집단의 사디스트들만이 전범과 배신자들을 색출하는 데 혈안이 되어 있다. 만약 보통 사람들에게 괴링[1]과 리벤트로프[2]를 비롯한 사람들이 어떤 범죄를 저질러 재판을 받게 되었는가를 묻는다면, 그들은 아무 대답도 할 수 없을 것이다. 아무튼 이런 잔학한 괴물들에 대한 처벌은 그것이 가능할 때는 매력적으로 보이지 않는다. 실제로 일단 자물쇠로 잠그면 그들은 이제는 괴물이 아니다.

불행하게도, 사람들은 자신의 진정한 감정 상태를 알기 위해서 가끔 어떤 분명한 사건을 목격할 필요가 있다. 독일에 대한 또 다른 기억이 하나 있다. 슈투트가르트가 프랑스 군대에 의해 점령된 지 몇 시간 후에 나는 한 벨기에인 저널리스트와 함께 아직 무질서에 빠져 있는 그 도시에 들어갔다. 벨기에인은 전쟁 기간 동안 BBC의 유럽 방송에 기사를 보내고 있었다. 그리고 거의 모든 프랑스인들이나 벨기에인들처럼 그 역시 '독일 사람'에 대해 영국 사람이나 미국 사람들보다도 더한 증오심을 가지고 있었다. 도시로 들어가는 모든 다리가 폭격을 맞아 우리는 독일군이 방어하려고 애썼던 조그만 인도교를 이용해 들어가야 했다. 죽은 독일 병사 하나가 계단 아래에 반듯이 누워 있었다. 그의 얼굴은 누렇고 창백했다. 누군가가 들판에 피어 있는 라일락꽃 한 다발을 그의 가슴에 얹어놓았다.

그 죽은 독일 병사 옆을 지나갈 때 벨기에인은 얼굴을 돌렸다. 우리가 다리 위로 올라서자 그는 죽은 사람을 처음으로 보았노라고 나에게 말했다. 그는 서른다섯 살쯤 되었고 4년 동안 라디오 방송에서 전쟁 선전활동을 해오고 있었다. 이런 일을 겪은 후 며칠 동안 그의 태도는 이전과는 아주 달라졌다. 그는 폭격으로 부서진 도시와 독일인들이 겪고 있는 굴욕을 안타깝게 지켜보았으며, 심지어 독일인들에게 가하는 약탈 행위를 예방하는 일에 관여하기도 했다. 도시를 떠날 때 그는 남아 있던 커피를 우리가 묵었던 집의 독일인 주인에게 주었다. 일 주일 전만 해도 '독일인'에게 커피를 준다는 것은 그에게 상상도 할 수 없었던 일이었을 것이다. 그러나 그는 다리 옆에 뉘여 있던 '비참한 시체'를 보고 난 뒤 심경의 변화를 겪었노라고 나에게 말했다. 이것은 전쟁의 의미를 그에게 절실하게 자각시킨 계기가 되었던 것이다. 그런데 만약 우리가 다른 길로 그 도시에 들어갔더라면, 그는 전쟁이 빚은 2백만 명의 희생자 중에서 한 구의 시체도 보지 못했을 수도 있었을 것이다.

1) 괴링(1893~1946) : 독일의 정치가 · 군인. 1922년 10월 히틀러를 만나 나치스에 가입하고, 곧 나치스돌격대 대장이 되었다. 제2차 세계대전 종전 직후 체포되어 뉘른베르크 국제군사재판에서 사형이 선고되었으나, 처형 직전에 음독 자살하였다.

2) 리벤트로프(1893~1946) : 독일의 정치가. 1938년 2월 외무장관이 되어 오스트리아 병합, 수데텐 획득, 체코 병합, 독 · 소 불가침조약을 체결하여 제2차 세계대전을 발발시켰다. 1945년 6월 함부르크에서 체포되어 뉘른베르크 국제군사재판에서 사형당했다.

공원에서의 자유

몇 주 전 하이드파크 밖에서 신문을 팔던 다섯 명의 사람들이 업무방해죄로 경찰에 체포되었다. 치안판사 앞에 끌려간 그들은 모두 유죄판결을 받았는데, 그 중 네 명은 6개월의 징역형, 그리고 나머지 한 명은 40실링의 벌금이나 1개월의 투옥에 처해졌다. 그는 투옥을 선택했다. 따라서 지금도 감옥에 있을 것이라고 추측된다.

그들이 팔았던 신문은 《피스 뉴스》, 《포워드》, 《프리덤》이었으며 다른 선동적인 문학작품도 팔았다. 《피스 뉴스》는 피스 플레지 유니언의 기관지였으며, 《프리덤》(최근까지 《워 코멘터리》라 불렸던)은 무정부주의자들의 기관지이다. 그리고 《포워드》 역시 극도의 좌익 성향 신문이다. 치안판사는 그들이 무슨 신문을 팔았느냐 하는 점은 자신이 선고를 내리는 데 아무런 영향을 끼치지 않았음을 밝혔다. 그들이 시민들을 방해하고 있었다는 점에 초점을 두고 법적으로 방해죄만을 다루었다는 것이다.

이것은 몇 가지 중요한 문제를 야기한다. 우선 이 문제에 적용된 법규는 무엇에 근거하고 있는가? 내가 알기로는 경찰이 떠나라고 했는데도 그 자리에서 계속 신문을 팔면 법적으로 업무방해가 된다. 이런 경우 경찰은 《이브닝 뉴스》지를 파는 모든 소년들을 합법적으로 체포할 수 있다. 그러나 이런 일은 일어나지 않는다. 그래서 법 집행은 경찰의 분별력에 달려 있다고 해도 과언이 아니다.

그리고 경찰이 자의적으로 이 사람은 체포하고 저 사람은 체포하지 않는 이유는 무엇인가? 이 문제는 치안판사의 경우에 더 심하지만, 이런 경우를 두고 볼 때 경찰이 정치적 고려에 영향을 받지 않는다는 것은 사실이 아니다. 경찰이 좌익 성향의 신문을 팔고 있는 사람들만을 체포한 것은 우연치고는 대단한 우연이다. 경찰이 《트루스》, 《태블렛》, 《스펙테이터》, 심지어 《처치 타임스》를 팔고 있는 사람도 체포했다면, 그들의 행위는 공평했을 것이다.

영국 경찰은 프랑스 헌병대나 독일 게슈타포 같지는 않지만, 이들이 과거에 좌익 행동을 하는 이들에게 비우호적이었다고 해서 비난받지는 않는다. 이들은 대체로 사유재산의 옹호자로 간주되는 자들의 편에 서는 경향이 있다. 모즐리[1] 소요사태 때 다음과 같은 수치스러운 일이 있었다. 내가 유일하게 참여했던 대규모 모즐리 회합에서, 어떤 식으로라도 사회주의자들이나 공산주의자들과는 협조하지 않는 경찰이 질서를 지킨다는 명분으로 거기서 혹셔츠

당원들[2]과 서로 협력한 적이 있었다. 최근까지도 '붉은'이라는 글자와 '불법'이란 단어는 거의 동의어이다. 말하자면 끌려가서 고문을 당하는 자들은 《데일리 텔레그래프》 판매자가 아니고 《데일리 워커》의 판매자들이었다. 어쨌든 이것은 노동당 정부하에서도 똑같이 자행될 수 있는 문제이다.

내가 알고 싶은 것—우리가 잘 듣지 못하는 것이다—은 정부가 바뀔 때 행정부의 직원들도 바뀌느냐 하는 점이다. '사회주의'라는 용어가 법을 위배하는 어떤 것이라고 생각하는 경찰관은 사회주의 정부가 들어서도 똑같은 생각을 가지나? 경찰관은 어떠한 당과도 동맹관계를 맺지 않고 이어지는 정부에 충성을 해야 하며, 자신의 정치적 소신 때문에 희생을 당해서도 안 된다는 것이 그들의 확고한 원칙이다. 어떠한 정부도 적을 주요한 직책에 앉힐 수 없으며, 노동당이 처음으로 권력을 잡게 되면—아마 보수당원들의 행정부를 떠맡을 때—사보타주를 막기 위해 많은 공무원들을 반드시 교체해야 할 것이다. 권력을 쥐고 있는 정부에 우호적일 때조차도 경찰은 너무 의식화되어, 자신이 봉사해야 하는 단명의 수상(행정부)에게 비협조적일 수 있다.

노동당 정부가 정권을 인수받게 된다면 런던 경시청 공안부에 어떤 일이 일어날지 궁금하다. 또 육군 정보부와 영사관에는, 많은 식민지 행정부를 비롯한 기관들에서는 어떤 일이 벌어질까? 모르긴 해도 대규모의 인사 이동 따위는 있을 것 같지 않다. 여전히 같은 대사들이 해외에 파견되어 있고 BBC 검열은 항상 예전과 똑같이 미묘한 반동적 색채를 띨 것이다. 물론 BBC는 독립적이고 비정치적이라고 주장하겠지만. 나는 한때 BBC의 '노선'은 권력을 쥐고 있는 정부의 좌파를 대변하는 것이라고 들은 적이 있다. 그러나 그것은 처칠의 시대에나 있었던 것이었다. BBC가 현 정부의 좌파를 대변하더라도 나는 그 사실에 별로 주목하지 않는다.

이 글의 요점은 신문과 팸플릿의 판매자들은 규제를 받아야 한다는 것이다. 평화주의자, 공산주의자, 무정부주의자, 여호와의 증인, 혹은 최근에 히틀러를 예수라고 선언한 기독교개혁파, 어떤 것이든지 간에 어느 특정 소수가 체포되느냐 하는 점은 부수적인 문제이다. 특정 장소에 있는 이런 사람들을 체포하는 것은 중요하다. 하이드파크 안에서 잡지를 파는 것은 금지되어 있지만, 과거 수년 동안 신문 판매자들이 공원 문 밖에 진을 쳐왔고, 1백 야드쯤 떨어진 곳에서 옥외 집회와 관련된 유인물을 배포하는 것은 흔한 일이 되었다. 모든 종류의 출판물은 아무 제지도 받지 않고 그곳에서 팔리고 있다.

하이드파크 안에서 열리는 집회는 세상 사람들의 이목을 집중시킬 수 없다. 나는 인도 민족주의자들, 금주를 호소하는 개혁가들, 공산주의자들, 트로츠키주의자들, 영국 사회주의당(영국 노동당과 아무 관련도 없는 마르크스주의자 집단), 가톨릭증거회, 자유사상가 집단, 채식주의자들, 모르몬 교도들, 구세군, 처치아미, 그리고 다양한 광신도들이 주어진 장소에서 차례로 연설을 하고 또 군중이 열심히 듣고 있는 것을 여러 차례 지켜보았다. 설령 하이드파크가 특별한 장소, 즉 불법적인 의견들이 판을 치는 일종의 알세이셔[3]라 하더라도 이 세상에서 이와 유사한 광경을 볼 수 있는 나라는 아직 거의 없다. 히틀러가 권좌에 오르기 오래전, 인도인들이나 아일랜드 민족주의자들이 대영제국에 대해 비난조로 말하는 것을 대륙의 유럽인들이 듣고는 놀라고 당황한 모습으로 하이드파크를 빠져나왔던 사실을 나는 잘 알고 있다.

영국에 존재하는 언론의 자유는 종종 과대평가된다. 원칙적으로 큰 자유는 있지만 소수가 대부분의 언론을 소유하고 있다는 것은 국가의 검열과 같은 식으로 작용한다. 달리 말해 언론의 자유는 현실이다. 우리는 단상 위에서, 혹은 하이드파크와 같이 인정된 옥외 공간에서 하고 싶은 말을 모두 할 수 있다. 보다 중요한 것은 술집에서, 버스 지붕 위에서 자신의 의견을 말하는 데 아무도 두려움을 느끼지 않는다는 것이다.

문제는 우리가 향유하는 상대적 자유가 여론에 달려 있다는 사실이라고 할 수 있다. 법은 보호책이 되지 못한다. 정부가 법을 만들지만 정부가 그 법을 집행하느냐 하지 않느냐, 그리고 경찰이 어떻게 행동하느냐는 그 나라의 일반적 기질에 달려 있는 것이다. 만약 많은 사람들이 언론의 자유에 관심을 보인다면, 법이 그것을 금지하더라도 언론의 자유는 존재하게 될 것이다. 만약 여론이 관심을 보이지 않는다면, 비록 법이 보호를 해준다 하더라도 성가시게 여겨지는 소수들은 박해를 받을 것이다. 지적 자유에 대한 욕구의 쇠퇴는 전쟁이 시작되었던 6년 전부터 시작되었으며, 내가 예상했던 것만큼은 아니지만 여전히 쇠퇴하고 있다. 의견을 자유롭게 제시하고 토론할 수 없다는 생각이 확산되고 있다. 이런 생각은 주로 지식인들 사이에 퍼져 있는데 그들은 민주적 반대와 공개적 반역을 구별하지 못함으로써 이 문제를 혼동하고 있다. 이것은 다른 나라의 독재와 불의에 대한 우리의 무관심에 그대로 반영되어 있다. 심지어 스스로를 자유 의견의 옹호자라고 주장하는 사람들조차도 억압받는 자들이 자신의 적일 때에는 대체로 그런 주장을 거두어들인다.

나는 해롭지 않은 신문을 판 다섯 사람을 구속시킨 것이 대단한 불행이라고 생각하지는 않는다. 오늘날 세계에서 벌어지고 있는 온갖 일들을 볼 때, 이런 조그만 사건을 두고 이러쿵저러쿵 말할 가치는 없는 것 같다. 전쟁이 거의 끝나갈 무렵에 이런 일이 벌어진다는 것은 좋은 징조는 아니다. 이 사건을 비롯해 과거에 있었던 유사한 일련의 사건들이 소수 언론에서만 한바탕 떠들고 끝날 게 아니라 대중의 관심을 확실히 끌 수 있으면 좋겠다.

1) 모즐리(1896~1980) : 영국의 정치가, 파시스트 운동가. 노동당 좌파의 논객으로 주목받았다.
2) 흑셔츠 당원 : 유럽, 특히 이탈리아의 파시스트 당원.
3) 알세이셔 : 영국 런던 중부에 있던 한 지구. 17세기에 범죄자, 채무자들의 도피 장소로 유명했다.

두꺼비에 대한 단상

작년 가을부터 줄곧 겨울잠을 자던 두꺼비들은 제비가 오기 전, 수선화와 아네모네가 피기 전에 이미 땅 속 구멍에서 나와 나름대로의 봄소식을 전한다. 구멍에서 나오자마자 두꺼비는 가장 가까이 있는 물웅덩이를 향해 빠른 걸음을 재촉한다. 여러 징후들—땅의 떨림일 수도 있고, 아니면 다소 올라간 바깥 기온일 수도 있다—이 두꺼비에게 이제 일어날 시간이 되었다고 말한다. 비록 몇몇 두꺼비들은 하루 종일 잠만 자다 가끔 일어날 때를 놓치기도 하지만, 어쨌든 나는 자주 이들의 구멍을 파서 잠을 깨워 한여름을 잘 지내게 한다.

긴 잠을 자고 난 이맘때쯤, 이들은 시순절이 다 끝나갈 때의 엄숙한 영국 성공회 교인처럼 매우 영적인 모습을 띤다. 두꺼비의 움직임은 느리지만 목적이 있고, 몸은 움츠리고 있지만 두 눈은 이상할 정도로 크게 보인다. 다른 때 같으면 이런 생각이 들지 않겠지만, 이때의 두꺼비의 모습은 모든 동물들 중에서 가장 아름다운 눈을 가지고 있는 것처럼 보인다. 그 눈은 금과 같다. 아니, 좀더 정확히 말해 때때로 도장 반지에서나 볼 수 있는 황금빛의 금록석(金綠石)처럼 보인다.

물 속에 뛰어든 며칠 동안 두꺼비들은 작은 곤충을 잡아먹으면서 힘을 기르느라 여념이 없다. 그놈들은 곧 다시 보통 크기로 살이 쪄서, 강렬한 성적 매력을 가지는 단계에 접어든다. 만약 수놈이라면 발로 어떤 것을 잡고 싶어하고, 또 그놈에게 막대기나 손가락을 내밀면 놀랄 만한 힘으로 그곳에 올라타 그것이 암놈 두꺼비가 아닌지 오랫동안 살핀다. 우리는 물 속에서 몸을 구르는 열 마리나 스무 마리 정도의 두꺼비들을 자주 보게 된다. 그러다가 수놈 두꺼비가 암놈의 등에 알맞게 올라타 서로 짝을 짓는다. 이제 수놈과 암놈은 쉽게 구별된다. 수놈은 암놈보다 더 작고 더 시커멓고 앞발로 암놈의 목 주위를 단단히 쥔다. 하루나 이틀이 지난 후 두꺼비 알이 갈대 주위를 들쭉날쭉 감싸면서 긴 띠를 이루다가 곧 사라진다. 몇 주 더 지나면, 갑자기 조그만 올챙이 떼가 생기고, 곧이어 뒷발과 앞발이 차례로 나고, 꼬리가 없어져버린다. 그리고 마침내 한여름이 되면 엄지 손톱 크기보다도 작지만 모든 면에서 완벽한 새로운 세대의 두꺼비들이 물 속에서 기어나온다.

두꺼비는 종달새나 달맞이꽃과 달리 시인들에게 관심의 대상은 되지 않지만, 나에게 강한 인상을 심어주는 봄의 현상 중 하나이기 때문에 나는 이들의 산란에 대해 이야기해 왔다. 그러나 나는 많은 사람들이 파충류나 양서류를 그다지 좋아하지 않는다는 사실을 알고 있기에, 우리가 봄날을 즐기기 위해 두꺼비에 관심을 가져야 한다고 제안하고 싶지는 않다. 봄에 즐길 만한 것으로는 크로커스 꽃, 지빠귀, 뻐꾸기, 산사나무 등이 있다. 문제는 봄의 즐거움이 모든 사람들에게 다 가능해야 하며, 돈이 들지 않아야 한다는 것이다. 굴뚝 꼭대기의 통풍관 사이로 비친 눈부신 푸른 하늘이나 선술집 골목에서 돋아나는 딱총나무의 싱싱한 푸른 잎을 볼 때, 심지어 가장 지저분한 도로에서조차도 우리는 봄기운을 느낄 수 있다. 실제로 런던의 심장부에 자연이 존재한다는 것은 놀라운 일이다. 나는 뎁포드 가스 공장 위로 날아다니는 황조롱이의 모습과, 동부 간선도로에서 일급 곡예비행을 하는 개똥지빠귀 한 마리를 보았다. 반경 4마일 이내에 틀림없이 수많은 새들이 살고 있으며, 이들 중 누구 하나 런던에서 반 페니 정도의 집세도 내지 않는다고 생각하니 즐겁기 그지없었다.

영국은행 주위의 좁고 어두컴컴한 도로에도 봄은 찾아온다. 봄은 모든 여과기를 다 통과할 수 있는 신종 독가스처럼 모든 곳에 스며든다. 봄은 흔히 '기적'으로 간주되는데, 이 진부한 비유는 지난 5~6년 동안 그대로 적중되고 있다. 때가 되면 봄이란 스스로 오는 것이라는 믿음이 이제 점점 불가능해지고 있기 때문에, 최근에 몇 번의 겨울철을 견디고 난 뒤 우리에게 찾아온 봄이란 기적처럼 보인다. 나는 1940년부터 매년 2월이 될 때마다 줄곧 이번에는 봄이 찾아오지 않고 겨울이 영원히 지속되리라는 생각을 해왔다. 그러나 페르세포네[1]는 두꺼비처럼 같은 시간에 죽음에서 어김없이 일어난다. 3월 말이 되면 갑자기 그 기적이 일어나 내가 살고 있는 썩어가는 빈민가도 그 모습이 바뀐다. 광장 아래의 검은 쥐똥나무는 연한 초록색으로 바뀌고, 밤나무 잎들은 두꺼워지며, 수선화는 지고, 꽃무들이 막 싹을 틔우고, 경찰관 제복이 경쾌한 푸른 색깔로 바뀌고, 생선 장수들은 미소를 띠면서 손님들에게 인사를 한다. 그리고 참새들은 매우 다른 색깔을 띠고는 공기의 부드러움을 맛보고 지난 9월 이후 처음으로 물 속에 뛰어들 용기를 갖는다.

봄과 또 다른 계절적 변화에서 즐거움을 찾는 게 나쁜 것인가? 정확히 말해, 자본주의 제도라는 속박하에서 우리 모두가 신음하고 혹은 어쨌든 신음해야만 하는 동안 개똥지빠귀의 노랫소리, 10월의 노랗게 물든 느릅나무, 혹은 돈이 들지 않고 또 좌익 신문 편집자들이 '계급운동가'라고 부르는 그런 것이 없는 여러 자연 현상 때문에 삶이란 확실히 살아볼 가치가 있다고 말하는 것이 정치적으로 비난받아야 할 일일까? 많은 사람들은 분명히 그렇다고 생각할 것이다. 나는 전에 '자연'에 대해 우호적으로 썼던 어떤 수필 때문에 비난 편지를 받은 적이 있다. 그런 편지들은 주로 감상에 젖어 있었는데, 자연에 대한 두 개의 관점을 주장하고 있었다. 그 중 하나는 살아가면서 실제 느끼는 모든 즐거움은 일종의 정치적 무사안일을 조장한다는 것이다. 이 사상이 그러하듯 사람들은 불만족해야 하며, 따라서 우리는 이미 가지고 있는 것들에 대한 즐거움만을 증가시킬 것이 아니라 우리의 부족한 부분을 증대시키는 것이 우리가 해야 할 일이라는 것이다. 또 다른 개념은 이 시대는 기계 시대인데, 기계를 싫어한다거나 심지어 기계의 지배를 억제하고자 하는 것은 시대에 역행하는 것일뿐더러 반동적이고 다소 우습기조차 하다는 것이다. 도시 사람들은 자연이 실제로 무엇인지도 잘 모르면서 자연을 사랑하고 있다. 토양을 실제로 경작해야 하는 사람들은 공리주의적 관점을 제외하고는 토양을 사랑하지 않으며, 새나 꽃에도 큰 관심이 없다는 것이다. 시골을 사랑하기 위해, 우리는 도시에 살면서 1년 중 따뜻한 날 주말에만 잠깐씩 시골에서 시간을 보내야 한다는 것이었다.

두번째 개념도 명백히 잘못된 것이다. 예컨대 대중 발라드를 포함한 중세문학은 거의 자연에 대한 조지 왕조풍의 열정으로 가득 차 있으며, 중국 사람과 일본 사람들처럼 농경인들의 예술은 항상 나무, 새, 꽃, 강, 산 등과 같은 것에 그 중심을 두고 있다. 첫번째 개념도 역시 잘못된 것 같다. 확실히 우리는 불만족해야 하지만, 그렇다고 단순히 나쁜 일을 이용하는 방법을 찾아서는 안 된다. 만약 우리가 살아가면서 실제 느끼는 모든 즐거움을 없애버린다면, 우리는 우리 자신들을 위해 어떤 미래를 준비할 수 있겠는가? 만약 어떤 사람이 찾아오는 봄을 즐길 수 없다면, 왜 그는 노동을 절약하는 유토피아에서 행복해야만 하는가? 그는 기계가 제공해 주는 여가로 무엇을 할 수 있을까? 나는 우리의 경제 · 정치적 문제가 진정으로 해결된다면 삶은 단순해질 것이며, 우리가 앵초를 보고서 얻는 즐거움이 아이스크림을 먹을 때나 월리처[2)]의 선율에서 얻는 즐거움보다 더 클 것이라고 항상 생각해 왔다. 우리가 어린 시절에 느꼈던 나무, 물고기, 나비, 두꺼비 등과 같은 것들에 대한 사랑을 계속 간직함으로써 보다 더 평화롭고 즐거운 미래를 가능하게 할 수 있다. 그러나 강철과 콘크리트를 제외한 어떤 것도 존경의 대상이 되지 않는다는 원칙을 숭배한다면, 우리가 가진 잉여 에너지의 배출은 단지 증오와 지도자 숭배를 통해서만 가능할 것이다.

어쨌든 봄은 런던의 북쪽 지역까지 침투해 있으며, 사람들은 우리가 봄을 즐기지 못하도록 할 수 없다. 봄에 대한 생각은 즐겁다. 나는 두꺼비들이 서로 짝짓기하는 모습과 한 쌍의 토끼가 옥수수 밭에서 깡충깡충 뛰면서 재미있게 노는 모습을 보면서 나의 이런 즐거움을 멈추게 하려는 사람들에 대해 생각해 본다. 그러나 그들은 그렇게 할 수 없다. 우리가 실제로 아프고, 배고프고, 놀라고, 감옥이나 휴가촌에 갇혀 있지 않는 한, 봄은 여전히 봄이다. 원자폭탄이 공장에 쌓이고, 경찰이 도시를 서성거리고, 거짓말이 확성기를 통해 울려퍼지고 있지만, 지구는 여전히 태양 주위를 돌고 있으며, 어떠한 독재자나 관료주의자라도 우리가 봄을 즐기는 것에 대해 강하게 반대를 할 수는 있을지언정 막을 수는 없는 것이다.

1) 페르세포네 : 그리스 신화에 나오는 제우스와 데메테르의 딸. 지옥의 왕 하이데스에게 납치당해 왕비가 됨. 니사의 꽃밭에서 친구들과 꽃을 따다가 하이데스에 의해 지하세계로 끌려가는 장면이 『호메로스 찬가』에 잘 묘사되어 있다.

2) 월리처 : 동전을 넣으면 자동으로 음악이 연주되는 주크박스의 일종.

스포츠 정신

다이너모 축구팀[1]의 짧은 방문이 그럭저럭 끝나가고 있는 이 시점에서, 이제 이 팀이 영국에 도착하기 전 사람들이 친선 축구경기에 대해 개인적으로 생각하고 있던 이런저런 것을 공개적으로 말해도 괜찮으리라. 다시 말해 이 초청 경기는 적대감의 분명한 원인이 됐으며, 만약 이 방문이 영국과 소비에트 관계에 어떤 영향이라도 끼친다면 그것은 두 나라 사이의 관계를 더 악화시키는 결과만 초래할 뿐이라는 것이다.

신문에서조차도 네 경기 중 적어도 두 경기는 서로 나쁜 감정만 키웠다는 사실을 지적했다. 직접 경기를 본 어떤 사람한테 들은 이야기지만, 아스날 팀과의 경기에서 한 영국 선수와 러시아 선수가 서로 치고받고 싸움을 벌였으며, 관중은 심판에게 야유를 보냈다는 것이다. 글래스고 팀과의 경기는 아예 처음부터 난투극이었다고 어떤 사람이 나에게 말해주었다. 그리고 아스날 팀의 선수 구성에 대해서는 민족주의 시대의 전형인 격렬한 논쟁이 있었다. 러시아 사람들이 주장하듯 아스날 팀은 정말 영국을 대표한 팀이었나, 아니면 그저 영국 사람들이 주장하고 있듯 하나의 리그 팀이었나. 그리고 다이너모 팀은 영국 대표팀과의 경기를 피하기 위해서 돌연 투어를 중단해 버렸는가.

대부분의 사람들은 흔히 자신들의 정치적 성향에 따라 이런 질문에 대답을 한다. 그러나 모든 사람들이 다 그런 것은 아니다. 축구 때문에 생긴 잘못된 열정의 한 예로서 제시하는데, 나는 친러시아적 《뉴스 클로니클》지에 근무하지만 반러시아적 성향을 갖고 있는 한 스포츠 담당 기자가 아스날 팀은 영국을 대표하는 팀이 아니라고 주장했다는 사실을 알았다. 분명히 이 논쟁은 수년 동안 역사서의 각주에 인용될 것이다. 그런데 다이너모 팀의 투어는 지금까지의 결과에 비추어볼 때 양측에 새로운 적개심만 쌓이게 만들 것이다.

달리 무슨 일이 일어날 수 있겠는가? 이 경기가 두 국가 사이의 친선을 도모하고 또 세계의 보통 시민들이 축구 경기나 크리켓 경기에서 서로 만나면 전쟁터에서 만날 필요가 없을 것이라고 말하는 소리를 들을 때마다 나는 항상 적잖이 놀란다. 국제적인 스포츠 경기가 상호 비방의 증오로 연결된다는 사실(예를 들어 1936년 올림픽 경기)을 굳이 예로 들지 않더라도, 일반 원칙을 통해 짐작할 수 있다.

오늘날 거의 모든 스포츠는 경쟁이다. 이기기 위해 시합을 하며, 이기기 위해 최선을 다하지 않는다면 시합은 별 의미가 없다. 대표성 없이 편을 갈라 하는 어떤 동네의 잔디밭에서라면 그저 재미나 운동 삼아 할 수 있다. 그러나 자존심의 문제가 슬금슬금 생겨나고, 시합에서 패할 때 창피할 것이라고 생각하게 되면 가장 야만적인 경쟁 본능이 생기게 된다. 심지어 학교 축구 시합에 참가하는 사람들도 이 사실을 잘 알고 있다. 국제 수준의 시합은 솔직히 말해 하나의 모의 전쟁이다. 그러나 중요한 것은 선수들의 행동이 아니고 관중의 태도이다. 나아가 이 어리석은 경쟁에 분노하고, 또 달리고 점프하고 공을 차는 것이 국가적 미덕의 실험이라고 믿는—어쨌든 짧은 기간 동안이지만—관중들의 뒤에 자리잡고 있는 국가의 태도도 그렇다.

위협구(威脅球)에 대한 시비가 일고, 특히 1921년 영국을 방문한 호주 팀의 거친 행동에서 볼 수 있듯이, 힘보다는 우아함이 요구되는 크리켓과 같은 여가를 즐기는 게임조차도 나쁜 감정을 유발시킬 수 있다. 모든 사람들이 다치고 또 외국 팀한테는 공정하지 못한 것처럼 보이는 축구 경기는 훨씬 더 심하다. 물론 가장 심한 것은 복싱이다. 세상에서 가장 끔찍한 광경은 백인과 유색인이 섞여 있는 관중 앞에서 서로 치고받고 싸우는 장면이다. 그러나 복싱 경기의 관중은 항상 혐오스러우며 특히 여성들은 이성을 잃는 행동을 하기 때문에, 영국 육군은 여성들이 복싱 경기를 구경하지 못하도록 하고 있다. 어쨌든 2~3년 전에 국토방위군과 정규군이 복싱 경기를 했는데 그때 나는 여자들의 출입을 막기 위해 체육관의 문을 지킨 적이 있었다.

영국에서 스포츠에 대한 망상은 대단하지만, 몇몇 스포츠 종목과 민족주의가 모두 최근에서야 생긴 국가에서는 더 지독하다. 인도나 버마 같은 나라에서는 축구 시합 때 관중이 운동장에 뛰어들지 못하도록 강력한 경찰 저지선을 만들어야 한다. 나는 버마에서 한 팀의 응원자들이 경찰을 뚫고 운동장에 뛰어들어, 중요한 순간에 상대 팀의 골키퍼를 걷어차는 것을 본 적이 있다. 그리고 약 15년 전에 스페인에서 벌어졌던 최초의 큰 축구 시합은 통제할 수 없는 폭동으로 번졌다. 강한 경쟁심이 생기게 되면 규칙에 따라 경기를 하겠다는 생각 따위는 즉시 사라지고 만다. 사람들은 한 팀은 승리를 만끽하고 다른 팀은 망연자실하는 모습을 보고 싶어한다. 또 그들은 속임수를 이용하거나 관중의 개입으로 얻은 승리는 의미가 없다는 사실도 망각하고 있다. 관중이 물리적으로 개입하지 않을 때조차도 그들은 자신의 팀에게 환호를 보내고 상대 팀에게 야유와 모욕을 퍼부어 경기에 영향을 미치려고 한다. 중요한 스포츠 경기는 페어플레이와는 관계가 없다. 그것은 증오, 질투, 자랑, 규칙의 무시, 폭력을 목격하는 가학적 즐거움 등과 관계가 있다. 달리 말해 이것은 총성 없는 전쟁인 것이다.

축구장에서의 정정당당하고 깨끗한 경쟁을 포함해서 전 세계를 통합해 주는 올림픽 경기의 대부분의 종목은 재미가 떨어진다고 여겨지고 있지만, 먼저 이런 현대의 스포츠 제전이 어떻게 그리고 왜 생겨났는가를 알아보는 것도 유익할 것이다. 우리가 오늘날 벌이고 있는 대부분의 경기는 고대에 기원을 두고 있지만, 로마 시대부터 19세기까지는 그렇게 심각할 정도로 여겨지지 않았다. 영국 사립학교에서도 19세기 후반부터 비로소 경기를 하기 시작했다. 근대 사립학교의 설립자로 알려져 있는 아널드 박사는 경기를 단지 시간 낭비로 간주했다. 그 후 경기는 영국과 미국에서 돈이 많이 들어가는 운동으로 발전했고, 많은 관중을 불러모으고 거의 야만적인 수준의 열정을 불러일으키게 되었으며, 이 감염은 곧 전 세계로 퍼지게 되었다. 경쟁이 가장 격렬하다고 할 수 있는 축구와 권투가 가장 광범위하게 퍼져 있다.

분명히 모든 스포츠는 민족주의의 발생과 관계가 깊다. 다시 말해, 스스로를 큰 동력장치로 규정하고 모든 것을 경쟁의식의 관점으로 보는 현대인들의 광적인 습관과 관계가 있다. 또한 조직화된 경기는 보통사람들이 주로 앉아서 생활하는, 다시 말해 제한되어 있는 삶의 방식 때문에 창조적 노동을 할 기회가 많지 않은 도시 지역에 더 많이 분포되어 있다.

시골의 소년들과 젊은이들은 걷고 수영하고 눈싸움하고 나무에 기어오르고 말을 타는 등의 행위를 함으로써, 혹은 낚시, 닭싸움, 족제비를 이용한 쥐 사냥 등과 같이 동물들을 잔인하게 다루는 것과 관련된 다양한 스포츠를 함으로써 많은 잉여 에너지를 배출한다. 대도시 사람들은 자신들의 육체적 힘이나 가학성 충동을 배출할 출구를 원할 때 집단활동에 빠지는 경우가 많다. 과거에 로마와 비잔티움에서 그랬던 것처럼 이제 런던과 뉴욕에서 운동경기는 심각한 것으로 여겨지고 있다. 중세 때의 경기는 주로 육체적 잔혹함과 관계가 있었지만 정치나 집단 증오의 원인은 되지 않았다.

이 순간 세상에 존재하는 악의를 열거해 보면, 먼저 각 경기마다 10만여 명의 관중이 지켜보는 유태인 대 아랍, 독일 대 체코, 인도 대 영국, 러시아 대 폴란드, 이탈리아 대 유고슬라비아 사이의 축구 시합을 떠올릴 수 있다. 물론 나는 스포츠가 국제 경쟁의 주요 원인 중 하나라고 말하지는 않겠다. 대규모의 스포츠는 그 자체가 민족주의를 낳게 하는 원인 중 하나일 뿐이다. 여전히 우리는 경쟁 팀과의 전쟁을 위해 민족적 챔피언이라는 딱지가 붙은 열한 명으로 구성된 팀을 보내, 패배하는 국가는 반드시 '체면을 잃을' 것이라는 사실을 상기시켜 줌으로써 상황을 악화시킨다.

그러므로 우리는 다이너모 팀의 방문에 대한 답방으로 영국 대표팀을 소련으로 보내지 말기를 바란다. 굳이 그렇게 해야 한다면 영국을 대표하지 않는, 확실히 질 수 있는 이류 팀을 보내도록 하자. 갈등의 실제 원인은 이미 충분히 존재한다. 따라서 우리는 우리 젊은이들이 분노에 찬 관중의 함성 속에서 서로 부딪치고 정강이를 차도록 부추기는 일을 할 필요가 없는 것이다.

1) 러시아 축구팀인 모스크바다이너모가 1945년 가을 영국을 방문해 영국 클럽들과 시합을 가졌다.

서점의 추억

점잖은 노(老)신사들이 송아지 가죽으로 장정된 책을 구경하는 천국 같은 서점에서 일하지 않더라도 쉽게 짐작할 테지만, 내가 헌책방에서 일할 때 강한 인상으로 남은 것은 진정으로 책을 좋아하는 사람들이 적다는 사실이었다.

우리 가게에는 재미있는 책들이 많았는데, 지금 생각해 보니 책을 찾던 고객 중 10퍼센트 정도도 좋은 책과 나쁜 책을 쉽게 구별하지 못했던 것 같다. 우리 서점에는 문학애호가들보다는 잡지의 창간호 따위를 구하려는 속물들이 더 많이 들락거렸고, 또 싼 책값조차 깎으려고 드는 동양 학생들도 자주 드나들었고, 조카들에게 생일 선물용으로 책을 사주려고 하는 멍청한 여자들도 꽤 많았다.

많은 사람들이 어느 서점을 찾아가더라도 성가신 존재로 취급받겠지만, 여기에는 특별한 사연을 지닌 사람들이 종종 찾아오곤 했다. 예컨대, '병자를 위한 책을 찾고 있는' 나이 든 부인이라든가,

1870년에 재미있는 책 한 권을 읽었는데 그 책을 좀 찾을 수 없겠느냐는 나이 든 부인도 있었다. 안타깝게도 그녀는 책의 내용은 물론이고 책제목이나 지은이의 이름조차도 기억하지 못했지만, 표지가 붉은색이었다는 것은 기억하고 있었다.

이런 일 외에도 모든 헌책방을 시달리게 만드는 두 가지 부류의 고객이 있다. 하나는 매일, 혹은 하루에도 수없이 서점을 찾아와서 무가치한 책을 팔려고 하며 묵은 빵 부스러기 같은 냄새를 풍기는 나이 든 사람들이다. 또 다른 부류는 책값을 지불할 최소한의 돈도 없으면서 많은 책을 주문하는 사람이다. 우리 가게는 책을 외상으로 팔지는 않지만, 나중에 사러 오겠다고 하는 사람들을 위해서 책을 따로 보관해 놓거나 또 필요하다면 주문도 해준다. 책을 주문해 놓고 다시 사러 오는 사람은 반도 채 되지 않는다. 처음에 나는 그것 때문에 무척 당황했다. 무엇 때문에 책을 주문해 놓고 다시 오지 않는 것일까? 그들은 서점에 들어와서 희귀하고 값비싼 어떤 책을 주문하고 그 책을 사러 다시 오겠노라고 거듭 약속하고는, 다시는 오지 않는 것이다. 물론 그들 중 대다수는 분명히 편집증 환자들이다. 그들은 지나칠 정도로 공손하게 자기를 설명하고 가장 그럴듯한 이야기를 늘어놓으면서 돈 없이 어떻게 이 서점의 문을 열고 들어왔는지를 설명한다.

런던과 같은 도시에서는 완전히는 아니지만 하여튼 정신이 반쯤 나간 사람들이 항상 거리를 돌아다니는데, 자연스럽게 서점 쪽으로 발길을 돌린다. 왜냐하면 서점은 돈을 쓰지 않고서도 오랫동안 머물 수 있는 몇 안 되는 장소 중 하나이기 때문이다. 왁자지껄한 말을 늘어놓지만, 그들의 말은 시대에 뒤떨어진 것이고 또 무슨 뜻인지 분간하기조차 어려울 때도 있다. 가끔 어떤 편집증 환자를 대면할 때는 그가 요구하는 책을 옆에 숨겨놓았다가 나가면 다시 서가에 꽂아두기도 했다. 그들 중 누구도 책값을 지불하지 않고 책을 그냥 가지고 나가지는 않는다. 그들은 단지 주문으로 충분하다. 진짜로 돈을 썼다는 환상에 사로잡혀 있는 것이다.

대부분의 다른 헌책방과 마찬가지로 우리 서점에서도 책 이외에 다른 물건도 취급했다. 예컨대 중고 타자기나 헌 우표도 팔았다. 우표 수집가들은 하나같이 나이에 관계없이 성격이 좀 이상하고 조용하며 냉담한 사람들이었는데, 주로 남성들이 많았다. 여성들은 채색된 종잇조각을 우표첩 속에 간직하는 데 특별한 매력을 느끼지 않는다. 또한 우리는 일본의 지진을 예측했다고 주장하는 사람이 편집한 싸구려 천궁도(天宮圖)를 팔았다. 이 그림은 밀봉되어 있어 내가 직접 펴본 적은 없지만, 이 그림을 사간 사람들은 종종 서점에 들러 이 그림이 진짜로 사실을 예측해 준다고 말했다(만약 천궁도가 당신에게 이성에게 매우 매력적으로 보이며, 당신의 최대 단점은 너무 인자한 것이라고 말한다면, 분명히 모든 천궁도는 '사실'인 것처럼 보일 것이다).

우리는 아동용 서적도 많이 취급했는데, 주로 재고본이었다. 현대 아동용 서적은 전반적으로 볼 때 다소 무시무시한 내용이 많다. 개인적으로 나는 어린이들에게 『피터 팬』보다는 페트로니어스 아르비터(Petronius Arbiter)가 쓴 책을 권하지만, 제임스 배리[1]의 작품조차도 그를 모방한 다른 작가들과 비교해 볼 때는 내용이 웅장하고 더 유익한 것 같다.

크리스마스가 다가오면 꼬박 열흘을 매달려 크리스마스 카드와 달력을 만드는데, 팔기에는 좀 싫증이 났지만 크리스마스 계절이 끝나는 동안 꽤 괜찮은 수입이 되었다. 기독교적 감정을 선전하는 사악한 냉소주의를 보는 것도 재미있는 일이었다. 6월 초가 되면, 크리스마스 카드를 만드는 회사의 판촉 사원들이 카드 카탈로그를 들고 우리 서점에 방문하곤 했다. 그들의 구매서에 찍힌 한 구절이 아직도 내 기억 속에 생생하다. '2다스. 토끼를 데리고 있는 아기 예수'라는 말이었다.

책 판매 외에 우리 서점에서 벌였던 중요한 사업은, 5백 권에서 6백 권 정도의 책을 비치하고 '보증금 없이' 2펜스만 내면 빌려 볼 수 있게 한 도서대여점 사업이었다. 비치 도서는 전부가 소설이었다. 책 도둑들이 이 도서대여점을 얼마나 사랑했던가! 2펜스로 한 서점에서 책을 빌려서 라벨을 떼어내 1실링 받고 다른 서점에 그 책을 파는 것은 이 세상에서 가장 손쉽게 할 수 있는 범죄이다. 그래도 서적상들은 보증금을 요구해서 고객들을 놓치는 것보다는 일정한 수만큼의 책을 도둑맞는(우리 서점에서는 한 달에 약 열두 권 정도를 잃어버렸다) 편이 더 수지가 맞았다.

우리 가게는 햄스테드[2]와 캠던 타운[3] 사이의 경계 지점에 있어, 준남작에서부터 버스 운전사에 이르기까지 모든 계층의 사람들이 들락거렸다. 아마 우리 도서대여점의 구독자들은 런던 독서 대중의 대표적 표본이었을 것이다. 그래서 우리 도서대여점에 있는 작가들 중 가장 잘 대여되는 것은 존 프리스틀리?[4] 어니스트 헤밍웨이? 호레이쇼 월폴?[5] 펠함 우드하우스?[6] 아니다. 에셀 델, 워윅 디핑,[7] 제프리 파놀[8]의 순이다. 물론 델의 소설은 주로 여성들이 읽지만, 나이에 관계없이 모든 여성이 다 좋아한다. 남성도 안 읽는 것은 아니지만 여러 소설 분야 중 남성이 안 읽는 분야가 있는 것은 사실이다. 대강 말해서, 우리가 보통 수준의 소설이라고 부르는 것—영국 소설 수준의 평균은 되는, 평범하고 좋으면서 나쁜 골즈워디류의 소설—은 여성을 위해서만 존재하는 것 같다. 남성들은 존경할 가치가 있는 작가의 소설이나 아니면 탐정소설 따위를 읽는다. 그들이 탐정소설에 쏟아붓는 돈은 엄청나다. 내가 알기로 우리 서점의 구독자 중 어떤 사람은 1년 동안 매주 네 권이나 다섯 권의 탐정소설을 읽었다. 게다가 다른 도서관에서 탐정소설을 빌려보기도 한다. 특히 나를 놀라게 한 것은, 같은 탐정소설은 두 번 다시 안 본다는 것이었다. 명백히 엄청나게 많은 양의 쓰레기(매년 읽어대는 책은 거의 1에이커의 4분의 3 정도를 덮어버릴 것이다)가 그의 기억 속에 저장된다. 그는 책제목이나 작가의 이름은 신경 쓰지 않지만, 그가 이전에 읽은 책인지 아닌지는 살핀다.

도서대여점에서는 가식적이지 않고 진지한 사람들의 취향의 면모를 엿볼 수 있는데, 놀랄 만한 사실은 '고전적' 영국 소설가들의 작품은 참으로 읽혀지지 않는다는 점이다. 찰스 디킨스, 윌리엄 새

커리, 제인 오스틴, 앤터니 트롤럽[9] 같은 작가들의 작품은 일반 도서대여점에서는 먼지가 그대로 쌓여 있다. 이들의 작품을 빼가는 사람은 아무도 없다. 사람들은 19세기 소설을 그저 힐끗 한번 쳐다보고는 “오, 너무 오래된 책이군!”이라고 말하고 즉시 딴 데로 가버린다. 그러나 디킨스 소설들은 셰익스피어의 작품만큼 쉽게 팔렸다. 디킨스는 사람들이 그의 소설을 한 번쯤 읽어보겠다고 ‘항상 마음먹고 있는’ 작가 중의 한 사람이며, 그의 소설은 성경처럼 간접적으로 널리 알려져 있다. 마치 모세가 갈대로 만든 바구니 속에서 발견되었고 또 하느님의 등을 봤다고 우리가 들어서 알고 있듯이, 사람들은 빌 사이커스[10]가 도둑이며, 미카버[11]는 대머리라는 것쯤은 들어서 알고 있다.

눈여겨봐야 할 점은 미국 소설과 단편들이 별로 인기가 없다는 것이다. 읽을 만한 소설을 추천해 달라고 하는 사람들은 거의 항상 “나는 단편을 좋아하지 않습니다”라고 말한다. 그 이유를 물어보면, 그들은 새로운 이야기마다 새로운 등장인물에 익숙해지는 것이 너무 지겨운 일이라고 말한다. 그들은 첫 장 이후로는 어떤 생각도 요구하지 않는 소설을 더 읽고 싶어한다. 그러나 이것은 독자보다는 작가에게 책임이 크다. 영국과 미국을 통틀어 대부분의 현대 단편들은 소설보다 훨씬 더 생기가 없고 무가치하다. 단편소설 역시 충분히 인기를 끌 수 있다. D. H. 로렌스를 한번 생각해 보라. 그의 단편소설은 그의 소설만큼이나 인기 있지 않은가?

내가 전문 직업인으로서 서적상이 되고 싶어했던가. 대체로 주인이 나에게 베푼 친절함과 거기서 보낸 행복한 나날에도 불구하고, 그것은 아니었다.

높은 의욕과 적당량의 돈이 있다면, 교육받은 사람이 서점을 경영할 때 먹고살 만큼의 생계비는 벌 수 있어야만 한다. '희귀한' 도서에까지 미치지 않는다면, 서점 경영을 배우는 것은 그리 어렵지 않다. 그리고 책의 내용을 조금 알고 있으면 큰 도움이 된다(대부분의 서적상들은 이것을 모른다. 필요한 것을 광고하는 서적상들의 업계 신문을 보면 그들의 운영 방식을 알 수 있다. 우리는 제임스 보즈웰[12]의 『쇠퇴와 몰락』에 대한 광고는 못 본다 하더라도, 『플로스 강변의 물방앗간』에 대해 T. S. 엘리엇이 쓴 서평은 확실히 볼 수 있다). 대체로 서점 경영은 지나칠 정도까지 저속화될 수는 없는 인간적 사업이다. 식료품 가게나 우유 장사들이 생활고를 겪는 경우와는 달리 서적상들이 서로 담합을 해 영세 독립 서적상의 생계를 쪼들리게 할 수는 없다. 그러나 노동 시간은 매우 길다. 나는 단지 시간제 근무를 하는 종업원이었지만, 주인은 책을 사는 데 걸리는 시간을 빼고도 일주일에 70시간을 서점에서 보낸다. 이런 생활은 건강을 해치기 십상이다. 대체적으로 서점은 겨울엔 끔찍할 정도로 춥다. 서점이 더울 경우 창문에 서리가 끼게 되고, 그러면 서점 주인은 시도 때도 없이 창문 유리를 닦아야 한다. 그리고 책은 지금까지 만들어진 다른 어떠한 종류의 물건들보다 더 많고 감당키 어려운 먼지를 발산한다. 따라서 꽂아놓은 책의 윗면은 모든 파리들이 죽고 싶어하는 곳이 된다.

그러나 내가 서점을 경영하고 싶지 않은 진짜 이유는, 책방에 있는 동안 책에 대한 사랑을 잃어버릴 수 있기 때문이다. 서점 주인은 책에 대해 거짓말을 해야 하며, 그 거짓말로 인해 주인은 책에 대한 혐오감을 가지게 된다. 끊임없이 책의 먼지를 털고 책을 이리저리 옮겨야만 하는 것 또한 고통스러운 일이다.

나는 진정으로 책을 사랑했던 때가 있었다. 책을 보고 냄새 맡고 느끼는 것을 좋아했다. 적어도 50년 혹은 그 이상 된 책이라면 더욱더 좋았다. 시골의 경매장에서 1실링으로 많은 책을 사는 것보다 더 즐거운 일은 없다. 그런 수집상에서 평소 가지고 싶었던 빛바랜 책이라도 우연히 찾으면 그 기분은 말로 표현할 수 없다. 예컨대 18세기 군소 시인들의 작품, 시대에 뒤진 지명사전, 잊혀진 이상한 소설들, 1860년대에 발간된 숙녀용 잡지의 제본 번호 등을 찾는 것에는 독특한 재미가 있다.

화장실에서나, 아니면 너무 피곤해 잠 못 이루는 늦은 밤, 아니면 점심식사 전 15분 정도 짬을 내 부담 없이 간편하게 읽기에 좋은 것으로 《걸스 오운 페이퍼》의 지난 호보다 더 좋은 것은 없다. 하지만 서점에서 일을 시작하고부터 나는 책 사는 것을 그만두었다. 한 번에 5천 권 내지 만 권의 책들이 내 눈에 한번 들어오면 산더미처럼 쌓여 있는 책이 지겹고 약간 메스꺼워지기까지 했다. 요즈음은 가끔씩 책을 사지만, 그것은 내가 읽고 싶지만 빌릴 수 없는 경우에만 해당되며, 헌책은 절대 사지 않는다. 종이가 썩는 달콤한 냄새는 이제 나에게는 좋은 냄새가 아니다. 그 냄새는 편집광적인 고객들과 죽은 파리와 함께 내 뇌리에 진하게 각인되어 있다.

1) 제임스 배리(1860~1937) : 스코틀랜드 출생의 영국의 소설가이자 극작가. 『훌륭한 크라이턴』, 『피터 팬』 등으로 크게 인기를 누렸다.
2) 햄스테드 : 런던 서북부의 자치구. 예술가들이 많이 살고 있다.
3) 캠던 : 영국 그레이터런던 주의 한 구. 쇼, 디킨스, 로렌스 등 많은 문필가들이 거주했던 곳이다.
4) 존 프리스틀리(1894~1984) : 영국의 소설가이자 평론가. 장편소설 『착한 친구들』을 통해 인기 작가가 되었다. 평론으로는 『문학과 서구인』이 있다.
5) 호레이쇼 월폴(1717~1797) : 영국의 소설가이자 하원의원. 영국 최초의 공포소설 『오트란토 성』을 비롯해 『리처드 3세의 생애와 치세에 대한 사적 의혹』 등의 작품이 있다.
6) 펠함 우드하우스(1881~1975) : 영국 태생의 미국 유머작가. 대표작으로는 『블랜딩스 성』, 『엠스워스경과 타자들』이 있다. 제2차 세계대전 중 나치에 체포되어 대영방송(對英放送)을 강요당한 일로 한때 비난을 받았으나 조지 오웰 등의 변호로 비난을 면했다
7) 워윅 디핑(1877~1950) : 영국의 소설가. 1925년 『소렐과 아들』이라는 소설로 대중의 상상력을 사로잡았다.
8) 제프리 파놀(1878~1952) : 영국의 소설가. 그의 소설은 주로 도피문학적 성향이 짙다. 『대로』와 『아마추어 신사』를 통해 대중적 입지를 확보했다.
9) 앤터니 트롤럽(1815~1882) : 영국의 소설가. 대표작은 가공의 주

(州) 바셋 주의 풍속을 그린 『구빈원장(救貧院長)』, 『바체스터 교회』 등 6개의 장편소설로 구성된 연작소설 『바셋 주 이야기』가 있다. 19세기 중엽의 영국 사회를 냉정하고 정확하게 묘사했다.

10) 빌 사이커스 : 디킨스의 소설 『올리버 트위스트』에 나오는 도둑의 두령.

11) 미카버 : 디킨스의 소설 『데이비드 커퍼필드』에 나오는, 언젠가는 좋은 일이 있을 것이라고 기대하고 사는 낙천적인 하숙집 주인.

12) 제임스 보즈웰(1740~1795) : 스코틀랜드 출생의 영국의 전기작가. 작품으로 『존슨전』이 있다.

영국 요리에 대한 옹호

외국 여행객들이 영국에 상당한 매력을 느끼는 게 당연하다는 말을 최근에 많이 듣고 있다. 그런데 외국인들이 영국에 대해 느끼는 두 가지 나쁜 인상은 일요일이 너무 암울하다는 것과 술을 사기가 너무 어렵다는 것이다.

이 두 가지는 때로는 광범위한 규제를 포함한 과도한 억압이 필요하다고 여긴 광적인 소수파들이 만든 것이다. 그런데 보다 좋은 방향으로 여론을 몰고 갈 수 있는 방법이 하나 있다. 바로 영국 요리에 대한 것이다.

영국인들 스스로도 영국 요리가 세상에서 가장 맛이 없다고 공공연히 말하고 있다. 영국 요리는 맛이 산뜻하지 못할 뿐 아니라 남의 나라 요리를 모방했다고 생각하는 것이다. 최근에 나는 프랑스 작가가 "최고의 영국 요리가 평범한 프랑스 요리 수준과 같다"

라고 쓴 글을 읽은 적이 있다.

이것은 사실이 아니다. 해외에서 오랫동안 살아본 사람이라면 누구나 이 사실을 알 것이다. 영국에는 영어권 국가가 아닌 곳에서는 먹기 어려운 맛있는 음식이 많이 있다. 찾아보면 이런 음식은 더 많이 있을 테지만, 우선 내가 외국에서 먹어보려고 했는데 찾지 못한 몇몇 음식의 예를 들어보겠다.

우선 키퍼,[1] 요크셔 푸딩,[2] 데번셔 크림,[3] 머핀,[4] 크럼핏[5] 등을 들 수 있다. 모두 나열하자면 푸딩 종류만 해도 수없이 많지만 그 중 크리스마스 푸딩, 트리클 타트,[6] 애플 덤플링[7] 등을 꼽을 수 있겠다. 케이크 종류도 푸딩만큼이나 많다. 예를 들면, 다크 플럼 케이크, 쇼트브레드,[8] 사프란 번[9] 등이 있다. 또한 비스킷 종류도 엄청나게 많다. 물론 비스킷은 세계 어디에나 많이 있지만 영국의 비스킷이 더 파삭파삭하며 맛도 월등하다.

그리고 영국에만 있는 다양한 토마토 요리법이 있다. 토마토 요리법 중 최고의 방법인데, 고깃덩어리 아래에서 토마토가 구워지는 것을 본 적이 있는가? 또 영국 북부지방에서 맛볼 수 있는 맛있는 토마토 케이크는? 영국식으로 토마토를 요리하는 또 다른 방법도 있다. 그것은 대부분의 나라에서처럼 토마토를 튀기는 것이 아니고 민트와 함께 끓여서 약간 녹은 버터나 마가린을 곁들이는 방법이다.

또 영국에서만 볼 수 있는 독특하고 다양한 소스가 있다. 예컨대 산토끼 고기와 양고기에 잘 어울리는 레드커런트 젤리와 다양한 종류의 피클은 두말할 필요도 없고, 브레드 소스, 고추냉이 소스, 민트 소스, 애플 소스 등이 있다. 이런 소스들은 다른 나라보다 영국에서 훨씬 더 대중적이다.

그 밖에 또 무엇이 있을까? 나는 외국에서 깡통에 든 것을 제외하고는 해기스[10]를 본 적이 없고, 더블린 참새우, 옥스퍼드 마멀레이드,[11] 호박 잼, 나무딸기 잼 등도 보지 못했으며, 또 우리 나라 것과 똑같은 소시지도 본 적이 없다.

영국식 치즈도 있다. 종류는 많지 않지만 스틸턴 치즈는 세계에서 가장 품질이 좋은 치즈이다. 영국 사과 또한 맛이 좋은데 특히 쿡스 오렌지 피핀[12]은 최고이다.

마지막으로 영국 빵에 대해서 한마디 하고 싶다. 캐러웨이 열매의 맛이 나는 유대 빵에서부터 흑당밀 색깔이 나는 러시아 호밀빵에 이르기까지 다양한 영국 빵은 모두 맛이 좋다. 또 바삭바삭하고 부드러운 영국 코티지빵[13]만큼 좋은 것이 어디 있을까.

보드카나 제비집 수프를 런던에서도 맛볼 수 있듯이, 내가 위에서 열거한 것들 중 몇몇은 분명히 유럽 대륙에서도 맛볼 수 있을 것이다. 그러나 이런 것들이야말로 모두 영국의 전통요리들이며 영국과 꽤 멀리 떨어져 있는 나라에서는 이름조차 들어보지 못했을 것이다.

브뤼셀 남부지방에서는 수에트 푸딩[14]을 맛볼 수 없다. '수에트'를 번역할 만한 적절한 프랑스어는 없다. 또 프랑스 사람들은 민트와 블랙커런트[15]를 술의 성분으로는 이용하긴 해도 요리에는 사용하지 않는다.

독창성의 문제나 재료 면에서 따져볼 때, 영국 사람들은 자신들의 요리에 부끄러워할 이유가 없는 것 같다. 그러나 외국인들의 관점에서 볼 때 불편한 점이 있는 것은 인정해야 한다. 다시 말해, 괜찮은 영국 요리는 가정 밖에서는 잘 찾을 수 없다는 점이다. 예를 들어, 요크셔 푸딩 한 조각을 먹고 싶다면 식당보다는 오히려 가난한 영국 가정을 방문하는 편이 더 좋을 것이다.

완전히 영국적이면서도 괜찮은 음식을 파는 식당을 찾기란 쉽지 않다. 일반적으로 선술집에서는 포테이토칩과 맛없는 샌드위치만 팔 뿐 다른 음식은 팔지 않는다. 값비싼 식당과 호텔은 대부분 프랑스 요리를 모방해서, 메뉴도 프랑스어로 되어 있다. 값싸고 맛있는 요리를 먹고 싶으면 자연히 그리스, 이탈리아, 혹은 중국 식당에 마음이 끌린다. 영국이 음식 맛도 형편없고 이해할 수 없는 조례를 가진 나라로 인식되는 한, 외국 여행자들의 마음을 끌 수 없을 것이다. 당장 어떻게 할 수는 없지만 조만간 배급 형태의 음식은 끝날 것이며 국가적 요리가 부흥할 때가 올 것이다. 영국에 있는 모든 식당이 외국화되거나 맛이 형편없으라는 법은 없으며, 개선을 위한 첫번째 단계는 영국 요리가 외국 음식 때문에 오랫동안 피해를 보고 있다고 생각하는 영국 대중 자체의 인식을 바꾸는 일일 것이다.

1) 키퍼 : 훈제 청어.

2) 요크셔 푸딩 : 육수로 반죽하여 구운 푸딩. 로스트 비프와 함께 먹는다.

3) 데번셔 크림 : 영국 데번 주의 특산인 진한 고형 크림.

4) 머핀 : 밀가루와 옥수수 가루로 만든 작고 둥근 빵.

5) 크럼핏 : 머핀 비슷한 가볍고 부드러운 빵.

6) 트리클 타트 : 파이의 일종.

7) 애플 덤플링 : 밀가루 반죽피로 사과를 싸서 구운 경단.

8) 쇼트브레드 : 버터가 풍부하고 파삭파삭한, 쿠키 모양의 케이크.

9) 사프란 번 : 전통적인 샤프란을 가미한 콘웰 지방의 롤빵.

10) 해기스 : 양 등의 내장을 잘게 썰어 오트밀이나 지방을 위에 채우고 끓인 스코틀랜드 요리.

11) 마멀레이드 : 오렌지, 레몬 등의 껍질이 든 잼.

12) 쿡스 오렌지 피핀 : 껍질에 붉은빛이 도는 녹색의 디저트용 사과.

13) 코티지빵 : 크고 작은 두 개의 덩어리를 포갠 모양의 흰 빵.

14) 수에트 푸딩 : 쇠기름과 밀가루에 잘게 썬 건포도, 스파이스 등을 섞어 찌거나 조려서 만든 푸딩.

15) 블랙커런트 : 까막까치밥나무. 과실은 잼을 만듦.

한 잔의 맛있는 차

그저 손에 잡히는 아무 요리책이나 집어들고 '차'에 대한 것을 찾아보면, 아예 언급조차 되어 있지 않거나 기껏해야 핵심적인 내용은 빠뜨린 채 소개 정도만 몇 줄 적혀 있는 것을 보게 될 것이다.

차에 대한 이야기가 이렇게 등한시되는 것은 이상한 일이다. 왜냐하면 차는 아일랜드, 호주 및 뉴질랜드를 포함해 이 나라에서도 문명을 지탱하는 대들보 중의 하나일 뿐 아니라, 차를 끓이는 데 가장 좋은 방법에 관한 것은 항상 격렬한 논란의 대상이 되기 때문이다.

나는 차를 완벽하게 끓이기 위한 나름대로의 방식을 터득했는데, 그 방법이 열한 가지나 된다. 열한 가지 규칙 중 두 가지는 누구든지 다 아는 매우 일반적인 것이지만, 적어도 네 가지는 논란의 소지가 있다. 여기에 내가 가진 열한 가지 규칙을 소개하겠는데, 하나하나가 다 괜찮은 것들이다.

우선 인도나 실론 차를 사용해야 한다. 가격이 저렴하고 또 우유 없이도 마실 수 있는 중국 차도 괜찮지만, 자극이 좀 부족하다. 중국 차를 마시고 난 뒤에는 현명함이나 용감함 혹은 낙천적인 감정이 생기지 않는다. '한 잔의 맛있는 차'라고 하는 편안한 어구를 의미하는 사람은 누구든지 한결같이 인도 차를 떠올린다.

두번째, 차는 적은 양으로 끓여야 한다. 다시 말해 찻주전자에서 끓여야 한다는 것이다. 주둥이가 있는 주전자에서 끓인 차는 맛이 없고, 가마솥에서 끓인 군대용 차는 기름이나 백색 도료 같은 냄새가 난다. 찻주전자는 도자기나 토기로 만든 것이어야 한다. 은이나 브리타니아 합금 주전자에서 끓이면 맛이 형편없으며, 법랑(琺瑯) 주전자에서 끓이면 더욱더 형편없는 맛이 된다. 우스운 이야기가 될지 모르지만 백랍(白鑞) 주전자(요즈음은 구하기가 어렵다)에서 끓이는 것은 그다지 나쁘지 않다.

세번째, 찻주전자는 미리 따뜻하게 데워져 있어야 한다. 찻주전자 내부를 따뜻한 물로 헹구는 것보다는 벽난로 선반 위에 걸쳐놓는 것이 좋은 방법이다.

네번째, 차는 강해야 한다. 물 1쿼트들이 주전자에 물을 가득 채울 생각이라면 차는 티스푼으로 가득히 여섯 번 정도가 적당하다. 매일 여섯 스푼씩이나 넣어 끓일 수는 없지만, 한 잔의 강한 차는 스무 잔의 연한 차보다 낫다고 생각한다. 모든 진정한 차 애호가들은 차의 맛을 강하게 하고 싶어하며, 세월이 흐를수록 더 강한 차를 좋아한다. 이것은 노년기의 연금 생활자에게 더 많은 양의 차가 지급된다는 사실에서도 익히 알 수 있다.

다섯번째, 찻주전자에 차를 그대로 넣어야 한다. 여과기나 천 주머니 혹은 다른 도구들을 주전자 안에 넣으면 안 된다. 몇몇 나라에서는 떠다니는 찻잎이 해롭다고 생각하여 찻잎이 찻잔에 들어가지 않도록 찻주전자 주둥이 아래에 작은 바구니 모양의 기구를 달았다. 사실 상당량의 찻잎을 삼켜도 해롭지는 않으며, 만약 찻잎이 주전자에서 불려져 커지지 않았다면 맛이 충분히 우러나지 않았다는 뜻이 된다.

여섯번째, 찻주전자를 물을 끓이는 주전자 주둥이 쪽으로 가져가야 한다. 그 반대는 안 된다. 물은 찻주전자에 붓는 순간에도 끓고 있어야 한다. 다시 말해 물주전자를 불 위에 계속 올려놓은 채 끓는 물을 찻주전자에 부어야 한다. 갓 끓기 시작한 물을 사용해야 한다고 말하는 사람들도 있는데 별반 차이점은 없다.

일곱번째, 차를 다 끓이고 난 뒤 저어야 한다. 주전자를 흔들면 더 좋다. 얼마 후 찻잎은 가라앉는다.

여덟번째, 조반용 컵—납작하고 얕은 컵이 아닌 원통형 모양의 컵—으로 마셔야 한다. 조반용 컵은 많이 담을 수 있으나 다른 종류의 컵에 부으면 마시기도 전에 반쯤 식어버린다.

아홉번째, 차에 우유를 타기 전에 우유의 유지를 따라 버린다. 유지가 너무 많은 우유를 타면 메스꺼운 맛이 난다.

열번째, 차를 먼저 컵에 따른다. 이것은 논란이 가장 심한 것 중의 하나인데, 실제로 영국의 모든 가정에는 이 문제에 대한 두 가지 학파가 있는 것 같다. 컵에 우유를 먼저 부어야 한다고 주장하는 학파는 어떤 강한 논리를 제시할 수 있지만, 내 논리에는 적절한 답이 없다. 굳이 말하자면 이것이 답이다. 차를 먼저 넣은 다음 우유를 부으면서 젓게 되면 우유의 양을 정확히 잴 수 있지만 반대로 한다면 너무 많은 우유를 넣게 되는 실수를 범할 수 있다.[1)]

마지막으로, 러시아 스타일로 마시려는 것이 아니라면 설탕을 타지 말고 마셔야 한다. 이 지점에서 내가 소수파에 속한다는 것을 잘 알고 있다. 하지만 차에 설탕을 넣어 차의 맛을 파괴시킨다면, 어찌 진정한 차 애호가라 할 수 있겠는가? 후추나 소금을 타는 것은 괜찮다. 맥주가 쓴맛이 나는 게 자연스럽듯 차도 쓴맛이 나도록 되어 있다. 달게 마신다면 그 이상의 차의 맛을 즐기지 못하는 사람이다. 그저 설탕 맛이나 볼 따름이므로 뜨거운 맹물에 설탕을 타 마시는 것과 다를 바 없다. 어떤 사람들은 차 그 자체를 좋아하는 것이 아니라 따뜻해지고 자극을 얻기 위해 차를 마시는 것뿐이며, 그래서 쓴맛을 제거하기 위해 설탕을 탄다고 말할지도 모른다. 이런 잘못된 생각을 가지고 있는 사람들에게 한마디 하고 싶다. 한 2주 동안만 설탕을 타지 말고 차를 마셔보라, 그러면 설탕을 넣어 차맛을 망치고 싶은 생각은 두 번 다시 나지 않을 것이다.

이상의 방법들이 차 마시기와 관련된 유일한 논란거리는 아니지만, 차를 끓이고 마시는 방법에서는 매우 분석적이라고 생각한다.

또 찻주전자를 둘러싼 신비스러운 사회적 에티켓이 있다. 예를 들어, 받침접시에 받쳐 차를 마시면 왜 저속하다고 여겨지는가? 또 끓인 찻잎을 가지고 점치기, 집에 손님이 찾아오는지 안 오는지 예언하기와 같은 놀이뿐만 아니라, 토끼에게 먹이를 주고 불에 덴 곳을 치료하고 카펫을 닦는 등 찻잎을 유용하게 이용하는 것에 대해서는 많은 이야기가 있다. 2온스의 찻잎이 상징하는 스무 잔의 좋은 강한 차를 제대로 만들기 위해 주전자를 따뜻하게 하고 실제 끓는 물을 사용하는 것과 같은 상세한 부분에까지 주의를 기울여볼 만하다.

1) 우유를 컵에 먼저 따른 후 홍차를 따르는 방식은 영국에서 중산계급 이하의 풍습이고, 홍차를 먼저 부어놓고 우유를 넣는 방식은 상류사회의 격식이라 말할 수 있다.

제5부

유럽 문학에 대한 단상들

나는 독서란 값싼 오락 중 하나라는 사실을 충분히 보여주었다. 어쩌면 가장 값싼 것인지도 모른다.
영국 대중이 책에 지출하는 실질적인 돈의 액수는 얼마일까? 만약 우리의 책 소비가 지금과 마찬가지로
계속 떨어진다면, 그것은 책을 사든지 빌리든지 간에 책값이 너무 비싸기 때문이 아니라,
독서가 개싸움 구경을 가거나 영화를 보러 가거나 술집에 가는 것보다 더 재미있는
오락이 아니기 때문이라는 것을 인정해야 할 것이다.

책값 대 담뱃값

2년 전, 신문사 편집인인 내 친구 하나가 공장 노동자들과 함께 화재 구경을 하고 있었다. 그 노동자들은 그의 신문에 대해 이야기를 나누고 있었는데, 그들 대부분은 그의 신문을 구독하고 또 지지를 보내고 있었지만 그가 문예란을 어떻게 생각하느냐고 물어보았을 때 "우리가 그 난(欄)을 읽을 것이라고 생각하진 않겠지요? 당신네 신문은 대부분 1실링 6펜스씩이나 하는 그런 책에 관해 이야기하고 있지요! 우리 같은 사람들은 책 한 권에 그만한 돈을 쓸 수가 없어요" 라고 대답을 했다. 그가 말하기를 이런 사람들은 블랙풀[1)]에서의 하루 여행에는 몇 파운드를 쓰지만, 그 외에는 어떤 생각도 하지 않는다는 것이었다.

책을 사거나 읽는 것은 값비싼 취미로 일반 사람들의 경제 수준에 큰 부담이 된다는 생각이 사람들 사이에 팽배해 있어, 이에 대해 한번 상세히 밝혀볼 필요가 있겠다. 독서비가 시간당 펜스의 단위로 정확히 얼마가 되는지를 산출하기란 어렵지만, 내 책을 모두 세어 책값을 더해보겠다. 내가 지출했던 다른 다양한 비용을 감안해 보면, 나는 지난 15년 동안의 내 지출을 비교적 정확히 계산해 낼 수 있을 것 같다.

내가 계산해서 값을 매긴 책들은 내 서가에 꽂혀 있는 것들이다. 현재 집에 있는 만큼의 내 책이 다른 장소에도 있다. 그래서 정확한 계산을 위해 곱하기 2를 하겠다. 서류 사본, 파손된 책, 값싼 종이표지 책, 책의 형태로 제본되지 않은 팸플릿이나 잡지 등의 잡동사니들은 제외했다. 또한 책장 하단 서랍에 아무렇게나 쌓여 있는 낡은 교과서와 같은 오래된 고물 책도 포함시키지 않았다. 내가 자발적으로 구입했거나 그렇게 했을 법한 책과 또 보관하려고 샀던 책들만 계산했다. 목록을 만들어보니 아래 표처럼 나는 4백42권의 책을 가지고 있다.

구입(대부분이 헌책임)	251권
얻었거나 도서권으로 구입	33권
서평 사본 및 증정본	143권
빌려서 아직 돌려주지 않은 책	10권
대출받은 책	5권
합 계	442권

이제 가격표를 만들어보자.

내가 돈을 주고 구입한 책은 가급적 모두 정가로 계산했다. 또한 내가 얻은 책, 일시적으로 빌린 책, 빌려서 현재 보관하고 있는 책도 모두 정가로 계산했다. 그 이유는 내가 남에게 준 책과 내가 빌려서 아직 주지 않은 책의 숫자가 대략 비슷하기 때문이다. 솔직히 말해 내 것이 아닌 책도 가지고 있지만 다른 사람들 또한 내 책을 가지고 있다. 그래서 내가 값을 치르지 않은 책도 값을 치렀는데 현재 내 것이 아닌 것과 균형을 맞추기 위해 모두 포함시켰다. 한편 서평과 증정본은 반값으로 계산했다. 만일 내가 샀더라면 헌책으로 구입했을 것들이다. 어떤 책들은 가격을 몰라 어림잡아 계산을 한 것도 있지만 계산은 그렇게 많이 틀리지 않을 것이다. 계산은 다음과 같다.[2)]

	파운드	실링	펜스
구입	36	9	0
선물	10	10	0
서평 사본 등	25	11	9
빌렸지만 돌려주지 않음	4	16	9
대출	3	10	0
책장 가격	2	0	0
합 계	82	17	6

다른 장소에 보관하고 있는 책까지 다 합하면 거의 9백 권을 가지고 있는 셈이며, 전체 가격은 1백65파운드 15실링이 된다. 이것이 15년 동안 내가 모은 책인데, 어린 시절까지를 다 포함하면 물론 이보다 더 많겠지만 15년만 계산하기로 하자. 이것을 연 단위로 나누면 11파운드 1실링이 되지만 나의 전체 독서 비용을 산출하기 위해서는 다른 비용들도 포함되어야 한다. 가장 큰 비용은 신문과 정기간행물에 들인 것으로 8파운드로 계산하는 것이 정확하겠다. 연간 소비되는 8파운드에는 두 개의 일간지, 하나의 석간지, 두 개의 일요신문, 하나의 주간서평지, 한두 개의 월간지 등이 다 포함된다. 이 비용을 포함해 계산하면 연 19파운드 1실링이 되지만, 전체 합계를 산출하기 위해서는 다시 생각해 보아야 한다. 분명히 돈을 주고 샀지만 후에 그 책의 행방을 모르는 경우가 있다. 도서관 기부도 있고, 또 사서 잃어버리거나 버리는 펭귄판 같은 책도 있다. 다른 책의 기준으로 볼 때 1년에 6파운드 정도는 이런 종류의 책을 사는 데 소비된다. 그래서 15년 동안의 나의 전체 독서 경비는 1년에 약 25파운드 정도 된다고 본다.

우리가 1년에 책값으로 지출하는 25파운드는 것을 다른 종류의 지출과 비교해 보기 전까지는 많은 금액인 것처럼 보인다. 이 액수는 일 주일에 9실링 9센트꼴이며, 오늘날 83개비의 담배를 사는 돈에 해당된다. 전쟁 전에는 적어도 2백 개비까지 살 수 있었다. 현재 가치로 따져볼 때 나는 책보다 담배에 더 많은 돈을 쓰는 것 같다. 나는 일 주일에 6온스의 담배를 피운다. 1온스에 반 크라운 정도 잡으면 1년에 40파운드를 쓰는 셈이다. 심지어 같은 담배가 1온스에 8펜스 했던 전쟁 전에는 1년에 담뱃값으로 10파운드만 들었다. 만약 내가 하루 평균 6펜스를 주고 1파인트의 맥주를 마실 경우, 이 두 가지를 다 합하면 1년에 20파운드에 육박할 것이다. 어쩌면 이 돈은 평균 이상은 아닐 것이다. 1938년 우리 나라 사람들은 술과 담배에 연간 1인당 10파운드 정도를 소비했다. 그러나 인구의 20퍼센트는 열다섯 살 이하의 어린이들이며 다른 40퍼센트는 여자들이다. 따라서 평균 흡연자와 음주자는 1인당 10파운드는 훨씬 초과했을 것이 틀림없다. 1944년 이 두 가지에 대한 1인당 연간 지출은 적어도 23파운드 이상이었다. 역시 어린이와 여자를 뺄 경우 40파운드가 적절한 계산일 것이다. 1년에 40파운드면 매일 우드바인 한 갑과 일주일에 6일 동안 매일 반 파인트의 흑맥주를 마실 수 있는 돈이다. 물론 오늘날 책값을 포함한 모든 가치는 인플레이션되었다. 우리가 보통 책을 빌리기보다는 사고 또 많은 정기간행물을 구독하고는 있지만, 여전히 오늘날의 독서 비용은 흡연과 음주 두 가지 모두에 들이는 비용보다 훨씬 적은 것처럼 보인다.

책값과 그 책에서 얻어내는 가치 사이의 관계를 입증하기란 쉽지 않다. 책에는 소설, 시, 교과서, 참고 도서, 사회학 논문 등 그 밖에도 여러 종류가 있으며, 특히 습관적으로 헌책을 살 경우 책의 부피와 가격은 서로 관계가 없다. 5백 행으로 구성된 한 편의 시가 적혀 있는 시집에 10실링을 소비할 수도 있고 20년이 넘는 동안 단 몇 번 찾아보는 사전 한 권을 6펜스 주고 살 수도 있는 것이다. 계속해서 여러 번 읽는 책도 있고, 집 안의 가구처럼 우리 마음의 일부분이 되는 책도 있고, 삶에 대한 우리의 태도를 완전히 바꾸어주는 책도 있고, 한두 장 슬쩍 보다가 끝까지 읽지 않는 책도 있고, 앉아서 한 번만에 읽고선 다음주가 되면 내용을 잊어버리는 책도 있다. 그런데 금전적 관점에서 보면 책값은 이 모든 경우에 다 똑같을 수 있다. 그러나 독서를 영화 보러 가는 것과 같은 오락으로만 여길 경우, 독서 비용을 어림잡아 계산해 볼 수 있다. 만약 소설과 '가벼운' 문학만 읽고 또 읽는 책을 모두 산다고 하자. 책 한 권당 8실링이고, 그 책을 읽는 데 네 시간이 걸린다고 감안하면 시간당 2실링의 돈이 드는 셈이다. 이 가격은 극장에서 값비싼 좌석에 앉아 있는 것과 맞먹는다. 보다 진지한 책에 집중을 하고 또 우리가 읽는 그런 종류의 모든 책을 산다고 하더라도, 비용은 시간으로 계산할 때 똑같다. 이런 책들은 비싸기도 하지만 읽는 데 그만큼 시간이 많이 걸리기 때문이다. 이 두 가지 경우 우리는 읽고 난 뒤 그 책을 가질 수도 있으며, 또 처음 구입했을 때 가격의 3분의 1 정도를 받고 팔 수도 있다. 헌책을 산다면 우리의 독서 비용은 물론 그만큼 낮아질 것이다. 어쩌면 시간당 6펜스 정도 들 것이다. 그리고 만약 우리가 책을 사지 않고 도서대여점에서 빌려 읽는다면 독서 비용은 시간당 약 반 페니밖에 들지 않을 것이다. 공공도서관에서 빌려 읽을 경우에는 거의 돈이 들지 않는다.

나는 독서란 값싼 오락 중 하나라는 사실을 충분히 보여주었다. 어쩌면 가장 값싼 것인지도 모른다. 영국 대중이 책에 지출하는 실질적인 돈의 액수는 얼마일까? 분명히 어딘가에 있을 테지만 나는 어디에서도 그 수치를 찾을 수가 없었다. 그런데 나는 전쟁 전 우리나라가 연간 약 1만 5천 권의 책을 발행했다는 것을 알고 있다. 만약 권당 1만 부가 팔린다면—학교 교과서를 감안하더라도 이 수치는 어쩌면 높은 것이다—국민 1인당 직·간접적으로 연간 약 세 권만을 사는 셈이 된다. 이 세 권의 가격을 다 합해도 1파운드 혹은 그 미만일 것이다.

이 수치는 내 나름대로 계산한 것이며, 만약 틀렸다면 정정해 주기를 바란다. 그러나 나의 계산이 어느 정도 옳다면, 식자율 1백 퍼센트이며 성인 남성 한 명의 평생 담뱃값이 인도 농부 한 사람의 평생 생계비보다 더 많은 이 나라에서 이 수치는 결코 자랑스러운 기록이 아니다. 그리고 만약 우리의 책 소비가 지금과 마찬가지로 계속 떨어진다면, 그것은 책을 사든지 빌리든지 간에 책값이 너무 비싸기 때문이 아니라, 독서가 개싸움 구경을 가거나 영화를 보러 가거나 술집에 가는 것보다 더 재미있는 오락이 아니기 때문이라는 것을 인정해야 할 것이다.

1) 블랙풀 : 영국 북서부 랭카셔의 아일랜드 해에 면한 해안 휴양지.
2) 영국의 구화폐제도는 1파운드가 20실링, 1실링이 12펜스이다.

톨스토이와 셰익스피어

지난번에 나는 예술과 선동(propaganda)은 서로 분리될 수 없는 것이며, 또 순전히 미학적 판단이라고 여겨지는 것도 도덕적이거나 정치적이거나 혹은 종교적 충성심에 의해 어느 정도까지는 항상 타락한다고 말한 바 있다. 그리고 나는 이성적 인간이라면 자신의 주위에서 일어나고 있는 것을 무시할 수 없으며, 또 우리가 모른 체할 수 없었던 지난 10년과 같은 이 고통의 시대에 감정의 밑바닥에 흐르는 이런 충성심은 이제 의식의 표면에까지 점점 드러나고 있다고 밝힌 적이 있다.

비평은 점점 더 공개적 경향을 보이고 있으며, 심지어 우리가 무관심한 체하는 것도 어렵게 되었다. 그렇다고 해서 모든 예술작품을 단순히 그리고 오로지 정치 팸플릿 같은 것으로 취급해 거기에 미학적 기준이란 있을 수 없고 정치적으로 판단될 뿐이라고 손쉽게 추론할 수는 없다. 만약 그렇게 생각한다면 우리는 어떤 명백한 사실들에 대해서도 설명이 불가능해지는 막다른 골목으로 우리의 정신을 끌고 가는 것이나 다름없다. 이런 나의 생각을 보여주기 위해, 지금까지 씌어진 글 중 가장 위대하고 도덕적이며 비(非)미학적인 비평—반(反)미학 비평—작품 하나를 분석해 보겠다. 그것은 셰익스피어에 대해 톨스토이가 쓴 에세이이다.

톨스토이는 생의 만년에 셰익스피어에 대해 혹평을 했는데, 셰익스피어는 흔히 여겨지듯 그렇게 위대한 작가도 아닐뿐더러 빼어나게 글을 썼던 작가도 아니라는 것이었다. 이 세상에서 가장 형편없고 가장 경멸할 만한 작가 중의 하나에 불과하다는 것이다. 이 에세이는 당시에 엄청난 분노를 불러일으켰지만, 만족할 만한 반응은 아니었다고 생각한다. 게다가 나는 톨스토이의 이 에세이에 대해 이러저러한 평가를 내릴 수도 없다. 톨스토이가 말한 것의 일부는 엄연한 사실이며, 그 나머지도 개인적 의견의 문제이기 때문에 논박의 대상이 될 수 없다. 물론 내가 그의 에세이에 일일이 반응을 보일 만한 반론이 없다는 뜻은 아니다. 톨스토이는 수차례 자가당착에 빠졌다. 나는 그가 외국인인 관계로 많은 부분을 잘못 이해할 수도 있었고, 또 분명히 셰익스피어에 대한 증오와 시기심 때문에 어느 정도의 곡해를 하게 되었으며, 심지어 사악한 맹목성에 빠지게 되었다고 생각한다. 하지만 톨스토이의 이런 주장은 완전히 틀린 것은 아니다. 대체로 톨스토이가 말한 것은 어떤 면에서는 정당했으며, 그의 에세이는 당대에 유행했던 셰익스피어에 대한 어리석은 아첨에 대해 일침을 가하는 데 중요한 역할을 했던 것 같다.

톨스토이의 주된 주장은, 셰익스피어는 일관된 철학이나 고민해볼 만한 사상 또는 사고도 없고 사회·종교적 문제에도 관심이 없고 등장인물의 성격이나 개연성을 지배하지 못하는 하찮고 천박한 작가이며, 또 그가 어떤 제한된 태도를 가지고 있다면 그것은 삶에 대한 냉소적이고 비도덕적이고 세속적인 전망일 뿐이라는 것이다. 톨스토이는 셰익스피어를 가리켜 진실성에는 관심을 두지 않은 채 짜맞추기식으로 연극 작품을 썼고, 모든 등장인물들로 하여금 실제의 삶의 언어와는 완전히 다른 인위적이고 화려한 언어로 말하도록 했다고 비난하고 있다. 또한 그는 셰익스피어가 이러저러한 모든 것을 플롯과 어떤 관계가 있는지 고려도 하지 않고 자신의 연극 작품—독백, 발라드, 토론, 저속한 조크 등—에 집어넣었으며, 자신이 살았던 시대의 비도덕적인 힘의 정치와 부당한 사회적 차별을 당연시했다고 비난하고 있다. 간단히 말해 셰익스피어는 도덕성을 믿지 않았으며, 무엇보다도 사상가가 아닌 성급하고 엉성한 작가라는 것이었다.

톨스토이의 주장 중 많은 부분이 논박의 대상이다. 셰익스피어가 비도덕적인 작가라는 것은 사실이 아니다. 그의 도덕적 체계는 톨스토이의 그것과는 다른 것이며, 자신의 작품에도 명백히 제시되어 있다. 예컨대 그는 제프리 초서[1]나 조반니 보카치오[2]보다도 더 도덕주의자이다. 그는 또한 톨스토이가 인식하고 있는 것만큼 바보도 아니다. 그는 자신의 시대를 훨씬 초월하는 비전을 보여주었다. 이 점에서 나는 카를 마르크스—톨스토이와는 달리 셰익스피어를 존경했다—가 『아테네의 타이먼』에 대해 쓴 비평의 글을 주목해 보겠다. 물론 톨스토이가 말한 것은 대체적으로 사실이다. 셰익스피어는 사상가가 아니다. 그래서 그를 세계의 위대한 철학자 중 한 사람이라고 하는 비평가들의 주장은 넌센스다. 그의 사상은 단지 넝마주머니 안에 들어 있는 온갖 잡동사니와 같다. 그는 보통의 영국 사람들처럼 행위규범을 가지고는 있지만 철학적 능력, 즉 세계관이 결여된 작가이다. 셰익스피어는 철학에는 큰 관심도 없었고 또 그의 등장인물들을 앞뒤 조리가 맞게끔 일관성 있게 처리하려고 하지도 않았다.

알려진 바처럼 그는 다른 사람들로부터 플롯을 훔쳐 그것들을 자신의 희곡에 성급하게 집어넣어 처음에는 없었던 불합리와 모순을 초래하기도 했다. 그는 바보도 틀리지 않을 분명한 플롯을 파악하고 있을 때는—예컨대 『맥베스』에서처럼—그의 등장인물들은 꽤 일관성을 유지하고 있지만, 많은 경우 어떤 평범한 기준에 의해서도 전혀 믿을 수 없는 행위 속으로 강제로 들어가고 만다. 그의 많은 희곡은 동화에서 볼 수 있을 만큼의 신뢰성도 없다. 생계의 수단을 제외한 어떤 경우에도 그가 자기 희곡을 진지하게 간주했다는 증거는 없다. 소네트에서 그는 결코 자신의 희곡을 문학적 성취의 일부로 간주하지 않았으며, 약간 부끄러운 투로 자신을 배우라고 한 번 언급했을 뿐이다. 여기까지 톨스토이의 평가는 정당하다. 셰익스피어의 연극 작품이 기술적으로 완벽하고 미묘한 심리적 관찰로 가득 차 있으며, 일관성 있는 철학에 천착하는 심오한 사상가라는 주장은 터무니없는 것이다.

그런데 톨스토이는 무엇을 얻었는가? 그는 이 격렬한 공격으로 셰익스피어를 완전히 파괴시켜야만 했으며, 분명히 그렇게 했다고 믿었다. 톨스토이의 에세이가 씌어졌던 시대, 혹은 어쨌든 폭넓게 읽혀졌던 때부터 셰익스피어의 명성은 시들기 시작했어야 했다. 셰익스피어의 애호가들은 그들이 믿고 있던 우상의 정체가 폭로되어 사실상 그가 어떠한 장점도 없다고 믿어야만 했으며, 따라서 그들은 그에게서 어떠한 즐거움도 찾지 말아야 했다. 그러나 그런 일은 일어나지 않았다. 셰익스피어는 매도되었지만 건재하다. 톨스토이의 공격 결과로 그가 우리에게서 잊혀지기는커녕 오히려 우리가 거의 잊고 있는 것은 톨스토이의 공격 그 자체이다. 톨스토이가 영국에서 인기 있는 작가일지라도 셰익스피어에 대한 그의 에세이는 절판되어 나는 온 런던을 다 헤매고 다녔으며, 심지어 박물관도 다 뒤져보았다.

따라서 톨스토이가 셰익스피어의 모든 것에 대해 설명할 수 있다 하더라도, 절대로 설명할 수 없는 부분이 있다. 그것은 바로 셰익스피어의 대중성이다. 톨스토이 자신도 이것을 잘 알고 있으며, 또 이 문제로 상당히 당황했던 것 같다. 톨스토이가 이렇게 나쁘고 어리석고 비도덕적인 작가인 셰익스피어가 어떻게 세계 어디를 가도 존경받는 인물이 되어 있는가를 자문해 본다면, 이것은 일종의 전 세계적인 음모의 일환으로써 진실을 왜곡시키기 위해 셰익스피어를 위대하게 만든 것이라고 설명할 수 있을 것이다. 혹은 이것이 톨스토이를 제외한 모든 사람들이 스스로 빨려 들어가는 집단 환각의 일종이라고 설명할 수도 있을 것이다. 이러한 음모 혹은 환상이 어떻게 시작되었는가에 대해서 톨스토이는 그 원인을 19세기 초 일부 독일 문예비평가들의 책동으로 돌리고 있다. 이들은 셰익스피어가 훌륭한 작가라는 사악한 거짓말을 퍼뜨렸으며, 그 후 어느 누구도 감히 용기를 내어 이들의 견해에 반기를 들지 못했다는 것이다. 지금 이 주장에 일일이 반기를 들 필요는 없다. 한마디로 이것은 터무니없는 말이다. 셰익스피어의 연극을 즐겨보는 수많은 사람들은 직접적으로든 간접적으로든 이런 독일 비평가들에 의해 결코 영향을 받지 않는다. 셰익스피어의 대중성은 분명한 사실인데, 그것은 책을 좋아하는 사람들에 의해서가 아니라 연극 자체를 좋아하는 일반 대중에게 알려진 것이기 때문이다. 그는 영국에서 평생 동안 무대를 사랑했고, 영어권 국가에서뿐만 아니라 대부분의 유럽과 아시아 국가에서도 대단히 인기가 높은 작가이다. 소련 정부는 그의 사후 3백25년을 기념했으며, 실론[3]에서는 내가 단 한마디도 알아들을 수 없는 언어로 그의 작품이 공연되는 것을 본 적이 있다. 톨스토이로선 그렇게 할 수 없겠지만, 우리는 수많은 대중이 존경하는 셰익스피어에게서 어떤 장점—영원한 어떤 것—이 있다고 결론지어야 한다. 톨스토이는 셰익스피어가 혼돈에 빠져 있는 사상가이며 그의 작품은 개연성이 없다고 말하고 있지만,

셰익스피어는 그의 폭로에 굳건히 견뎌낼 수 있다. 꽃에 대해 지루한 잔소리를 늘어놓는다고 해서 그 꽃을 파괴시킬 수 없듯이, 셰익스피어 역시 그런 방식으로는 파괴되지 않는다.

내가 지금까지 한 말은 주제와 의미만을 다루는 비평의 한계를 지적한 것이다. 톨스토이는 시인으로서가 아닌 사상가와 교사로서의 셰익스피어를 비평했는데, 이러한 관점에 따라 그는 별 어려움 없이 셰익스피어를 파괴한다. 하지만 그의 주장은 잘못된 것이다. 셰익스피어는 좀처럼 영향을 받지 않았다. 그의 명성뿐만 아니라 우리가 그에게서 누리는 즐거움은 예전과 똑같이 그대로다. 분명히 한 사람의 시인은 사상가와 교사 이상이다. 모든 작품에는 선동적 양상이 내포되어 있지만, 모든 글, 희곡, 시 혹은 그 밖의 다른 작품에는 단순히 도덕이나 의미에 의해 영향을 받지 않는 어떤 잔여물—우리가 그저 예술이라 부를 수 있는 어떤 잔여물—이 남아 있어야 한다. 나쁜 사상과 나쁜 도덕성은 일정한 한도 내에서는 좋은 문학이 될 수 있다. 만약 톨스토이와 같은 위대한 사람이 이 같은 비평을 하지 않는다면, 누가 이런 시도를 할 수 있는가.

1) 제프리 초서(1342~1400) : 중세 영국 최대의 시인. 근대 영시의 창시자. 존 드라이든은 그를 '영시의 아버지'라 불렀다. 대표작으로 연애의 정열을 둘러싼 인간의 환희와 고뇌를 다룬 『트로일러스와 크리세이드』, 중세 이야기문학의 집대성이라고 할 만한 대작 『캔터베리 이야기』가 있다.

2) 조반니 보카치오(1313~1375) : 파리 출생의 이탈리아의 소설가. 단테의 『신곡』에 비해 '인곡(人曲)'이라고도 일컬어지는 단편소설집 『데카메론』을 지어 근대소설의 선구자로 칭송된다.

3) 실론 : 스리랑카의 옛 국명. 정식 국가명은 스리랑카민주사회주의 공화국이다.

마크 트웨인 : 세상이 인정하는 이야기꾼

마크 트웨인이 에브리맨스 라이브러리의 높은 문을 허물었지만, '아동용 도서'(사실 아동용이 아니다)로 가장된 『톰 소여의 모험』과 『허클베리 핀의 모험』이라는 단 두 권의 소설로 이미 꽤 널리 알려져 있다. 그의 최고작이자 가장 독특한 소설인 『고난을 넘어서』, 『순진한 고향의 사람들』, 『미시시피 강변의 생활』 등에 대한 문학적 평가는 미국에서 명백히 애국주의에 힘입은 관계로 높아졌지만, 영국에서는 별로 알려지지 않은 작품이다.

트웨인은 잔 다르크의 감상적인 '삶'부터 너무 외설적이어서 출판되지 않은 팸플릿에 이르기까지 실로 다양한 작품을 썼는데, 그의 작품의 중심 배경은 미시시피 강과 서부의 거친 광산촌이었다. 1835년에 태어난 그는 대평원이 개척되고 부(富)의 획득과 기회가 끝없이 보장되며 사람들이 과거와 완전히 다른 종류의 자유를 만끽했던 미국의 황금시대에 소년 시절과 청년 시절을 보냈다. 『미시시피 강변의 생활』과 위에 언급된 두 권의 다른 소설은 일화, 풍물 묘사, 진지하고도 익살스러운 사회의 역사 등을 담은 일종의 넝마주머니이지만, 이들 작품은 다음과 같은 말로 요약될 수 있는 중심 주제를 가지고 있다. '인간들이 쫓겨나는 것을 두려워하지 않을 때, 그들은 어떻게 행동하게 되는가.'

트웨인은 의도적으로 소설을 쓸 때 자유에 대한 찬송가를 쓰려고 하지 않았다. 우선 그는 경제적 압박과 전통, 이 두 가지가 인간 본성에서 사라져 환상적이고 미치광이 같은 속성을 지닌 '등장인물'에 더 관심이 많았다. 그가 묘사하는 뗏목 선원, 미시시피 강의 수로 안내원, 광부, 산적 등은 크게 과장되지는 않았지만 중세 성당의 이무기돌처럼 현대인들과는 다른 인물들이다. 당시 그들은 외부의 압력을 적게 받았기 때문에 그들의 개인성을 이상하고 때때로 무시무시한 것으로 발전시킬 수 있었다. 지금과 같은 상태의 국가는 거의 존재하지 않았고, 교회는 나약했으며, 또 서로서로 여러 가지 다양한 목소리를 내고 있었고, 땅은 획득하기만 하면 가질 수 있었다. 만약 일이 싫어진다면 고용주를 한번 힐끗 쳐다보고 그저 서부로 가기만 하면 되었다. 미국 개척자들은 슈퍼맨이 아니었으며 특히 용기가 없었다. 대부분의 금광촌은 용기도 없고 공공심이 부족한 탓에 산적 떼의 습격에 대한 두려움에 떨기도 했다. 이 금광촌들에는 여전히 계급 분화가 존재하고 있었다. 허리에 데링거 권총을 차고 광산 정착촌의 거리를 활보하는 무법자들은 프록

코트[1])를 입고 스스로를 '신사'라고 생각하며, 식사 예절 같은 것에도 세심한 신경을 썼다. 그러나 적어도 인간의 운명은 태어날 때부터 정해지진 않았다. '통나무집'에서 '백악관'까지의 신화는 자유로운 땅이 존재하는 동안 사실이었다. 보기에 따라서는 파리의 폭동이 바스티유 감옥을 부숴버린 것도 이것 때문이었으며, 따라서 우리가 트웨인, 브레트 하트,[2]) 월트 휘트먼[3]) 등의 작품을 읽을 때 그들의 노력이 헛되다고 생각하지는 않는다.

그러나 트웨인은 미시시피 강과 골드러시의 역사기록자 이상의 인물이 되려고 마음먹었다. 작가로서의 전성기 때에 그는 해학가이자 희극 연사로서 세계적인 유명인사가 되었다. 뉴욕, 런던, 베를린, 빈, 멜버른, 캘커타 등지에서 엄청난 관중이, 오늘날의 수준에서 본다면 재미없는 조크를 들으려고 몰려들었다(트웨인의 강연이 유일하게 영국과 독일 관객에게만 성공이었다는 것은 주목해 볼 만하다. 상대적으로 성숙된 라틴 민족들—그들의 유머는 항상 성적이고 정치 중심적이라고 트웨인은 불만을 토로한 적이 있다—은 결코 트웨인의 해학에 관심이 없었다). 뿐만 아니라 트웨인은 사회비평가와 일종의 철학가로서의 면모도 지니고 있었다. 그의 의식 속에는 인습타파주의와 심지어 혁명정신도 깃들어 있었지만 실제로 실천하지는 못했다. 그는 휘트먼보다 더 기운차고 더 해학적이었기 때문에 그만큼 더 값진 협잡의 파괴자이며 민주주의의 예언자일 수도 있지만, 오히려 출입국 관리들이 좋아하고 상류 지식층들이 즐기는 이도 저도 아닌 '대중적인 인물'이 되었으며, 따라서 그의 경력은 남북

전쟁 이후 확립된 미국인의 삶의 타락을 반영하게 되었다.

트웨인은 동시대 작가인 아나톨 프랑스[4]에 종종 비유되고 있다. 이 비유에 이렇다 할 뚜렷한 핵심은 없다. 이 두 작가는 공히 볼테르[5]의 정신적 후계자들로서 반어적이고 회의적인 인생관을 가지고 있지만, 그들이 본능적으로 지닌 염세주의도 그들의 명랑함 앞에서는 무색해지고 만다. 이들은 존재하는 사회질서 모두 협잡이며, 그 사회가 간직하고 있는 신념의 대부분은 기만이라고 간주했다. 이 두 작가는 매우 편협한 무신론자들이었으며, 우주의 엄청난 잔인성을 확신했다(트웨인의 경우 이것은 다윈의 영향을 많이 받은 것이었다). 그러나 이들의 공통적인 관점에도 차이점은 있다. 프랑스는 트웨인보다 더 많이 배웠고, 품위가 더 높고, 미학적 열정이 더 높았을 뿐만 아니라, 보다 더 용기 있는 작가였다. 그는 자신이 불신하고 있는 것들을 공격했으며, 트웨인이 했던 것처럼 '대중적 인물'과 허가받은 이야기꾼의 달콤한 가면을 쓰고 항상 도피처를 찾지는 않았다. 그는 교회의 분노를 무릅쓰고, 예컨대 드레퓌스 사건[6]의 경우처럼 논쟁의 소수 편에 서기도 했다. 트웨인의 경우 단편 에세이인 「인간이란 무엇인가」를 제외하고 어떤 작품에서도 자신을 난처한 입장에 빠지게 하는 방식으로 기존의 신념을 공격하지는 않았다. 특히 그는 '성공'과 '미덕'을 같은 것으로 취급하는 미국식 개념으로부터 이탈하는 법이 결코 없었다.

『미시시피 강변의 생활』에서 등장인물들의 나약함을 보여주는 대목은 거의 찾아볼 수 없다. 이 자전적 소설의 전반부를 살펴보면, 연도가 바뀌어 있다. 트웨인은 그 당시 열일곱 살 가량의 소년인 것처럼 미시시피 강의 수로 안내원으로서의 경험을 묘사하고 있지만, 사실 서른 살에 가까운 청년이었다. 그렇게 한 데에는 나름대로의 이유가 있다. 그는 이 소설의 전반부에서 남북전쟁에서의 자신의 공적을 묘사하고 있는데, 처음에는 남부측에 섰다가 전쟁이 끝나기 전에 북부 쪽으로 자신의 노선을 바꾸었다. 그의 이런 태도는 성인보다는 어린이들의 세계에서나 용납될 수 있는 성질의 것이었기 때문에 연도가 바뀌게 된 것이다. 그는 북쪽이 승리하리라는 것으로 자신의 입장을 바꾸었을 것이다. 가능하면 강자 편에 섰고, 힘이 정당하다고 믿는 경향은 그의 전 경력을 통해서 분명히 나타나 있다. 『고난을 넘어서』에는 수많은 악당들 중에서도 특히 스물여덟 명을 죽인 살인자 슬레이드라는 산적에 대한 흥미로운 이야기가 나온다. 트웨인은 이 혐오스러운 악당을 분명히 존경했다. 오늘날에는 보편적인 것이 되어버린 이런 견해는 '성공을 위해서'라는 미국식 표현으로 요약될 수 있다.

남북전쟁의 뒤를 이어 온 금전지향적 시대에 트웨인과 같은 기질을 가진 사람이 성공하는 것은 당연한 일이었다. 에어브러햄 링컨이 전형화한, 예컨대 그루터기를 베고 담배를 씹던 시절의 소박한 옛 민주주의는 사라지고 있었다. 이제 값싼 이주민 노동력과 대기업 성장으로 대변되는 시대가 된 것이었다. 트웨인은 『도금시대』에서 당대 사람들을 온화하게 풍자했지만, 그 또한 이러한 시대적 열정에 동참해서 많은 돈을 벌기도 하고 잃기도 했다. 그는 돈벌이를 위해 수년간 글쓰기를 포기하기까지 했다. 그리고 익살과 재담을 떨거나, 강연 여행과 대중 연회를 다니거나, 『아서궁과 코네티컷의 양키』와 같이 가장 천박하고 저속한 미국 생활에 아첨하는 작품을 쓰는 데 시간을 낭비하기도 했다. 일종의 소박한 볼테르가 되었을 수도 있었던 사람이 세계에서 유명한 식후 이야기꾼이 되어버린 것이다.

트웨인이 써야만 했던 글을 쓰지 못한 데 대해서는 어느 정도 그의 아내에게 비난의 화살이 돌아간다. 그리고 그의 아내가 일상생활에서 트웨인 위에 군림한 것 또한 사실이다. 매일 아침 트웨인은 전날 쓴 원고를 아내에게 보여주곤 했으며, 클레멘스 부인[7]은 그것을 꼼꼼히 읽고 그녀의 생각으로 부적합하다고 판단되는 것을 파란 펜으로 삭제했다. 19세기 기준으로 보더라도, 그녀는 철저한 교정자였던 것 같다. 『허클베리 핀의 모험』에 묘사되어 있는 끔찍한 욕설에 대해 벌어진 소동에 관한 이야기 하나가 하우얼스의 『나의 마크 트웨인』에 나와 있다. 트웨인은 '헉이 말할 수도 있었던 것'이라고 동의하는 하우얼스의 말이 마음에 들었지만, 인쇄가 되지 말아야 한다고 한 아내의 뜻에도 수긍했다. 그 단어는 바로 '지옥(hell)'이었다. 그럼에도 불구하고, 어떤 작가도 진정으로 자기 아내의 지적 노예가 될 순 없다. 클레멘스 부인은 트웨인이 순전히 쓰고 싶어했던 것을 못 쓰게 할 수는 없었을 것이다. 트웨인은 아내 때문에 더 쉽게 사회와 타협을 했을지도 모르지만, 자신의 본성에서 하나의 결점, 즉 성공에 초연하지 못하는 자신의 성격 때문에 타협을 했던 것이다.

트웨인의 몇몇 작품들은 귀중한 사회적 역사를 담고 있기 때문에 후세까지 읽혀지고 있다. 그의 삶은 미국이 팽창하던 위대한 시대에 걸쳐 있다. 그가 어린아이였을 때 미국의 시대적 상황은, 그저 어느 날 도시락을 싸가지고 집 밖으로 나와 소풍을 가면 노예폐지론자 하나가 교수형당하는 모습을 쉽게 구경할 수 있던 그런 시절이었으며, 그가 죽었을 때쯤엔 비행기도 더는 신기한 존재가 아니었다. 미국에서 이 시대는 문학작품 활동이 상대적으로 적었지만, 트웨인이 없었더라면 미시시피 강의 증기선, 초원을 가로지르는 역마차에 대해 우리가 마음속에서 그려 볼 수 있는 그림과 느끼는 감정이 훨씬 적을 것이다. 그러나 트웨인 연구가들은 그가 어떤 것을 더 많이 할 수도 있었을 것이라고는 생각하지 않고 있다. 그는 시종 어떤 것을 말하려고 하는데도 말하기가 두려워 포기해 버리고 마는 듯한 인상을 풍긴다. 『미시시피 강변의 생활』 이후 트웨인은 더 위대하고 훨씬 더 일관성 있는 작품을 쓰고자 하는 집착에 사로잡혀 있었던 것 같다. 의미심장하게도 그는 인간의 내면적 삶이란 표현될 수 없는 것이라는 것을 화두로 삼아 자서전을 써나갔다. 우리는 그가 말하려고 했지만 하지 못했던 것이 과연 무엇인지는 모른다. 요즘 구하기 힘든 논설 「1601년」이 그 단서를 제공할 수 있지만, 오히려 이 논설로 말미암아 그의 명성은 추락하였고, 수입도 어느 정도 감소되었을 것이라고 추측할 수 있다.

1) 프록코트 : 18세기 말에서 19세기 말까지 남성이 착용한, 무릎까지 내려오는 윗옷과 줄무늬가 쳐진 바지로 구성된 예복.

2) 브레트 하트(1836~1902) : 미국의 소설가. 단편 『로링 캠프의 행운』과 『포커플랫의 추방자들』을 발표하여 지방작가로서의 명성을 얻고 독서계의 환영을 받았다.

3) 월트 휘트먼(1819~1892) : 미국의 시인. 구 전통의 맥을 이어주는 동시에 새로운 전통의 도래를 알린 작가로 간주되고 있다. 미국적 민주주의를 노래한 국민시인. 대표시집으로는 『풀잎』, 대표시로 「자신의 노래」, 「지난번 라일락이 앞마당에 피었을 때」 등이 있다.

4) 아나톨 프랑스(1844~1924) : 프랑스의 작가이자 비평가. 1921년에 노벨문학상을 수상했다.

5) 볼테르(1694~1778) : 프랑스의 작가이자 계몽사상가. 제정 치하의 불평등한 프랑스 사회를 비판하고 영국을 이상화하는 등 줄곧 반(反)정부적 입장을 견지한 실천적 운동가이다. 철학소설 『자디그』, 『캉디드』 등이 대표작이다.

6) 드레퓌스 사건 : 1894년 프랑스에서 유대인 드레퓌스 대위가 기밀누설의 혐의로 종신 금고형을 받자 군의 부정을 탄핵한 에밀 졸라 등의 인권옹호파 · 공화파와 군부 · 우익이 서로에 맞서 국론이 양분된 사건. 그 후 진범이 나타나 1906년 드레퓌스는 무죄가 되었다.

7) 클레멘스 부인 : 트웨인의 부인. 트웨인의 본명은 새뮤얼 L. 클레멘스이다.

한 편의 시가 주는 의미

1893년에 죽은, 꽤 유명한 영국의 시인이자 영국 가톨릭 신부 홉킨스의 「펠릭스 랜들」이라는 시부터 인용하겠다.

Felix Randal the farrier, O is he dead then? my duty all ended,
Who have watched his mould of man, big-boned and hardyhandsome
Pining, pining, till time when reason rambled in it and some
Fatal four disorders, fleshed there, all contended?

Sickness broke him. Impatient he cursed at first, but mended
Being anointed and all ; though a heavenlier heart began

some

Months earlier, since I had our sweet reprieve and ransom

Tendered to him. Ah well, God rest him all road ever he offended!

This seeing the sick endears them to us, us too it endears.

My tongue had taught thee comfort, touch had quenched thy tears,

Thy tears that touched my heart, child, Felix, poor Felix Randal ;

How far from then forethought of, all thy more boisterous years,

When thou at the random grim forge, powerful amidst peers,

Didst fettle for the great grey drayhorse his bright and battering sandal!

대장장이 펠릭스 랜들. 오, 이제 그는 죽었는가? 나의 의무가 다 끝났단 말인가?

기골이 장대하며 늠름하고 잘생긴 그의 몸집이 여위고 여위어

마침내 이성이 몸 속에서 비틀거리고 네 개의 어떤 치명적 병이

모두 거기에 파고들어 다투는 것을 지켜본 내 의무가.

병이 그를 파괴했다. 그는 참을성 없이 처음엔 욕설을 퍼부었지만
성유(聖油)를 바르고 난 후 나았다. 거룩한 마음이 몇 달 전에 시작되었지만,
내가 우리의 감미로운 사형 집행 유예와 몸값을 그에게 준 이래로.
오, 그렇구나. 신이여 그가 무슨 죄를 지었건 간에 그에게 휴식을 주소서!

이렇게 병자를 보니 그들은 우리에게 친밀하구나, 우리 역시 그것을 친밀케 한다.
내 혀가 너에게 위로를 가르쳐주었고, 나의 접촉이 그대의 눈물을 껐다.
내 마음을 감동시킨 네 눈물을, 얘야, 펠릭스, 가엾은 펠릭스 랜들.

그때 예상했던 것보다 얼마나 달라졌는가, 떠들썩했던 너의 모든 그 시절에,
네가 거칠고 혹독한 대장간에서, 동료들 속에서 힘차게
큰 회색 짐마차의 말을 위해 빛나며 덜커덕거리는 편자를 두들겨 만들었을 때보다.

이 시는 흔히 '난해하다'고 여겨진다. 내가 이렇게 어려운 시를 선택한 데에는 나름대로의 이유가 있는데, 그것에 대해서는 조금 후에 다시 언급하겠다. 그러나 분명히 이 시가 갖는 의미의 일반적 흐름은 매우 명확하다. 랜들은 대장장이(제철공)이다. 또한 그가 다니던 교회의 신부였던 시인(홉킨스)은 시 창작이 한창이었던 장년기 때부터 그를 알고 있었으며, 또한 이 대장장이가 병에 걸려 만신창이가 되어 마치 어린아이처럼 침대에 누워서 울며 죽어가는 모습도 지켜보았다. 이 시의 '스토리'에 대해 이야기하는 것이 이 시가 담고 있는 것의 전부를 말하는 것이라 해도 과언이 아니다.

그러면 이제 내가 이 모호하고 독특한 시를 의도적으로 선보인 이유를 밝히겠다. 홉킨스는 사람들이 '작가의 작가'라고 여기는 시인이다. 그는 매우 이상하고 특이한 스타일로 시를 쓰는데—아마 이러한 스타일은 분명 나쁜 것이며, 이것을 모방하는 것도 어쨌든 나쁘다—그의 시는 우리가 이해하기에 결코 쉽지는 않지만, 기법적인 측면에 관심이 있는 전문가라면 흥미를 가질 수 있다. 그러므로 홉킨스 비평에서 우리는, 그가 언어의 사용은 강조하지만 주제는 매우 가볍게 처리하고 있다는 사실을 짐작할 수 있나. 물론 모든 시 비평에서 일차적으로 귀에 의해 시를 판단하는 것은 자연스러운 일이다. 시에서 단어들—단어의 소리, 그 단어가 가지는 연상, 그리고 두 개 혹은 세 개의 단어가 함께 낼 수 있는 소리와 연상의 조화—은 분명 산문에서보다 더 중요하다. 그렇지 않다면 운율 형식으로 시를 쓸 이유가 없는 것이다. 그리고 특히 홉킨스 자신이 힘들게 성취하고 있는 언어의 이상성(異常性)과 소리 효과의 놀랄 만한 미학은 그가 시에서 추구하는 다른 모든 것을 압도하는 것 같다.

이 시에 접근할 수 있는 가장 좋은 방법은 언어적 우연성을 통해서이다. 이 시 전체를 통해 결정적으로 장엄함의 분위기를 자아내는 단어, 즉 감동적이라기보다 비극적 감정을 연출하는 단어는 명백히 지은이가 생각해 낸 랜들(Randal)이라는 단어와 함께 운율을 밟고 있는 마지막에 나오는 단어 샌들(sandal)이다. 이 단어는 매일 보고 신고 다니는 동양 독자들보다 영국 독자들에게 더 인상적이다. 우리들에게 샌들은 이국적인 것으로서, 주로 고대 그리스 사람들과 로마 사람들을 떠올리게 하는 물건이다. 홉킨스가 짐마차 말의 편자를 샌들로 묘사할 때, 그는 갑자기 짐마차 말(馬)을 문장(紋章)의 동물처럼 한 마리의 중요한 신화적 동물로 바꾸어버린다. 그리고 그는 호메로스와 베르길리우스[1]가 사용했던 운율 6보격인 마지막 행—큰 회색 짐마차의 말을 위해 빛나며 덜커덕거리는 편자를 두들겨 만들었을 때보다(Didst fettle for the great grey drayhorse his bright and battering sandal)—의 멋진 운율로 그 효과를 강화시키고 있다. 그는 소리와 연상을 결합시켜 한 평범한 마을 사람의 죽음을 비극의 수준으로 끌어올리고 있다.

그런데 그러한 비극의 효과는 음절의 확고한 결합의 힘으로 인해 공허하게 되어버리지는 않는다. 우리는 단순히 종이 위에 쓴 일련의 모자이크처럼 시를 어떤 형태를 갖춘 글자로만 간주하지는 않는다. 이 시는 소리와 음악적 특질 때문에 감동적이지만, 더불어 만약 홉킨스의 철학과 신념이 실재와 다르다면 존재할 수 없는 정서적 내용이 있기에 감동적이다. 무엇보다 이 시는 한 가톨릭 교도, 두번째로는 시대의 특정 순간, 다시 말해 오래된 영국의 농경적 삶의 방식—고(古) 색슨 시대[2] 마을공동체—이 결국 사라지고 있던 19세기 후반부에 살았던 한 남자에 관한 것이다. 이 시는 죽음에 관한 것이며, 죽음에 대한 태도는 세계의 여러 위대한 종교에서도 다양하게 나타난다. 죽음에 관한 기독교적 태도는, 죽음이란 환영받을 만한 어떤 것이 아니라 금욕적 무관심으로 대처할 수 있거나 혹은 가능한 한 오랫동안 회피해야 하는 어떤 것이다. 그러나 죽음은 반드시 겪어야만 하는 비극적인 어떤 것이다. 만약 한 기독교인이 이 지구상에서 영원한 삶을 구가할 기회를 부여받는다고 해도 이 제안을 받아들이지 않을 테지만, 그래도 그는 죽음이란 심히 슬픈 것이라고 생각할 것이다.

이제 홉킨스는 이러한 감정 때문에 단어의 사용을 제한하고 있다. 만약 성직자로서의 이런 특별한 관계가 없었다면 홉킨스가 죽은 대장장이를 두고 '애야(child)'라고 부르는 그런 일은 일어나시 않았을 것이다. 그리고 만약 그가 죽음의 필요성과 특별히 슬픔에 대한 기독교식의 해석을 하지 않았더라면, 아마도 '떠들썩했던 너의 모든 그 시절(all thy more boisterous years)'이라는 구절을 생각해 내지 못했을 것이다. 그러나 위에서 말했듯이, 이 시는 또한 홉킨스가 19세기 말경에 살았다는 사실에 영향을 받는다. 그가 살았던 시대는 색슨 시대와 비슷한 전원공동체의 분위기였지만, 한편으로는 철도의 영향으로 공동체가 서서히 붕괴되어 가고 있던 시대였다. 마치 우리가 어떤 것이 사라질 때 그것을 제대로 볼 수 있듯이, 그는 균형 잡힌 시각으로 작고 독립적인 시골 마을의 기계 숙련공 펠릭스 랜들과 같은 사람을 볼 수 있었다. 예컨대 선배 작가들이 그렇게 할 수 없었던 것과는 달리 홉킨스는 랜들을 존경할 수 있었다. 이것이 바로 그의 작품을 논함에 그가 '거칠고 혹독한 대장간(the random grim forge)'과 '동료들 속에서 힘차게(powerful amidst peers)'와 같은 구절을 창조해 낼 수 있었던 이유이다.

홉킨스의 특이한 스타일이 이런 종류의 주제를 다루는 데 많은 도움을 주었는데, 그것의 기술적인 고찰을 하자면 배경이 되는 것 한 가지를 살펴볼 수 있다. 영어는 몇몇 언어로 구성된 혼합어인데, 주로 색슨어와 노르만프렌치어로 구성되어 있고, 영국의 시골에 가면 오늘날까지 이들 언어 사이에는 계층 구분이 있다. 많은 농업 노동자들은 거의 순수 색슨어로 말한다. 홉킨스의 언어도 색슨어에 매우 가까워, 대부분의 사람들이 복잡한 생각을 표현하고자 할 때처럼 한 단어의 긴 라틴어를 사용하지 않고 몇 개의 영어 단어를 함께 묶어서 쓰는 경향이 있다. 따라서 그는 의도적으로 초기 영국 시인들, 즉 초서 이전의 시인들을 모방했다. 이 시에서 그는 way(도로) 대신 road(길), fix(응고시키다) 대신 fettle(주물에서 모래를 제거해 편자를 두들겨 만들다)이라는 몇 개의 방언을 사용하기도 했다. 일찍이 옛 색슨 시대 시인들의 시에 대한 그의 완전한 기술적 연구가 없었더라면, 그에게 영국 시골 마을의 분위기를 재창조하는 힘은 나오지 않았을 것이다. 이 시는 독특한 어휘와 종교적이고 사회적인 전망을 합성시킨 특별한 시로 간주될 수 있다. 이 두 개는 불가피하게 함께 용해되어 있고, 부분보다는 전체가 더 위대하다.

제한된 지면 안에 이 시를 분석하려고 시도했지만, 내가 지금까지 말한 어떤 설명도 이 시에 대한 나의 즐거움을 반영하기엔 부족하다. 그것은 결국 설명할 수 없는 무엇이 있다는 것인데, 다시 말해 분석비평이 그만큼 가치를 지니는 것은 그것으로 설명이 불가능한 어떤 것이 있기 때문이다. 과학자들은 꽃의 생명 과정을 연구하거나 그 꽃을 구성요소로 잘게 분리할 수 있다. 그들은 우리가 꽃에 관한 모든 것을 알게 된다고 할지언정, 오히려 그 꽃 자체가 우리에게 훨씬 더 경이로울 것이라고 말할 것이다.

1) 베르길리우스(70~19 B.C.) : 고대 로마의 시인. 미완의 작품 『아이네이스』로 유명하다. 현재 열두 권이 남아 있다. 풍부한 교양, 종교적인 경건함, 애국심을 갖춘 시인으로 서양 문학에 미친 영향이 지대하다.
2) 색슨 시대 : 약 440년부터 1066년 노르망디공(公) 윌리엄 1세가 영국을 정복하기 이전의 시대.

유럽의 재발견

소년 시절에 역사를 배울 때—물론 오늘날 영국 사람들이 배우는 것처럼 매우 형편없이 배웠다—그것을 두꺼운 검은 줄이 이따금씩 가로로 그어진 일종의 긴 두루마리 종이라고 생각하곤 했다. 각 줄은 소위 '시대'라는 것을 구분하는데, 그렇게 되면 그 다음에 오는 것은 앞서 지나간 것과는 완전히 다르다는 것을 이해하게 된다. 그것은 괘종시계가 시간을 알리는 것과 같은 것이었다. 예컨대 1499년에 우리는 금속으로 만든 갑옷을 입고 한 손에는 긴 창을 들고 말을 탄 모습으로 중세에 서 있다가, 갑자기 시계가 1천5백을 치면 소위 르네상스라고 불리는 시대에 서 있는 것이다. 모든 사람들이 러프[1]와 더블릿[2]을 입고 카리브 해에서 보물선을 강탈하는 데 여념이 없다.

1700년으로 가는 또 다른 두꺼운 검은 줄이 있다. 결국 18세기가 되고 사람들은 갑자기 기사당[3]과 원두당[4]을 그만두고 반바지 차림에 삼각 모자를 쓴 품위 있는 신사가 된다. 사람들은 모두 얼굴에 분을 바르고 코담배를 피우며, 뽐내면서 정확하고 균형 잡힌 문장을 구사했다. 나는 그들이 발음하는 대부분의 'S'나 'F'를 이해할 수 없었다. 나는 역사란 것이 세기가 끝날 때, 혹은 어쨌든 어떤 비율로 정확히 정의된 어떤 날짜에 의해 완전히 다른 시기로 갑자기 변하는 시리즈같이 생각되었다.

사실 지금 이런 급격한 변화가 정치, 풍속 혹은 문학에서 일어나는 것은 아니다. 각 시대는 다음 시대로 연결된다. 셀 수 없이 수많은 인간들의 삶이 모든 시대의 사이사이에 걸쳐 있기 때문에 마땅히 그렇게 되어야 한다. 그러나 '시대'라고 하는 것은 여전히 '있다.' 예컨대 우리는 우리의 시대가 초기 빅토리아 시대와는 완전히 다르다고 느끼며, 만약 에드워드 기번[5]과 같은 18세기의 무신론자를 갑자기 중세 속으로 밀어넣는다면 그는 분명히 야만인들 사이에 있다고 느낄 것이다. 이따금씩 어떤 새로운 일이 일어나며—관계는 항상 분명치 않지만, 궁극적으로 산업기술상의 변화까지 확실히 추적해 볼 수 있다—삶의 전체 정신과 속도가 변하고, 사람들은 자신의 정치적 행동, 풍습, 건축, 문학을 포함한 모든 분야에 반영되는 새로운 전망을 습득한다. 예컨대 오늘날에는 아무도 토머스 그레이의 「시골 묘지에서의 애가」와 같은 시를 쓸 수 없다. 그리고 그레이의 시대에는 아무도 셰익스피어의 서정시와 같은 작품을 쓸 수 없었다. 이 시들은 각자 다른 시대에 속한 것들이다. 물론 역사책의 한 페이지에 가로로 그어진 검은 줄은 하나의 환상에 불과하지만, 변화가 뚜렷해서 정당하게 정확한 날짜를 매기는 것이 가능했던 시대도 있었다. 우리는 크게 단순화시키지 않고서도 '이러이러한 해에 이러이러한 문학형식이 시작되었다'라고 말할 수 있다. 누가 내게 현대문학의 출발 지점을 묻는다면—우리가 여전히 '현대'라는 지칭을 사용함은 이러한 특별한 시기가 아직 끝나지 않았다는 것을 의미한다—나는 T. S. 엘리엇이 「J. 앨프레드 프루프록의 연가」를 출판했던 1917년이라고 말하겠다. 어쨌든 현대문학의 출발점은 이해로부터 5년 이상은 벗어나지 않는다. 제1차 세계대전이 끝날 무렵쯤 문학적 풍토가 변화했는데, 전형적 작가라고 여겼던 이는 이제 완전히 생소한 사람이 되어버리고, 이어진 시대의 최고 작품은 불과 4~5년 전의 최고의 책과는 전혀 다른 세계에 존재하는 것처럼 보였다.

서로 별다른 관계는 없지만 각각의 시는 그 시대의 엄밀한 전형이 되기 때문에, 나는 여러분에게 비교의 목적에 알맞은 두 시를 비교해 보라고 권하고 싶다. 예컨대 엘리엇의 특징적인 초기 시들 중 한 편과 1914년 이전에 가장 존경받았던 영국 시인인 브룩의 시를 비교해 보자. 아마 브룩의 시 중 가장 대표적인 것은 제1차 세계대전 초기에 씌어진 애국시일 것이다. 그 중 훌륭한 시는 "혹시 내가 죽는다면, 나에 대해 단지 이것만 생각해 주오. 외국의 전쟁터 어느 한 모퉁이에 영원한 영국이 있다고(If I should die, think only this of me : That there's some corner of a foreign field that is for ever England)"[6]로 시작되는 소네트이다. 그리고 T. S. 엘리엇의 스위니 시들 중의 하나인 「나이팅게일에 둘러싸인 스위니」를 읽어보자. "폭풍을 예고하는 달무리가 플레이트 강을 향해 서쪽으로 미끄러져간다(The circle of the stormy moon slide westward toward the River Plate)." 앞서 말한바 두 시는 주제나 그 외의 어떤 것도 서로 관련성이 없지만, 한 가지 면에서 이들을 비교해 볼 수 있다. 이 각각의 시는 시인들 자신의 시대를 표현하고 있고, 또 그 시가 씌어졌을 당시에는 훌륭한 시였다는 것이다. 그런데 엘리엇의 시가 지금은 더 좋은 것 같다.

기법뿐만 아니라 이들 시에 흐르는 전체적 정신, 삶에 대한 함축된 전망, 지적인 장치 등도 상당히 다르다. 사립 기숙학교에 다니는 젊은 영국 학생과 대학을 졸업한 사람 사이, 다시 말해 머릿속엔 영국의 오솔길과 들장미 그리고 그 밖의 여러 생각으로 가득 찬 채 조국을 위해 죽으러 가는 젊은이와 파리의 라틴 지구 어느 초라한 식당에 앉아 영원성을 일별하는 지친 세계주의적 미국 시민 사이에는 엄청난 차이가 있는 것이다. 이것은 고작해야 개인적인 차이일 수도 있지만, 문제는 우리가 각 시대를 대표하는 특징적인 어떤 두 작가의 작품을 나란히 읽게 될 때, 위에 언급한 브룩과 엘리엇의 시에 나타난 것과 같은 종류의 차이점을 접하게 된다는 것이다. 시인과 마찬가지로 소설가에게도 똑같이 적용된다. 예컨대 한편으로는 조이스, 로렌스, 헉슬리, 윈덤 루이스,[7] 다른 한편으로는 허버트 웰스,[8] 에녹 베넷,[9] 존 골즈워디[10] 등이 있다. 신진 작가들은 이전의 작가들에 비해 훨씬 적은 양의 작품을 쓰지만 더 꼼꼼하게 글을 쓰고, 기법에 더 많은 관심을 보이며, 덜 낙천적이고, 일반적으로 삶의 태도에서는 확신이 적다. 그러나 프랑스 소설가인 구스타프 플로베르와 디킨스와 같은 19세기 영국 작가를 서로 비교해 보면, 브룩과 엘리엇의 차이보다 지적 · 미학적 배경이 더 다르다는 느낌을 받을 것이다. 프랑스 사람들은 영국 사람들보다 더 세련되어 있다. 하지만 이런 이유 때문에 프랑스 사람들이 반드시 더 나은 작가라는 말은 아니다. 그러면 1914년 이전의 영문학이 어떠했는지 살펴보자.

당대의 거장들로는 토머스 하디—그러나 그는 일찍이 소설 쓰는 것을 그만두었다—조지 버나드 쇼, 웰스, 키플링, 베넷, 골즈워디 등이 있고, 이들과는 다소 다른—영국인이 아니면서 영어로 작품을 쓴 폴란드인—콘래드도 있다. A. E. 하우스먼[11]과 조지 왕조 시대의 브룩을 포함한 다양한 시인들도 있다. 또 제임스 배리, 윌리엄 제이콥스,[12] 배리 페인을 비롯한 수많은 희극작가들도 있다. 위에 언급된 작가들의 작품을 다 읽어본다면, 1914년 이전의 영국 정신을 담을 수 있는 확실한 사진 한 장을 얻을 것이다. 그러나 다른 문학적 경향들도 나타났다. 예컨대 여러 명의 아일랜드 작가도 있었고, 또 우리 시대에 매우 근접해 있으면서 당대와는 상이한 기질을 보여준 미국인 소설가 헨리 제임스[13]도 있지만, 주요 흐름은 위에서 내가 지적한 일군의 흐름 한 가지다. 그러나 쇼와 하우스먼, 혹은 하디와 웰스의 경우에서처럼 개인적으로 큰 차이가 있는 작가들 사이에 놓여 있는 공통적인 요소는 무엇일까? 당시 거의 대부분의 영국 작가들이 가졌던 공통된 의식으로 확실한 것은, 그들이 당대 영국의 실상 밖의 것에 대해서는 전혀 관심을 보이지 않았다는 점이다. 어떤 작가들은 다른 작가들보다 나았으며, 또 어떤 작가들은 정치적인 의식이 있었고, 또 그렇지 않은 작가들도 있었다. 하지만 이들 모두는 한결같이 유럽의 영향에 지배를 받지 않았다. 이것은 넓은 의미에서 볼 때 프랑스와 러시아의 작품에서 영향을 받은 베넷과 골즈워디와 같은 소설가조차도 마찬가지이다. 이런 작가들은 평범하고 또 존경할 만한 영국 중산층에 그 성장 배경을 두고 있는 자들로서, 자신들의 삶은 영원히 지속되어 항상 보다 인간적이고 보다 계몽적일 것이라는 반(半)의식적 신념을 보유하고 있었던 것이다. 하디와 하우스먼 같은 몇몇 작가들은 미래관이 염세적이지만, 적어도 '진보'라고 부르는 것이 실현 가능하다면 바람직한 것이라고 믿고 있었다. 또한 그들은 과거, 어쨌든 먼 과거에 대해 냉담했다. 당대의 작가들에게서 역사성을 찾아보기란 어렵다. 하디가 나폴레옹 전쟁을 소재로 거창한 시극인 『군주들』을 시도했지만, 이 작품조차 애국심에 고취된 학교 교과서라는 각도에서 보였다. 예컨대 베넷은 수많은 문학비평을 썼지만 19세기 이전의 작품에서는 거의 어떤 가치도 찾지 못했으며, 사실 그는 동시대의 작가들을 제외하곤 어떤 작가에 대해서도 큰 관심이 없었다. 쇼에게 대부분의 과거는 진보, 위생법, 효율성 등의 이름으로 일소되어야 하는 단순한 하나의 덩어리에 불과했다. 또 웰스는 후에 세계사를 집필하려고 했지만, 마치 식인종 부족을 응시하는 문명인과 똑같이 심한 혐오감으로 과거를 바라보았다. 이런 작가들은 자신들의 시대를 좋아하든 그렇지 않든 간에 적어도 그들의 시대가 이전의 시대보다 더 낫다고 생각하며, 또 자기가 살고 있는 시대의 문학적 기준들을 당연시하고 있다. 셰익스피어에 대한 쇼의 공격의 근간은, 셰익스피어는 페이비언협회[14]의 이념을 수용할 만큼 계몽된 작가는 아니었다고 하는 데 있다.[15] 물론 사실이다. 만약 그들의 바로 후배 작가들이 16세기와 17세기의 영국 시인들, 19세기 중반경의 프랑스 시인들과 중세 철학자들의 문학정신으로 되돌아가겠다고 말한다면, 쇼와 같은 작가들은 그것을 일종의 딜레탕티슴[16]이라고 생각했을 것이다.

그러나 제1차 세계대전 직후에 주목을 받기 시작한 작가들—물론 이들 중 몇 명은 보다 일찍이 글을 쓰기 시작했다—을 살펴보자. 조이스, 엘리엇, 파운드, 헉슬리, 로렌스, 루이스 등이 있다. 이전 작가들과 비교해서 이 작가들의 첫인상에서 느껴지는 것은 '허무함'이다. 우선 진보의 개념이 완전히 사라졌다. 이들은 낮은 사망률, 보다 효과적인 산아 제한, 더 나은 배관 시설, 더 많은 비행기, 더 빠른 자동차 등을 가진다고 해서 사람들이 점점 더 나아지리라고는 믿지 않았다. 이들은 한결같이 로렌스가 고대 에트루리아[17] 종족들에게서 느낀 것처럼 먼 과거 혹은 지나간 특정 기간에 대한 향수를 가지고 있다. 이런 작가들은 모두 정치적으로 반동적이다. 혹은 정치에는 아예 관심도 없다. 이들 중 어느 누구도 그들의 선배 작가들이 중요하게 취급했던, 이른바 여성참정권, 금주법 개혁, 산아 제한, 동물학대금지법 등과 같은 사소한 개혁에 대해 관심을 두지 않았다. 이들은 모두 기독교회에 대해 앞선 세대보다 더 우호적이거나 적어도 덜 적대적이었다. 그리고 또한 낭만적 부활[18] 이후 어떤 영국 작가도 쓰지 못했던 글을 미학적이고 생동감 있게 쓰는 것처럼 보였다.

이제 개별 작가의 예를 통해서, 다시 말해 두 시대[19]에 그런 대로 비교 대상이 가능한 훌륭한 두 작품을 서로 비교해 봄으로써 지금까지 밝힌 나의 의견을 충분히 이해할 수 있을 것이다. 첫번째 예로서, 웰스의 단편—그의 단편은 대부분 『장님의 나라』에 수록되어 있다—과 『영국, 나의 영국』과 『프러시아의 장교』와 같은 로렌스의 단편을 서로 비교해 보자.

이 두 작가는 공히 단편소설 분야에서 최고의 위치 혹은 그 가까이에 위치하고 있고, 또 자신이 살았던 세대의 젊은이들에게 큰 영향을 끼친 삶의 새로운 전망을 제시하고 있기 때문에 이 비교가 불공평한 것은 아닐 것이다. 웰스가 쓴 이야기의 궁극적 주제는 우선 과학적 발견을 꼽을 수 있으며, 또한 비열한 속물근성과 농시대 영국인의 삶, 특히 중 · 하류 계급 사람들의 삶의 희비극을 들 수 있다. 그의 기본적 '메시지'는, 과학이 인류의 모든 악덕을 해결할 수 있지만 현재 인간이 너무 맹목적이어서 스스로가 가진 힘의 가능성을 엿볼 수 없다는 것이다. 야심 찬 이상향적 주제와 가벼운 희극 사이의 선택은 그의 작품에 잘 명시되어 있다. 그는 달과 심연으로 가는 여행에 대해 썼으며, 또한 소매상 주인들이 파산을 모면하기 위해 지방 소도시 시민들 특유의 치졸한 속물근성을 이용해 목적을 관철하는 내용의 이야기를 썼다. 웰스가 쓴 이런 이야기의 연결고리는 그가 가진 과학에 대한 믿음이다. 그는 항상, 만약 가게 주인이 과학적 전망을 했더라면 그의 고통은 끝났을 것이라고 말하고 있다. 그리고 물론 그는 이러한 일이 가까운 미래에 일어날 것이라고 믿고 있다. 더 많은 돈이 과학 연구를 위해 쓰이고, 더 많은 사람들이 과학 교육을 받고, 더 많은 미신이 쓰레기통으로 사라지게 되면 문제는 해결된다는 것이다.

이제 로렌스에게로 관심을 돌려보자. 그에게서는 과학에 대한 신념이란 찾아볼 수 없으며—오히려 과학에 대한 적대감을 읽을 수 있다—또 미래, 다시 말해 웰스가 다루는 이성주의의 쾌락적 미래에 대해서도 이렇다 할 관심이 없다는 것을 알 수 있다. 소매상인이나 우리 사회의 또 다른 희생자들이 교육을 더 많이 받으면 더 잘살 것이라는 개념도 그에게서는 찾아볼 수 없다. 인간은 문명화됨으로써 자신의 천부적 권리를 스스로 던져버렸다는 것이 그의 일관된 주장이다. 로렌스가 쓴 거의 모든 작품의 궁극적 주제는 현대인들, 특히 영어권 국가의 사람들은 열심히 삶을 살아갈 수 없다는 것이다. 그는 당연하게 일차적으로 성적 삶에 관심을 집중하고 있다. 그의 대다수 작품은 성(性)이 그 중심이 되고 있지만, 그는 사람들이 '성적 해방'이라고 부르는 것을 요구하지는 않았다. 그는 그것에 대해 전적으로 환멸감을 드러내고 있는데, 소위 그가 중산층의 청교도적 사고방식을 싫어하는 만큼이나 자유분방한 지식인들의 세속화도 싫어했다. 그의 주장은, 현대의 인간들이 지나치게 편협한 기준 때문에 실패하든지 혹은 기준이 없어 실패하든지 간에 완전히 살아 있는 것이 아니라는 것이다. 설사 완전히 살아 있다 하더라도, 로렌스는 그들이 어떤 사회적 · 정치적 혹은 경제적 제도하에 살고 있는지에 대해서는 관심이 없다. 그는 소설에서 계급 구분이 존재하는 현실 사회의 구조를 거의 당연시하고 있고, 따라서 그 사회를 변화시키는 것도 절실하게 원하지 않는다. 그가 요구하는 것은, 인간들이 축음기 소리가 결코 멈추지 않는 기계와 콘크리트의 세계 속에서 사는 것보다 초목, 불, 물, 성, 피 등과 같은 마술적인 것들에 대한 감각을 가지고 땅에 가깝게, 그리고 보다 단순하게 살아야 한다는 것이다. 그는 야만인들이나 원시인들이 문명인들보다 더 열심히 살았다고 상상하고 있으며—아마 이것은 그가 잘못 생각하고 있는 것 같다—그래서 그는 다시 고상한 야만인이 될 만한 어떤 신화적 인물을 추구하고 있다. 결국 그는 북부 이탈리아에 살았던 것만 알 뿐 사실 우리가 알지 못하는 고대 로마 제국 이전의 사람들, 에트루리아 종족에게서 이러한 미덕을 찾았다.

웰스의 관점에서 볼 때, 과학과 진보에 대한 로렌스의 포기, 다시 말해 원시 상태로 회귀하고자 하는 희망은 일고의 가치도 없는 이단이 된다. 그러나 우리는 삶에 대한 로렌스의 견해가 사실이든 왜곡되었든 간에 적어도 그것이 웰스의 과학 숭배나 쇼와 같은 작가들의 천박한 페이비언 진보주의를 향한 최소한의 공격이라는 사실을 인식해야 한다. 부분적으로 이것은 과학, 진보 및 문명인의 모든 허구성을 폭로한 1914~1918년 전쟁(제1차 세계대전)의 영향 때문이었다. 진보는 결국 역사상 유례가 없는 큰 학살로 끝났으며, 과학은 폭격기와 독가스를 창조하는 어떤 것이 되어버렸고, 그 결과 문명인은 위기에 처했을 때 야만인보다 더 끔찍한 행동을 저지르게 되었다. 그러나 1914~1918년 전쟁이 일어나지 않았더라도 현대 기계문명에 대한 로렌스의 불만족은 분명히 똑같았을 것이다.

이제 조이스의 위대한 소설 『율리시즈』와 골즈워디의 연작소설 『포사이트가(家)의 이야기』[20]사이에 또 다른 비교를 해보자. 사실상 좋은 소설과 나쁜 소설 사이의 비교이기 때문에 그다지 공정한 비교는 못 된다. 또한 『포사이트가의 이야기』 후반부가 1920년대에 씌어졌기 때문에 연대기적인 비교도 정확하지는 않다. 그러나 이 소설의 대부분이 대략 1910년에 씌어졌으므로 이 비교는 적절하다고 본다. 왜냐하면 조이스와 골즈워디 두 작가는 공히 한 권의 책 속에다 자신이 속한 전체 시대정신과 사회 역사를 담으려고 노력한 작가들이기 때문이다. 『실업가』가 오늘날 우리들에게 사회에 대한 심오한 비평서로 간주되지는 않지만, 동시대 사람들에게는 충분히 그렇게 여겨질 수 있는 작품이었다.

조이스는 별 관심이 없었던 1914년과 1921년 사이에 전쟁이 진행되는 동안 줄곧 『율리시즈』를 집필했으며, 또 이탈리아와 스위스에서 언어 교사로서 근근히 생활을 이어나갔다. 그는 위대한 소설을 출판하기 위해 세속을 완전히 등진 채 가난 속에서 7년을 준비했다. 그가 보여주고자 했던 중요한 것은 무엇인가? 『율리시즈』의 일부분은 우리가 쉽게 이해할 수 없지만, 이 소설에서 대체로 두 가지 주요한 인상을 얻을 수 있다. 첫번째는 조이스가 집착에 가까울 정도로 기법에 관심을 보였다는 것이다. 최근에 약간 주춤거리고 있지만, 이것은 현대문학의 주요한 특징 중의 하나이다. 조형미술에서도 이와 유사한 발전을 볼 수 있다. 예컨대 화가와 조각가들은 소재와 디자인보다는 그들이 작업하는 재료, 그림의 붓질 자국에 점점 더 많은 관심을 보이고 있다. 조이스는 단순한 단어, 단어의 연상과 소리, 심지어 종이 위에 씌어진 단어의 패턴 등에까지 관심을 기울여왔다. 이러한 것은 폴란드계 영국 작가인 콘래드를 제외한 선배 작가들에게서는 찾아볼 수 없는 것들이었다. 조이스는 스타일, 세련된 글쓰기, 시적인 글쓰기 등에 집착해 왔으며, 심지어 화려한 문체에까지도 많은 관심을 두었다는 사실을 알 수 있다. 반면 버나드 쇼와 같은 작가들은 단어의 유일한 용도는 가능한 짧고 정확하게 의미를 표현하는 것이라고 말할 것이다.

이런 기술적 집착 외에 『율리시즈』의 주요 주제는 기계의 승리와 종교적 신념이 붕괴된 이후의 현대적 삶의 비천함과 무의미라고 말할 수 있다. 조이스 — 그가 아일랜드인인 것처럼 1920년대의 가장 위대한 영국 작가들은 종종 영국인이 아니었다—는 가톨릭에 대한 믿음을 버렸지만, 어린 시절에 습득한 가톨릭의 정신적 뼈대는 그대로 간직한 가톨릭 신자로서 글을 썼다. 장편소설인 『율리시즈』는 한 초라한 유태인 행상의 눈에 보여진, 단 하루 만에 일어난 사건을 묘사하고 있다. 이 소설이 출간될 당시 조이스는 의도적으로 비참한 사람들을 이용했다는 비난을 받았지만, 사실상 이 소설을 꼼꼼히 읽어보며 인간의 일상적 삶이 어떠한지를 생각해 본다면, 이 소설이 일상적 사건들의 천박함이나 어리석음 쪽으로 지나치게 흐른 것은 아니다. 우리가 주목해야 할 것은, 현대 세계에 대한 조이스의 시각, 즉 전반적으로 신념이 부재한 상황에서 교회의 가르침은 그 의미를 상실했다는 분명한 확신이다. 그는 자신보다 두세 세대 앞선 시대의 사람들이 종교적 자유의 이름하에서 투쟁해야 했던 그런 종교적 신념을 동경하고 있다. 그러나 결국 이 소설의 중요한 관심거리는 기술적인 것에 있다. 이 소설의 거의 대부분이 패스티시나 패러디로 구성되어 있으며, 청동기시대의 아일랜드 전설에서부터 현대의 신문 기록에 이르기까지 모든 것을 패러디하고 있다. 그리고 동시대의 특징적 작가들처럼 조이스 역시 자신의 문학적 소재를 19세기 영국의 작가가 아니라 유럽과 먼 과거로부터 끌어내고 있다는 것을 알 수 있다. 그의 정신의 일부는 청동기시대에 있으며 또 다른 일부는 엘리자베스 시대의 영국에 있다. 위생과 자동차로 대변되는 20세기는 그에게 매력이 없었다.

이제 다시 골즈워디의 소설 『포사이트가(家)의 이야기』를 살펴보자. 우리는 이 소설의 영역이 상대적으로 얼마나 편협한지를 알고 있고, 이 비교가 공정한 비교가 못 된다고 이미 말한 바 있다.

사실 문학적 관점에서 엄격하게 이야기하자면 비교 자체가 무의미하지만, 이 두 소설의 목적이 당대 사회에 대한 포괄적 양상을 제시해 주는 것이라는 견지에서 비교해 보자는 것이다.

골즈워디에 대해 우리가 언뜻 느끼는 것은, 비록 그가 인습 타파적 시각을 견지하기는 했지만 그의 정신은 그가 공격하는 부유한 부르주아 사회의 바깥에 머물러 있지 못했다는 점이다. 그는 극히 일부만 비판했을 뿐 모든 부르주아적 가치를 당연한 것으로 여겼다. 그의 비판의 요점은 인간은 너무 비인간적이고 너무 물질지향적이며, 미학적으로 감수성이 예민하지 못하다는 것이었다. 그가 묘사하는 바람직한 유형의 인간이란, 상류 중산계급의 금리 생활자들 중 단순히 교양 좀 있고 인간적 태도를 지닌 사람들, 다시 말해 그 당시에 이탈리아의 화랑에 드나들며 동물 학대 예방을 위한 모임에 기부금이나 많이 내는 그런 부류의 사람들이었다. 그리고 이런 사실—골즈워디 스스로가 공격한다고 여겼던 사회적 유형에 심한 반감을 가지고 있지 않았다는 것—은 그가 나약하다는 것을 보여주는 단서가 되는 대목이다. 골즈워디는 동시대의 영국 사회 바깥의 것과는 어떠한 것과도 접촉하지 않았다. 골즈워디는 자기가 영국 사회를 별로 안 좋아한다고 생각할 수 있지만, 그는 엄연히 영국 사회의 일부였다. 영국의 돈, 안전, 영국과 유럽을 구별하는 전함 편대 등은 그로서는 감당할 수 없는 문제들이었다. 그는 외국인을 글을 모르는 맨체스터의 상인들만큼이나 경멸했다. 우리가 조이스나 엘리엇, 심지어 로렌스에게서 느끼는 감정은 그들이 자신의 장소와 시간 바깥에 머물러 인간의 전체 역사를 천착해 유럽의 과거를 조망했다는 점이다. 그러나 골즈워디나 1914년 이전의 특징적인 영국 작가들에게는 이러한 것이 발견되지 않는다.

마지막으로 하나 더 비교해 보겠다. 웰스의 유토피아 소설, 예컨대 『현대 유토피아』, 『꿈』 혹은 『신을 닮은 인간』과 헉슬리의 『멋진 신세계』를 서로 비교해 보자. 이것은 자만심 강한 사람과 지나치게 자신감이 위축된 사람 사이의 대비, 진보에 대해 완전무결한 신념을 갖고 있는 사람과 우연하게도 늦게 태어나서 비행기가 고안된 초창기 시대에서처럼 진보란 것이 반동처럼 사기라고 간주하는 사람 사이의 비교이다.

1914~1918년 전쟁 전과 후의 두 영향력 있는 작가 사이에 나타나는 커다란 차이점에 대한 분명한 설명은 전쟁 그 자체에 있다. 여하튼 현대의 불충분한 물질문명이 스스로를 폭로할 경우 이들의 차이점은 드러날 수 있는데, 전쟁은 발전의 속도를 촉진하고 부분적으로 문명의 허식이 얼마나 천박한지를 나타내었으며 다른 한편으로 이 전쟁이 영국의 번영을 더디게 만드는 동시에 영국을 세계로부터 덜 고립시킴으로써[21] 두 작가 사이의 차이점을 훨씬 뚜렷하게 만들었다. 1918년 이후 우리는 이제 더는 브리타니아[22]가 격동을 잠재우고 시장을 지배했을 때와 같이 그런 좁은 온실 세계 속에서 살 수 없었다. 지난 20년 동안 일어난 끔찍한 역사의 결과 중 하나는 많은 고대문학을 훨씬 현대적으로 만든 것이었다. 히틀러를 등극시킨 계기가 된 것은 기번의 『로마제국 쇠망사』의 최근판일지

도 모를 일이다. 최근에 나는 셰익스피어의 연극 『존 왕』을 보았다(이 연극은 그렇게 자주 공연이 되지 않는 관계로 처음 보았다). 나는 어린 시절에 이 작품을 읽었는데, 이 작품이 우리의 시대와는 무관한 어떤 역사서로부터 발췌한 고풍스러운 것처럼 보였다. 그러나 이 공연을 보았을 때, 음모, 배신, 불가침조약, 전쟁 중에 자신의 입장을 바꾸는 매국노 등과 함께 극히 현대적인 것으로 보였다. 아니, 1910년과 1920년 사이의 문학 발전에 나타난 것과 똑같아 보였다. 쇼와 그의 페이비어니스트들이 세상을 일종의 거대 전원도시로 변모시키고 있을 때는 시대에 뒤지고 미숙한 것처럼 보였던 모든 종류의 주제가 이제 시대의 지배적 기질 때문에 어떤 새로운 리얼리티를 지니게 되었다. 복수, 애국심, 망명, 박해, 인종 증오, 종교적 신념, 충성, 지도자 숭배 등과 같은 주제가 갑자기 현실적인 것처럼 보이고 있다. 티무르[23]와 칭기즈 칸은 1910년에 느꼈던 것과는 달리 이제 믿을 만한 존재가 되었으며, 마키아벨리는 진지한 사상가인 것처럼 보인다. 우리는 정체된 늪에서 빠져나와 역사 속으로 다시 들어가고 있다.

나는 엘리엇과 조이스로 대표되는 1920년대 초의 작가들에게 무조건적인 찬사를 보내지는 않는다. 진보의 얄팍한 개념에 대한 혐오 때문에 1920년대 초의 작가들은 정치적으로 나쁜 방향으로 내몰려지기도 했다. 예컨대 파운드가 요즈음 로마 방송국에서 반(反)유대주의를 외치고 있는 것도 우연이 아니다.[24] 그러나 이들의 작품이 이전 작가들의 작품보다 더 성숙되었고 더 광범위한 영역을 가지고 있음을 인정해야 한다. 그들은 1세기 동안 영국에서 존재해 왔던 문화 범위를 깨뜨렸다. 그들은 유럽과의 관계를 다시 모색했으며 역사관과 비극의 가능성을 다시 가져왔다. 이후의 별로 중요하지 않은 모든 영문학이 이 토대에 의지하고 있고, 엘리엇과 다른 작가들이 제1차 세계대전이 끝날 무렵에 시작했던 이 발전은 아직 본 궤도에 오르지는 못했다.

1) 러프 : 16~17세기에 유럽에서 남녀 모두가 즐겨 착용한 주름 칼라.
2) 더블릿 : 14~17세기에 서양에서 남자가 착용한 상의의 총칭. 타이트한 소매, 꼭 끼는 몸통 부분, 허리 밑에 치마 같은 짧은 자락이 붙어 있는 것이 보통이다.
3) 기사당 : 청교도혁명 시대에 찰스 1세를 지지한 왕당파의 다른 이름. 귀족, 대토지 소유자, 온건파 가톨릭 교도 등으로 구성되었다.
4) 원두당 : 청교도혁명기의 의회파. 왕당파의 상대어. 청교도주의를 신봉하는 중산계층, 근대 지주층, 상공업자, 장인 등이 이에 속한다.
5) 에드워드 기번(1737~1794) : 영국의 역사가. 주요 저서로 『로마제국 쇠망사』가 있다.
6) 「병사」라는 시에 나오는 첫 구절.
7) 윈덤 루이스(1882~1957) : 영국의 소설가이자 비평가, 화가. 『돌풍』이라는 전위적 예술지를 편집 간행했으며, 보티시즘(소용돌이파) 운동을 전개하기도 했다. 처녀 소설 『타르』에서 사이비 예술가들을 비난하는 등 현대 대중사회의 저급한 예술 행위를 주로 풍자했다.
8) 허버트 웰스(1866~1946) : 영국의 소설가이자 문명비평가. 1903년에 페이비언협회에 참가했으나 온건한 사회주의 강령에 불만이어서 버나드 쇼와 대립하였다. 대표작으로 공상과학소설 『타임머신』, 『투

명인간』 등이 있고, 작가의 독자적인 현대 비평의식을 담은 『윌리엄 클리솔드의 세계』가 있다.

9) 에녹 베넷(1867~1931) : 영국의 소설가. 그의 문체는 매우 명쾌하고 쉽지만, 인생의 참모습을 세부에 이르기까지 그리는 수법으로 제1차 세계대전을 전후한 대표적 작가에 속한다. 대표작으로 『늙은 아내 이야기』, 『클레이행거』, 『라이시먼 계단』 등이 있다.

10) 존 골즈워디(1867~1933) : 영국의 소설가이자 극작가. 1932년에 노벨문학상을 수상했다.

11) A. E. 하우스먼(1859~1936) : 영국의 시인이자 고전학자. 시집 『슈롭셔의 젊은이』, 『마지막 시들』 등에서 간결하고 고전미 넘치는 서정시를 발표했다.

12) 윌리엄 제이콥스(1863~1943) : 영국의 스토리 작가이자 유머리스트. 꾸밈없이 있는 그대로를 보여주며 주제 넘게 나서지 않고 잔잔한 겸손의 미가 흐르는 것이 그의 유머의 특징이다. 1896년 발표한 최초의 작품 『화물선』을 포함해 『야간경계』, 『심해』 등의 작품이 있다.

13) 헨리 제임스(1843~1916) : 미국의 소설가이자 비평가. 심리학 용어인 '의식의 흐름'을 문학기법으로 처음 도입해 현대소설 발전에 지대한 영향을 끼쳤다. 1876년부터 영국에 정착하여 문필활동을 하였고, 1915년 영국인으로 귀화했다.

14) 페이비언협회 : '끈질기게 시대가 도래할 것을 기다리고, 때가 오면 과감히 돌진한다'는 것을 모토로 사회주의의 실현을 위해 1884년 영국 런던에서 버나드 쇼 등에 의해 결성된 사회주의 단체.

15) 쇼는 셰익스피어가 작품 속에서 당대 사회의 의견만 대변했을 뿐 자신의 사상은 구체적으로 밝히지 못했음을 비판하고 있다.

16) 딜레탕티슴 : 이탈리아어 딜레타레(delettare : 즐기다)에서 어원한 딜레탕트(dilettante)는 '즐기는 사람'을 의미한다. 따라서 딜레탕티슴이란 예술이나 학문에서 하나의 정립된 입장을 취하는 것이 아니고, 하나의

도락으로 그 과정을 즐기려는 태도를 말한다. 이럴 경우 예술이나 학문의 의미와 진정한 가치는 왜곡되기 쉽다.

17) 에트루리아 : 기원전 3세기경 로마제국에 멸망될 때까지 이탈리아의 서부 아르노 강과 테베레 강 사이의 지역에 있었던 고대 이탈리아의 지명. 1927년 D. H. 로렌스는 고도의 문명을 꽃피우고 살았던 이 종족의 무덤 벽화를 보고 깊은 감동을 받은 바 있다. 벽화에 그려진 이들의 춤추는 모습은 로렌스에게 생명 그 자체요, 자연 그 자체로 보였다.

18) 영국의 낭만주의는 '낭만적 부활'이라는 준비 기간, 다시 말해 '낭만적 여명기'를 거치면서 제 모습을 갖추게 되었다.

19) 제1차 세계대전 전과 후의 양 시대를 가리킨다.

20) 『실업가』, 『진퇴유곡』 및 『셋집』과 두 편의 단편소설 등으로 구성된 대하소설. 솜스 포사이트로 대표되는 포사이트가(家)가 시대와 더불어 서서히 몰락해 가는 모습을 그리고 있다. 처음에 시도된 작가의 풍자는 후반부로 갈수록 희미해지고, 결국 소설은 비판하던 세계에 대한 찬미로 끝나고 만다.

21) 영국이 제1차 세계대전으로 말미암아 그동안의 대영제국 중심의 안정적인 제국주의는 사라진 채 이제 복잡하고 갈등에 찬 세계의 정치, 역사 속으로 들어갔다는 뜻.

22) 여기서 브리타니아는 좁게는 빅토리아 시대의 대영제국을, 넓게는 제1차 세계대전 이전까지의 영국을 가리킨다.

23) 티무르 : 중앙아시아 티무르제국의 건설자. 중국의 명나라를 정벌하러 떠나던 중 병사했다.

24) 1924년 파운드는 민주적 국가사회주의에 대한 무솔리니의 꿈에 빠져 이탈리아로 건너갔고, 유태인들을 비난하고 미국의 자본주의적 착취를 비판했다. 또 제2차 세계대전 동안 친파시스트 방송국에서 미국과 영국을 비난하는 방송을 진행한 바 있다.

작가 연보

1903년	6월 25일, 인도 벵골 지방의 모티하리에서 영국 아편국 소속의 인도 주재 공무원 리처드 웜슬리 블레어(Richard Walmesley Blair)의 아들로 출생. 본명은 에릭 아서 블레어(Eric Arthur Blair).
1907년	어머니와 함께 영국으로 귀국.
1911년	여름에 성 키프리아누스 예비학교에 입학.
1914년	10월 2일자 《헨리 앤드 사우스 옥스퍼드셔 스탠더드》지에 「깨어라! 영국의 젊은이들이여(Awake! Young Men of England)」라는 시를 발표.
1917년	이튼 스쿨에 입학.
1918년	심한 폐렴으로 고생.
1921년	이튼 스쿨 졸업.
1922년	6월, 경찰이 되기 위해 일 주일 동안 시험을 치러 합격함. 10월 27일, 버마(현 미얀마)로 떠남. 11월 27일자로 인도 제국 경찰로 버마에서 근무 시작.
1927년	휴가차 귀국했다가 사직서를 제출함. 초겨울, 런던의 포르토벨로로드에서 뜨내기 생활을 함.
1928년	1월 1일자로 사직서가 수리됨. 봄, 파리의 근로자 지구에

거처를 정하고 무명작가의 길을 걷기 시작함. 12월 29일, 체스터튼에 발탁되어 《G. K. 위클리》지에 「싸구려 신문(A Farthing Newspaper)」이란 글이 실리면서 영국에 처음으로 그의 글이 선보임.

1930년 『파리와 런던에서의 밑바닥 생활(*Down and Out in Paris and London*)』 집필 시작.

1931년 8월 초, 『파리와 런던에서의 밑바닥 생활』을 타자로 친 원고를 조나산케이프 출판사에 제출.

1932년 4월, 런던 서쪽 헤이즈에 있는 호손스 남자 고등학교에서 교사직을 얻음.

1933년 『파리와 런던에서의 밑바닥 생활』이 몇 군데의 출판사에서 퇴짜를 맞은 후, 1월 9일 골란츠사에서 조지 오웰(George Orwell)이라는 필명으로 출판됨. 《선데이 익스프레스》지의 '금주의 베스트셀러'로 선정됨. 『제국은 없다(*Burmese Days*)』 집필 시작. 크리스마스를 며칠 앞두고 네번째로 폐렴이 재발하여 억스브리지 코티지 병원에 입원함.

1934년 『목사의 딸(*A Clergyman's Daughter*)』 집필 시작. 『제

국은 없다』를 미국의 하퍼스사에서 출판함. 런던 햄스테드에 있는 북러버스 코너라는 서점에서 점원으로 일을 시작함.

1935년 『목사의 딸』을 골란츠사에서 출판함.

1936년 영국 북부의 전반적인 생활 환경에 대한 소설을 쓰기 위해 1월 31일 북부로 출발함. 3월 30일, 북부에서의 일을 마치고 런던으로 돌아옴. 4월 30일, 『엽란이여 날아라(*Keep the Aspidistra Flying*)』를 골란츠사에서 출판함. 아일린 모드 오쇼네시(Eileen Maud O'Shaughnessy)와 결혼. 스페인내전이 발발하자 스페인으로 가서 마르크스주의통일노동당(POUM) 의용군에 가담. 이후 1백15일 동안 스페인 아라곤 전방에서 복무.

1937년 3월, 『위건 부두로 가는 길(*The Road to Wigan Pier*)』을 골란츠사에서 출판함. 5월, 아라곤 전투에서 목에 부상을 입고 6월에 아내와 함께 프랑스로 감.

1938년 3월, 각혈이 심해져서 프레스톤 홀 요양원에 입원. 『카탈로니아에 대한 경의(*Homage to Catalonia*)』를 세커 앤드 워버그사에서 출판함. 9월, 아내와 함께 모로코로 여행을 떠남.

1939년 일본 배를 타고 카사블랑카에서 런던으로 돌아옴. 『공기를 위하여 부상(*Coming Up for Air*)』을 골란츠사에서 출판함. 제2차 세계대전 발발. 9월 9일, 전쟁이 선포된 지 6일 만에 전쟁에 참여하기 위해 영국 중앙등기부에 자원했으나 폐가 나빠 입대 불가 판정을 받음.

1940년 3월, 『고래 뱃속에서(*Inside the Whale*)』를 골란츠사에서 출판함. 6월, 민방위대에 자원. 스페인내전에서의 경험 때문에 제5런던 대대의 하사가 됨. 이후 3년간 근무.

1941년 2월, 『사자와 일각수(*The Lion and the Unicorn*)』를 세커 앤드 워버그사에서 출판함. BBC 방송국에서 대담 진행자, 뉴스 해설 집필자 등의 일을 함.

1942년 《호라이즌》, 《트리뷴》지 등에 기고.

1943년 9월, BBC에 사표 제출. 《트리뷴》지의 문예 담당 편집자로 15개월 동안 일함. 동지에 고정 칼럼 「내 좋을 대로(As I Please)」 기고.

1944년 양자를 들이고 나서 이름을 리처드 호레이쇼 블레어(Richard Horatio Blair)라고 지음. 『동물농장(*Animal*

Farm)』 탈고.

1945년 3월, 아내 아일린이 자궁 제거 수술 중 심장마비로 사망. 8월, 『동물농장』을 세커 앤드 워버그사에서 출판함. 2주 만에 초판이 매진됨. 이 인기에 힘입어 1945년에서 1946년 사이 신문 및 잡지에 1백30편이 넘는 기사와 서평을 씀. 스코틀랜드의 외딴 섬 주라 방문. 소니아 브라우넬(Sonia Brownell)를 만남.

1946년 2월, 『비평 수필(*Critical Essays*)』을 세커 앤드 워버그사에서 출판함. 8월, 『1984년(*Nineteen Eighty-Four*)』의 집필 시작. 10월, 런던으로 돌아옴.

1947년 폐결핵 양성 진단을 받음. 11월, 주라에서 『1984년』 초고 완성.

1948년 『1984년』 탈고.

1949년 6월, 『1984년』을 세커 앤드 워버그사에서 출판함. 9월 초, 런던에 있는 유니버시티 칼리지 병원에 입원. 10월 13일, 병실 침대 옆에서 소니아와 간략한 결혼식을 올림.

1950년 1월 25일, 스위스에 있는 요양원으로 떠나려 했으나 1월 21일 47세의 나이로 숨을 거둠. 템스 강변에 있는 올 세인츠 교회에 안장됨.

1968년 미망인과 이언 앵거스(Ian Angus)가 공동으로 『조지 오웰 에세이, 저널, 편지 모음집(*The Collected Essays, Journalism and Letters of George Orwell*)』을 네 권으로 간행함.

1933년 『파리와 런던에서의 밑바닥 생활(*Down and Out in Paris and London*)』
1934년 『제국은 없다(*Burmese Days*)』
1935년 『목사의 딸(*A Clergyman's Daughter*)』
1936년 『엽란이여 날아라(*Keep the Aspidistra Flying*)』
1937년 『위건 부두로 가는 길(*The Road to Wigan Pier*)』
1938년 『카탈로니아에 대한 경의(*Homage to Catalonia*)』
1939년 『공기를 위하여 부상(*Coming Up for Air*)』
1940년 『고래 뱃속에서(*Inside the Whale*)』
1941년 『사자와 일각수(*The Lion and the Unicorn*)』
1945년 『동물농장(*Animal Farm*)』
1946년 『비평 수필(*Critical Essays*)』
1949년 『1984년(*Nineteen Eighty-Four*)』
1968년 『조지 오웰 에세이, 저널, 편지 모음집(*The Collected Essays, Journalism and Letters of George Orwell*)』

박경서

1961년 경남 산청 출생. 대구대학교 영문학과를 졸업하였으며, 케임브리지대학교 하기대학원 영문학과를 수학하고 영남대학교 대학원 영문학과를 졸업했다. 1997년 「조지 오웰의 정치의식과 인간관」이라는 논문으로 문학박사 학위를 취득하였고, 현재 대구대학교 영문학과 겸임교수로 재직 중이다. 논문으로 「소설의 발생에 대한 몇 가지 이론」, 「조지 오웰의 소설에 나타난 사회주의적 전망」, 「소설 『무지개』에 대한 리얼리즘적 읽기」 등이 있고, 역서로는 오웰의 『제국은 없다』, 영한대역 『셜록 홈즈 선집 2』가 있다.

코끼리를 쏘다

2003년 06월 20일 초판 1쇄 펴냄
2025년 05월 20일 초판 8쇄 펴냄

지은이 | 조지 오웰
옮긴이 | 박경서
펴낸이·편집장 | 윤한룡
디자인 | 윤려하
관리·영업 | 이소연
홍보 | 고 우

펴낸곳 | (주)실천문학
등록 | 10-1221호(1995.10.26)
주소 | 경기도 남양주시 퇴계원읍 퇴계원로 52 405호
전화 | 02-322-2161~3
팩스 | 02-322-2166
홈페이지 | www.silcheon.com

ISBN 978-89-392-0456-0 03840

여성이 세상을 바꾸다 1

미지의 세계에 첫발을 내딛다

낮은산

뚜벅뚜벅 내딛는 걸음이 세상을 바꿉니다

'양성 평등'이라는 말을 들어 보았겠지요. '양성'은 남성과 여성을 말합니다. 최근에 '세계경제포럼'이라는 곳에서 세계 각국의 양성 평등 지수를 조사해 발표했습니다. 그 조사 결과, 우리나라의 양성 평등 수준은 2005년에는 조사 대상 나라 58개국 가운데 54위, 2006년에는 1백15개국 가운데 92위였습니다. 옛말로만 알고 있던 '남존여비'가 그저 옛말만은 아닌가 봅니다. 이렇듯 마치 남성과 여성이 서로 다른 인종이라도 되는 양 세상이 움직여 가서는 어떠한 변화도 기대할 수 없습니다. 세상의 절반인 여성이 함께하지 않는 길은 절름발이일 뿐입니다.

남성과 여성이 서로 평등하게 대접받지 못해 왔던 것은 어제 오늘의 일이 아닙니다. 그리고 꼭 우리나라에서만 있어 왔던 일 또한 아닙니다. 그렇다면 앞으로도 세상은 이렇게 움직여만 갈까요? 그 불평등한 세상에서도 한줄기 빛처럼 우리에게 희망이 되어 줄 만한 사람은 없었을까요? 이런 고민에서 이 책은 시작되었습니다.

누구도 알아주지 않지만 자신의 일에 온몸을 바친 사람. 그 일을 하면서 세상의 진실과 삶의 의미를 깨달은 사람. 열정과 끈기로 뚜벅뚜벅 내딛다 보니 어느새 세상의 중심에서 외치고 있는 사람. 그리고 '여성 차별'이라는 거대한 산까지 넘어 세상을 비추는 등불이 된 사람. 그렇게 살아온 이들의 삶을 뒤쫓아 보고 싶었습니다. 그러면서 우리가 진정으로 바라는 여성상을, 더 나아가 아름다운 인간상을 찾게 되었습니다. 그렇게 만나게 된

네 명의 여성 과학자가 바로 이 책의 주인공입니다.

불가사의한 거대한 문양을 품에 새긴 나스카 사막에서 일생을 보낸 마리아 라이헤, 인류의 친척 오랑우탄 연구를 위해 지금도 보르네오 열대우림을 헤매고 있는 비루테 갈디카스, 달나라보다도 탐사가 덜 이루어진 깊은 바다 속으로 끝없이 들어가고 있는 실비아 얼, 지구상 여덟 번째 대륙으로 불리는 우림의 우듬지를 샅샅이 뒤지고 있는 마거릿 로우먼.

이들 여성 과학자들은 그때까지만 해도 사람의 발길이 거의 닿지 않던 세계에 뚜벅뚜벅 걸어 들어간 이들입니다. 그들은 비주류 연구 분야라는, 그리고 여성이라는 겹겹의 부당한 시선에 아랑곳하지 않고 자신만의 길을 걸었고, 결국 세상의 중심에 서게 되었습니다.

이제 네 사람의 여성 과학자들이 걸었던 길을 따라가 볼 시간입니다. 그 숨가쁜 여정을 끝냈을 때, 아직도 알려지지 않은 것이 더 많은 지구에 대해 호기심을 느끼게 되길 바랍니다. 그리고 21세기 지구 시민으로서 변화에 떠밀리지 않고, 스스로 변화를 이끌어 내는 꿈을 꾸기 바랍니다.

2007년 1월 박현주, 신명철

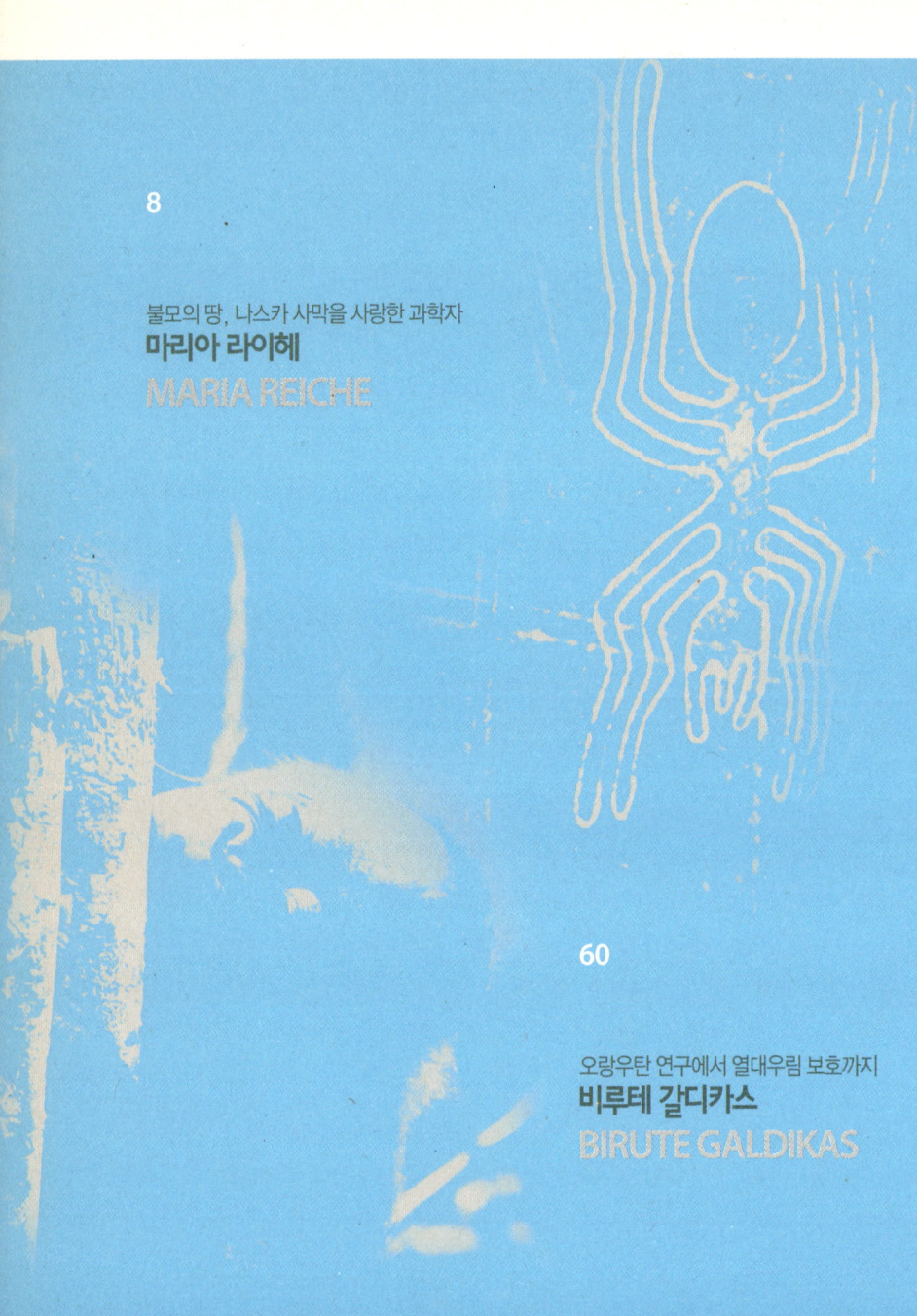

불모의 땅, 나스카 사막을 사랑한 과학자

마리아 라이헤

MARIA REICHE

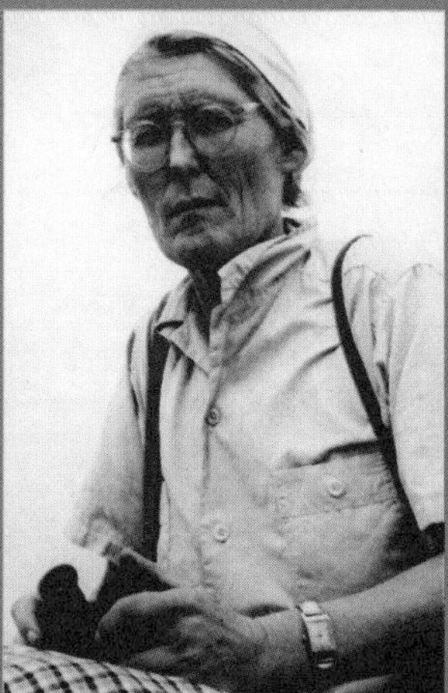

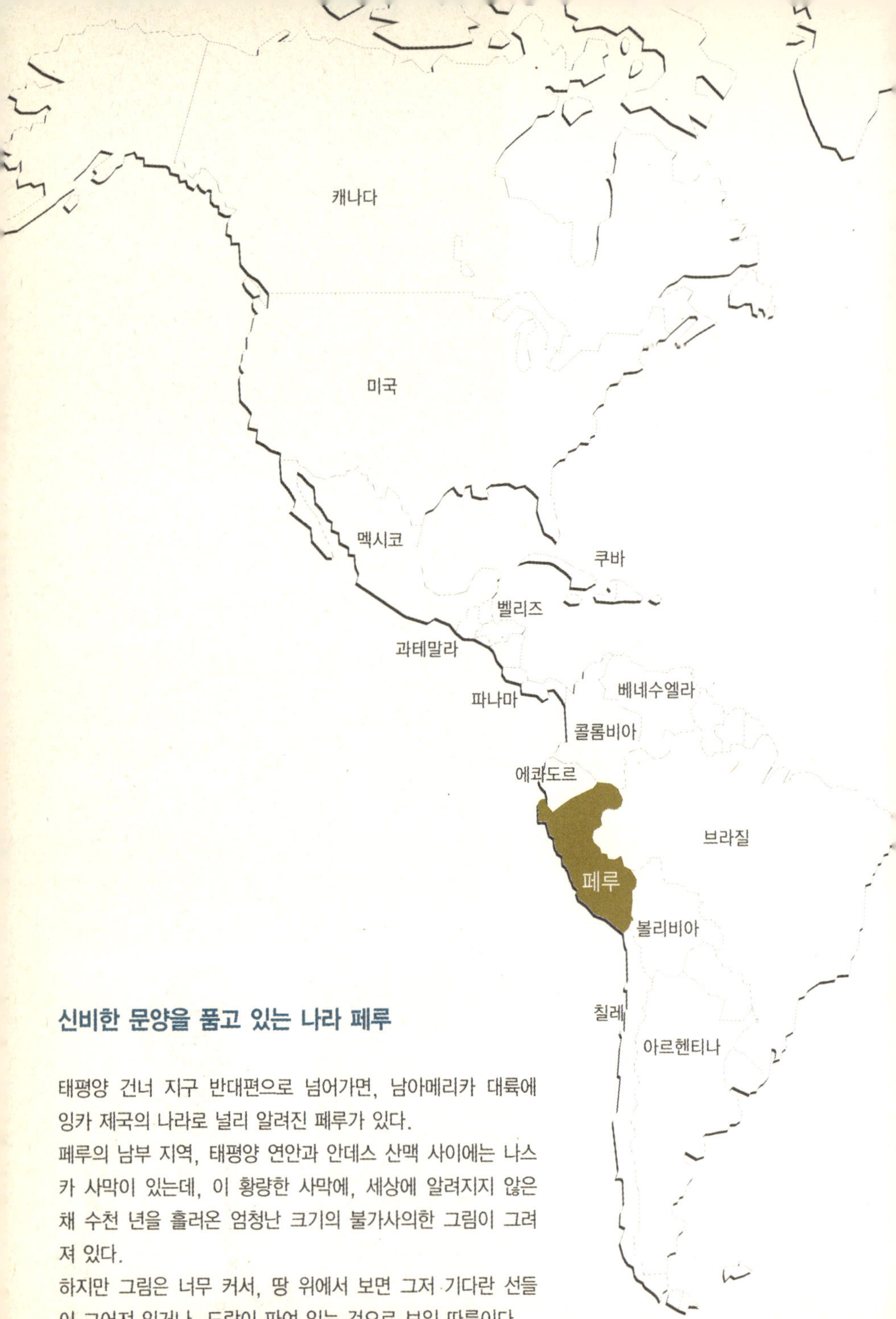

신비한 문양을 품고 있는 나라 페루

태평양 건너 지구 반대편으로 넘어가면, 남아메리카 대륙에 잉카 제국의 나라로 널리 알려진 페루가 있다.

페루의 남부 지역, 태평양 연안과 안데스 산맥 사이에는 나스카 사막이 있는데, 이 황량한 사막에, 세상에 알려지지 않은 채 수천 년을 흘러온 엄청난 크기의 불가사의한 그림이 그려져 있다.

하지만 그림은 너무 커서, 땅 위에서 보면 그저 기다란 선들이 그어져 있거나, 도랑이 파여 있는 것으로 보일 따름이다.

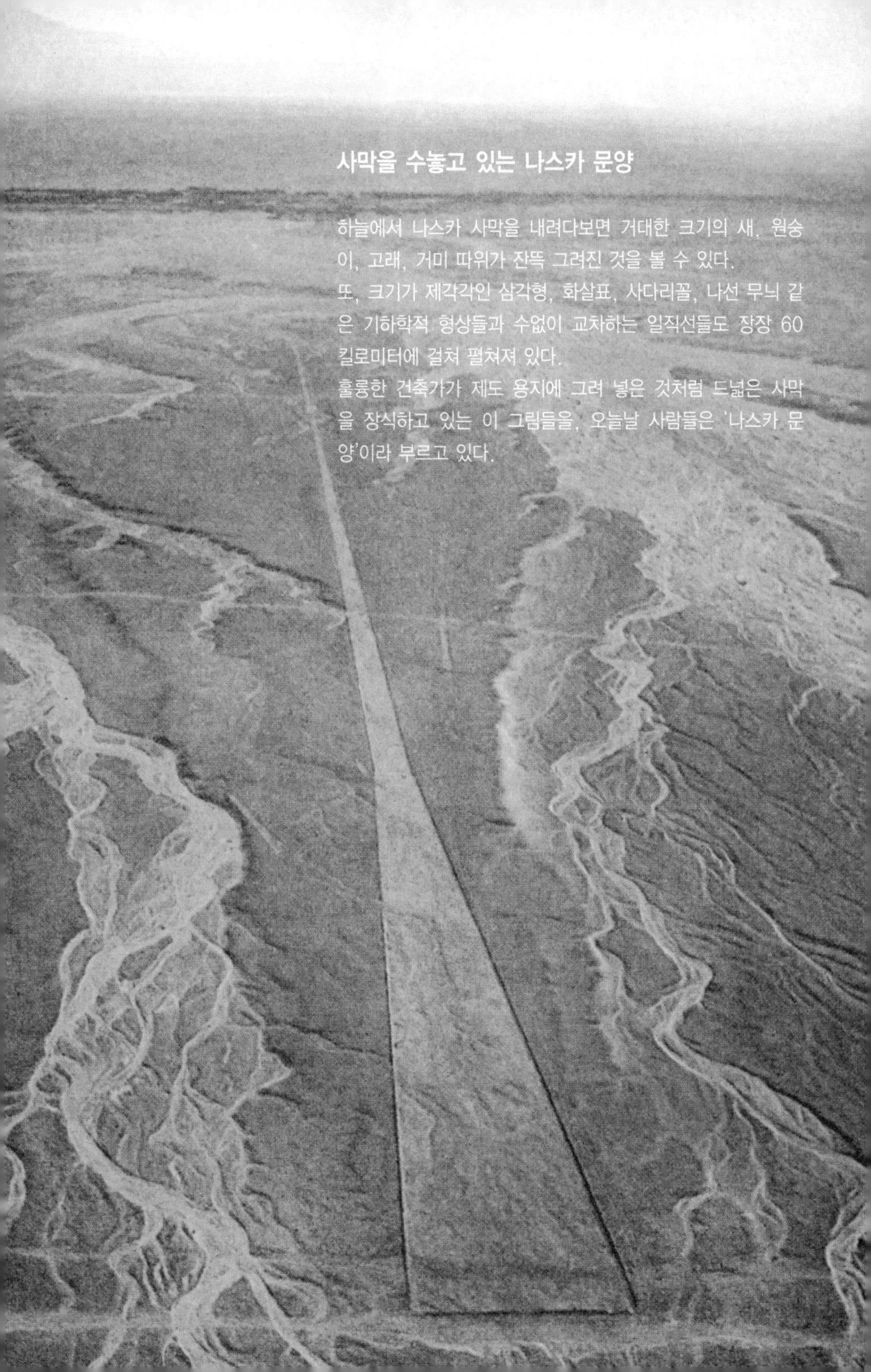

사막을 수놓고 있는 나스카 문양

하늘에서 나스카 사막을 내려다보면 거대한 크기의 새, 원숭이, 고래, 거미 따위가 잔뜩 그려진 것을 볼 수 있다.

또, 크기가 제각각인 삼각형, 화살표, 사다리꼴, 나선 무늬 같은 기하학적 형상들과 수없이 교차하는 일직선들도 장장 60킬로미터에 걸쳐 펼쳐져 있다.

훌륭한 건축가가 제도 용지에 그려 넣은 것처럼 드넓은 사막을 장식하고 있는 이 그림들을, 오늘날 사람들은 '나스카 문양'이라 부르고 있다.

수천 년 넘게 숨어 있던 그림들

수천 년 넘게 숨어 있던 그림들이 세상에 그 존재를 처음 드러낸 것은 그리 오래된 일이 아니다.
1930년대에 비행기 조종사들에 의해 처음 발견되어, 당시 조종사들 사이에서는 커다란 이야깃거리가 되었지만, 그저 그뿐이었다. 그 누구도 가난한 나라의 돌투성이 사막에는 관심을 보이지 않았던 것이다.

마침내 한 여성의 발길이 닿다

마침내 그곳에 사람의 온기가 느껴졌다.
수십 년이 지나도록 비 한 방울 내리지 않는, 가물 대로 가물어 먼지바람만 일던 사막에 한 여성의 발길이 닿았다.
1941년 사막의 열기 속으로, 독일에서 수학을 공부한 금발의 처녀 마리아 라이헤가 첫발을 내디딘 것이다.

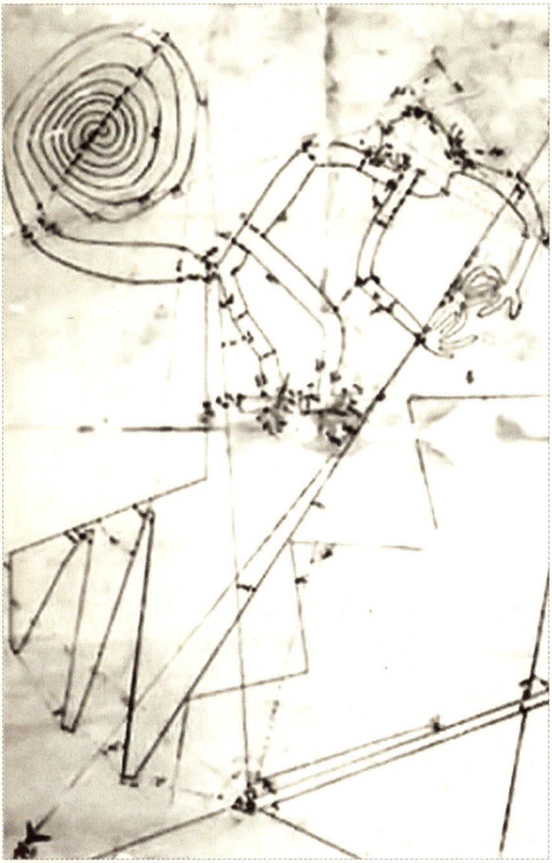

그리고 밝혀지는 비밀들……

나스카 문양의 비밀을 풀기 위해 마리아 라이헤는 10년 넘게 고독한 연구를 계속했지만, 뚜렷한 답을 찾을 수 없었다.
그러던 라이헤에게 드디어 한줄기 빛이 찾아들었다. 사막의 동물 그림들은 별자리를 가리키거나, 길게 그려진 선들은 해가 뜨는 방향을 가리키고 있음을 발견한 것이다.
수천 년 동안 입을 굳게 다물고 있던 나스카 문양이 라이헤에게 서서히 그 비밀을 이야기하기 시작한 것이다.

전쟁의 광풍을 피해 페루로

나스카 문양의 수호자 마리아 라이헤는 1903년 5월 15일, 독일의 예술과 문화 중심지이며 역사적 도시인 드레스덴에서 태어났다. 아버지 막스 펠릭스는 판사였고, 다정하게 엘리로 불렸던 어머니 엘리자베스는 당찬 여성이었다. 1906년에는 라이헤의 여동생 레나테가 태어났고, 3년 뒤에 남동생 프란츠가 태어났는데, 라이헤와 레나테의 우정은 유난스러웠다.

하지만 라이헤 가족의 즐겁고 행복한 시절은 얼마 가지 못했다. 1914년, 제1차 세계대전이 터지자 아버지가 전쟁에 참여한 것이다. 그리고 라이헤가 열세 살 되던 해, 아버지는 그만 목숨을 잃고 말았다. 전쟁은 세계를 죽음의 공포에 휩싸이게 했고, 라이헤의 가정도 예외는 아니었다.

게다가 당장 먹고사는 일이 문제였다. 다행히 라이헤의 어머니는 교사로 취직했지만, 대학을 졸업하지 못했다는 이유로 아주 불리한 조건에서 일을 할 수밖에 없었다. 하지만 라이헤의 어머니는 베를린 거리에서 자전거를 처음으로 탔던 여성 중 하나일 정도로, 무척 강한 여성이었다. 그녀는 마리아의 학창 시절 내내 교사 일과 사회 활동을 해서 가족을 부양했고, 덕분에 라이헤는 전쟁의 소용돌이 속에서도 공부에 열중할 수 있었다.

철이 들면서 오직 공부만 파고들던 라이헤는 중·고등학교 시절부터 자연과학, 특히 수학에 큰 흥미를 가졌다. 그 뒤 라이헤는 드레스덴 공과대학과 함부르크 대학에서 수학과 물리학, 지리학과 철학을 공부했다.

하지만 공부 벌레 라이헤는 대학 졸업 뒤로는 공부의 열정을 더 이어갈 수 없었다. 독일의 경제가 아주 어려워졌던 것이다. 그것은 라이헤 역시 가족의 생계를 돌봐야 한다는 것을 뜻했다.

라이헤는 일자리를 찾아 나섰다. 하지만 대학 졸업장도, 수학에서 보인 특출한 재능도 다 소용없었다. 여기저기 사립학교에 적을 두면서 일을 하곤 했지만 모두 임시직이어서 몇 달 일하다가는 또 다른 일자리를 구해야 하는 불안한 생활의 연속이었다.

경제적인 어려움 말고도 라이헤를 괴롭힌 것이 또 있었다. 바로 다시금 전쟁으로 치닫고 있는 독일의 상황이었다.

'또 다시 전쟁을 일으키려 하다니! 미친 짓이야!'

권력을 잡은 히틀러는 게르만 민족의 우월성을 내세우며 다시 전쟁을 책동하고 있었고, 궁핍한 경제 상황으로 어려움을 겪고 있던 독일 국민들은 차츰 히틀러의 주장에 동조하기 시작했다. 라이헤는 그런 상황을 견딜 수 없었다. 매일 반복되는 불안정한 생활에도, 높아져만 가는 전쟁의 긴장감에도 지쳐 있었다.

라이헤가 다니는 학교에도 히틀러가 일으킨 미친 바람이 불고 있었다. 시내 곳곳에는 히틀러를 찬양하는 포스터가 나붙고, 게르만 민족의 단결이 유난히 강조되었다. 독일에 있는 한, 전쟁에 휘말리지 않을 수 없을 것만 같았다.

뒷날 라이헤는 그때의 심정을 이렇게 회고했다.

"실제로 그때 독일인들을 사로잡고 있던 그 모든 증오심들을 생각하면 역겨움이 느껴졌어요. 난 그것들로부터 나 자신을 멀리 떼어 놓고 싶었어요."

그즈음, 라이헤는 우연히 함부르크의 한 신문 광고를 보게 되었다.

'페루 주재 독일 영사관에서 아이를 돌보고 독일어를 가르칠 가정교사 구함.'

라이헤는 환호성을 질렀다. 그토록 바라던 기회가 생긴 것이다. 독일을 벗어나면 전쟁의 소용돌이는 피할 수 있을 것 같았다. 라이헤는 광고를 오려서 소중하게 간직했고, 꿈은 곧 현실이 되었다. 영사관 가정교사 자리에 지원한 80여 명 가운데 라이헤가 뽑혔고, 페루에서 초청장이 날아왔다.

스물아홉의 젊은 나이에 머나먼 남미 대륙의 페루로 가야 하는 일은 너무도 큰일이었고, 독일인이 그곳에 가기 위해서는 지구의 반을 돌아가는 긴 항해를 해야 했다. 언어도, 사람도, 음식도 모두가 낯설기만 한 이국땅. 하지만 무엇도 라이헤의 의지를 꺾을 수는 없었다.

라이헤는 새로운 삶의 출발점에 서서 어머니를 떠올렸다. 라이헤의 어머니는 옥스퍼드 대학에서 유학할 때 아버지를 알게 되어 사랑에 빠졌다. 그러고는 그 시절 으레 그랬듯이 결혼을 위해 공부를 그만두고 말았다. 졸업까지 불과 한 학기밖에 남지 않았던 상황이었다. 하지만 라이헤는 자신이 하고 싶은 일을 어떤 이유로도 미루고 싶지 않았다.

'엄마처럼 가족을 위해 나를 희생하지는 않을 거야…….'

입술을 굳게 다물고 라이헤는 배에 올랐다. 마침내 대서양 횡단 여객선 오덴발트 호는 지구 반대편을 향해 나아가기 시작했다.

쿠스코, 예정된 삶의 시작

라이헤는 항상 페루에서의 삶이 운명으로 예정되어 있는 것 같다고 말해 왔다. 설명하기는 어렵지만 꼭 그렇게 될 것 같았고, 실제로 그녀는 쿠스코에서 그 첫걸음을 내딛게 된 것이다.

영사관 가정교사 일을 시작한 라이헤는 빠르게 새로운 생활에 적응해 갔다. 또한 옛 잉카 제국의 수도로 곳곳에 잉카 문명의 흔적이 남아 있는 쿠스코의 유적들과 페루의 원주민 문화에 빠져 들면서 즐거운 나날을 보낼 수 있었다.

드디어 잉카 제국의 상징 마추픽추를 찾게 되었을 때는 해발 2천5백 미터의 험준한 산 중턱에 세워진 도시의 웅장함과 정밀함에 놀라고 말았다. 정밀한 수로와 주거 시설, 체계적으로 배치된 계단식 밭 등은 이 도시를 만든 원주민들이 뛰어난 측량법과 계산 능력을 지니고 있었음을 말해 주고 있었다.

쿠스코 시절, 라이헤는 손가락을 하나 잃게 되는 아픔을 겪기도 했다. 선인장 가시에 손가락을 찔렸는데, 대수롭지 않게 여기고는 원주민에게 배운 치료법을 혼자서 써 보다, 결국 잘라 내야 하는 지경까지 가게 된 것이다. 그렇다고 원주민의 오랜 전통에 불신이 생기기보다는, 다만 자신이 제대로 알지 못해 이런 일이 생겼다고 느낄 뿐이었다. 라이헤는 시간이 날 때마다 원주민 문화를 공부했고, 일이 없는 날이면 산이나 원주민 마을로 여기저기 돌아다녔다.

하지만 영사관 가정교사 일은 2년 만에 그만둘 수밖에 없었다. 영사 부인은 라이헤가 원주민 문화에만 관심을 갖고, 아이들에게 전통적인 독일식 교육을 하지 않아 못마땅했던 것이다.

1934년, 라이헤는 쿠스코를 떠나 페루의 수도 리마로 갔다. 사람들이 많아야 일자리도 많을 테고, 원주민 문화를 공부하기에도 리마가 한결 낫기 때문이었다. 벌이는 시원치 않았지만 라이헤는 닥치는 대로 일을 했다. 독일어와 영어를 가르치고 번역 일도 했다. 또, 몇 달간 리마에서 북쪽으로 40킬로미터 떨어진, 주변이 온통 사막인 작은 해변 휴양지 앙콘에서 지내기도 했다.

하지만 라이헤의 어머니는 딸의 이런 생활에 마음 졸였다. 어머니는 라이헤가 젊은 날 시간을 낭비하고 있다고 생각했다. 게다가 라이헤는 독일로 돌아올 생각을 전혀 하지 않았다. 어머니는 걱정스런 마음을 담은 편지를 보내곤 했는데, 서른두 살의 라이헤는 어머니에게 자신의 앞날을 예견이라도 한 듯 이런 답장을 보냈다.

어머니.

이제야 제가 진정으로 바라는 것이 무엇인지 알 것 같아요. 그것

드디어 잉카 제국의 상징 마추픽추를 찾게 되었을 때는 해발 2천5백 미터의 험준한 산 중턱에 세워진 도시의 웅장함과 정밀함에 놀라고 말았다. 정밀한 수로와 주거 시설, 체계적으로 배치된 계단식 밭 등은 이 도시를 만든 원주민들이 뛰어난 측량법과 계산 능력을 지니고 있었음을 말해 주고 있었다.

은 보다 높은 차원의 어떤 것이에요. 제가 마음속으로 결정한 것이 앞으로 어떤 형태를 띠게 될지는 아직 알 수 없지만, 그 일이 제가 태어날 때부터 저에게 주어진 숙명적인 거라는 것만은 분명해요. 따라서 그 일을 할 때까지 몇 년간은 아무에게도 알려지지 않은 존재로 조용히 살게 될 거예요.

1936년, 라이헤는 가족을 만나러 독일로 건너가 몇 달 머물렀다. 고향 방문은 짧았고, 대부분의 시간을 도서관과 박물관에서 보냈다. 때론 영국으로 건너가 박물관을 찾아다니고 영어 실력을 향상시키기 위해 어학 강좌도 들었다. 그것도 잠시, 1937년 라이헤는 다시 남아메리카로 가는 배에 올랐다.

드디어 나스카 사막으로

1938년, 페루 국립박물관에서 독일의 과학·기술 관련 잡지들을 번역하고 있던 라이헤는 리마에 있는 산마르코스 대학의 고고학자 훌리오 C. 테요의 통역 일을 맡게 됐다.

당시 라이헤는 잉카 문화에 매혹되어 어느새 관심 분야를 고고학 영역까지 넓혀 놓고 있었고, 그런 라이헤의 지식과 끈기와 열정에 테요 박사는 감동 받았다. 결국 테요 박사는 자신의 연구 동반자로 파라카스의 유적 발굴 팀에 그녀를 포함시켰고, 라이헤는 2천여 년 전 페루 고대인들의 미라가 두르고 있던 아름다운 의복의 복구 작업을 지휘하게 됐다.

파라카스의 미라를 덮고 있던 의복들은 컬럼비아 이전 시대(15세기 말 콜럼버스가 아메리카 대륙을 발견한 것을 기념하여 그 당시를 '컬럼비아 시대'라고 한다. 특히 아메리카 대륙의 역사와 문화의 경우 흔히 컬럼비아 이전 시대와 이후 시대로 나눈다.)의 아메리카 대륙에서 발견된 것으로는 가장 정교한 작품들에 속하는 것이었다.

파라카스 발굴 작업은 1925년 테요와 토리비오 메히야에 의해 시작되었는데, 1930년대 말쯤에는 고고학자들이 나스카와 이카 사이의 계곡에 있는 매장지에서 발견된 미라의 천에 수놓인 자수 그림들과 파라카스에서 나온 그림들의 비교 작업을 시작하고 있었다. 페루의 바닷가 도시인 파라카스는 지형학적으로 나스카 계곡과 비슷했고, 거리도 나스카와 가까운 곳이었다.

한편 그즈음 라이헤는 열두 살 정도 많은 에이미 메레디스라는 매력적이면서도 활기찬 영국 친구를 사귀게 되었다. 그녀는 도시 중심가에 작은 찻집을 운영하고 있었는데, 그 찻집은 페루의 지식인과 문화인들이 교류하는 유명한 장소였다. 라이헤 역시 그 찻집에서 자연스레 몇몇과 교류를 하게 되었는데, 뒷날 라이헤에게 나스카의 길을 열어 주게 될 롱아일랜드 대학의 폴 코속 교수도 그 중 하나였다.

코속은 1939년에 이어 1940년 하반기에도, 근무하던 대학에 1년 휴가를 내고 아내 로즈와 함께 페루로 왔다. 이때는 비행기 조종사들을 통해 나스카 지대의 문양에 대한 보고가 속속 들어오고 있던 때이기도 했다. 역사학에 탁월하고, 고고학에 대한 관심이 전문가 수준이었던 코속은 나스카 문양에 대한 이야기를 듣더니 1941년 6월에 바로 나스카로 향했다.

사막에 도착한 코속 부부는 광대한 사다리꼴 문양의 흔적을 따라가면서 그림을 그렸다. 결국 그들은 문양의 한쪽 끝이 복잡한 소용돌이 모양과 손가락처럼 생긴 방사형으로 아름답게 장식되어 있음을 알게 되었고, 태양이 거의 정확하게 어떤 한 선의 끝에서 지는 것도 목격했다. 그리고 당연하게도 그 유적이 천문학 혹은 달력과 어떤 연관성을 가질 수 있다는 결론에 다다랐다.

나스카에 대한 제대로 된 연구가 거의 없던 때였기에, 코속은 자신의 발견과 그에 따른 결론에 충격을 받았다. 리마로 돌아온 코속은 바로 에이미의 찻집으로 향했다.

코속이 나스카 문양을 연구하는 동안, 라이헤는 코속이 나스카로 가기 직전 부탁한 논문 번역 일을 하면서 문양에 관해서는 당시 최고 권위자였던 메히야를 만날 기회가 있었다. 그에게서 문양과 관개시설의 연관 가능성에 대한 이야기를 들은 라이헤 역시 나스카 문양에 상당히 관심을 가지게 되었다. 그렇게 코속 교수와 라이헤는 에이미의 찻집에서 다시 만났다.

코속은 자신이 발견한 나스카 사막의 선과 문양에 대해 열정적으로 설명하기 시작했다. 라이헤는 그때 이미 9년이나 페루에 살면서 원주민 문화 연구로, 고고학 현장 발굴로, 여러 활동을 해 온 널리 알려진 학자였기 때문이다. 코속으로서는 가장 든든한 지원자를 만난 것이다.

라이헤 역시 코속의 설명에 푹 빠져 버렸다. 천문학과 결합된 수학, 시간, 달력, 그리고 고고학에 대한 새로운 관심, 이 모두가 합쳐져서 하나로 결합된 연구, 그것이 바로 자신의 연구 주제임을 라이헤는 스스로 깨닫고 있었다.

코속은 사막의 그림이 무엇인지 과학적으로 밝히는 일을 라이헤가 도와줄 수 있는지 조심스럽게 물었다.

"그러면 사막에 들어가야겠네요?"

코속은 고개를 끄덕였다. 하지만 왠지 자신 없는 태도였다. 나스카에서 지낸 몇 개월이 그리 쉽지만은 않았던 것이다. 라이헤는 빙긋 웃으며 코속을 바라봤다.

"그럼, 제가 사막에 들어가지요."

"사막에 들어간다고요? 아예 사막에 자리를 잡겠다는 뜻인가요?"

"물론이죠. 이 고대 문양의 비밀을 풀려면 사막에 뿌리박아야 하지 않겠어요? 누군가 온몸을 다 바쳐야 해요. 그러면 바로 제가 적임자예요."

"사막에서 몇 년을 온전히 보내야 할지도……."

"연구를 하러 가면서 시간을 정하는 게 말이 되나요?"

"좋습니다. 이 일은 라이헤 선생 말고는 아무도 할 수 없을 겁니다. 그러니 선생이 제 일을 도와주는 게 아니라, 제가 라이헤 선생의 일을 도와주는 겁니다."

드디어 라이헤는 가장 기다려 왔던 일을 하게 됐다. 바로 고대 페루 문화의 중심으로 들어가 연구를 하는 일 말이다. 라이헤는 계산과 측정, 기하학과 달력, 천문학 등 고대 페루 문화와 연관된 그 모든 연구 과제를 즉시 떠맡을 준비가 되어 있었다.

세상에서 가장 큰 천문학 책, 나스카 문양을 향한 라이헤의 본격적인 여정이 시작되는 순간이었다.

태양을 향한 선들

1941년 12월, 일본이 진주만을 공격하자 하룻밤 사이에 태평양은 전쟁의 한복판에 들어서게 되었다. 하지만 페루는 여전히 번창했고, 리마의 일상은 거의 변한 게 없었다.

서른여덟 살의 라이헤는 버스를 타고 나스카로 향했다. 열두 시간이 넘게 걸리는 4백43킬로미터의 긴 여정 끝에 나스카에 도착한 라이헤는 드디어 사막에서 자신만의 세계를 발견했다. 머리 위 하늘과 드넓게 펼쳐진 광야, 그리고 자유, 이는 라이헤에게 가장 필요한 것들이었고, 그녀는 거기서 흡족한 시간을 보낼 수 있었다.

라이헤는 당시 나스카의 유일한 호텔이었던 로얄 호텔에 묵었다. 하지만 그곳은 이름만 호텔이지, 낡을 대로 낡은 집이었다. 지저분한데다가 호텔에 전력을 공급하는 발전기 소리 때문에 잠을 이룰 수가 없었다.

또, 나스카 지역은 정오가 되면 광활한 사막에 내리쬐는 열기가 종종 참을 수 없을 정도였다. 그래서 라이헤는 매일 새벽 3~4시경에 일어나 지나가는 트럭을 잡아타고 사막으로 가서 일출을 맞았다. 20킬로미터 이상 떨어진 사막까지 마땅한 교통편이 없었던 그녀는 판아메리카나 고속도로 변에 서서 지나는 차를 세워 무임승차하곤 했다. 중남미 대륙을 지나는 판아메리카나 고속도로에는 주로 화물차나 트럭들이 질주했는데, 차 안은 운전사뿐만 아니라 그 가족들로 발 디딜 틈이 없었다. 그래서 라이헤는 주로 짐칸에 올라타 쪼그리고 앉을 수밖에 없었다.

어스워치 활동가들이 나스카 문양과 멀리 떨어진 지역에서, 문양 그리는 실험을 해 보고 있다.

사실 문양의 제조 기법은 단순했다. 그 지역 전체는 흑갈색 돌들이 표층을 덮고 있고, 그 아래 아주 고운 적갈색 흙이 숨겨져 있는데, 문양을 만들었던 사람들은 그 돌들을 들어내거나 질질 끌듯이 발걸음을 옮기는 것만으로도 그 그림들을 남겨 놓을 수 있었을 것이다. 정작 수수께끼는 그들이 왜 그 방위를 선택했는지였다.

매일 힘들게 사막을 오가며 라이헤는 우선 그곳에 그려진 수많은 선들 가운데 어떤 선들이 해가 뜨고 지는 것과 관련 있는지 관찰하기 시작했다.

사실 문양의 제조 기법은 단순했다. 그 지역 전체는 흑갈색 돌들이 표층을 덮고 있고, 그 아래 아주 고운 적갈색 흙이 숨겨져 있는데, 문양을 만들었던 사람들은 그 돌들을 들어내거나 질질 끌듯이 발걸음을 옮기는 것만으로도 그 그림들을 남겨 놓을 수 있었을 것이다. 표면의 흑갈색 돌과 그 아래 적갈색 흙은 선명한 대비를 이뤄 쉽게 문양을 만들어 낸다. 정작 수수께끼는 그들이 그 문양들을 어떻게 만들었는가가 아니라, 왜 그 방위를 선택했는지였다.

페루에서는 가장 한여름인 12월 21일을 전후한 며칠 사이에 라이헤는 방향을 가리키는 열여섯 개의 선을 확인했다. 태양이 열여섯 개의 선이 가리키는 방향에서 떠오르는 것을 본 것이다. 일주일 가량 지나자 태양이 떠오르는 지점이 지평선에서 조금 동쪽으로 움직인 것처럼 보였다. 몇 개월 뒤면, 태양은 나스카에 가을의 도래를 선언하면서 정동(正東)으로 떠오를 것이라고 라이헤는 생각했다.

나스카 문양이 천문 달력이라는 것을 밝히는 실마리가 한 가닥씩 풀려 가고 있었다.

1942년에 라이헤는 나스카에서의 1차 연구를 마치고 리마로 돌아왔다. 하지만 코속은 다시 리마에 오지 못하고 있었고, 나스카 문양은 오직 라이헤의 몫이 되었다. 그런데 연구를 다시 시작할 수 없었다. 전쟁 때문에, 라이헤는 독일인이라는 이유로 여행을 제한당했다. 라이헤는 리마에서 에이미와 같은 아파트에 지내면서 시간을 보낼 수밖에 없었다.

산파블로 농장의 헛간

그렇게 3년이 지나고 프랑스에 연합군이 상륙하면서, 유럽의 전쟁도 마지막 겨울에 접어들었다. 한편 라이헤가 현장 연구를 포기할 수밖에 없었던 3년 동안 나스카에는 큰 변화가 있었다. 1942년에 지진이 일어나 마을 대부분은 막대한 피해를 입었고, 로얄 호텔 역시 흙더미가 되어 버린 것이다.

여러모로 상황이 안 좋았지만, 더 이상 라이헤는 한겨울 태양을 관측할 수 있는 적기인 6월을 그냥 보낼 수 없어 나스카로 돌아왔다. 우선 새로운 숙소를 찾아야 했다. 그동안 묵었던 로얄 호텔도 없어졌지만, 무엇보다 라이헤는 사막에서 온전히 24시간을 보내고 싶었다. 마을에서 사막을 오가는 소모적인 시간을 더는 견딜 수 없었다. 어떻게든 방법을 찾아야 했다. 한시도 사막에서 떨어져 나와 시간을 허비하고 싶지 않았다. 풀 한 포기 없는 황량한 사막을 바라보며 라이헤는 다시 한번 생각했다.

'내가 있어야 할 곳은 바로 저 사막이야.'

그러던 어느 날, 라이헤의 눈에 불쑥 아주 낯선 것이 들어왔다. 마치 쓰레기 더미를 쌓아 놓은 것처럼 무언가 얼기설기 얽혀 있는 게 보였다. 항상 보아 오던 사막에 갑자기 솟아오른 것처럼 눈에 들어온 그것은 한번도 눈여겨본 적이 없는 허름한 헛간이었다.

라이헤는 달리는 차를 억지로 세우고는 그곳으로 달려갔다. 그곳은 산파블로 농장에 딸린 헛간으로, 날림으로 지은 것이라 곧 무너질 것처럼 위태롭게 서 있었다. 마침 농장에는 주인이 나와서 일을 하고 있었다.

라이헤는 주인에게 다가가 다짜고짜 말을 했다.

"제가 이곳을 사용할 수 있을까요?"

농장 주인은 멍하니 서 있다가 라이헤를 바라보았다.

"아니요, 여긴 사람이 사는 곳이 아닙니다."

"제가 살겠습니다."

낯선 여인의 당돌함에 놀란 주인은 고개를 설레설레 흔들었다. 산파블로 농장 주인은 린던 에벌린이라는 영국인으로, 영국 신사가 볼 때 여자가 낡은 헛간에 산다는 것은 상상도 못할 일이었기 때문이다.

"이곳은 귀부인이 살 곳이 못 됩니다."

농장 주인은 다시 한번 간곡하게 거절했다.

"난 귀부인이 아닌걸요."

라이헤 역시 물러설 기미가 없었다. 헛간이 낡았다거나, 살기에 불편하다거나 하는 것은 라이헤에게 아무런 장애가 되지 않았다. 다만 그곳이 그녀가 연구를 할 지역과 가까운 곳에 있다는 것, 그것만이 중요할 뿐이었다. 길을 건너 비탈길 하나만 오르면 바로 작업 현장이 나오는 곳이었다.

결국 그 산파블로 농장의 헛간에서 라이헤는 25년이 넘는 세월 동안 연구를 하며 지내게 된다. 헛간 안의 살림살이라고는 라이헤가 직접 만든 책상과 의자, 그리고 낡을 대로 낡은 침대가 전부였다.

헛간에 터전을 잡은 라이헤는 거의 하루 종일 온전히 연구에 몰두할 수 있었고, 성과를 얻기 시작했다.

언제나 바닥을 보이고 있는 라이헤의 재정 상태가 문제였지만, 아메리카 대륙에서 가장 오래된 대학인 산마르코스 대학의 기부금이 결정되어 해결할 수 있었다. 빚도 갚고, 경위의(지구 표면의 물체나 천체의 고도와 방위각을 재는 장치)도 배달되었다. 또한 마을 소유의 트럭 한 대를 사용하도록 배려를 받았고, 그곳 소재 군 지리부국 대령으로부터 지원과 지지를 얻었다.

그리고 에이미의 아낌없는 지원과 격려는 항상 힘이 되어 주었다. 라이헤는 서서히 자신감을 가질 수 있었다.

페루는 남아메리카 대륙의 서쪽 남태평양과 접해 있으며
아래로는 칠레, 위로는 에콰도르와 국경을 마주하고 있다.

리마에서 나스카까지 가는 길.

페루의 수도 리마에서 나스카로 가려면 남태평양과 접해 있는 광막한 모래언덕들을 따라 남쪽으로 내려가야 한다. 불모의 모래언덕을 따라가다 내륙으로 방향을 틀면 바위투성이 산길과 가파르고 좁은 계곡들이 이어지고, 높은 고원 지대로 길이 솟구쳐 오른다. 고원에는 아래쪽의 녹색 계곡과 대조를 이룬 적갈색 돌멩이들로 이루어진 드넓은 벌판이 지루하게 펼쳐지는데, 그곳이 바로 나스카 평원이다. 나스카 평원은 초목이든 동물이든 생명의 흔적이란 없어 보이는 돌투성이 사막으로, 평원을 30킬로미터쯤 더 가로질러 가면, 길은 마침내 마을을 둘러싼 녹색 계곡을 따라 내려간다.

나스카 문양이 분포된 지역

나스카 사막의 중심 지역은 마을에서 20킬로미터 정도 북쪽에서 시작해서 2백50평방킬로미터의 지역을 포괄한다. 이렇게 광활한 지역은 서쪽으로 완만하게 기복을 이루고 있으며, 언뜻 보기에는 그저 편편하고 아무런 특징도 없어 보인다. 평원의 양쪽으로는 잉게니오 강과 나스카 강의 골짜기가 있고 나머지는 산맥으로 경계가 지워진 삼각형 꼴의 지형이다. 동쪽으로는 안데스 산맥의 산기슭과 경계를 이루고, 북쪽으로는 잉게니오 강을 향해 내리막길인데, 그곳의 가파른 경사면 쪽에 거대한 문양들이 밀집되어 있다.

나스카 사막의 기후 특성

해발 4백57미터의 나스카 사막은 평년에는 실질적으로 비가 내리지 않는, 지구상에서 가장 건조한 곳 가운데 하나로 연중 22℃의 기온을 유지한다. 문양들이 그토록 오래 살아남은 것도 이렇게 극도로 적은 강수량과 바람이 없는 기후 때문이다. 강력한 엘니뇨 현상이 나타날 때만 그 메마른 땅 위로 짧은 기간 개울이 흘러 소용돌이치는 무늬를 흔적으로 남기면서 문양의 일부를 지울 뿐이다.

마침내 풀리기 시작한 나스카 문양의 비밀

라이헤는 안데스 산맥이 새벽 안개에 둘러싸여 푸르스름하게 윤곽을 드러내면 허름한 헛간을 나와 사막 한가운데로 들어가곤 했다. 새 한 마리 날지 않고, 이끼조차 없는 황량한 사막은 금세 목이 타들어 가고, 온몸에서 땀이 솟아오를 정도로 태양이 뜨겁게 내리쬐는 곳이었다. 라이헤는 선 하나의 길이가 40킬로미터나 되고, 전체 2백 평방킬로미터 가까이 되는 광대한 지역을 일일이 걸으면서 확인하는 일을 거듭했다. 마침내 라이헤가 허리를 폈을 때는 날이 저물어 더 이상 일을 할 수 없을 정도로 고된 작업이었다. 하지만 라이헤는 조금도 동요하지 않고 작업을 계속했다.

해가 완전히 저물면 라이헤는 다시 자신만의 공간이자 연구소인 농장의 헛간에 돌아와 등잔 불빛 아래서 커다란 제도용지를 펼쳐 놓고, 낮 동안 걷고, 확인하고, 측량했던 선의 각도와 길이를 토대로 축척에 맞게 그림을 그렸다. 그림은 선을 이어가면서 차츰 분명해지고 있었다.

그렇게 형상 하나가 드디어 완성되었다. 완성된 그림은 손가락 모양을 하고 있었는데, 손가락이 네 개뿐이었다. 미심쩍어 하던 라이헤의 눈길은 자신도 모르게 자기의 왼손에 가 멎었다. 쿠스코에 머물던 시절 손가락 하나를 잘라 낸 그녀의 왼손 역시 손가락이 네 개였다. 묘한 우연의 일치였지만, 라이헤에게 그것은 마치 하나의 계시처럼 느껴졌다. 사막 한가운데 있는 손가락이 네 개뿐인 형상. 마흔아홉 살의 라이헤는 이제 막 새로운 인생이 시작된 듯한 기분을 느꼈다.

그러나 그 뒤 한 달 동안 다시 라이헤의 작업에는 별다른 진척이 없었다. 제도용지 위에는 축소해 그려 놓은 사막의 선들이 어지럽게 흩어져 있었지만, 사막 한가운데를 장식하고 있는 손가락 네 개의 형상이 무엇을 나타내는 것인지 도무지 알 수가 없었다. 무엇인가를 나타내는 그림인 것은 분명한데…….

라이헤는 가벼운 한숨을 내쉬었다. 커피 한 잔을 타 온 라이헤는 다시 제도용지를 뚫어지게 쏘아 보았다. 나사 모양으로 휘감겨 있는 원형의 선, 그리고 동물의 다리 같은 형체…….

라이헤는 다시 한번 깨끗한 제도용지에 측정한 지점들을 표시하고 그 사이를 선으로 연결시켜 보았다.

"아! 하느님!"

라이헤는 스스로의 눈을 의심하지 않을 수 없었다. 라이헤는 자리를 박차고 연구실 밖으로 뛰어나갔다.

"원숭이야!"

라이헤는 큰 소리로 외쳤다. 그 미지의 선들이 그려 내는 문양은 바로 원숭이였다. 원숭이 그림은 중간에 끊기지 않고 끝없이 이어지는 선으로 구성되어 있었다. 원숭이는 머리에서 꼬리까지의 길이가 80미터가 넘었고, 그 윤곽선의 전체 길이가 몇 킬로미터에 이르는 거대한 것이었다. 라이헤는 사막의 한가운데를 장식하는 원숭이 그림은 큰곰자리 성좌를 가리키는 것이라고 생각했다. 하늘에 떠 있는 별을 보고 고대 그리스인들은 신화 속의 곰의 형상을 떠올렸지만, 곰이 살지 않는 페루의 고대인들은 원숭이를 떠올렸다는 것이다. 그렇다면 다른 선과 문양들 역시 모두 살아 있는 생물이거나 고유한 의미를 지닐 것이라는 결론을 내릴 수 있었다.

이 발견은 라이헤의 작업을 상당히 진척시켜 주었다. 그 뒤 라이헤는 사막의 그림들이 농작물의 파종과 수확 시기를 알려 주고, 일식과 월식, 그리고 달의 주행 주기를 계산할 수 있게 하는 '달력'의 역할을 하고 있다는 생각을 굳히게 되었다.

또한 그동안 사람들이 나스카 문양에 대해 가졌던 가장 큰 의문은 바로 고대인들이 어떻게 거대한 그림을 그릴 수 있었을까 하는 것이었는데, 라이헤는 고대 원주민들이 그리고자 하는 동물 등의 형상을 일단 작은 크기로 스케치해 두었다가 나중에 확대해서 사막에다 옮겨 놓았으리라고 확신했다.

지금까지는 그 누구도 이 의문에 답할 수 없었기 때문에 어떤 주장도 과학적으로 인정받지 못했다. '고대의 천문 달력' 주장도 마찬가지였다. 그러나 아무도 없는 사막에서 10여 년 동안을 홀로 연구한 라이헤가 마침내 그 답을 찾기 시작한 것이다.

이제 남은 문제는 고대 나스카 사람들이 측량에 사용한 과학적 단위를 찾아내는 것이었다. 다시 5년이 넘는 시간을 들여 라이헤는 고대인들이 손끝에서 팔꿈치까지의 신체 길이를 기본 단위로 삼았음을 밝혀냈다.

수천 년 동안 입을 굳게 다물고 있던 나스카 문양이 라이헤에게 서서히 그 비밀을 이야기하기 시작한 것이다.

정신 나간 외국인, 사막을 날다

한 독일 여성이 나스카 문양 연구에 인생을 모두 바쳤다는 사실에 사람들은 놀라워했다. 하지만 라이헤의 연구 성과는 인정하지 않았다. 고고학계는 여전히 나스카 문양에 관심을 보이지 않았고, 라이헤의 연구를 지원해 줄 만한 연구소도 없었다.

지역 주민들의 시선 또한 곱지 않았다. 마을은 안데스 산맥 아래, 사막의 끝자락에 자리 잡은, 걸어서 30분이면 다 돌아볼 수 있을 정도로 작은 곳이어서 마을 사람들은 모두 라이헤를 잘 알고 있었다.

다른 선과 문양들 역시 모두 살아 있는 생물이거나 고유한 의미를 지닐 것이라는 결론을 내릴 수 있었다. 라이헤는 사막의 그림들이 농작물의 파종과 수확 시기를 알려 주고, 일식과 월식, 그리고 달의 주행 주기를 계산할 수 있게 하는 '달력'의 역할을 하고 있다는 생각을 굳히게 되었다.

하지만 사람들은 이 외국 여자가 사막에서 무엇을 찾고 있는 건지 이해할 수 없었다. 그래서 많은 사람들은 그녀가 마녀가 아니면 미친 여자일 것이라고 생각했다. 심지어는 도굴꾼이라고 단정 짓기도 했다. 십몇 년 동안 주민들은 라이헤의 이름을 부르지 않았다. 혼자 사막을 어슬렁거리며 돌아다니는 그녀를 보고 사람들은 그저 '정신 나간 외국인'이라고 했다.

하지만 라이헤는 사람들의 시선이나 편견에 아랑곳하지 않았다. 오히려 그 덕분에 혼자 조용히 작업을 해 나갈 수 있다고 생각했다. 사막의 비밀을 캐내기 시작한 지 15년이 지나서도 여전히 그 비밀을 푸는 일은 라이헤 혼자만의 몫이었다. 라이헤는 그것을 운명으로 받아들였다.

그렇게 홀로 자신만의 길을 꿋꿋이 가던 라이헤에게도 새로운 계기가 필요했다. 이제 땅 위에서의 작업만으로는 한계에 다다른 것이다. 지상의 그림을 하나씩 제도해 나가는 것만으로는 나스카 문양에 대한 과학적 해답을 찾기 어려웠다.

게다가 그즈음, 나스카 문양이 외계인들이 그려 놓은 것이며, UFO의 착륙장으로 사용되었다는 주장, 고대 종교 의식이 치러졌던 장소라는 주장들이 제기되면서 세계의 이목을 집중시켰다.

라이헤는 연구에 더욱 박차를 가해야 했다. 물론 지금이야 페루국립항공사진국에서 제공한, 나스카 문양을 찍은 탁월한 항공 사진들이 많지만, 당시 라이헤에게는 2백 평방킬로미터에 가까운 광대한 지역에 펼쳐 있는 나스카 문양에 대한 충분한 자료가 없었다. 나스카 유적이 파종기와 수확기를 알려 주는 달력이라는 것을 밝히기 위해서는 하늘과 땅 모두에서 종합적인 연구와 분석을 할 필요가 있었다.

그러던 어느 날, 라이헤는 페루국립항공사진국을 찾아가 헬리콥터를 태워 달라고 했다. 때마침 항공국에 새로 들어온 헬리콥터가 라이헤의 눈에 띈 것이다. 헬리콥터는 미국의 한 회사가 면화 재배 농장의 해충 방제 작업을 하기 위해 투입한 것이었다. 그 전까지 비행기를 타고 했던 공중 촬영도 연구에 큰 도움을 주었지만 비행기 조종실 안에서는 라이헤가 원하는 좋은 사진을 찍을 수가 없었다. 이제 라이헤는 헬리콥터를 이용해 보려는 것이었다.

언제나 라이헤를 도와주었던 조종사들은 이번에도 역시 거절하지 않았다. 사실 라이헤를 태우고 공중 촬영을 나가는 것은 조종사들에게도 자랑거리였다. 라이헤는 공중에서 촬영한 사진을 밤새 현상하고, 조종사들과 함께 사진에 대해서 토론하기를 즐겼다. 그리고 조종사들 역시 그녀와 함께 이야기를 하고 있으면 사막의 그림이 얼마나 소중한지, 또 그들의 조상인 고대인들이 얼마나 대단한지를 새삼 느낄 수 있었다.

조종사들은 헬리콥터를 준비하고 라이헤를 기다렸다. 그런데 갑자기 라이헤가 판자와 노끈을 들고 오는 모습이 보였다. 의아해 하는 조종사들을 아랑곳하지 않고 라이헤는 곧바로 헬리콥터 바깥쪽 버팀대에 판자를 얹었다. 그곳이 바로 그녀가 탈 자리라면서. 조종사는 입을 다물지 못했다. 세상에 헬리콥터 밖에 타겠다니…….

처음에는 모두들 말렸지만, 라이헤가 고집을 꺾지 않을 것임을 잘 알고 있었기 때문에 조종사들은 물러설 수밖에 없었다. 조종사는 버팀대에 판자를 단단히 고정시키고는 그 위에 라이헤를 꽉 묶었다. 그러고는 하늘로 올라갔다.

라이헤는 처음으로 수직 촬영에 성공했다. 수만 년 동안 베일에 가려졌던 사막의 불가사의한 문양이 마침내 라이헤에게 온전한 모습을 모두 드러낸 것이다.

나스카 유적을 지켜라

라이헤의 연구도 서서히 세계에 알려지기 시작했다. 더불어 남미 대륙 한구석에 있던 나스카 유적도 세계의 불가사의로 주목받게 되었다. 그렇지만 라이헤의 사막 생활에는 전혀 변함이 없었다. 새벽 여명을 맞으며 나갔다가, 쏟아질 듯 밤하늘을 가득 채우고 있는 별들과 함께 돌아오는 하루하루의 연속이었다. 그런데 이런 라이헤의 생라이헤는 사람들의 시선이나 편견에 아랑곳하지 않았다. 오히려 그 덕분에 혼자 조용히 작업을 해 나갈 수 있다고 생각했다. 사막의 비밀을 캐내기 시작한 지 15년이 지나서도 여전히 그 비밀을 푸는 일은 라이헤 혼자만의 몫이었다. 라이헤는 그것을 운명으로 받아들였다.

활을 온통 뒤흔들어 놓는 일이 생겼다.

1955년 어느 날, 갑자기 토지 측량 기사들이 나타나 사막 위에 경계 표시 막대를 세우기 시작했다. 페루 당국은 관개시설 계획에 따라 안데스 산맥에 터널을 뚫어서, 대륙 동쪽의 아마존 강 수역의 물을 서쪽의 메마른 태평양 연안 지대로 끌어들이는 수로를 건설할 계획이었는데, 그 수로가 바로 나스카의 사막 한복판을 지나게 되어 있었던 것이다.

"여기는 수천 년 전 당신들의 조상이 남겨 놓은 소중한 문화유산이 있는 곳이에요. 이곳은 함부로 다닐 수 없어요. 내일 제가 책임자를 만나겠어요. 그러면 다른 결정이 내려질 거예요. 그때까지만 기다려 주세요."

라이헤의 간곡한 부탁에 다행히 측량 기사들은 발길을 돌렸다. 하지만 사람들이 떠나고 난 사막 위로는 지프의 바퀴 자국과 사람들의 발자국이 고대의 선들 위로 어지럽게 나 있었다. 그때의 자국은 오늘날 항공 사진으로 본 나스카 유적 위에도 선명하게 남아 있어 보는 이들을 안타깝게 하고 있다.

라이헤는 바로 움직여야 했다. 일단 측량 기사들을 돌려보내긴 했지만, 수로 계획이 그대로 진행되는 한 그들은 또 올 것이 분명했다. 라이헤는 페루의 수도 리마로 향했다. 혼자 힘으로 싸우기로 작정한 것이다.

라이헤는 우선 신문사를 찾아갔다. 예전에 "한 독일 여성이 사막에서 세계 최대의 달력을 발견했다"라는 제목으로 라이헤의 이야기를 1면에 크게 실어 주었던 곳이다. 결국 그 신문에서는 관개시설 계획을 놓고 몇 주일 동안이나 찬반 논쟁이 벌어지게 되었고, 일단 사람들의 관심을 끄는 데는 성공했다.

몇몇 사람들은 고대인은 너무 원시적이어서 도무지 문명이라는 것을 가질 수준이 못 되었다고 생각했다. 천문 달력은 한낱 미친 독일 여자의 망상에 지나지 않는다는 것이었다. 하지만 그 수수께끼 같은 사막의 선들을 보존해야 한다는 데는 대부분의 사람들이 찬성했고, 그곳을 유적지로 보존하기를 바랐다. 라이헤는 기고문을 실어 계속해서 논쟁을 이어 갔고, 시간이 흐르면서 그녀를 지지하는 사람들이 점점 더 많아졌다.

그러나 페루 정부의 계획을 변화시키기 위해서는 보다 강력한 여론의 지지가 필요했다. 라이헤는 자신이 사막에서 연구 활동을 하는 동안 지원을 아끼지 않았던 페루 공군을 떠올렸다. 그동안 라이헤는 페루 공군으로부터 측정 기구를 지원 받고, 사막을 비행하면서 사진 촬영도 할 수 있었다. 결국 공군사령관이 기자회견을 주선해 주고, 나스카 유적의 항공 사진 전시회를 열 수 있게 도와주었다.

전시회는 대성공이었다. 그때까지 나스카 유적의 거대한 규모와 정교함에 대해 잘 모르고 있던 페루 사람들은 이 전시회를 통해 비로

소 자신들의 고대 문화에 대한 자긍심을 갖게 되었던 것이다. 마침내 나스카 사막을 관통하는 관개 사업 계획은 페루 국회에서 논의되어, 최종 단계에서 철회되었다.

사막을 떠나 리마에서 보낸 시간은 라이헤를 무척 지치게 만들었다. 몸은 야위어 갔고, 나이를 먹어 갈수록 체력이 약해지는 것을 느꼈다. 너무도 힘든 시간이었다.

레나테, 든든한 후원자이자 동반자

그런데 이번에는 독일에서 안 좋은 소식이 전해져 왔다. 쓰러질 것만 같았던 라이헤에게 감당하기 어려운 큰 슬픔이 몰아쳐 왔다. 자신의 일에 오랫동안 반대를 하던 어머니, 그러나 나중에는 라이헤의 가장 강력한 원조자가 되었던 어머니가 돌아가신 것이다. 그때가 1961년이었다.

라이헤는 그만 일을 놓아 버렸다. 하루 종일 사막에 앉아 멍하니 안데스 산맥을 바라보았다. 딸이 어떻게 살고 있는지 그 모습을 꼭 한 번만이라도 보고 싶다던 어머니, 그래서 1953년에는 급기야 직접 페루까지 찾아오고야 말았던 어머니, 그리고 이 황량한 사막까지 와서 딸이 하는 일을 둘러보고, 딸이 들려주는 사막의 그림 이야기에 감동을 했던 어머니.

그제야 딸의 운명을 이해하고, 딸의 생활을 받아들인 그 어머니의 죽음에 라이헤는 가슴이 쓰려 왔다. 독일을 떠난 스물아홉 살 때부터 돌아가실 때까지 단 한번도 어머니를 보살펴 드리지 못했던 것이 너무 마음 아팠다.

그렇게 모든 의욕을 잃어버리고 그저 시간만 보내고 있을 때, 뜻밖의 손님이 찾아왔다. 밖에 차 소리가 나더니 귀에 익은 목소리가 들려왔다. 하지만 평소에 그녀를 찾아오는 사람이 거의 없었기 때문에 라이헤는 그저 환청이겠거니 했다.

그때 문이 활짝 열리더니, 동생 레나테가 모습을 드러냈다. 독일에서 의사로 일하던 레나테가 잠시 휴가를 내어 라이헤를 보러 온 것이었다.

두 자매는 서로를 힘껏 얼싸안았다. 라이헤가 마지막으로 독일에 찾아갔을 때 이후로는 한 번도 만나지 못했으니, 8년 만이었다. 하지만 둘은 그리 오래 떨어져 있었다는 느낌은 들지 않았다. 지구 반대편에 살고 있던 라이헤 자매는 줄곧 편지를 주고받았고, 라이헤에게 필요한 여러 가지 물건들을 독일에서 구해 보내 주는 일을 레나테가 맡아 왔기 때문이었다.

라이헤는 동생을 만나고 나서야 비로소 어머니를 잃은 슬픔에서

"어리석게도 우리 인간은 눈에 보이지 않고, 쉽게 알 수 없는 것들은 중요하게 생각하지 않지요. 하지만 나는 우리 눈에 보이지 않는 것, 아직은 숨겨져 있지만 앞으로 그 진가를 드러낼 무엇인가를 찾고 발견하는 과정 그 자체에서 무한한 희열을 느낄 수 있었어요."

조금은 벗어날 수 있었다.

그런데 언니가 사는 곳을 둘러본 레나테는 실망하는 빛을 감추지 못했다. 라이헤는 아무 말 없이 동생을 데리고 사막으로 나갔다.

"여기가 내가 평생을 바쳐 연구해야 할 곳이야."

사막은 지평선 끝까지 펼쳐져 있었다. 라이헤는 그 거대한 사막의 문명 앞에서 동생에게 하나하나 설명을 해 주었다. 그동안 자신이 해온 일과 앞으로 이곳에서 해야 할 일들을.

해가 안데스 산맥 뒤로 넘어가자 사막에는 어둠이 찾아왔고, 그제야 두 자매는 자리에서 일어났다. 한동안 말없이 사막을 바라봤을 뿐이지만, 그들은 서로를 오롯이 이해할 수 있었다. 그날 레나테는 허름한 창고의 땅바닥에 짚을 깔고 언니와 같이 잠자리에 들었다.

그날 이후로 라이헤에게는 가장 강력한 후원자이자 동반자가 생겼다. 동생 레나테가 언니 곁에서 함께하기로 한 것이다. 그녀는 1983년 완전히 나스카 사막에 정착하기 전까지 몇 차례 독일에 다녀온 것 말고는 늘 언니 곁을 지켰다.

대부분의 시간을 대평원에서 보내며, 동생은 언니의 측정 작업을 도왔다. 하루 일과가 끝나면 두 자매는 강에서 몸을 씻었고, 식사는 귀리죽과 바나나에다 가끔 가다 호두를 먹는 게 전부였다. 하지만 둘은 언제나 함께였다.

전망대 위에 서서

동생의 도움으로 라이헤의 연구는 활력을 더해 갔다. 하지만 이제 라이헤는 사막 안에서 연구에만 집중할 수 없게 되었다. 세계의 불가사의가 되어 버린 '나스카 유적'을 있는 그대로 지키는 일이, 그 비밀을 밝혀내는 일보다 더 급하게 되었기 때문이다.

에리히 폰 대니켄이 《신들의 전차》라는 책을 써 나스카 유적을 외계인의 착륙장이라 주장했는데, 이 책이 10년 사이에 3천5백만 부가 팔리는 초베스트셀러가 되자, 고독한 나스카의 사막에도 시련이 닥쳐 왔다.

여행객들이 무리를 지어 몰려들었고, 급기야는 길 위에만 머무르지 않고 사막으로 차를 몰고 들어가서 원래 그들이 보고 싶어 했던 것들을 온통 바퀴 자국으로 망가뜨려 버리기 시작한 것이다.

가장 위험한 파괴자인 인간으로부터 사막을 지키는 방법은 무엇일까? 밀려오는 여행자들을 막을 수는 없었다. 고민 끝에 라이헤는 판아메리카나 고속도로와 사막이 만나는 지점에 전망대를 세워 사막에 들어가지 않고도 나스카 유적을 볼 수 있도록 해야겠다고 생각했다. 그 일에는 막대한 예산이 필요했다. 라이헤는 직접 설계도를 만들어 사람들을 찾아다녔다. 하지만 지난번 관개시설 계획을 철회시킬 때 도와주었던 사람들도 이번에는 어렵겠다는 뜻을 밝혔다. 워낙에 큰돈이 들기 때문이었다. 페루 정부도 차일피일 미루기만 했다. 결국 동생 레나테가 나섰다.

레나테는 독일에 있는 자신의 재산을 모두 처분하고, 자비로 전망대를 세우기로 했다. 하지만 그 정도 크기의 탑을 만들 수 있는 회사를 찾는 것 또한 쉽지 않았다. 다행히 수소문 끝에 나스카에서 2백 킬로미터 떨어진 피스코에 있는 회사를 가까스로 찾아냈다.

어려움은 거기서 끝나지 않았다. 탑은 사막을 가로지르는 판아메리카 고속도로를 따라 화물차로 수송됐는데, 그만 터널에 걸려 버린 것이다. 탑이 터널의 벽면에 끼여 오도 가도 못하게 되자, 남북을 연결하는 단 하나의 도로가 하루 종일 막히게 되었다. 가까스로 탑을 다시 뒤쪽으로 빼냈지만 길이 하나뿐이어서 터널을 통과하지 않고는 앞으로 나갈 수가 없었다. 나스카 문양을 지키려는 라이헤의 싸움만큼이나, 탑을 세우는 것도 고난의 연속이었다. 결국 헬리콥터까지 동원되어서야 거대한 탑을 목적지에 내려놓을 수 있었다.

오늘날 탑 위에 올라서면 선과 그림들만이 아니라 무수히 많은 차들이 남긴 파괴의 흔적까지 보인다. 그것은 수천 년 동안 한 점의 흠도 없이 보존되어 온 그림들이 인간들의 무심한 행위 속에 순식간에 사라져 버릴 수도 있다는 것을 웅변해 주고 있다.

나스카와 함께 영원히

반평생을 사막에서 홀로 지내며 나스카 문양을 연구했던 라이헤는 말년에 갑자기 사람들 한가운데 들어서게 되었다. 그녀를 추앙하고 그 업적을 기리는 일들이 떠들썩하게 벌어지기 시작한 것이다. 그녀의 이름을 딴 호텔과 도로가 생기고, 리마의 산마르코스 대학은 라이헤에게 네 차례나 명예박사 학위를 수여했다. 뿐만 아니라 각국의 언론들은 라이헤를 인터뷰하기 위해 페루를 찾았다.

사람들은 나스카의 유적뿐만 아니라 라이헤도 보고 싶어했다. 라이헤는 만나기를 요청하는 사람들을 거절하는 법이 없었다. 또 머리카락이 새하얀 라이헤는 구부정한 자세로 매일 밤, 청중의 국적에 따라 다섯 가지 언어로 강의를 이어 갔다.

녹내장 때문에 거의 앞이 보이지 않았고, 더 이상 혼자 걸을 수도 없을 만큼 쇠약해진 몸, 그리고 파킨슨씨병 때문에 떨리는 팔과 다리를 하고도 라이헤가 대중 강연을 계속했던 이유는 무엇이었을까?

"내가 강연을 하는 이유는 무엇보다도 사람들의 호기심을 가라앉히기 위해서예요. 인간의 호기심만큼 위협적인 파괴자는 없으니까요. 사막은 이제 관광객들의 목적지가 되어 버렸으니 더 이상 원상태로 되돌릴 수도 없는 노릇이지만, 그렇게 해서 나는 나스카 문양이 더 이상 파괴되는 것만은 막을 수 있었어요."

또, 사막의 문양들이 라이헤를 그토록 매혹시킨 까닭에 대해 그녀는 이렇게 말하곤 했다.

"어리석게도 우리 인간은 눈에 보이지 않고, 쉽게 알 수 없는 것들은 중요하게 생각하지 않지요. 그것이 바로 사막의 문양들이 그토록 오랜 세월 인간의 관심 밖에 머물 수 있었던 까닭입니다. 하지만 나는 우리 눈에 보이지 않는 것, 아직은 숨겨져 있지만 앞으로 그 진가를 드러낼 무엇인가를 찾고 발견하는 과정 그 자체에서 무한한 희열을 느낄 수 있었어요."

"오늘날 사람들의 생각은 오직 미래를 향해 있습니다. 그들의 새로운 우상은 기술이고, 그들은 기술로써 모든 문제를 해결할 수 있다고 믿지요. 그러면서 사람들은 과거를 잊어버리고, 또 아무렇지도 않게 과거를 무시해 버립니다."

"수만 년 전에 고대인들이 어떻게 사막에 거대한 그림을 그렸냐고요? 자신들은 보지도 즐기지도 못할 그 그림들을 말예요. 하지만 이렇게 생각해 보세요. 완전히 귀를 먹은 베토벤이 어떻게 곡을 만들 수 있었을까요? 그것은 베토벤이 음악을 상상할 수 있었기 때문이에요. 자기들 눈으로 직접 볼 수는 없지만, 나스카의 그림을 만든 사람들은 그 그림을 상상할 수 있었던 것이죠. 눈에 보이는 것에만 집착하는 오늘날 우리들로서는 이해하기 어렵겠지만 말입니다."

나스카 문양의 수호자 마리아 라이헤는 1998년 5월 8일 95세를 일기로 리마의 한 병원에서 숨을 거두었다. 그녀의 죽음에 많은 페루인들은 슬픔에 잠겼고 특히 고고학자들은 나스카 문양의 운명을 걱정하며 탄식했다. 라이헤는 탁월한 연구자였을 뿐만 아니라 나스카 문양의 파수꾼이었다. 도굴꾼과 관광객, 무절제한 개발로부터 나스카를 지키기 위해 노력했고, 엘니뇨 현상이 가져온 기후 변화로 문양이 위협받자 그에 대한 연구도 계속하고 있었던 것이다.

시력을 잃어 앞을 보지 못하고 자유롭게 움직일 수도 없던 말년의 라이헤는 자신의 인생을 되돌아보며 이렇게 말했다.

"나는 내 삶에 만족하고, 다시 태어나더라도 이렇게 살다 갈 거예요. 내가 내 필생의 과업을 발견하고 행복했듯이, 가능한 한 다른 많은 이들도 살아가는 동안 흥미로운 과업을 가졌으면 좋겠어요. 삶에서 가장 중요한 것은 평생토록 일하는 가운데 즐거움을 찾는 것이니까요. 흥미로운 연구 대상을 갖는 것, 그것이야말로 가장 큰 기쁨이죠. 내가 죽으면 이곳에 묻어 줘요. 진정으로 사랑한 매혹적인 이 땅에 영원히 남고 싶어요."

50년 넘게 사막과 더불어 일생을 보낸 라이헤는 소원대로 이제 나스카의 계곡 사이에 누워 있다. 세상에 자신을 드러내지 않은 채 푸석푸석한 먼지만 일으키며 수십만 년을 지탱해 온 사막의 한가운데에.

나스카 문양의 최근 현황

문양의 비밀을 캐기 위한 연구들

나스카 문양에 대해서 대부분의 연구자들이 인정하고 있는 것은, 문양이 간단한 도구와 측량 장비를 사용해서 만들어졌다는 것이다. 하지만 그것들이 왜 만들어졌는지 밝혀 줄 만한 현존하는 증거물들이 많지 않아, 그 동기는 나스카 문양의 불가사의로 여전히 남아 있다.
제작자들 스스로는 문양들의 이미지를 볼 수 없고, 하늘에서만 볼 수 있다는 점에서 그것이 신들을 향한 종교적 의미를 가졌을 거라고 많은 사람들은 생각하지만, 그 신앙의 요소들 역시 상세하게 풀어내지는 못한 게 사실이다.
마리아 라이헤와 폴 코속은 일직선 문양들이 태양을 비롯한 천체가 뜨고 지는 곳을 멀리 지평선에 표시한 것이라며 나스카 문양을 "세계에서 가장 큰 천문학 책"이라 했다.

또 다른 학설은, 같은 시기의 것으로 추정되는 지하 수로와 운하의 복잡한 망이 발견되면서 지지를 받고 있는 것으로, 문양들은 물이 귀한 그 지역에서 물길의 방향을 표시했고 그 길을 따라 걸으며 신들에게 감사의 의식을 올렸을 것이라는 주장이다. 가장 논쟁을 불러일으킨 주장은 에리히 폰 대니켄이 베스트셀러 《신들의 전차》에서, 나스카 문양은 외계인들의 우주선 착륙장이라고 한 것으로, 문양들이 너무 거대하고 복잡해서 비행 기구를 이용하지 않고서는 만들어질 수 없었을 거라는 이야기가 관심을 끌기도 했다.

라이헤의 지치지 않는 연구와 보존 노력에 힘입어 1994년 유네스코 세계문화유산으로 지정된 뒤로 관심과 연구가 증대된 것은 물론이고, 보다 향상된 항공사진과 위성 사진 촬영으로 나스카에 대한 정보와 지식도 늘어 가고 있다. 또한 2천 년 전에 건설되었다가 5백 년 뒤 불가사의하게 사라진 고대 나스카인들의 도시 카우아치가, 문양들을 굽어보는 위치인 안데스 산맥의 구릉 지대에서 최근 발견되었다. 이렇듯 문양을 만들어 낸 사람들을 포함해서 문양의 수수께끼에 대한 연구는 지금도 지속되고 있다.

위기의 나스카 문양

21세기에 들어서도 고대 나스카 문양은 여전히 다양한 위협들에 직면해 있다. 1998년 마리아 라이헤가 세상을 떠난 뒤, 문양을 감시하는 일은 그녀가 한때 고용했던 몇 사람과 고독하게 그곳을 지키는 정부 고고학자 우르바노에게 맡겨져 있지만, 그들은 겨우 오토바이 두 대로 그 넓은 지역을 지키고 있을 뿐이다.

하지만 매년 8만여 명의 관광객들이 전 세계에서 나스카 문양을 보기 위해 찾아온다. 그들 중에는 세계문화유산으로 보호받는 그곳에 트럭으로 쓰레기를 싣고 와 버리는 사람들도 있고, 화물 트럭들은 어처구니없게도 고속도로의 요금 정산소를 피하려고 문양을 가로질러 가기도 한다. 2005년에는 밀짚으로 지은 30여 채의 허름한 오두막 집들이 보호구역 안쪽에 캠프촌을 형성했다. 경찰의 제지에도 그들은 갈 곳이 없다며 버티었다.

무엇보다 묘지 도굴꾼들은 오래전부터 나스카의 가장 큰 위협이었다. 보호구역 바로 아래 땅속 무덤들은 나스카 문명 이전인 파라카스 문명의 유적들로 값나가는 직물과 도자기와 보석들이 매장되어 있어 수십 년간 도굴꾼들의 목표물이 되어 왔다.

거의 한결같이 건조한 사막 기후 덕분에 고대의 문양이 오랜 세월 유지되어 왔듯이, 현대인들이 새롭게 만들어 낸 흔적 또한 그렇게 수세기를 갈 수밖에 없다. 어쩌면 마추픽추처럼 관광객 수를 제한하거나 기간을 정해 관광을 금지시키는 일이 필요하게 될지도 모른다. 라이헤가 세상을 떠난 뒤, 고대의 문양을 지키자는 여론이 페루인들 사이에서 높아지긴 했지만, 기금 부족을 탓하는 페루 당국에 대해 정작 부족한 것은 기금보다 의지라고 말하는 이들도 많다.

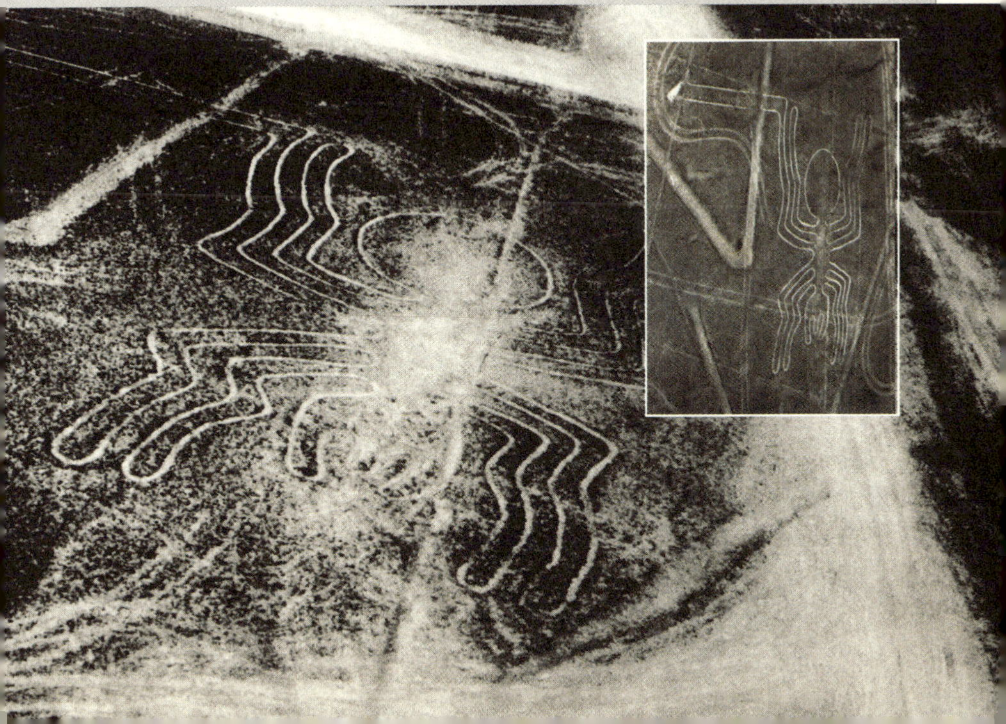

오랑우탄 연구에서 열대우림 보호까지

비루테 갈디카스

BIRUTE GALDIKAS

열대우림의 보고, 보르네오

지구의 허파 역할을 하는 '열대우림' 하면 대부분 남아메리카의 아마존 강 유역을 떠올릴 것이다. 그런데 동남아시아에도 무수히 많은 야생생물의 종을 키워 내는 열대우림이 자리 잡고 있다는 사실을 아는 사람은 많지 않다.

바로 세계에서 세 번째로 큰 섬 보르네오다.

보르네오는 아시아 대륙과 호주 대륙 사이에서 적도를 가로지르며 줄지어 선 1만7천여 개 섬 가운데 하나로, 북서부에는 브루나이가 자리 잡고 있다. 또한 말레이시아 연방의 가장 큰 주 사라와크와 두 번째 주 사바가 북부를 가로지르고 있으며, 섬의 대부분은 칼리만탄이라 불리는 인도네시아령 보르네오가 차지하고 있다.

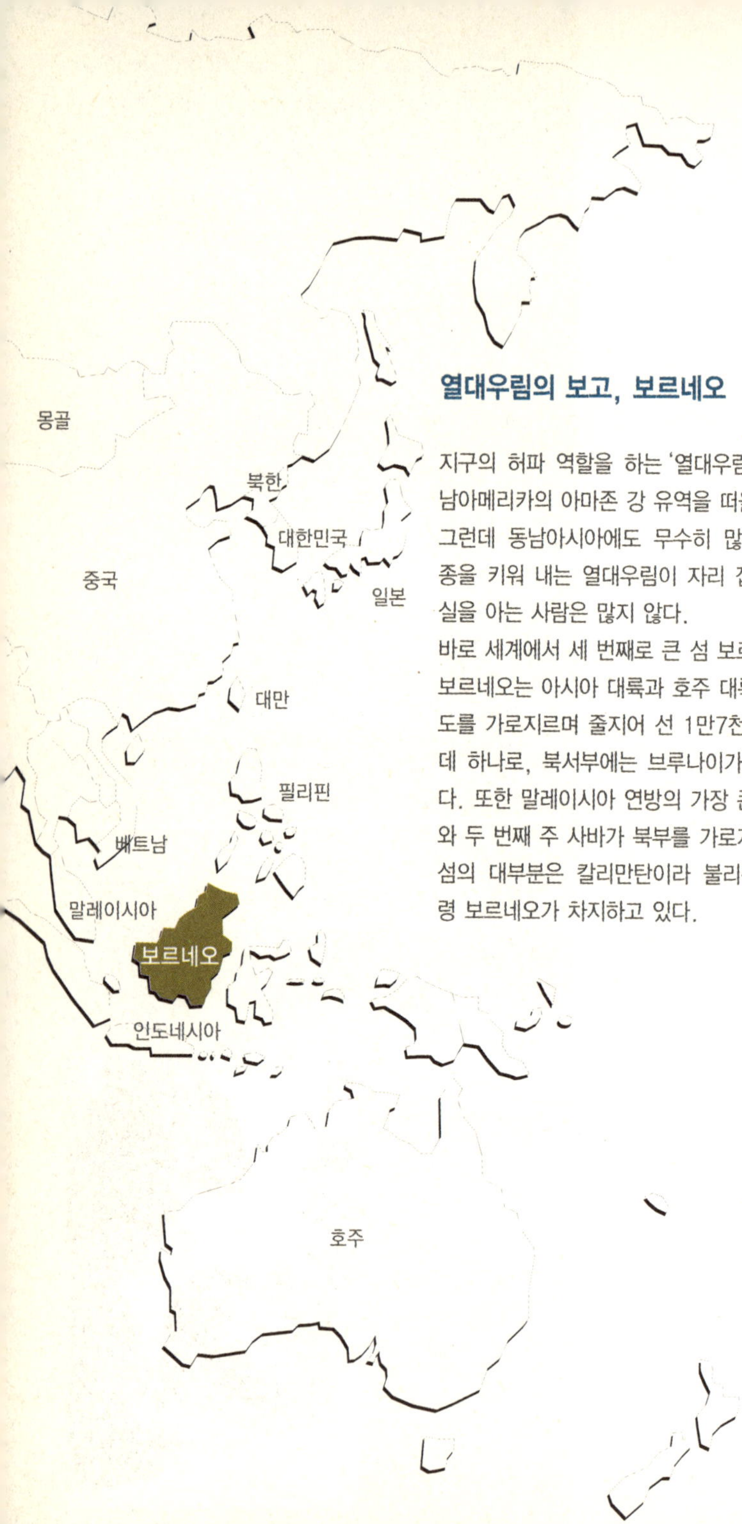

붉은 유인원, 오랑우탄

일찍이 찰스 다윈이 "야생이 제멋대로 풍성하게 넘쳐 나는 자연이 스스로 만들어 낸 온실"이라고 놀라워했던 보르네오의 열대우림.
그곳은 세계에서 유일하게 아시아에만 존재하는 대형 '붉은 유인원'을 숨겨 놓고 있다.
이 붉은 유인원은 인도네시아 말로 '오랑우탄(orangutan)'이라 불리는데, '오랑orang'은 사람을, '우탄hutan'은 숲을 뜻한다.
곧 오랑우탄은 '숲의 사람'을 일컫는 말이다.

제인 구달, 다이안 포시, 그리고 비루테 갈디카스

'인류학의 다윈'이라 불리는 루이스 리키는 아프리카에서 태어나 평생을 고고학 연구에 몰두했으며, 영장류 중에서도 인간과 가장 가까운 유인원의 연구가 인류학의 오랜 과제를 해결해 줄 수 있으리라 믿었다.
우리에게 잘 알려진 제인 구달, 다이안 포시가 리키의 제자들로, 문명과 동떨어진 곳에서 온갖 어려움을 무릅쓰면서 유인원 연구를 해낸 이들이다.
그리고 리키의 세 번째 제자로 오랑우탄 연구를 위해 보르네오의 깊은 숲으로 들어간 이가 바로 비루테 갈디카스다.

오랑우탄, 우리가 두고 떠나온 흔적

"나는 에덴동산을 한번도 떠난 적이 없는 영장류를 늘 연구하고 싶었습니다. 나는 우리가 두고 떠나온 것에 대해 알고자 합니다."

스물다섯 살의 나이에 보르네오의 탕중푸팅에 처음 발을 디딘 1971년 이래 오늘에 이르기까지, 단 한 번도 오랑우탄 연구와 보호에서 손을 놓아 본 적이 없는 비루테 갈디카스. 그녀는 이제 오랑우탄에 대한 세계적 권위자가 되었지만, 여전히 오랑우탄, 인도네시아 사람들, 그리고 보르네오의 열대우림과 함께하고 있다.

오랑우탄과 더불어 평화롭게 사는 그 날까지

많은 과학자들은 앞으로 20년에서 25년 사이에 숲 속에서 어슬렁거리는 야생 오랑우탄의 모습을 볼 수 없게 될 것이라고 경고한다. 무분별한 인간의 욕망으로 오랑우탄의 서식지인 보르네오의 열대우림이 사라질 위기에 처해 있기 때문이다.
언제쯤이면 이 '숲의 사람'이 인간과 더불어 평화롭게 살아갈 수 있을까?
아직도 인도네시아 보르네오 섬의 탕중푸팅 보호구역에 가면 여전히 열정적으로 활동하고 있는, 지금은 인도네시아 사람이 된 비루테 갈디카스 할머니를 만날 수 있다.

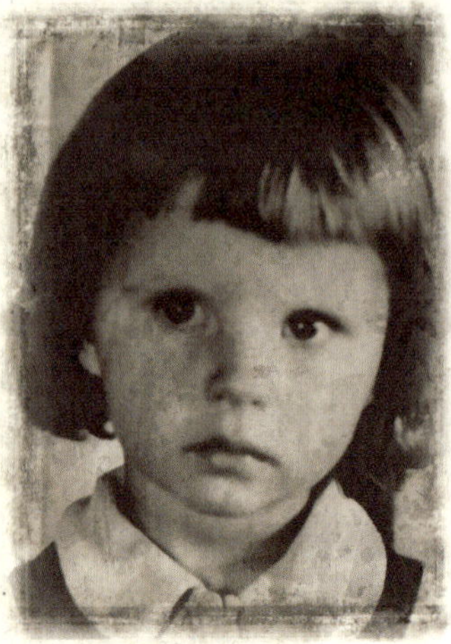

한 장의 '붉은 유인원' 사진

비루테 갈디카스는 1946년 5월 10일, 독일의 비스바덴에서 태어났다. 하지만 비루테의 조상들은 19세기부터 옛 소련 연방의 하나였던 리투아니아에서 살아왔기 때문에, 그녀의 국적은 독일이 아닌 리투아니아였다. 비루테의 부모들은 제2차 세계대전이 끝날 무렵 독일의 난민 캠프에서 처음 만나 결혼했고, 비루테가 세 살 되던 해에는 아버지가 캐나다에 일자리를 얻어 퀘벡으로 이사했다. 그 뒤 토론토로 옮겨 아버지는 광부, 기계공 등으로, 어머니는 간호사로 일하면서 그곳에 정착했다.

어려서부터 과학과 역사에 관심이 많았던 비루테는 지금도 자신이 어릴 적 토론토 공공도서관에서 처음 대출 받은 책《개구쟁이 꼬마 원숭이》를 기억하고 있다. 그 책에는 제멋대로이고 호기심 많은 원숭이 조지, 그와 함께 다니는 노란 모자를 쓴 남자가 나오는데, 거기에 이끌려 어린 비루테는 혼자 토론토 시내를 돌아다니기도 했다. 그때 비루테는 평생 하고 싶은 일을 결정했는데, 그것은 바로 탐험가가 되는 것이었다. 또, 비루테는 동물원에 가는 걸 특히 좋아했다. 동물원에 가서는 한참 동안 꼬리없는원숭이, 여우원숭이를 지켜보곤 했는데, 그 중에서도 비루테는 침팬지와 고릴라, 오랑우탄 같은 유인원들에 푹 빠져들었다.

그러한 관심 덕분에 유인원들과 인간이 모두 포유동물이고 같은 영장류에 속해 있는 친척이라는 사실도 알게 되었고, 인간과 침팬지, 고릴라, 오랑우탄 같은 영장류들은 모두 물건을 움켜쥘 수 있는 손과 커다랗고 잘 발달된 두뇌 같은 독특한 특징을 지니고 있다는 것도 알게 되었다.

비루테는 뒷날 자신의 어린 시절을 이렇게 회고했다.

"나는 기록된 인간의 역사 이전, 즉 선사 시대에 깊은 관심을 가지고 있었어요. 그러면서 인간과 가장 가까운 친척, 유인원들을 이해할 수 있다면 인류의 기원과 우리 자신의 행동에 대해 더 잘 알 수 있게 되리라는 생각을 하게 되었고요."

비루테가 여느 아이와는 다른 특성을 보인 데에는 어머니의 영향이 컸다. 어렸을 때 잠자리에 들면 어머니는 구약 성서 이야기, 이집트와 바빌로니아, 그리스, 그리고 그리스 문명을 로마에 심은 에트루리아에서 로마에 이르는 서구 문명 발생의 흥미진진한 이야기를 들려주곤 했다. 당연하게도 비루테는 어려서부터 고대 문명의 신봉자가 되었다.

하지만 꿈 많고, 호기심에 가득 찬 소녀 시절은 짧게 끝나고 말았다. 가난은 토론토에서 생활하는 것조차 막아 버렸다. 비루테 가족은 밴쿠버로 옮겨야 했고, 이때부터 공부와 시간제 일자리가 어린 시절 비루테의 꿈이었던 춤과 탐험을 대신했다.

어려워져만 가는 생활에 희망을 준 것은 이모였다. 일찌감치 리투아니아를 떠나 로스앤젤레스에 성공적으로 정착한 이모네 가족은 비루테 가족이 미국으로 건너오는 데 커다란 힘이 되어 주었다. 가족은 우여곡절 끝에 1964년, 미국으로 이민갈 수 있게 되었다. 이모 곁으로 이사를 간 비루테는 6개월간 아침부터 밤까지 쉬지 않고 일을 해서 대학 등록금을 마련했고, 마침내 로스엔젤레스 캘리포니아 대학(UCLA)에 입학해 생물학을 전공할 수 있었다. 대학에서의 깊이 있는 공부는 어린 시절 비루테가 가졌던 자연에 대한 경외심을 열정으로 바꾸어 놓았다.

바로 그 무렵, 비루테는 우연한 기회에 엉성한 털과 영리한 눈망울을 한 젊은 수마트라 오랑우탄의 수컷 사진을 보게 되었다. 오랑우탄은 비루테의 시선을 꽉 잡아끌었고, 비루테는 그 사진을 통해 인간과 너무 닮은 오랑우탄의 세계에 푹 빠져 들어갔다.

하지만 그 당시 오랑우탄은 세상에 거의 알려지지 않은 존재였다. 오랑우탄의 서식지에서 과학자가 본격적인 연구를 한 적도 거의 없었고, 있었다 해도 몇 달을 넘지 못했으며, 연구 결과는 여행기를 넘어서지도 못했다. 오랑우탄의 서식지는 오지의 열대우림 속에 있었고, 인간의 세상과는 너무 멀었다.

대학원에 들어가서 인류학을 공부하면서도 비루테는 여전히 오랑우탄을 연구하는 일에 사로잡혀 있었다. 그녀는 주말마다 유적 발굴팀에 합류했는데, 북미 대륙의 선사 시대에 관심이 있기 때문이기도 했지만, 오랑우탄을 연구하기 위해 현장 체험을 쌓아 두려는 목적이 더 컸다.

비루테의 오랑우탄 연구에 대한 갈망은 날마다 동양의 거대한 열대우림이 꿈에 나올 정도로 커져 있었다. 비루테는 직접 말레이시아 정부에 편지를 보내기도 하고, 말레이시아 사라와크 박물관장인 톰 해리슨의 아내 바바라에 대한 기사를 읽고는 그녀에게 편지를 보내기도 했다. 바바라는 1960년대 초에 이미 《오랑우탄》이란 책을 내고,

고아 오랑우탄을 자연으로 복귀시키는 운동을 한 선구적인 인물이었다. 하지만 답장은 오지 않았고, 지도 교수들의 근심 어린 충고만 거듭되었다. 시간이 가도 해결책은 보이지 않았다.

운명적 만남

1969년, 비루테의 인생에 획을 긋는 사건이 일어났다. 루이스 리키가 UCLA에 강의를 하러 온 것이다.

케냐의 나이로비에서 태어나 키쿠유족 속에서 성장한 루이스 리키는 인류의 조상이 아프리카에 있다는 신념을 가지고 탄자니아에서 수많은 화석을 발견해 인류의 선조를 찾아낸 유명한 고생물학자이며, 과학계의 이단아였다.

그는 오랫동안 인류의 조상을 알기 위해서는 유인원을 연구해야 한다고 생각해 왔는데, 1950년대에는 파격적인 발상이었다. 리키는 적합한 사람을 찾아다녔고, 그 첫 제자가 침팬지를 연구한 제인 구달, 두 번째가 고릴라를 멸종 위기에서 구한 다이안 포시였다.

그리고 리키의 세 번째 제자이기를 바라는 한 20대 여성은 지금 그의 강의에 완전히 빠져들어 있었다. 리키는 열정적인 연사였다. 그는 연설의 대부분을 인류의 가장 가까운 친척인 유인원들의 행동을 연구하는 것이 얼마나 중요한지 설명하는 데 바쳤다. 비루테는 마침내 자신의 꿈을 현실로 만들어 줄 사람을 찾아냈다고 확신했다.

강의가 끝나고 비루테는 용기를 내서 리키에게 다가갔다. 여러 사람과 이야기하느라 정신없는 그에게 오랑우탄 연구에 착수할 수 있도록 도와달라고 부탁했다. 하지만 리키의 반응은 냉담하기만 했다. 이런 요청을 한 사람이 한둘이 아니었을 테니, 그럴 만도 했다.

하지만 비루테는 끈질기게 따라붙었다. 비루테는 리키에게 이미 말레이시아 정부에 편지를 보냈으며, 관련된 다양한 연구를 해 왔고, 고고학 현지 작업에도 참여한 경험이 있다고 말했다. 그리고 바바라에게 편지를 보낸 사실도 말했다. 처음으로 진지한 눈빛이 된 리키는 그런 중요한 이야기를 소란스러운 자리에서 대충 할 수는 없다며, 다음 날 다시 만나자고 했다.

다음 날 비루테는 약속대로 리키의 숙소로 찾아갔다. 그러고는 오랑우탄을 연구하기 위해 얼마나 오랫동안 준비하고 기다려 왔는지 열정적으로 설명했다. 리키는 느긋한 표정으로 소파에 깊숙이 앉아서, 비루테를 지긋이 바라보았다. 비루테는 자신도 모르게 침을 꿀꺽 삼켰다.

"열대우림은 생각과는 많이 다르죠. 그건 알 테죠. 그곳은 병원이라고는 아예 없는 그런 곳이에요."

"예, 저도 그 정도는 알고 있습니다."

"그래요. 그런데 병원이 없기 때문에 어떤 응급 상황에서도 치료할 수 없다는 게 정글의 현실이에요."

"예……."

"그래서…… 우림으로 들어가기 전에 맹장을 떼어 놓고 가는 게 좋을 듯한데, 어떻소?"

"네, 물론입니다. 원하신다면 편도선도 제거하겠습니다."

비루테는 단호하게 대답했다.

그때서야 루이스 리키의 얼굴에서 미소가 퍼져 나왔다. 리키는 바로 연구지 물색과 자금 조성에 들어갔지만, 출발은 생각만큼 쉽지 않았다. 한 해가 지났을 때, 비루테는 남동생의 친구였으며 사진을 공부한 로드 브린다무어와 약혼을 했다. 이 소식을 듣고 리키는 무척 기뻐했다. 비루테의 연구에 동행해서 사진을 찍어 주고 캠프를 관리할 사람을 남편으로 맞게 된 것은 행운 중의 행운이었다.

마침내 인도네시아 정부로부터 오랑우탄 연구를 허용한다는 내용의 서한이 도착했다. 하지만 비루테가 모아 놓은 5천 달러로는 오지에 들어갈 수 있는 조건이 되지 못했다. 결국 루이스 리키를 처음 만난 지 2년 6개월이 흐른 뒤에야 후원 등으로 자금을 마련하고, 마침내 비루테와 로드는 긴 여정의 닻을 올릴 수 있었다.

그들의 배낭 속에 든 것은 두 사람이 갈아입을 옷 네 벌, 나침반 두 개, 몇 권의 노트, 비옷 두 벌, 간단한 취사 도구, 연구 장비, 손전등 한 개가 다였다. 그들은 워싱턴 D.C.에 있는 내셔널지오그래픽 본부에 들러 특별한 사진 촬영 기술을 익히고 장비를 받았다. 그 뒤 케냐에 들러 루이스 리키를 방문하고, 탄자니아에 있는 제인 구달의 침팬지 캠프에서 현장 실습을 했다. 그리고 드디어 파키스탄, 인도, 네팔을 거쳐 인도네시아로 날아갔다.

탕중푸팅에 리키 캠프를 열다

인도네시아의 수도 자카르타에서 산림청 관리들을 만나 보고 나서야 비루테는 자신이 근거지를 두게 될 곳이 탕중푸팅 보호구역이라는 것을 알게 되었다. 그 뒤 산림청 관리 수기토의 도움으로 복잡한 허가 절차들을 비교적 빨리 끝낼 수 있었고, 수기토는 보르네오까지 동행해 주었다.

비루테 부부는 담당 공무원과 쿠마이 마을에서 고용한 캠프 요리사를 대동하고 탕중푸팅으로 향했다.

탕중푸팅 국립공원은 보르네오 섬 남부의 2천 평방킬로미터에 이르는 열대 히스 관목 숲과 홍수림의 습지대로, 천여 마리 야생 오랑

그 당시 오랑우탄은 세상에 거의 알려지지 않은 존재였다. 오랑우탄의 서식지에서 과학자가 본격적인 연구를 한 적도 거의 없었고, 있었다 해도 몇 달을 넘지 못했으며, 연구 결과는 여행기를 넘어서지도 못했다. 오랑우탄의 서식지는 오지의 열대우림 속에 있었고, 인간의 세상과는 너무 멀었다.

우탄의 고향이었다. 또한 열대우림의 보고인 보르네오에서도 가장 다양한 동물이 살아가는 곳이었다. 잡초가 무성한 세코너 카넌 강은, 멀리서 보면 마치 검은색 강물의 좁은 띠가 사방으로 퍼져 나가는 거대한 맥박 같았다.

비루테 부부는 요동을 치면서 달리는 쾌속정을 타고 한참을 올라가다가 세코너 카넌과 세코너 카리로 강줄기가 갈라지는 곳에서 작은 통나무 카누 두 대로 갈아탔다. 로드와 비루테는 번갈아 노를 저어야 했다.

카누는 끝이 없을 것만 같은 열대우림 속으로 미끄러져 들어갔다. 비에 흠뻑 젖은 열대우림은 깜깜하고 고요해, 마치 전혀 다른 세계로 들어가는 것만 같았다. 새 한 마리 없고, 가끔 눈에 들어오는 강가의 오두막조차 텅 비어 있었다. 비는 끊임없이 내렸고, 여정은 느릿느릿 진행되었다. 캠프에는 다음날 아침이 되어서야 닿을 수 있었다.

수기토는 과연 이런 곳에서 이들이 잘 지낼 수 있을지 걱정스러운 얼굴을 감추지 못했다. 오두막은 벌목꾼들이 사용하다가 버리고 간 것으로, 이미 버려진 지 1년이 넘은 상태였다. 그래도 비루테와 로드에게는 하루 종일 쏟아 붓는 비를 피할 수 있는 그곳이, 그렇게 아늑할 수가 없었다.

비록 서까래는 무너져 내렸지만, 어쨌든 2층집이었다. 비루테는 탕중푸팅의 첫 거처를 청소하고는 스승 루이스 리키를 기념하여 '리키 캠프'라고 이름 지었다.

그들이 캠프에 도착했을 때는 마침 우기였다. 하루 종일 비가 오거나, 하루에 한 번은 틀림없이 빗줄기가 쏟아졌다. 무엇보다 먼저 비와 습기에 익숙해져야 했다. 콧구멍을 가득 채우는 곰팡내, 혀로 맛이 느껴질 정도의 지독한 습기가 몸을 조여 오면 숨이 턱턱 막혀 왔다.

또한 열대우림에도 적응해야 했다. 탕중푸팅의 숲은 상상 속 열대우림과는 거리가 멀었다. 다채로운 꽃과 멋진 나비들, 한없이 울어 대는 새, 나뭇가지마다 똬리를 틀고 있는 뱀, 하늘을 향해 끝이 보이지 않게 솟아오른 거대한 나무들이 숨 쉬는 곳. 이것이 흔히들 상상하는 열대우림이지만, 그건 너무도 순진한 생각일 뿐이었다.

열대우림은 거대한 악어와 어마어마한 코끼리의 세계가 아니었다. 작고 눈에 잘 띄지 않는 수많은 생명체들! 그곳은 개미, 거미, 진딧물, 풍뎅이 등 이름을 다 대기도 힘들 만큼 곤충과 작은 동물들로 가득할 뿐만 아니라 양서류, 파충류, 박쥐 등이 곳곳에서 터를 잡고 있는 세계였다.

열대우림 바닥에는 뱀들이 지천으로 널려 있었는데, 그놈들은 똬리를 틀고는 눈에 띄지 않게 위장을 한 채 느긋하게 먹잇감이 가까이 오기를 기다렸다. 비루테 역시 끔찍한 경험을 했다.

어느 날 밤인가, 비루테는 뭔가 부드럽고 매끈한 것이 다리를 스치고 지나가는 것을 느끼고는 뒤를 돌아 손전등을 비추어 봤다. 그랬더니 코브라 한 마리가 몸을 곧추 세우고 그녀의 눈을 뚫어져라 보고 있는 것이었다. 다행히 아무 일 없이 그 자리를 빠져나올 수 있었지만, 열대우림은 뱀 말고도 곳곳에 위험이 도사리고 있는 곳이었다. 나무에서는 독이 있는 쐐기벌레가 툭툭 떨어지기 일쑤였다. 가장 골치 아픈 놈들은 붉게 물들어 있는 불개미들이다. 어떤 동물이라도 불개미 군단에 걸리면 해골만 남게 마련이다.

하지만 차츰 비루테는 열대우림이 그저 위험한 곳만은 아님을 알게 되었다. 열대우림은 생명의 기운이 넘치는 새로운 세상이었고, 그곳을 보금자리로 하는 생명들이 화음을 맞추어 아름답고 웅장한 음악을 연주해 내는 대규모 오케스트라 같은 곳이기도 했다.

수기토의 보모가 된 비루테

캠프를 차리고 비루테와 남편 로드는 우선 엄마 잃은 새끼 오랑우탄들을 돌보아 다시 열대우림으로 돌려보내는 일을 시작했다.

비루테가 캠프에 도착했을 때 탕중푸팅은 코뿔소와 오랑우탄, 코주부원숭이를 위해 특별히 보호구역으로 선포된 곳이었다. 하지만

리키 캠프 보호소에 새로 도착한 새끼 오랑우탄이 분유를 먹고 있다.

야생에서 새끼 오랑우탄이 줄곧 어미 몸에 매달려 지내듯, 수기토는 비루테가 무엇을 하든 어디를 가든 그림자처럼 따라다녔다. 심지어 비루테가 야생 오랑우탄을 연구하러 열대우림에 들어갈 때도 수기토는 옆구리에 매달리거나 붉은 목도리처럼 그녀의 목을 감싸고 따라나섰다. 수기토는 비루테에게 엄마 역할을 요구했던 것이다.

비루테 갈디카스 | Birute Galdikas

야생동물보호법은 허울뿐이었다. 새끼 오랑우탄은 밀렵꾼들에게 생포되어 애완동물로 팔리거나, 불법으로 수출됐다. 우리에 갇힌 오랑우탄을 구해 자연으로 돌려보내는 일은 무엇보다 시급한 과제였다.

이 일에는 비루테보다 남편 로드가 더 열심이었다. 자세한 설명과 이해를 기본으로 하는 인도네시아 식 대화에 익숙지 않은 로드는 바로 결론을 내려 이야기하곤 했다.

"우리는 당신의 오랑우탄을 몰수할 수 있습니다."

하지만 로드가 간신히 한 이런 말이 오히려 원주민들에게는 꽤나 위협적이었던 모양이다. 어쩌면 옆에 서 있는 산림청 관리의 제복이 더 큰 영향을 끼쳤을지도 모르지만, 아무튼 대부분의 오랑우탄 주인들은 긴 줄다리기 끝에 자신의 애완동물을 내키지 않는 마음으로 건네주었다.

그들이 처음으로 구출에 성공한 새끼 오랑우탄을 캠프로 데리고 올 때, 쿠마이에 사는 주인은 자신의 애완동물을 억울하게 빼앗긴다는 표정을 숨기지 않았다. 결국 주인한테 우유 값으로 어느 정도 돈을 치르고 나서야 새끼 오랑우탄을 캠프로 데리고 올 수 있었다.

비루테와 로드는 처음으로 구해 낸 어린 오랑우탄에게 '수기토'라는 이름을 붙여 주었다. 처음 인도네시아에 도착해서 많은 도움을 받았고, 또 오랑우탄 구출에 자신을 심어 준 바로 그 산림청 관리의 이름이었다.

처음 수기토를 구출해 왔을 때 비루테는 조금 돌보다가 열대우림으로 돌려보내려 했다. 그런데 수기토가 보인 반응은 전혀 뜻밖이었다. 수기토가 비루테에게 착 달라붙어서는 영 떨어지지를 않는 것이었다.

야생에서 새끼 오랑우탄이 줄곧 어미 몸에 매달려 지내듯, 수기토는 비루테가 무엇을 하든 어디를 가든 그림자처럼 따라다녔다. 심지어 비루테가 야생 오랑우탄을 연구하러 열대우림으로 들어갈 때도 수기토는 옆구리에 매달리거나 붉은 목도리처럼 그녀의 목을 감싸고 따라나섰다. 수기토는 비루테에게 엄마 역할을 요구했던 것이다.

그렇게 비루테가 오랑우탄의 엄마 역할을 하고 있는 동안, 로드는 산림청 직원을 대동하고 애완용으로 길러지는 새끼 오랑우탄을 구하는 일에 본격적으로 나섰다. 무엇보다 안타까운 것은 새끼 오랑우탄 한 마리가 애완용으로 길러진다는 것은 곧, 또 한 마리의 오랑우탄이 이미 죽었음을 의미한다는 것이었다. 새끼 오랑우탄을 생포하는 유일한 방법은 어미를 죽이는 것이기 때문이다.

어쨌든 새끼 오랑우탄들을 구출해 캠프로 데려오는 일은 활기를 띠고, 리키 캠프에는 고아 오랑우탄이 하나 둘씩 늘어나기 시작했다. 하지만 본래의 목적인 야생 오랑우탄 연구에는 아직 별다른 진척이 없었다.

야생 오랑우탄을 찾아라

비루테와 로드는 겨드랑이까지 잠기는 늪지에 푹푹 빠지고, 벌채용 칼로 덩굴식물을 베어 길을 내면서 오랑우탄을 찾아다녔다. 둘은 오랑우탄이 채 잠에서 깨기도 전에 캠프를 떠났다가 어둠이 짙게 깔린 뒤에야 지친 몸을 이끌고 돌아와 쓰러지곤 했다. 하지만 오랑우탄은 좀체 그 모습을 드러내지 않았다.

게다가 비루테에게 닥친 어려움은 한두 가지가 아니었다. 벌써 돈이 바닥나고 있었다. 보르네오에 들어온 뒤 오랑우탄 연구를 위한 후원금은 전혀 들어오지 않았다.

가능한 한 돈을 아껴야 했다. 옷가지 등을 살 돈은 아예 기대조차 할 수 없었다.

비루테와 로드는 네 벌의 옷을 함께 입으며 버텼다. 늪으로 둘러싸인 캠프에서는 빨래를 해도 잘 마르지 않았고 매일 비가 내렸다. 어느 날엔가 모닥불을 피워 젖은 옷을 말리다 바지를 통째로 태워 먹은 뒤부터는 마른 옷을 입겠다는 욕심마저 버려야 했다. 그래도 아침마다 채 마르지 않은 옷을 다시 입어야 하는 일은 그리 쉬운 일이 아니었다.

게다가 그들로서는 무슨 맛인지 알 수 없는 흰 쌀밥을 먹어야 하는 것도 고통이었다. 스테이크 같은 것은 상상만으로도 사치였다. 그들은 정어리 통조림과 바나나에 만족해야 했다.

또 뜨거운 물로 목욕을 하는 것은 엄두조차 낼 수 없는 일이었다. 바가지로 물을 퍼서 씻거나, 비누질을 하고는 빗물에 서서 헹구는 정도로 만족해야 했다.

"밤에 캠프로 돌아와 젖은 옷을 벗으면 우리의 피를 잔뜩 빨아먹은 검은 거머리가 통통해진 몸무게를 이기지 못하고 양말과 속옷에서 우수수 떨어져 내렸어요. 그런데도 오랑우탄을 발견할 수 없었어요. 전혀 마주칠 수 없었어요. 오랑우탄이 우리와 한사코 숨바꼭질을 하는 것만 같아 나는 무척 초조해졌어요."

오랑우탄은 침팬지처럼 큰 무리를 이루어 요란하게 몰려다니지도 않고, 고릴라처럼 대가족을 이루어 생활하지도 않는다. 한 마리 오랑우탄을 보았다고 해서, 가까이에서 다른 오랑우탄과 만날 수 있으리라고 기대할 수는 없었다.

30미터 정도 높이의 열대우림 꼭대기를 돌아다니는 오랑우탄은 숨바꼭질의 명수였다. 나타났다 싶으면 이내 사라져 버리곤 했다.

처음에 비루테는 도무지 이해할 수 없었다. 붉은 털로 뒤덮인, 1백킬로그램은 족히 나가는 오랑우탄이 감쪽같이 사라질 수 있다는 것을. 하지만 곧 깨달을 수 있었다.

오랑우탄의 털은 햇빛을 받아야만 붉게 타오를 뿐, 그늘에서는 그저 시커먼 그림자에 지나지 않는다는 것을.

비루테와 로드는 리키 캠프 주변 지역을 차근차근 조사해 나갔다. 그들은 오랑우탄을 찾기 위해 귀를 쓸 줄도 알게 되었다. 오랑우탄이 움직일 때면 반드시 나뭇가지 꺾이는 소리가 나게 마련이어서, 그럴 때마다 비루테는 오랑우탄의 행동반경 안에 자신이 서 있다는 것 정도는 확실히 알 수 있었다.

하지만 가끔 마주치는 오랑우탄은 적의를 드러내거나 입술을 부딪쳐 소리를 내어 불만을 나타내고는 금방 사라져 버렸다. 비루테는 오랑우탄이 받아들일 때까지 계속 쫓아다니고 헤어지고를 거듭할 수밖에 없음을 알게 되었다.

"대형 유인원 가운데서도 오랑우탄은 가장 연구하기가 어려워요. 오랑우탄은 주로 혼자 지내고 나무 위에서 활동하기 때문에, 나 같으면 운이 좋을 때는 하루에도 다 볼 수 있는 챔팬지의 행동을, 비루테가 오랑우탄에게서 관찰하고 정보를 얻으려면 일 년은 족히 걸릴 겁니다."

평생을 아프리카 곰베에서 침팬지를 연구해 온 제인 구달이 언젠가 오랑우탄 연구에 대해 이야기하며 이렇듯 놀라움을 표할 정도로, 비루테는 만만치 않은 상대를 찾아다니고 있었던 것이다.

야생 오랑우탄을 보다

캠프에 도착한 지도 두 달이 다 되어 가던 어느 날이었다. 그날도 비루테와 로드는 새벽 일찍 캠프를 빠져나왔다.

열대우림에 들어간 지 얼마 지나지 않아 나뭇가지 부러지는 소리가 들려왔다. 비루테는 공책을 꺼내 날짜를 적어 넣었다. 그날은 크리스마스 이브였다.

비루테는 나무 위를 올려다보았다. 어깨 위에 새끼를 매단 어미 오랑우탄이 나뭇가지를 오르고 있었다. 높은 곳으로 도망치는 것으로 보아 오랑우탄이 먼저 비루테와 로드를 본 것 같았다.

나중에 '베스'라고 이름 붙인 오랑우탄은 인간의 접근이 달갑지 않은 듯 나뭇가지를 떨어뜨리며 입술을 부딪쳐 소리를 냈다. 그러고는 다른 나무로 움직여 갔다. 하지만 그리 멀리 도망치지는 않았다. 비루테는 부지런히 뒤쫓아갔다.

베스의 새끼 버트는 오렌지빛 솜털로 만든 작은 공처럼 어미의 어깨 위에 매달려 있었고, 어미는 짙은 붉은빛을 띠고 있었다. 베스는 비루테와 약간 거리를 두고 멈추더니 나무 꼭대기에 앉아 뭔지 알 수 없는 것을 먹기 시작했다.

리키 삼총사, 그리고 인류의 사촌 유인원

루이스 리키

비루테 갈디카스는 제인 구달, 다이안 포시와 함께 '리키의 천사들'이라 불린다. 비루테는 이른바 리키 삼총사의 한 사람이다.

삼총사의 스승, 전설적인 고생물학자 루이스 리키는 영국인 선교사 부부의 아들로 케냐에서 태어나 아프리카 사람들과 함께 배우고 사냥하며 자랐다. 키쿠유족의 독특한 걸음걸이로 걷고 영어만큼 유창하게 그들 말을 할 줄 알았던 리키는, 케임브리지 대학을 졸업한 뒤 아프리카 동부를 뒤지던 끝에 케냐의 올두바이 협곡에서 오스트랄로피테쿠스의 두개골을 발견함으로써 인류로의 진화가 아프리카에서 일어났다는 것을 증명해 보였다.

또한 리키는 자연 그대로의 서식지에서 살아가는 영장류에 대한 현장 연구를 촉진하는 데 중요한 역할을 했다. 그것이야말로 인간 진화의 수수께끼를 풀어 줄 실마리라고 생각했던 것이다.

제인 구달, 다이안 포시, 비루테 갈디카스

당시 주류였던 실험실 중심의 통계 과학에 반기를 든 리키는, 나중에 '리키의 천사들'로 불리게 될 세 명의 여성 현장 연구자들을 선택했는데, 그들은 각자 영장류 분야에서 대가가 되었다.

1957년에 리키의 첫 번째 천사가 된 제인 구달, 그녀는 침팬지에 대한 자신의 첫 현장 연구를 탄자니아의 곰베 국립공원에서 시작했다. 1967년, 다이안 포시가 르완다의 비룽가 화산 지대에서 마운틴고릴라에 대한 장기간에 걸친 연구를 시작하면서 리키의 두 번째 천사가 되었다. 그리고 1971년, 보르네오 열대우림에서 오랑우탄에 대한 현장 연구를 시작한 비루테 갈디카스는 리키의 세 번째 천사가 되었다.

아프리카 곰베에서 침팬지와 함께 있는 제인 구달.

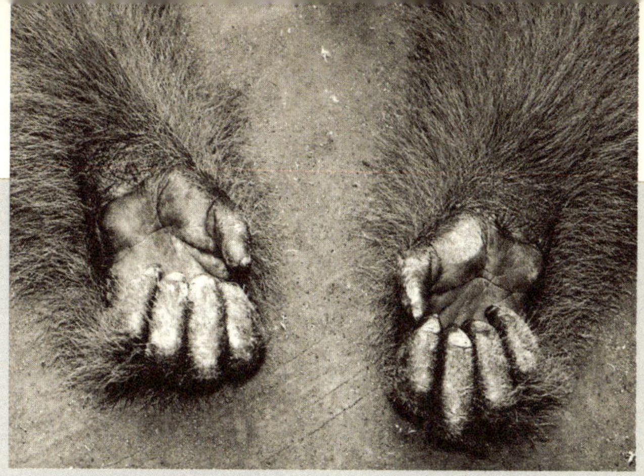

영장류의 특성

비루테를 포함해 리키 삼총사가 연구한 오랑우탄, 고릴라, 침팬지는 모두 우리 인간과 마찬가지로 포유류 내 영장류 중에서도 유인원, 그 중에서도 대형 유인원에 속한다. 이들이 연구한 대형 유인원들과 인류는 얼마나 가까운 관계일까? 먼저 영장류(primates)를 살펴보자.

영장류는 모든 원숭이류와 유인원을 포함하며, 전 세계에 약 3백50여 종이 있다. 이들은 정면을 향한 두 눈이 다채로운 색깔을 볼 줄 알고, 네 다리가 아니라 두 팔과 두 다리가 있으며, 갈고리발톱이 없는 손발을 가졌고, 좌우 손가락과 발가락이 대칭이며, 개체별 식별이 가능한 지문을 갖고 있다. 그리고 주로 한 번에 한 마리씩 출산하고, 성장 속도가 느리며, 오랜 기간 새끼를 기르고, 몸체에 비해 큰 뇌를 갖고 있다.

유인원의 특성

다음으로 유인원(apes)은 긴팔원숭이(흔히 소형 유인원으로 불림.)와 대형 유인원을 포함하는데, 대형 유인원에는 오랑우탄, 고릴라, 침팬지, 보노보(피그미침팬지라 불림.), 인간이 들어간다.

대형 유인원은 모든 영장류 중 가장 덩치가 큰 집단으로, 팔이 다리보다 길고, 동시에 사지를 이리저리 움직여 사용할 수 있으며(예외적으로 인간만 팔보다 다리가 길고, 성장한 뒤에는 두 발로만 걷는다.), 완전한 어깨 돌리기가 가능하고, 모두 엄지가 있다는 외형적 특징을 갖는다. 또한 암컷의 가임 기간이 비슷하고, 새끼가 자립이 가능할 때까지 수년간 돌봐 주며, 다른 모든 영장류와 비교해 지적 능력이 두드러진다는 특징도 갖고 있다.

인간과 다른 유인원과의 유전학적 비교를 해 보면, 인간, 침팬지, 보노보는 DNA의 98.4퍼센트가 일치하고, 고릴라는 이들과 97.7퍼센트, 이들과 오랑우탄은 유전자의 96.4퍼센트가 일치한다.

그리고 분포도를 보면, 고릴라, 침팬지, 보노보는 아프리카에만 살고, 오랑우탄은 아시아에만 산다.

그날 베스는 서로 다른 나무 다섯 그루를 옮겨 다니며 과일과 나무 껍질을 먹었다. 어미의 목을 감싸 안으며 어깨 위에 매달린 새끼 버트는 한 번도 어미의 몸에서 내려오지 않았다. 그러고는 동그란 눈을 똑바로 뜬 채 비루테와 로드를 내려다보았다.

그날 비루테는 열 시간 동안 베스를 따라다녔고, 야생 오랑우탄의 행동을 처음부터 끝까지 자세히 기록했다. 얼마나 높이 올라가 있는지, 나무와 나무 사이를 어떻게 이동하는지, 새끼를 대하는 태도는 어떠한지, 어떤 과일을 좋아하는지……. 그날 비루테가 기록한 것은 거의 공책 열다섯 장에 이르렀다.

캠프로 돌아온 비루테는 너무나 흥분되어 잠을 이룰 수 없었다. 처음으로 하루 종일 야생 오랑우탄을 관찰할 수 있었으니 어쩌면 당연한 일이었다.

다음 날 새벽, 비루테는 서둘러 베스가 잠들었던 둥우리 밑으로 가서 기다렸다. 마침내 해가 떠올랐다. 열대우림의 아침은 온통 긴팔원숭이들의 소리로 소란스러웠다.

하지만 베스의 둥우리에서는 아무런 움직임도 없었다. 나뭇가지 하나 나뭇잎 한 장 흔들리지 않았다. 비루테는 베스가 밤사이 다른 곳으로 이동해 갔다고 생각했다.

시간이 갈수록 불안감은 커져만 갔다. 바로 그때 나무가 흔들리기 시작했다. 나뭇가지들이 한꺼번에 흔들리더니 작은 가지와 나뭇잎들이 우수수 떨어져 내리면서 마침내 새끼 버트를 목에 감은 베스가 모습을 드러냈다.

그날도 베스는 하루 종일 먹고 움직이기를 거듭했다. 새끼 버트는 어미를 흉내 내 비루테에게 나무껍질을 떨어뜨리기도 했다. 비루테는 어미의 허벅지에 앉은 새끼 버트가 인간의 아기처럼 엄지손가락을 빠는 것을 빨려들 듯 바라보았다.

셋째 날도 베스와 버트는 지난 이틀과 거의 같은 모습을 보였다. 버트가 젖을 빠는 동안 베스는 자신을 쫓아다니는 인간이 영 이상해 보였는지 꼼짝도 않은 채 조용히 앉아 비루테를 주의 깊게 내려다보았다. 이제는 전날과는 달리 나뭇가지를 던지거나 입술을 부딪쳐 소리를 내지는 않았다.

그 뒤로도 이틀 동안 비루테는 베스와 버트를 쫓아다니며 관찰을 계속했다.

베스를 쫓아다닌 지 닷새째 되는 날 저녁, 캠프로 돌아온 비루테는 완전히 녹초가 되고 말았다. 매일 열두 시간씩 쉬지 않고 관찰을 하고 메모를 해 온 데다 끊임없이 내리는 비 때문에 몸이 견뎌내질 못했던 것이다.

베스와 그의 새끼 버트는 비루테에게 비로소 야생 오랑우탄의 세계로 통하는 문을 열어 준 존재였다.

오랑우탄의 세계로 들어서다

비루테와 로드는 오랑우탄에게 조금이라도 더 가까이 가기 위해 열대우림 깊은 곳에 캠프를 하나 더 마련하고, 당시 최대 후원자였던 윌키 재단의 이름을 따 '윌키 캠프'라고 이름 지었다.

그들은 오랑우탄을 예전보다 자주 찾아냈다. 하지만 베스처럼 오랫동안 쫓아다니지도 못했고, 먹고 자는 일상적인 모습을 언뜻 본 것 말고는 특별한 성과가 없었다. 베스를 닷새 동안 쫓아다니며 처음 본 야생 오랑우탄의 모습은 열쇠 구멍을 통해 겨우 안을 들여다본 정도라는 것을 비루테는 깨달아야 했다.

일주일 가까이 오랑우탄 한 마리 보지 못하고 있을 때였다. 돼지 서너 마리, 놀라 달아나는 다람쥐 한두 마리 말고는 어떤 것도 눈에 띄지 않았다. 마치 열대우림이 죽어 있는 것만 같았다. 비루테는 늪 가장자리에 앉아 텅 비어 버린 열대우림을 바라보고 있었다.

그때, 나뭇가지 부러지는 소리가 들리더니 큼직한 오렌지빛 몸뚱이가 나타났다. 비루테가 가장 오랫동안 만나고 연구한 오랑우탄 '카라'를 처음 보는 순간이었다.

여덟 살쯤 되어 보이는 카라의 아들 '칼'은 나무 몇 그루를 사이에 둔 채 어미와 떨어져 있었는데, 비루테를 보더니 어미에게 돌아가 나란히 앉았다.

첫 만남 뒤 몇 차례 나타났다 사라지기를 반복하더니, 카라는 아예 비루테의 연구소 주위 열대우림에 자리를 잡았다. 자신을 쫓아다니는 인간을 받아들이기라도 한 듯이. 아니면 그 인간을 무시했는지도 모를 일이다. 비루테는 이제 별로 어렵지 않게 하루 종일 카라와 칼을 쫓아다닐 수 있었다.

그렇게 카라를 쫓아다니던 어느 날, 비루테는 아주 희한한 광경을 보게 되었다. 그날도 아침 일찍부터 비루테는 카라와 칼을 지켜보고 있었다.

그런데 채 한 시간도 되기 전에 성숙한 암컷 오랑우탄 한 마리가 아들을 데리고 카라와 칼 옆으로 다가왔다. 전에도 본 적이 있어 비루테가 '프리실라'와 '퍼그'라고 이름을 붙여 둔 오랑우탄이었다.

그리고 다시 조금 지났을 때 오랑우탄 세 마리가 더 나타났다. 그 가운데 둘은 비루테에게 처음으로 오랑우탄의 세계를 보여 준 베스와 그의 새끼 버트였고, 나머지 한 마리는 비루테도 처음 보는 녀석이었다.

카라와 칼, 프리실라와 퍼그, 베스와 버트, 그리고 처음 보는 젊은 수컷. 야생 오랑우탄 일곱 마리가 한 나무에 모여 있는 것이었다. 그건 처음 보는 광경이었다. 이들 일곱 마리는 나무를 옮겨 다니며 먹

오랑우탄은 침팬지처럼 큰 무리를 이루어 요란하게 몰려다니지도 않고, 고릴라처럼 대가족을 이루어 생활하지도 않는다. 한 마리 오랑우탄을 보았다고 해서, 가까이에서 다른 오랑우탄과 만날 수 있으리라고 기대할 수는 없었다.

가끔 마주치는 오랑우탄은 적의를 드러내거나 입술을 부딪쳐 소리를 내어 불만을 나타내고는 금방 사라져 버렸다. 비루테는 오랑우탄이 받아들일 때까지 계속 쫓아다니고 헤어지고를 거듭할 수밖에 없음을 알게 되었다.

이를 찾았다.

오랑우탄은 보통 혼자 생활하는 것으로 알려져 있었다. 하지만 암컷 오랑우탄들은 수컷들과는 달리 꼭 그렇게 고독하게 지내는 것만은 아니었던 것이다. 그 밖에도 오랑우탄의 또 다른 모습을 비루테는 카라를 통해 볼 수 있었다.

한번은 카라가 바닥으로 내려와 덩굴과 썩은 나무로 가득 찬 개간지에서 무엇인가를 찾고 있었다. 그러더니 죽은 통나무를 뒤집고는 무언가를 먹기 시작하는 것이었다.

그것은 흰개미였다. 보통 30여 미터 높이의 나무 위에서만 생활하고 먹이를 찾는 것으로 알려진 야생 오랑우탄의 또 다른 모습이었다. 그건 비루테가 그때까지 본 것 가운데 오랑우탄이 가장 오랫동안 곤충을 먹는 장면이었다.

그리고 카라를 관찰하고 있는데 갑가지 비가 내리기 시작한 어느 날에도 비루테는 오랑우탄의 또 다른 모습을 볼 수 있었다. 갑자기 비가 쏟아지자, 카라는 재빨리 잎이 달린 나뭇가지를 두 개 꺾어 그것으로 머리 위를 가렸고, 칼도 다가와 어미 옆에 자리를 잡았다. 잎이 달린 나뭇가지는 훌륭한 우산 역할을 했다. 카라는 도구를 사용하는 오랑우탄의 모습을 보여 준 것이다.

일 년 뒤쯤 카라는 '신디'를 낳았다. 신디는 어미의 입에서 물을 받아 마시고, 어미의 손을 펼쳐 나무껍질을 찾아내 먹고, 가끔씩 어미에게서 조금 떨어져서는 숲에 대한 호기심을 나타내 보이기도 했다. 그러나 행복한 시간은 그리 길지 않았다.

20여 일 뒤에 다시 찾은 카라의 목에는 죽은 신디가 감겨져 있었고, 신디의 몸 위로 파리 떼가 들끓고 있었다.

죽은 지 며칠이 지난 것이었다. 카라도 피부병을 앓는 듯, 머리와 어깨의 털이 거의 다 빠져 있었다. 옴 같은 것에 걸린 듯했다. 그 뒤로 비루테는 카라를 전혀 만날 수 없었다. 비루테는 결국 카라도 죽었다는 결론을 내렸다.

카라와 신디는 왜 죽었을까? 굶어 죽은 게 아닐까?

과일은 오랑우탄의 생명줄이다. 과일이 많으면 오랑우탄은 며칠씩 과일만 먹고 지내기도 한다. 그런데 열대우림에 과일이 부족해지면서 카라는 여러 달 동안 나무껍질을 먹어야 했을 것이다. 지독한 건기에 이어 우기에는 유난히 비가 많이 내려 열대우림에는 과일이 거의 열리지조차 않았다. 비루테는 결국 영양분이 부족해 면역 체계가 약해진 카라와 신디가 죽음을 맞은 것이라 생각했다.

비루테는 카라 가족의 죽음을 계기로 야생 오랑우탄이 숲에서 살아가려면, 또 인간에게서 구해 낸 오랑우탄이 야생으로 돌아가 제대로 살아가려면 충분한 환경이 갖추어져 있어야 함을 확실히 깨달을 수 있었다. 그것은 곧 오랑우탄의 서식지, 열대우림을 지켜야 한다는 것을 의미했다.

빈티의 아버지, 로드 브린다무어

열대우림에 있는 동안, 비루테는 바깥 세계와는 완전히 고립된 채 지냈다. 열대우림과 오랑우탄, 늪만이 비루테의 관심사였다. 그런데 1976년 10월 17일 첫 아이가 태어나면서 비루테에게도 변화가 찾아왔다. 그들은 아이 이름을 빈티 폴 비루테 브린다무어라고 지었는데, 빈티는 인도네시아의 한 방언으로, '조그만 새' 라는 뜻이다. 그리고 그들이 처음 보르네오에 도착했을 때 도움을 주었던 비루테의 양아버지 격인 한 관리의 이름이기도 했다.

오랑우탄 고아들의 엄마 노릇을 해 온 그녀가 이제는 자신의 아들을 갖게 된 것이다. 하지만 정글에서 아이를 키우는 것은 여러모로 어려운 일이었다.

늘 새끼를 매달고 다니는 오랑우탄 어미를 본 빈티는 자기도 매달려 다니겠다고 고집을 부리기도 하고, 오랑우탄과 바닥을 구르며 밀가루를 집어던지며 놀아 새하얀 유령처럼 밀가루를 뒤집어쓰기도 했다. 하지만 대다수의 어머니들이 그렇듯이 비루테도 아이에게 지는 부모이고, 빈티의 고집을 꺾기도 어려웠다.

빈티가 집 밖으로 돌아다니기 시작하자 상황은 더욱 어려워졌다.

오랑우탄과 함께 기어다니고, 서로 몸을 긁어 주고, 껴안고, 소리치며 장난으로 물기도 했다. 어느 때에는 오랑우탄이 갑자기 다가와 빈티를 내동댕이치기도 했다. 간혹 가다 오랑우탄이 빈티를 품에 안고 천천히 어깨 위로 들어 올린 다음 어딘가 가려 하면, 바로 빈티를 떼어 내야 했다.

다행히 '오랑우탄의 시기'는 한때였다. 특히 말을 배우기 시작하면서 확실히 달라졌다. 이때부터 빈티는 이곳의 일꾼들과 요리사들을 더 많이 따르기 시작했다. 인류의 진화 과정에서 언어를 배우는 것이 중요한 전환점임을 잘 보여 주는 사례 같았다.

하지만 위험은 의외의 곳에 도사리고 있게 마련이다. 어느 날 갑자기 빈티가 안 보였다. 넓은 공터였고, 딱히 어디 숨을 만한 곳은 없었기에, 비루테는 너무도 당황스러웠다. 캠프 안팎으로 샅샅이 찾아봤지만, 빈티를 찾을 수 없었다. 그런데 어디선가 아이의 깔깔거리며 웃는 소리가 들려왔다. 소리 나는 곳으로 눈을 돌렸을 때 비루테는 비명을 지를 뻔했다. 하지만 급하게 입을 막아야 했다. 아이는 6미터 높이의 급수탑 꼭대기에 있었고, 즐거운 놀이를 하는 중이었다. 다그쳤다간 오히려 빈티가 놀라서 당황할 수도 있는 상황이었다. '올라갔으면, 내려올 줄도 알 거야'라고 생각하자 비루테는 마음이 착 가라앉더니 냉정해지는 걸 느낄 수 있었다.

한참이 지나고, 빈티가 즐겁게 놀이를 끝냈을 즈음 비루테는 "다

빈티가 집 밖으로 돌아다니기 시작하자 상황은 더욱 어려워졌다. 오랑우탄과 함께 기어다니고, 서로 몸을 긁어 주고, 껴안고, 소리치며 장난으로 물기도 했다. 어느 때에는 오랑우탄이 갑자기 다가와 빈티를 내동댕이치기도 했다.

놀았으면 이제 내려올래?"라며 차분히 이야기를 건넸다. 빈티는 아래 있는 엄마를 보더니 혼자서 잘 내려왔다.

한편 비루테와는 달리, 로드는 빈티를 보면서 자신의 역할이 무엇인지 고민하기 시작했다. 로드 역시 빈티를 무척 사랑했지만, 아버지로서 밀림에서 아이가 크게 놔둬야 하는지 혼란스러웠다. 결국 로드는 비루테에게, 빈티도 이제 곧 유아원에 들어가야 하니 함께 미국으로 돌아가야 한다고 이야기했다.

비루테 역시 이해를 못 하는 바 아니었지만, 이제 조금씩 빛이 보이기 시작하는 오랑우탄 연구를 다 팽개치고 떠날 수는 없었다. 결론은 헤어지는 것밖에 없었다. 로드는 곧 서른한 살, 빈티는 곧 세 살이었다. 어린 아들을 떠나보낼 생각을 하니 가슴이 찢어질 듯 아팠지만, 비루테는 로드의 말이 현실적이라는 것을 인정하지 않을 수 없었다. 열대의 질병에 시달리던 로드는 다리를 절뚝거리며, 7년 반 전 이곳에 올 때 메고 왔던 녹색 배낭을 멘 채 비행기에 올랐다.

혼자 남은 비루테는 현장 일에 온몸을 바쳤다. 오랑우탄을 관찰하는 일에 매달리는 것은 이별의 슬픔에서 벗어나는 도피처 역할을 하기도 했다.

늪은 깊었고, 우기였다. 장마 중에 매일 깊은 늪을 다니는 일은 힘겨운 작업이었다. 그럴수록 그녀는 로드와 함께했던 시간을 행운으로 받아들이며, 열대우림 속으로 더욱 깊이 들어갔다.

원주민과 함께 가는 리키 캠프

비루테의 캠프는 늘 가난에 시달렸지만, 항상 활기에 넘쳤다. 이제는 오랑우탄을 만나는 일도 어렵지 않았고, 친숙해지기까지 했다. 오랑우탄의 일거수일투족을 기록해 나가면서, 그들의 행동과 삶의 방식을 이해할 수 있게 되었고, 깊은 애정을 느끼게 되었다.

하지만 비루테는 더 나아가 인간이 진심으로 오랑우탄과 함께 살아가기를 원했다. 그러기 위해서는 오랑우탄에 대해 보다 많이 알아야 했고, 또한 밀렵을 뿌리 뽑아야 했다. 오랑우탄은 비루테의 연구 대상이자, 동반자였다.

비루테가 보르네오에 도착한 지 7년이 되던 1978년에는 벌써 오랑우탄을 관찰한 시간이 1만2천 시간이나 되었다. 그리고 벌목꾼들의 오두막 한 채로 시작한 리키 캠프는 여덟 채의 건물로 늘어나 그 규모도 커져 있었다.

직원도 많아졌다. 비루테는 가능하면 보르네오 원주민을 직원으로 채용하려고 했다. 보르네오 숲에서 수백 년을 살아온 원주민 다야크족에게 숲은 생활의 일부이기도 했다. 그런 그들이 캠프의 직원이 되었다는 것은 숲의 주인이 숲을 지키며, 오랑우탄을 연구하는 것을 의미했다. 이것은 오랑우탄 연구뿐만 아니라, 리키 캠프 전체에 새로운 전환점이 되었다.

그런 원주민 다야크족 직원 중 한 사람인 팍 보합은, 야생 오랑우탄이 있는 곳을 찾아내는 데 꼭 필요한 기술인 나무 타기에 탁월한 재능을 갖고 있었다. 또한 야생에 대한 이해가 대단해서, 일을 시작하자마자 중요한 역할을 맡기 시작했다. 보합은 동물들이 내는 소리가 각기 다른 의미를 갖고 있다는 것을 잘 알고 있었고, 부러진 나뭇가지같이 흔하디 흔한 것들을 보고서도 언제 무슨 일이 일어났는지 알아냈다.

보합은 숲 속의 자유인으로, 그의 능력은 오랑우탄을 연구하는 데는 더없이 소중했다. 그뿐만이 아니었다. 그는 비루테에게 인도네시아 문화도 가르쳐 주었다. 그런 보합이 캠프에 있어서 비루테는 큰 힘을 얻을 수 있었다.

로드가 떠난 지 2년이 되는 1981년, 비루테는 팍 보합과 결혼했다. 그들은 보르네오 섬에서 결혼한 최초의 인도네시아인과 서양인 부부가 되었고, 그들 사이에 아들 프레드와 제인 구달의 이름을 딴 딸 제인을 두었다.

리키 캠프는 시간이 지날수록 비루테와 산림청 직원들이 구출한 고아 오랑우탄으로 북적였다. 탕중푸팅에 들어오면서부터 시작한 애완용 오랑우탄 구조 활동은 점차 야생 복귀 활동으로 정착되면서,

이제 비루테의 대표적인 활동이 되었다.

리키 캠프에서 어린 시절을 보낸 오랑우탄들은 숲으로 돌아가 야생의 생활을 하면서도, 가끔 캠프로 돌아와 인간과 함께 어울리면서 시간을 보내기도 했다. 그들은 캠프를 방문하는 관광객과 자원봉사자들을 깜작 놀라게 만들기도 하고, 여전히 캠프의 물건들을 뒤집어 놓기도 했다.

겉으로 보기에 리키 캠프의 오랑우탄들은 인간의 질서에 완전히 길들여진 것처럼 보이기도 했지만, 사실 그들은 인간과 공존하는 생활에 동의한 것이지 자연을 벗어난 것은 아니었다. 그들은 오랑우탄 세계의 질서 속에 살면서 인간의 세계를 방문하는 것이었다.

오랑우탄은 결국 자연 속에서 살 수밖에 없다는 단순한 진리를 잘 보여 주는 한 오랑우탄의 일대기가 있다.

리키 캠프에는 오랑우탄 왕 쿠사시가 있다.

쿠사시는 양쪽으로 완벽하게 균형을 이룬 볼주머니가 동틀 녘의 보름달처럼 보이고, 단단하고 땅딸막한 근육질의 몸은 적어도 1백40 킬로그램이 넘는 오랑우탄이다. 쿠사시의 북실북실한 털 아래 얼굴과 몸뚱이를 거의 뒤덮고 있는 상처들은, 최고의 자리에 오르기 위해 치렀던 수많은 전투의 증거이다. 쿠사시가 캠프로 성큼성큼 걸어 들어오면, 사람이든 오랑우탄이든 그곳에 있는 모두는 그의 비위를 맞추곤 했다.

야생에서 태어난 쿠사시는 아직 젖먹이였을 때 어미가 살해당하고, 밀렵꾼에게 잡혀갔으나 다행히 산림청 관리에 의해서 구출돼 리키 캠프로 보내졌다. 하지만 일주일 만에 사라져 버리고 말았다. 마침 비루테가 그곳에 없을 때였는데, 모두들 야생 돼지에게 잡아먹혔다고 결론을 내렸다.

그렇게 쿠사시가 기억 속에서 완전히 사라진 어느 날, 한 인도네시아인 직원이 식당 창문에 오랑우탄 새끼가 매달려 있다면서 비루테를 찾으며 달려왔다. 비루테와 책임 연구원 개리 샤피로, 그리고 직원들이 달려가 보니, 새끼 오랑우탄이 어미도 없이 혼자 있었다. 모두들 의아해했다. 보통 오랑우탄은 청소년기가 될 때까지 엄마에게 매달려 생활하기 때문이다.

갑자기 개리 샤피로가 탄성을 지르면서 앞으로 나섰다. 그것은 쿠사시였다! 죽었다고 단정했던 쿠사시가 18개월 만에 나타나 식당 창문 철조망에 매달려 있는 것이었다. 그렇다면 쿠사시는 1년 반 이상을 숲에서 혼자 살았다는 말인데, 다들 어리둥절했다.

쿠사시는 곧 회복되었고, 건강하게 자라났다. 캠프의 다른 고아 오랑우탄과는 달리 그 뒤로도 야생에서 대부분의 시간을 보낸 쿠사시는 열아홉 살이 되자, 주요 경쟁자들을 물리치고 지배자 수컷이 되었다. 왕이 된 쿠사시의 길고 긴 고함 소리는 리키 캠프, 그리고 탕중푸팅의 주인이 누구인지를 잘 나타내는 것이었다.

쿠사시의 성장과 군림, 그리고 도전의 세월은 오랑우탄과 함께 한 비루테의 세월과 맞물려 있다. 젊은 나이에 열대우림에 들어와 이제는 할머니가 된 비루테와 쿠사시는 너무도 닮았다. 그렇게 오랑우탄 연구에 일생을 바쳐 왔지만 비루테는 아직도 오랑우탄에 대해 많은 것을 모르고 있다고 생각한다. 앞으로 밝혀야 할 수많은 비밀의 문을 이제 막 열었을 뿐이라고.

자원활동가들과 함께한 오랑우탄 프로젝트

이제 비루테는 인도네시아에서도 유력한 인사로 대접받고 세계가 주목하는 과학자가 되었다. 또한 오랑우탄 연구의 기반도 탄탄히 다져져 있다.

하지만, 여기까지 오는 동안 비루테가 넘어야 했던 고비는 한두 가지가 아니었다. 언제나 절체절명의 벽에 부딪히면서 곡예를 하듯 이겨 온 세월이었다.

특히 1982년 무렵에는 상황이 심각했다. 한두 해 동안 진행되는 프로젝트도 아니고, 십몇 년 동안 드넓은 보르네오의 열대우림을 누비며 진행한 연구였으니, 당연히 비루테는 항상 재정이 넉넉하지 못했다.

근근이 꾸려 가던 살림과 연구비가 바닥이 날 때쯤이면 기적적으로 지원을 받아 회생하곤 했는데, 그 중에서도 내셔널지오그래픽협회의 지원은 어려움 속에서도 캠프를 유지할 수 있게 해 준 가장 큰 원동력이었다. 그런데 1982년 내셔널지오그래픽협회가 지원 중단을 결정한 것이다. 사실 그때까지의 장기적인 지원만 해도 협회로서는 이례적인 일이었기에, 비루테는 더 이상 어찌할 도리가 없었다. 더구나 다른 기부자를 찾는 일도 지지부진한 상태였다. 비루테는 쪼들리다 못해 일을 중단해야 할 위기에 빠진 것이었다.

그렇게 절망의 끝에서 허우적대고 있을 때, 어스워치(Earth Watch)와의 만남이 이루어졌다. 1984년, 어스워치가 리키 캠프에 도움의 손길을 내민 것이다. 현장 과학자들과 아마추어 연구자를 연결시켜 주는 프로젝트를 진행해 왔던 어스워치는 비루테에게 지원금뿐만 아니라, 사람들까지 보내 줬다. 자원활동가들은 리키 캠프에서 비루테와 함께 2주 동안 일하기 위해 어스워치에 항공료를 제외한 일정 금액을 내야 했지만 기꺼이 동참했다.

외지에서 리키 캠프로 들어가려면 나무로 이어진 도로를 지나야만 한다. 캠프에서 세코너 강까지 이어져 있는 그 나무 도로는 세상과 오랑우탄을 연결하는 다리이자, 서구 과학자들과 비루테, 그리고 오랑우탄의 세계를 연결하는 유일한 통로인데, 한동안 발길이 뜸했

구출된 새끼 오랑우탄을 야생에 돌려보낼 때까지 보살피는 자원활동가.

오렌지색 외투를 걸친 '숲의 사람' 오랑우탄. 대부분의 과학자들이 이대로 가면 20년에서 25년 사이에 숲 속에서 어슬렁거리는 야생 오랑우탄의 모습을 볼 수 없게 될 것이라는 데 동의할 정도로 이들의 미래는 위태로운 것이 사실이다.

던 그 길이 갑자기 북적이게 된 것이다.

1984년 여름에서 가을까지만 여섯 팀이 그 나무 도로를 통해 오랑우탄의 세계에 들어왔고, 그들은 프로젝트에 활기를 불어넣었다. 12월 한 달만 해도 프로젝트는 9백36시간의 오랑우탄 관찰 기록을 냈다. 이것은 비루테가 연구를 시작한 첫해에 관찰한 시간보다 더 많은 것이다.

어스워치 자원활동가들은 관찰과 자료 수집, 그리고 기금 등 많은 면에서 비루테의 연구에 큰 힘이 되어 주었다. 하지만 그것만이 아니었다. 세계 곳곳에서 자원활동가들이 탕중푸팅으로 날아들자, 지역 주민과 정부 모두가 오랑우탄 연구와 보호에 대한 전 세계적 지지를 직접 자신들의 눈으로 확인할 수 있게 된 것이다.

비루테는 1985년, 리키 캠프에서 이루어지는 연구에 대한 지원과 오랑우탄에 대한 국제적 관심과 지원을 도모하기 위해, 박사 과정을 밟고 있던 제자 개리 샤피로와 함께 '국제오랑우탄재단'을 설립했다. 재단은 연구와 보존 그리고 교육 프로그램의 기금을 마련해서 오랑우탄의 멸종을 막고 그들의 서식지를 보호하는 것을 목적으로 했다.

또한 비루테의 노력은 인도네시아에도 변화를 불러일으켰다. 탕중푸팅과 수마트라 북부의 군능로이저와 같은 자연보호구역을 보호할 법률을 엄격하게 만든 것이다. 이는 오랑우탄이 그들의 자연 서식지에서 생존할 가능성을 높이는 일이었다.

희망과 절망을 함께 나누는 오랑우탄

오렌지색 외투를 걸친 '숲의 사람' 오랑우탄. 대부분의 과학자들이 이대로 가면 20년에서 25년 사이에 숲 속에서 어슬렁거리는 야생 오랑우탄의 모습을 볼 수 없게 될 것이라는 데 동의할 정도로 이들의 미래는 위태로운 것이 사실이다.

오랑우탄의 생존을 위협하는 가장 대표적인 것은 그들이 생존할 숲, 곧 서식지의 파괴이다. 그리고 그들이 쫓겨 간 곳들은 충분한 먹을거리를 구하기에는 너무 좁은 공간이다.

그래도 탕중푸팅의 오랑우탄에게 희망이 사라진 것은 아니다. 비루테는 우선 인도네시아 정부와 합동 프로그램으로 보르네오 중부의 팡칼란분 시의 한 교외 지역인 파시르 판장 마을에 오랑우탄 보호 센터와 검역소 시설을 마련했다. 이곳은 고아 오랑우탄이 야생으로 돌아가기 위한 준비를 하는 곳으로, 이제 오랑우탄의 야생 복귀가 체계적으로 이루어질 수 있게 된 것이다.

또한 오랑우탄 연구 시설이 갈수록 커져 가고, 비루테의 연구 성과가 세계에 널리 알려지면서, 리키 캠프에 와 본 적이 있거나 일했던 경험이 있는 현지인들이 이 보호구역과 오랑우탄을 인도네시아의 자랑으로 여기기 시작한 것도 하나의 청신호라고 할 수 있다. 마침내 지역 주민들이 리키 캠프의 강력한 후원자가 된 것이다.

리키 캠프에서 일을 하면서 오랑우탄을 보호하는 일이 자신의 일이라고 믿는 현지인이 많을수록 오랑우탄과 오랑우탄의 서식지인 열대우림을 더 잘 보호할 수 있다는 게 이제는 귀화해 완전히 인도네시아 사람이 된 비루테의 생각이다. 인도네시아 사람의 손으로 인도네시아의 열대우림을 지키고, 오랑우탄이 야생의 세계에서 살아갈 수 있게 하려는 것이다.

비루테는 리키 캠프에 2백여 명의 현지인을 고용하고, 그들의 힘으로 오랑우탄을 연구하고 지키게 했다. 그녀의 계획은 여기서 그치지 않는다. 기금을 모아 현지인으로 직원 1천 명을 고용할 계획이다. 그렇게 되면 그들이 바로 강력한 현지의 후원자가 될 것이다. 이에 필요한 지원을 얻어 내기 위해, 비루테는 전 세계를 다니면서 오랑우탄과 그들의 서식지 실태를 알리기 위해 애쓰고 있다.

또한 인도네시아의 학생들을 제자로 가르치면서 이들을 오랑우탄 연구자로 양성해 냈다. 탕중푸팅의 오랑우탄 연구 자료는 다야크인 직원들과 인도네시아 학생들, 그리고 어스워치 자원활동가들에 의해 관찰되고 모아진 것들이다. 비루테는 이 지구상에서 오랑우탄이 살고 있는 유일한 곳, 여기 인도네시아에 오랑우탄의 미래가 걸려 있다고 믿고, 인도네시아 사람들의 자발적인 활동이 가장 중요하다고 생각한다. 더구나 탕중푸팅의 숲, 오랑우탄 서식지 바로 곁에서 살아가고 있는 다야크인이 오랑우탄 보호자로 변신한 것은 미래의 희망을 보여 주는 중요한 신호이다.

인도네시아 정부가 환경보호에 뛰어난 지도력을 가진 사람에게 수여하는 가장 영예로운 상인 '칼파타루(Kalpataru)' 상을 수상하기도 한 비루테는 이제 오랑우탄에 관심을 갖는 전 세계 사람들을 인도네시아 탕중푸팅의 리키 캠프로 부르고 있다. 직접 눈으로 보고, 체험하는 여행을 통해서, 생태계와 멸종해 가는 동물들의 소중함을 깨닫게 해 주려는 것이다.

오랑우탄 재단은 2004년 공식 투어 프로그램을 시작했다. 비루테는 이 여행에 참여하는 사람들을 직접 안내한다. 그녀는 오랑우탄의 생활사와 행동양식에 대한 통찰을 전해 주고, 30년 넘게 이 놀라운 종과 함께 살아온 모험담을 나눠 주고자 한다. 아는 만큼 애정도 커진다는 신념에서다.

비루테는 남은 생을 오랑우탄 연구와 생태계 보존에 바칠 것이다. 그녀가 바라는 것은 자신의 여생 동안 오랑우탄 연구를 계속하는 것, 그리고 인도네시아인 제자들이 자신이 세상을 떠난 뒤에도 장기적으로 그 연구를 지속하는 것이다. 그렇게 해서 오랑우탄이 야생에서 살아가는 힘과 능력에 대해 우리 인간이 더 많이 알게 되기를 바라는 것이다.

위기의 오랑우탄과 보르네오

보르네오의 자연 환경

보르네오에 인간이 살기 시작한 지는 4만5천 년이 넘었고, 수만 년간 사냥과 채집으로 살다가 화전 농업을 시작했다고는 하지만, 오랜 세월 자연이 제공해 준 것에 만족하며 살았기 때문에 보르네오는 수십 년 전까지만 해도 인간의 자원 개발로 인한 환경 변화와는 거의 관계가 없는 곳이었다. 보르네오는 거의 완벽하게 숲으로 덮여 있었고, 세계에서 몇 안 되는 풍부하고 다양한 생물 종의 보고였다.

오늘날까지도 보르네오에는 1만5천 종에 달하는 다양한 종자식물이 있다. 또한 오랑우탄, 긴팔원숭이, 구름무늬표범, 피그미코끼리, 코뿔새 같은 특별한 동물 종들이 엄청나게 서식하고 있는 보금자리이다. 2백10종이 넘는 포유류 종 가운데, 보르네오에만 존재하는 특이종이 44종이나 된다. 1994년에서 2004년 사이에만, 3백61종이 새롭게 발견되었고, 아직도 새로운 종이 발견되고 있다.

사라지는 숲

그런데 오늘날 보르네오의 자연은 위기에 처해 있다. 우림이 급속도로 사라지고 새끼 오랑우탄을 비롯한 야생동물에 대한 불법 무역도 광범위하게 이뤄지고 있으며, 숲은 목재와 비목재를 불문하고 전 세계의 욕망을 채우는 데 이용되고, 땅은 식물성 기름을 충당하기 위해 경작되느라, 숲과 땅 모두 인간의 개척지로 바뀌어 가고 있다. 이제 보르네오는 세계에서 가장 빠른 속도로 숲이 사라져 가는 곳 가운데 하나인 것이다.

멸종 위기의 오랑우탄

현재 보르네오에는 5만5천여 마리의 오랑우탄이 수많은 소집단으로 남아 있다고 한다. 하지만 현재 남아 있는 오랑우탄 서식지로 판단해 볼 때, 2020년이 되면 숲에는 몇몇 완전히 고립된 오랑우탄 집단만 살 수 있을 거라는 전망이 나온다. 이는 장기적으로 종의 생존을 보장해 주기에는 너무 소수이고 파편화된 것이다. 1997년과 98년, 6백50만 헥타르에 걸쳐 일어난 산불은 연기가 반경 4천 킬로미터까지 번지며 칼리만탄에 엄청난 영향을 미쳤는데, 재해 동안 오랑우탄 수천 마리가 죽었다. 더구나 그해에 유별나게 강력한 엘니뇨 현상까지 겹쳐 확산되었던 그 산불은 인간이 만든 재앙에 다름 아니다.

현재 보르네오는 야자유 농장, 불법 벌목, 벼농사 프로젝트, 댐 건설, 산불, 야생동물 밀렵과 불법 무역으로 숲이 파괴되고 오랑우탄들이 멸종 위기로 내몰리고 있는 처참한 상황이라고 할 수 있다. 그나마 다행인 것은 복구를 위한 노력들이 조금씩 시작되고 있다는 점이다.

2001년 시작된 '세방가우 이탄 습지 보존 프로젝트'를 비롯해, '키나바탕간 오랑우탄 보존 프로젝트', '카나바탕간 범람원 프로젝트'가 진행 중이다. 또한 '카얀 멘타랑 국립공원', '베퉁 케리훈 국립공원' 지정으로 오랑우탄 서식지 보호에 나서고 있다. 그리고 '아시아 코뿔소와 코끼리 행동전략', '리카스 습지대 자연교육 센터', '사바 초목과 서식지 보존운동', '사바 오랑우탄 프로젝트' 등의 보르네오의 자연과 야생을 보존하기 위한 노력이 이어지면서, 지역사회에 기반을 둔 많은 시도들이 시간과의 전쟁에 돌입해 있다.

천연의 숲 절반가량이 이미 사라졌고, 여전히 우려할 만한 속도로 파괴는 계속되고 있다. 남은 것이나마 지켜내는 일이 너무도 절박한 실정이다. 숲을 개간한 땅은 다시 회복될 수 있다 할지라도, 오래된 숲을 서식지로 살아온 종들은 결코 되돌아올 수 없기 때문이다.

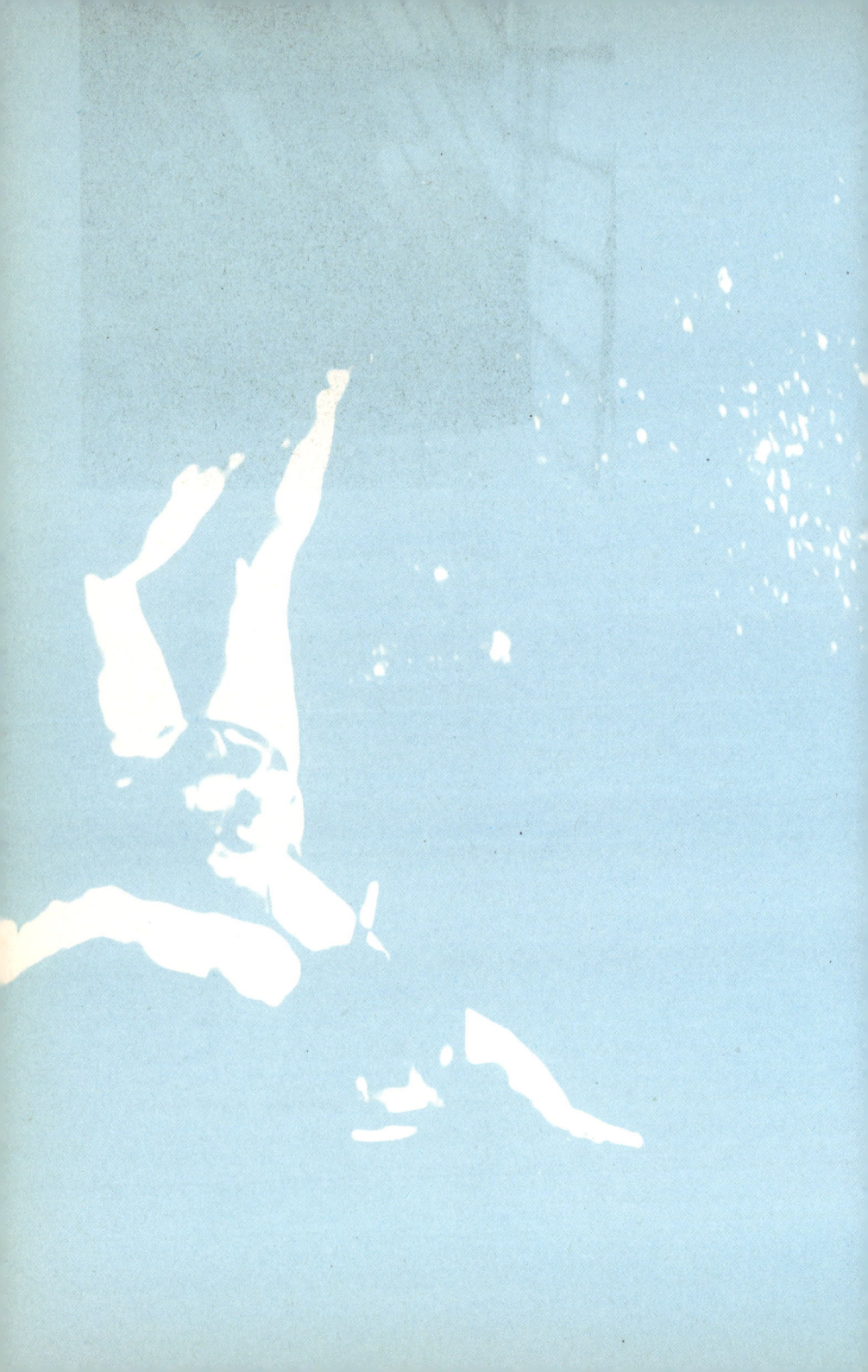

바다 생태계 연구의 선구자

실비아 얼

SYLVIA A. EARLE

바다 밑 3백81미터

하와이에서 9.5킬로미터 벗어난 바다, 그 밑 3백81미터 지점은 상상했던 것과 전혀 달랐다. 그만큼 아래로 내려가면 햇빛이 닿지 않아 완전히 깜깜한 바다일 거라고 상상했었는데, 한낮의 햇빛은 바다를 뚫고 그 깊은 곳까지 들어와 심해를 진한 쪽빛으로 물들였다. 별들은 없었지만 푸른 불꽃으로 빛을 내는 발광 생물체들이 있었고, 어릴 적 읽었던 《해저 반 마일까지 잠수》에서 자신을 황홀경에 빠뜨렸던 것과 똑같은 생물체들도 있었다.

해양학자 실비아 얼

사람들은 실비아 얼을 잠수 세계신기록 여성 보유자쯤으로만 알고 있다. 물론 실비아가 인류 역사상 최초로 바다 바닥을 걸어다니면서 다양한 생물을 연구한 것은 엄청난 사건이었다. 하지만 실비아는 바다 밑 1천 미터까지 들어갔을 때도 잠수 세계신기록을 세웠다는 둥 세상 사람들의 호들갑에는 관심이 없었다.
다만 그녀는 해양학자로서 더 깊은 바다 속으로 들어가 연구할 수 있기만을 바랄 뿐이었다.

아직도 비밀에 싸인 바다

실비아 얼을 비롯해 수많은 과학자들의 열정적인 연구에도 불구하고, 아직 바다의 비밀은 5퍼센트도 채 밝혀지지 않았다.
가장 높은 꼭대기와 가장 깊은 곳 사이의 대부분은 물론, 심지어 평균 깊이인 4킬로미터 깊이에 대해서도 거의 알려져 있지 않다.
그러기에 실비아에게 지구 표면의 3분의 2를 이루는 바다를 연구하고 자연 그대로 보존하는 일은 여전히 가장 주요한 과업이다.
실비아는 오늘도 혼자서 바다 속 깊이, 때로는 바다를 연구하고자 나서는 학자들과 많은 자원봉사자들을 이끌고 바다로 나서고 있다.

실비아 얼을 어떻게 불러야 할까.
"지구의 영웅"이라는 칭송을 받고 있는 실비아 얼은 최고의 해양생물학자이며, '자연친화적인 바다 원정대'를 이끌며 바다 생태계 보존에 앞장서고 있는 투사이기도 하다. 또 해저에서 6천 시간을 넘게 지낸 전문가이고, 최초의 여성 해저 탐사대를 이끈, 바다에 관한 한 세계 최고의 리더이다.
그러나 그 무엇도 실비아의 바다에 대한 애정을 제대로 말해주지는 못한다.

무지를 깨우는 것이 곧 사랑

바다를 연구하고, 바다를 사랑하는, 바다를 지켜 내려는 실비아를 가장 잘 드러내 주는 말은 아마도 이 말일 것이다.

"궁극적으로는 바다에 대한 무지를 몰아내는 것이 가장 중요한 성과가 될 것입니다. 대양을 위협하는 그 어떤 문제점들보다, 우리가 '모른다'는 것이 가장 커다란 위험일 수 있기 때문입니다. 알게 되면 돌보게 되고, 돌보게 되면 희망이 생깁니다. 우리 자신과 우리 아이들, 그리고 바다를 위한 지속 가능한 미래를 보장할 대양의 도덕이라는 희망이 생길 겁니다."

특별한 엄마와 특별한 아이

실비아 얼은 1935년, 미국 뉴저지 주의 깁스본이라는, 노동자들이 모여 사는 조그마한 시골 마을에서 태어났다.

세 살 때인 1938년, 가족은 뉴저지 주 외곽의 오래된 농장에 생활 터전을 마련했는데, 너무 오랫동안 버려져 있었는지 집은 곧 무너질 것만 같았다. 수돗물도, 전기도, 심지어는 온기조차도 없는 곳이었다. 깨진 유리창 틈으로 들어온 바람이 신음 소리를 냈고, 어두운 다

락에는 박쥐들이 살고 있었다. 그래도 농촌에서 자란 실비아의 부모들은 삭막한 도시가 아니라, 이곳 농장에서 아이들이 자라게 된 것을 더없이 기쁘게 받아들였다.

실비아에게도 농장은 온갖 종류의 신비한 세계를 보여 주는 흥미로운 놀이터이자, 신천지였다. 문 밖으로만 나가면 연못과 개울이 있고, 포도 덩굴이 우거진 오래된 과수원도 있어서 언제나 탐험에 나설 수 있었다. 실비아의 부모는 거기에 사과, 배, 호두나무를 더 심었고 커다란 정원도 만들었다. 나이에 비해 조그마했던 실비아는 특히 라일락 관목의 늘어진 가지들을 좋아해서 그 가지들 아래 숨곤 했다. 농장에는 텔레비전 같은 오락거리는 없었지만, 미네하하라는 이름의 조랑말과 스케이트를 탈 수 있는 연못, 좇아다닐 나비들로 실비아는 심심할 틈이 없었다.

실비아의 어머니 앨리스는 아이들에게 자연이 보여 주는 다양한 모습들을 전해 주려 했다. 아이들이면 누구나 갖게 마련인 호기심을 억누르지 않고, 왜, 어떻게, 무엇을, 어디에…… 끝없이 이어지는 질문에 차근차근 설명을 해 주곤 했다. 가끔은 개구리나 곤충들을 잡아 왔는데, 생물의 특성과 형태에 대해 자세히 설명을 해 주고는, 언제나 잡아 온 곳으로 실비아를 데려갔다. 어머니는 그들을 연못 따위에 그냥 던져 버리는 게 아니라, 원래 있던 자리에 정확히 놓아줬다. 그것은 다른 생명들을 존중하는 마음과 모두가 이곳에서 함께 살아간다는 것을 실비아에게 일깨워 주었다.

실비아는 때로 호기심을 넘는 탐구 능력을 보여 주곤 했다. 저녁 때가 되어 앨리스가 찾으러 나서면, 종종 연못가에서 무엇인가에 집중하고 있는 실비아를 발견할 수 있었다. 숲 속에 가만히 앉아만 있어도 다양한 생물들이 실비아 곁으로 다가왔다. 물에 젖거나 풀에 쓸려 발목이 간지러운 것도 참아 내고 기다리면 물속에 사는 생물들의 흥미로운 활동을 관찰할 수 있었다. 실비아는 공책을 옆에 끼고 다니면서 관찰한 것들을 스케치하고 기록했다. 누가 실비아에게 이런 식으로 과학적 데이터를 모으는 법을 가르친 것은 아니었다. 그저 실비아 스스로가 좋아하는 일이었을 뿐이다.

집은 실비아가 잡아 온 메이지 올챙이들과 도롱뇽들, 그리고 벌레들이 들어 있는 항아리들로 가득했다. 이런 실비아의 행동에 앨리스는 언제나 미소로 대했다. 앨리스는 꼭 자신이 그랬던 것처럼 딸이 식물과 동물들을 사랑하는 것에 정말로 행복해 했다.

실비아가 열두 살 때, 가족은 플로리다로 이사하게 되었다. 처음에는 정말로 가기 싫었던 그곳에서, 실비아는 기대하지 못했던 환희를 느끼게 되었다. 실비아의 집 뒷마당은 넓디넓은 멕시코 만이었던 것이다.

그해 생일에 실비아의 부모님은 물안경을 선물해 주었다. 평생 잊지 못할 선물에 실비아는 며칠 잠을 설칠 정도였다. 그리고 그녀는 곧바로 탐사에 나섰다. 물 위에 떠서 저 아래 총총걸음으로 허둥대는 조그만 게들을 자세히 들여다보기도 하고, 가리비들이 붉은 속살을 감추지 못한 채 모래 속으로 파고드는 모습, 작은 물고기 떼들이 물 속 풀숲으로 쏜살같이 달아나는 모습도 볼 수 있었다. 그 중에도 실비아가 정말로 신기해 했던 것은 해마가 떠 있는 모습이었다. 해마는 실비아가 이사하면서 두고 떠나온 말 토니를 축소해 놓은 모조품 같아 보였다.

어린 시절 실비아의 또 다른 즐거움은 책읽기에 빠져드는 것이었다. 실비아는 공상과학 이야기, 요정 이야기, 동물 이야기를 좋아했다. 그런데 어느 날부터 이야기책을 읽지 않게 되었다. 해저 탐험가였던 윌리엄 비브가 쓴 소설《해저 반 마일까지 잠수》에 빠져 든 다음부터였다. 비브는 잠수정을 타고 바다 깊은 곳으로 내려가 관찰한 바다 속 모습을 그렸다. 깊은 바다 속에 빛을 쏘아 날렵하고 아름다운 빛을 내는 물고기를 바라보는 장면 등은 공상과학이 아닌 직접 체험한 일이었고 모험이었다.

《해저 반 마일까지 잠수》에서 비브는 "이 왕국에서는 대부분 식물같이 보이는 것들도 동물들이고, 물고기들은 친구들이며 색깔들이 바뀌는 모습이나 그 섬세함이 지상의 생물들과는 다르다. 아주 끔찍한 위험이 있을 수도 있겠지만 지금까지 수백 번 잠수하는 동안 우리는 한번도 위험과 마주친 적이 없었다."라고 썼다. 그 말에 실비아는 전율했다. 실비아는 비브가 묘사한 그 독특한 생명체들을 볼 수 있기를 열망했다.

플로리다로의 이사는 실비아에게 또 다른 선물도 주었다. 새로 다니게 된 학교에서 실비아의 호기심과 열정을 알아본 에드나 티누어 선생님을 만난 것이다. 자신을 인정해 주는 누군가가 있음을 아는 것은 멋진 일이었다.

바다 속 탐험을 준비하던 대학 생활

고독한 아이는 고독한 소녀가 되어 열여섯 살에 고등학교를 마쳤다. 다섯 살에 학교에 들어갔기 때문에, 학급에서 가장 어렸고, 그것이 실비아를 고독하게 만든 하나의 이유였을지도 모른다. 하지만 실비아는 걸어다니며 생각할 수 있는 그 시간을 즐겼다. 물 위에서, 숲속에서, 또는 다른 어떤 곳에서 혼자 있는 시간을 소중히 여겼다. 그것은 특별한 종류의 평화였다.

그런 실비아에게 대학 생활은 고독한 소녀를 거대한 자연의 세계로 안내하는 길이 되어 주었다. 그리고 열일곱 살이 되던 해 여름 학기에 그녀는 플로리다 주립대학에서 해양생물학을 수강하면서, 평생 스승이자 친구가 된 흄 교수를 만나게 되었다. 실비아는 흄 교수의 해양 세계에 대한 사랑에 깊은 감명을 받았다.

흄 교수는 해양 세계에 대한 열정으로 학생들에게 조언을 아끼지 않았다.

"물고기에 대해 알고 싶다면 물고기가 살고 있는 곳으로 가야 한다. 그리고 물고기가 쓰는 말로 물고기와 이야기하도록 해 봐라!"

흄 교수는 현미경 렌즈 밑에 고정시키기 위해 식물과 동물들을 가지고 올라오는 대신에 자연 속으로 들어가 직접 관찰하고 연구할 것을 강조하곤 했다.

또, 그 여름 강좌에서는 당시의 최신 장비로 잠수해 볼 기회도 찾아왔다. 멕시코 만이었다. 배는 해안에서 8킬로미터 떨어져 있었고 물의 깊이는 4.5미터였다.

"자연스럽게 호흡하라!"라는 것 말고는 아무런 지침도 없었다. 물론 그것은 그저 숨을 참지 말라는 뜻은 아니었다.

바다 한가운데서 실비아는 배의 난간 밖으로 풍덩 뛰어들어, 바다 속 작은 생명체들을 하나하나 찬찬히 살펴보았다. 그 세계의 이방인인 실비아가 바다 속 생명체에게는 또한 관찰의 대상이었다.

"부드러운 발놀림으로 해면들의 작은 덤불로 미끄러지듯 가서 8센티미터 길이의 성마른 자리돔을 발견했어요. 그는 내가 자신의 영역에 침입해 들어왔다고 불쾌해 하는 듯했죠. 나는 한 손가락으로 균형을 잡으면서 물구나무서기도 쉽게 할 수 있었어요. 그렇게 하면 물고기들의 은신처인 어두운 바위 틈새의 갈라진 속을 들여다볼 수 있거든요."라고 그녀는 기록했다.

실비아는 열아홉 살에 대학을 졸업했지만, 책을 읽고 논문을 쓰는 일에 더 이상 매력을 느끼지 못했다. 스쿠버 다이빙을 하면서 살 수 있기를 바라던 실비아는 흄 교수의 뒤를 따라 해양생물학을 가르치면서 살고 싶었다.

하지만 1950년대에 해양생물학은 낯선 학문이었다. 더군다나 아직 스무 살도 안 된 젊은 여성이 이를 직업으로 선택한다는 것은 상식 밖의 일로 받아들여졌다. 당시 여성에게 가장 일반적인 직업은 간호사, 비서, 비행기 승무원, 교사였기에 실비아는 그나마 교사가 되는 것을 생각해 보곤 했다. 하지만 바다에서 지내고 싶다는 열망을 접을 수는 없었다.

결국 실비아는 대학원에 진학하기로 마음먹었다. 바다 속으로 들어가려면 본격적인 연구가 필요하다고 판단했던 것이다. 그리고 예일, 코넬, 듀크 대학에서 합격통지를 받았다. 그 중에서 듀크 대학은 실비아에게 거절할 수 없는 두 가지 제안을 했다. 전액 장학금과 당시 그곳 교수로 옮겨 가 있던 흄 박사 밑에서 연구를 지속할 수 있는 기회였다.

실비아는 듀크 대학에서 식물학을 전공하기로 결정했다. 특히 해

조류의 생태를 연구하는 데 초점을 두었다. 하지만 듀크 대학에서의 생활이 실비아에게 즐거움만을 준 것은 아니었다. 과학자의 대열에 여성이 들어오는 것을 모두가 반기지 않았기 때문이었다. 실비아는 식물학 수업을 듣는 거의 유일한 여성이었고, 조교직에 지원했을 때는 거부당하기도 했다.

실비아는 조교 자리라도 얻어 생활비와 책값을 벌어야 할 형편이었다. 하지만 교수들은 여성은 가정주부가 될 것이기 때문에 투자할 가치가 없다고 판단했다. 실비아는 말도 안 되는 편견에 분개했다. 다행히 다른 교수단에서 실비아의 굳은 의지와 총명함을 높이 사 주어 간신히 위기를 넘길 수 있었다. 실비아는 식물표본실에서 식물의 표본을 보존하는 일을 맡게 됐다. 이런 과정을 겪으면서 실비아는 교사가 되지 않기로 마음을 굳혔다.

"뭔가 다른 것, 뭔가 특별한 어떤 것을 하고 싶었어요. 교사들은 다른 사람들이 해 놓은 것에 대해 가르치는 사람이라는 느낌이 들었어요. 하지만 나는 특별한 어떤 것을 하는 사람이 되고 싶었어요. 그저 딴 사람들이 발견한 것들을 배우는 것이 아니라, 발견을 해 보고 싶었어요."

1956년, 실비아는 석사 학위를 받자마자 젊은 동물학자 존 잭 테일러와 결혼하고, 듄딘의 부모님 옆집으로 이사했다. 하지만 결혼을 했다고 해서 해양과학자가 되겠다는 꿈을 접은 것은 전혀 아니었다. 연

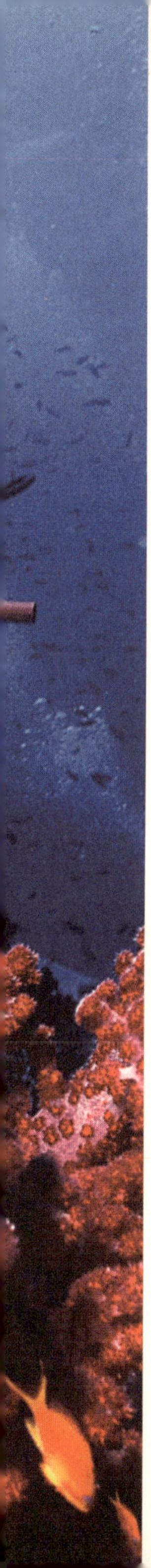

"부드러운 발놀림으로 해면들의 작은 덤불로 미끄러지듯 가서 8센티미터 길이의 성마른 자리돔을 발견했어요. 그는 내가 자신의 영역에 침입해 들어왔다고 불쾌해 하는 듯했죠. 나는 한 손가락으로 균형을 잡으면서 물구나무서기도 쉽게 할 수 있었어요. 그렇게 하면 물고기들의 은신처인 어두운 바위 틈새의 갈라진 속을 들여다볼 수 있거든요."

구는 계속되었고, 6개월간 미국 어류 및 야생생물 보호국에 소속되어 캐롤라이나 북부 해안으로 내려가 일을 하기도 했다. 책 속의 물고기가 아닌 진짜 살아 있는 물고기를 보며 연구를 할 수 있었다.

실비아는 멕시코 만에서 발견되는 해조류를 주제로 듀크 대학에서 박사 학위를 딸 계획을 세웠다. 미시시피 연안 습지대의 초원에서부터 플로리다 관문의 청옥빛 바다까지 그녀는 샘플들을 수집했다. 바다의 염분과 온도를 측정하고 깊이와 조수를 기록하고 식물과 동물들이 함께 살아가는 것을 관찰했다. 그리고 실비아와 잭은 차고를 고쳐서 현미경과 그들이 발견한 표본들을 담아 둘 캐비닛이 들어 있는 연구실도 만들었다.

또 다른 선택

1960년, 실비아와 잭의 첫 아이 엘리자베스가 태어났고, 2년 뒤에는 존이 태어났는데 가족들은 앨리스의 가운데 이름을 따서 리치라고 불렀다. 가족들과 함께 보내는 시간은 매우 만족스러웠다. 실비아는 시간이 날 때마다 아이들을 보트에 태워 짧은 탐사에 데리고 다녔다. 평화로운 시간이었다.

이때 국제인도양탐사대의 일원으로 약 6주간 탐사선을 타고 연구를 할 기회가 왔다. 한 사람의 결원이 생겼고, 흄 교수가 실비아를 추천한 것이었다. 실비아는 선구적인 탐사에 결합하는 일을 놓칠 수 없었다.

"나에게는 이것이냐 아니냐의 선택이 아니었어요. 그것은 전혀 핵심이 아닙니다. 피할 수 없는 것이었습니다. 세상에는 음악가, 작가, 시인 등 스스로도 어쩔 수 없는 사람들이 있습니다. 그들은 그저 어떤 일들을 해야 하는 거죠."

케냐 몸바사에서 탐사선에 오를 때까지도, 실비아는 자신이 유일한 여성이라는 사실을 알지 못했다. 물론 유일한 여성으로서 초청된 것이 아니라, 식물학자로서 초청되었던 것이었기에 알았다고 해서 달라질 건 없었다.

하지만 탐사대 중 일부는 여성이 배에 타면 불행을 불러온다는 옛 미신을 아직도 믿고 있었고, 또 다른 일부는 남자 칠십 명과 한 명의 여성이 같이 여행을 하는 것은 좋지 않은 일이라고 생각했다. 급기야는 신문에 "70명의 남자들과 배를 타고 나간 실비아, 그러나 그녀에게 아무 문제가 없기를 바란다."라는 제목으로 기사가 실렸지만, 실비아는 크게 신경쓰지 않았다.

하지만 배에 오르자마자 사람들의 시선이 집중되고 있다는 걸 깨달을 수 있었다. 남자들에게 자신의 실력을 증명해 보여야 했다. 실비아는 아침 다섯 시에 일어나서 잠수를 시작하고, 새벽 세 시에 하루의 연구 과정을 일지에 작성하는 것으로 일을 마무리했다. 탐사 기간 내내 아주 조금밖에 자지 않았지만, 일은 그녀에게 즐거움을 가져다주었기 때문에 항상 웃음을 잃지 않은 채 연구를 계속할 수 있었다.

실비아는 새로운 생명체들과 만나는 바다 속에서 하루를 온전히 보낼 수 있었다. 조수 웅덩이(tide pool. 만조 때 바위 웅덩이에 찼던 바닷물이 간조 때 남은 것으로, 직접 파도에 영향을 받지 않고 수온, 염분 농도 등의 변화가 극히 적어, 동식물 채집, 관찰에 가장 적합한 장소다.)와 산호초, 그리고 시커먼 화산 바위로 이루어진 작은 언덕 위로 헤엄쳐 가면서 그녀는 광대말미잘고기와 거대한 해삼, 노란 나비고기에다 아주 조그만 문어까지도 만났다.

한번은 작고 밝은 분홍색 식물들로 뒤덮인 바위와 마주친 적도 있었다. 그전까지 한번도 본 적이 없는 것이었다. 그 조그만 식물들은 불타는 듯한 빨간 야자수, 혹은 속이 뒤집어진 우산처럼 보였다. 발견자로서 그녀는 나중에, 그것의 우산 모양과 흄 박사를 기념하는 의미를 합쳐서 흄브렐라 히드라(Hummbrella hydra)라는 학명을 붙여 주었다.

유일한 여성이라는 사실은 꼬리표처럼 따라다니며 실비아를 힘들게 하기도 했지만, 혜택도 있었다. 그녀에게는 자신만의 조그만 방이 주어졌다. 반면에 대부분의 남자들은 취침 공간을 나눠 썼다. 또, 사람들은 실비아를 그 배의 '사교 대사'로 여겼다. 앤톤브룬 호가 항구에 닻을 내리면 실비아는 선장, 수석 과학자와 함께 초대를 받아 고관들을 만나러 육지에 올랐다. 그녀는 바다 속에서 시간을 보내는 것을 더 좋아했지만 대변인으로서의 소중한 경험도 얻을 수 있었다.

그 뒤 2년 동안, 실비아는 앤톤브룬 호를 타고 네 차례 더 탐사길에 올랐다. 경험이 쌓이면서 그녀는 수석 과학자로 선정되었다. 여전히 많은 남자들은 여성을 그들의 지도자로 인정하기 어려워했지만, 실비아는 초조해 하지도, 화를 내지도 않기로 작정했다. 차라리 그런 상황을 즐기는 편이 훨씬 효과적이었다. 아무 표현도 하지 않고, 오직 일에만 매달리는 것이 최선이었다.

이 시기에 실비아는 상어 여사(Shark Lady)로 알려진 유진 클락을 알게 되었다. 세계 최고의 상어 연구자이자 네 아이의 어머니인 유진 클락은 실비아에게 모든 면에서 스승이 되었다. 자신의 연구소를 운영하면서 가족을 돌보는 완벽한 생활 모습을 보면서 실비아는 자신이 어떻게 살아야 하는지를 보고 배울 수 있었다. 두 여자는 종종 함께 잠수를 했는데 실비아는 해조류를 찾아다녔고 유진 클락은 연구소에서 쓸 생물들을 수집했다.

1965년, 클락 박사는 뉴욕으로 옮겨 가면서 실비아에게 사라소타에 있는 자신의 연구소의 임시 소장을 맡아 달라고 했고, 실비아는 1967년까지 그 일을 했다.

그 사이 실비아는 듀크 대학에서 박사 학위를 받았는데, 대학에서 진행했던 그간의 연구들은 실비아가 앞으로 가야 할 방향을 확고하게 하고, 전문가로서의 위치를 굳건하게 하는 과정이었다.

그렇게 십몇 년 동안 쌓아 온 연구의 산물인 박사 논문 〈동부 멕시코 만의 갈색 조류〉는 멕시코 만 수역에서 사는 식물들과 동물들의 중대한 변화를 조사하고 보여 준 것으로, 국제적 연구 저널인 《조류학(Phycologia)》에서 잡지 대부분을 할애할 정도로 대단한 주목을 받았다.

바다 속 호텔에서

1968년, 실비아는 에드윈 링크가 개발한 '딥다이버'라는 잠수정을 탈 수 있었다. 에드윈 링크는 해저 정거장을 고안해 세계 최초로 바다 속 18미터에서 14시간을 지내는 실험을 성공시킨 인물이었다.

실비아는 딥다이버를 타고 40미터 아래까지 내려가 1시간 30분 동안 머물렀다. 이것은 실비아의 관심을 해양식물 연구에서 기술의 발전이라는 영역까지 넓히는 계기가 되었다.

실비아는 그 뒤로도 탐사선을 타고 세계 곳곳에서 탐험을 하면서 잠수를 계속했다.

다윈이 《종의 기원》을 쓰는 데 결정적인 역할을 한 남태평양의 갈라파고스에도 다녀왔고, 로빈슨 크루소의 섬이라고 알려진 후안 페르난데스 군도에도 다녀왔다. 그 밖에도 인도양과 카리브 해, 그리고 근방의 다른 곳들에서도 많은 시간을 보냈다.

실비아를 비롯한 많은 과학자들의 이러한 연구와 기술의 발전에 일찍부터 관심을 갖고 있던 미국 해군과 항공우주국(NASA)은 드디어 해저 정거장 건설에 착수했다. 바다 탐험가와 우주비행사들이 폐쇄된 공간에서 생활하면서 낯선 환경을 탐사하는 '텍타이트II' 프로젝트도 그 중 하나였다.

1969년, 하버드 대학의 게시판에 붙은 공고문 하나가 실비아 얼의 눈을 확 사로잡았다. 해저 생활에 관심 있는 과학자들은 연구 제안서를 보내라는 것이었다. 실비아는 곧바로 제안서를 보냈고, 바로 답신을 받았다. 세 사람의 물고기 화석 전문가들과 함께 팀을 이루게 되었고, 네 명 모두 함께 프로젝트를 훌륭히 수행할 수 있다는 데 동의했다. 하지만 1970년대 워싱턴 관료들은 여전히 남성과 여성이 바다 밑에서 함께 생활하는 것 자체를 받아들일 수 없었다. 결국 실비아 얼은 따로 여성들만의 팀을 꾸려 바다 속으로 내려가야 했다.

신문들은 여성으로만 이루어진 팀에 대해 야단법석을 떨었다. 《보스턴 글로브》는 1면 헤드라인을 "가정주부, 여성 해저 탐험가 팀을 이끄는 귀감이 되다."라고 뽑기까지 했다.

박사 학위를 받기 위한 지난 10여 년간의 연구, 세계 곳곳을 누빈 심해 탐사 활동 경력을 가진 그녀가 과학자로서가 아니라 가정주부로서 최초이자 최고로 보인다는 사실에, 실비아는 불만스럽고 괴로웠다. 하지만 바다 속에까지 실망을 가지고 갈 수는 없었다.

모두들 연구에 몰두했고, 실비아와 여성 과학자 팀은 금방 친한 친구가 되었다. 그들은 2주간 특수 장비, 특히 환기관 사용법을 익히고 훈련했다. 이 장비들은 스쿠버 탱크보다 더 긴 시간을 버틸 수 있게 해 주면서도, 거품을 발생시키지 않았다. 그것은 우주비행사들이 달에서 사용했던 것과 유사한 방식으로 공기를 순환시키는 것이었다.

과학자들이 거주하면서 연구해야 할 곳은 '텍타이트 힐튼'이라 불렸다. 아름다운 네 개의 방이 달린 바다 밑 호텔, 연구소였다. 바깥은 흰색으로, 두 개의 기둥이 나란히 서 있고, 해저의 연구실이 정상적으로 기능하도록 동력과 물과 공기를 공급해 주는 선들이 한쪽으로 뻗어 나와 있었다. 과학자들은 상상하지도 못할 정도로 훌륭한 시설에 우선 놀랐다. 또한 내부 공간은 미국 항공우주국 기술자들이 우주에서의 생활공간을 해저로 옮겨온 것처럼 편안했다.

하지만 아무리 연구소 내부가 쾌적하다고 해도, 실비아에게는 모래톱 위에 나가 있을 때가 가장 기분 좋고 매력적인 시간이었다. 실비아의 연구 주제는 암초에서 자라는 식물종과 물고기에 의해 해조

실비아는 새로운 생명체들과 만나는 바다 속에서 하루를 온전히 보낼 수 있었다. 조수 웅덩이와 산호초, 그리고 시커먼 화산 바위로 이루어진 작은 언덕 위로 헤엄쳐 가면서 그녀는 광대말미잘고기와 거대한 해삼, 노란 나비고기에다 아주 조그만 문어까지도 만났다.

실비아 얼 | Sylvia A. Earle

류가 어떤 영향을 받는가였고, 다른 여성 과학자들은 인공 풀밭을 실험하거나, 자리돔 종의 행동 양식을 연구하기도 했다. 여성 팀은 일에 푹 빠져 바다 속으로 나가 있는 시간조차도 모자랐기 때문에, 안락한 생활공간을 만끽하는 것은 상상도 할 수 없는 일이었다. 할 수만 있다면 하루 24시간 내내 밖에서 지냈을 것이다.

그렇게 카리브 해의 바다 속으로 깊이 잠수해서 프로젝트를 수행하던 어느 날, 실비아 얼은 갑자기 이상한 느낌을 받았다. 이내 숨이 쉬어지지 않는다는 사실을 깨달았다. 눈앞에서는 물고기가 꼬리를 흔들고 있었지만, 아무런 대응도 해 줄 수 없었다. 숨을 들이쉬어 보려고 애를 썼지만 허사였다.

스쿠버 탱크에 연결되어 있던 관이 막힌 것이었다. 모래 때문인 듯했다. 비상용 산소를 공급하려고 손을 뻗었다. 그런데 그 밸브마저 부서져 있었다.

'침착해. 실비아.'

마음을 추스르며 실비아는 바다 밑 호텔까지의 거리를 가늠해 보았다. 3백 미터쯤 떨어져 있는 텍타이트의 쌍둥이 탑은 한밤중의 소도시처럼 여린 빛을 반짝이며 흐릿하게 보였다. 허파 속에 남은 산소만으로는 거기까지 가기에 무리였다.

수면 위로 떠오르는 것은 포기하고, 재빠르게 근처에서 작업 중인 동료 페기 루카스에게로 헤엄쳐 갔다. 실비아는 손가락으로 목을 그어 보였다. 페기는 잠시도 머뭇거리지 않고 다가와 자신의 입에서 떼어 낸 마우스피스를 실비아에게 대 주었다. 다행히 그들은 서로에게 마우스를 대 주면서 거처로 돌아갈 수 있었다. 다가온 만큼이나 순식간에 위험은 지나갔다.

2주일의 연구 기간은 금세 지나갔지만, 실비아는 바다 속에서의 연구가 아주 만족스러웠다. 그녀는 버진아일랜드에서 지금까지 한 번도 발견된 적이 없는 해양 식물 26종을 포함해서 1백54종을 관찰하고 기록했다. 또한 식물을 먹고사는 많은 물고기들의 낮과 밤의 행동에 대한 새로운 관찰을 해냈다. 팀의 다른 연구자들도 자신들이 얻은 결과에 만족했다. 자리돔의 연구에서도 괄목할 만한 성과를 낼 수 있었고, 플라스틱 풀밭이 인공 서식지로서 훌륭하다는 결론의 보고서도 냈다.

한편 육지는 그녀들의 귀환을 손꼽아 기다리는 기자들로 북적대고 있었다. 육지로 돌아오자, 여성 팀은 의회에서 연설도 하고, 환경보존활동상을 받기도 했다. 존경받는 과학자로서 실비아의 명성은 미디어의 파도 속에 익사할지도 모를 정도로 커져 갔다.

실비아에게 1970년대는 커다란 가능성을 발견하고 인정받은 10년이었다. 실비아는 가까운 미래에 해양생물학을 전공한 학생들이 해저 연구실에서 일하는 것을 상상했고, 이제 흥미진진한 탐사의 시대가 막 시작되고 있음을 느낄 수 있었다.

고래를 만나다

잠수와 연구 활동을 계속하던 실비아 얼은 우연히 고래 전문가인 로저 페인이 주최한 토론에 참석하게 되었다. 페인 부부는 고래 연구에 일생을 바친 과학자들이었다.

잠수 기술을 활용하여 살아 있는 고래가 움직이는 대로 따라가면서 고래를 연구하자는 로저의 제안에 실비아는 금세 의기투합했고, 곧바로 꿈의 프로젝트를 실행에 옮기기 위해 뛰어다녔다.

그 프로젝트 가운데 바다에서 본 것을 기록영화로 만드는 일은 가장 핵심적인 과제의 하나로, 그때부터 알 기딩스가 실비아의 작업에 함께하기 시작했다. 알 기딩스는 아주 뛰어난 해저 사진작가이자 영화 제작자로, 6개월간 혹등고래를 따라다니는 연구에 사용할 온갖 다양한 장비들을 모았다.

1977년 2월, 알 기딩스, 척 니클린과 실비아 얼, 테리 펌은 드디어 고래를 만나기 위한 항해에 첫발을 내딛었다. 그리고 마치 기다렸다는 듯이 얼마 지나지 않아 마술 같은 순간이 찾아왔다.

배가 바다 한가운데 들어서자마자, 혹등고래 다섯 마리가 따라오면서 잠시 멈추기도 하고 장난을 치기도 하는 것이었다. 배는 거리를 유지하기로 했다. 그런데 갑자기 고래들이 급격하게 방향을 꺾어서 곧장 배로 다가오기 시작했다. 프로젝트 팀은 모터를 끄고 멈춰서 지켜봐야 했다.

숨이 멎을 것만 같았다. 고래들은 마치 강아지들처럼 까불며 뛰어놀았다. 매끄러운 유선형의 고래는 우아하고 멋진, 지구상에서 가장 절묘하게 아름다운 생명체 같았다. 고래는 발레리나가 춤을 추는 것처럼, 배를 둘러싸고 유연하게 헤엄을 쳤다.

정신을 차리고 보니 모든 것이 꿈결처럼 아득하게 느껴졌다. 실비아는 결심했다. 직접 바다에 뛰어들어, 인간에게 흥미를 느끼는 고래와 함께 바다 속을 누비기로.

바다 속으로 뛰어든 알 기딩스와 척 니클린은 자신들의 카메라에 완전히 매달려 있어야 했지만, 실비아는 마음껏 돌아다닐 수 있었다. 그런데 이 거대한 고래가 실비아를 향해 정면으로 다가오면서 점점 커지는 것이었다.

"오! 이런, 너무 가까이 오잖아."

실비아는 절망에 가까운 비명 소리를 냈다. 곧바로 행동을 취하지 않으면, 이 거대한 고래에 짓이겨진다는 것을 실비아는 잘 알고 있었다. 하지만 인간은 너무 작고 그 친구는 너무 컸다. 1.5미터 키에 45킬로그램 몸무게의 인간과, 12미터 길이에 3만6천 킬로그램의 고래.

'과연 고래가 나를 보기나 한 걸까?'

실비아는 화물 수송 열차 앞에 선 쥐 같다는 느낌이 들었다. 피할 수 없는 충돌이 일어나려는 찰나, 다행히 그 친구는 살짝 돌아서 오던 길로 움직였다. 인간의 존재를 알아차린 것이었다.

그러더니 이번에는 알 기딩스 쪽으로 움직이기 시작했다. 하지만 알은 다른 고래를 찍느라 정신이 없어서, 이 고래가 자신을 때려눕히기 직전이라는 것을 알지 못했다. 그대로라면 곧 4.5미터 길이의 앞지느러미가 그를 때려눕힐 것만 같았다. 척 니클린도 이것을 봤다.

"우우!"

"우우!"

두 사람은 크고 갈라지는 소리를 내기 시작했다. 물속에서도 소리를 지를 수 있고, 또 잘 들을 수 있다. 그런데 알은 사진에 너무 열중하고 있어서 아무것도 알아차리지 못했다. 실비아는 비명을 질렀다.

"오! 하느님!"

하지만 고래는 알을 지나갈 때, 자신의 지느러미를 알의 머리 위로 들어 올려 살짝 비켜 갔다. 그로 인해 거대한 물결이 밀려오자 그제야 엄청나게 큰 뭔가가 아주 가까이 있다는 것을 확실히 알게 된 알은 카메라를 거의 떨어뜨릴 뻔했다.

충돌은 일어나지 않았다. 고래는 자신들의 거대한 몸이 어디까지 영향을 미치는지 정확히 알고 있었다. 고래는 부닥칠 의도가 전혀 없었고 자신의 몸을 완벽하게 조절할 수 있었다. 경이로운 일이었다.

그 뒤 3개월 동안 그 혹등고래들을 뒤쫓았다. 실비아는 얼굴에 있는 특이한 반점과 지느러미, 하복부 그리고 갈라진 꼬리들로 혹등고래들을 구분할 수 있게 되었다.

이렇게 시작한 실비아의 고래 탐험은 그녀가 자신의 아이들과 함께했던 많은 탐험 중 하나였다. 가족은 캘리포니아의 오클랜드로 이사했고, 실비아는 캘리포니아 과학 아카데미에서 연구 활동을 했다. 실비아가 탐사를 떠나 있을 때는 앨리스가 종종 캘리포니아로 와서 아이들을 돌봐 주었다.

하지만 때때로 실비아는 아이들이 학교를 빠지고 자신과 동행하게 했다. 엘리자베스, 리치 그리고 막내 게일은 모두 일찌감치 어릴 적에 스쿠버 다이빙을 배웠고, 어느새 자라서 어머니의 탐사대를 도와줄 수 있게 된 것이다.

실비아가 고래 연구에 뛰어든 첫해에 찍은 영화《태평양의 우아한 거인들》은 세계 20여 개 나라에서 상영됐다. 영화는 성공적이었다. 하지만 그 첫해에는 아직 그녀에게 고래들의 개별적 특질에 대한 정보가 많지 않았다.

그때부터 실비아는 개별 고래들의 목록 작성을 하고 정보 수집을 시작했다. 해를 거듭하고 10년이 넘게 되자, 사람들은 이제 각각의 고래에 대한 정보를 갖게 되었다. 실비아가 만났던 그 첫 고래인 데이지는 이제 수년간 다른 암고래들과 함께 발견되고 있다.

고래의 운명

"1세기도 못 되어 우리는 6천만 년의 역사를 마가린과 고양이 밥으로 바꾸어 버렸습니다."라는 실비아 얼의 이야기처럼, 최근 들어 부쩍 고래는 생존을 위협받고 있다.

수세기 동안 인류는 고래 사냥을 해 왔지만, 1880년 전까지는 매년 단지 50마리 정도의 고래가 죽었을 뿐이었다. 그런데 20세기 기술의 발전은 고래에게 치명적인 위협이 되었다. 작살은 더 이상 손으로 던져지지 않았지만 폭발물을 장착하고 총에서 발사되었다. 가공선들이 바다로 나갔고, 거기서 고래들은 보다 효율적으로 도살되고 동물의 먹이와 기름, 화장품으로 바꾸어졌다. 1930년대가 되자 매년 5만 마리 이상의 고래가 죽임을 당했다.

1925년부터 1975년 사이에는 150만 마리의 고래가 죽임을 당했다. 포경업자들은 크기가 큰 종에서 작은 종까지 무차별적으로 고래를 포획하여, 개체수를 급격히 감소시켰다. 국제포경위원회는 마침내 포경 어업에 대해 유예기간을 선포, 지난 1986년 상업적인 포경을 무기한 중단하기로 합의하였다.

하지만 지금 우리는 대규모 상업적인 포경으로 다시 돌아갈 위험에 처해 있다. 노르웨이는 국제포경위원회의 포경 정책에 대해 비웃기라도 하듯이 상업 포경을 버젓이 하고 있다. 일본은 과학 연구라는 명분 아래 포경을 일삼고 있으며, 상인들 역시 연구 목적으로 잡은 고래를 팔아 이윤을 취하고 있다. 과거 몇 년간 양국은 포경과 관련된 지원을 대폭 늘렸고, 최근에는 상업적인 포경에 대한 금지를 해제하기 위해 끊임없이 노력하고 있다.

일본의 돌고래 포경 현장

상업적인 포경에 대한 금지 조항을 없애는 것은 서서히 개체수를 회복하고 있는 고래에게 치명타가 될 것이다. 고래의 느린 성장 속도와 번식력을 생각해 본다면, 개체수를 회복하는 데 오랜 시간이 걸리기 때문이다. 또한 고래는 이미 독극물 오염이나 기후 변화와 같은 인간이 초래한 여러 환경 재앙으로 심각한 위협을 받고 있다.

일부 해양 포유동물의 개체수 감소는 과도한 상업적 어로 행위로 인한 먹이 감소와 관련이 있다. 살충제 같은 잔류성 유기 오염물질은 생식기능 장애를 유발시키거나 면역 체계를 약하게 만드는 것이다.

그리고 많은 고래 과학자들은 수송, 원유 및 천연가스 채굴 및 기타 원인으로 인한 소음이 고래의 행동 장애를 초래하였으며, 의사소통에도 악영향을 끼쳤다고 본다. 소음은 고래의 번식률을 떨어뜨려 개체수를 감소시키는 변수가 될 수 있다는 것이다.

이렇듯, 더 이상 인간과 공존하지 못하고, 그들의 이윤 추구와 욕망의 제물이 되고 있는 것이 현재 바다 포유류 고래의 운명이다.

바다 밑으로, 밑으로

20년 가까이 줄곧 바다 속으로 뛰어들어 다양한 연구 활동을 한 결과, 실비아 얼은 전 세계에서 손꼽히는 해양생물학자로 높이 인정받게 되었다. 또한, 스쿠버 탱크, 텍타이트 거주지, 그리고 여러 잠수정 등 다양한 탐사 장비들을 이용하여 해저에 도달하려는 기술도 높은 평가를 받았다.

우주비행과 마찬가지로 대양을 탐사하는 일 역시 기술에 많이 의존하고 있다. 기술이 없이는 매우 한정된 시야를 가질 수밖에 없는 것이다.

바다 속 최대 깊이는 약 1만1천 미터에 이르지만, 당시 인간은 아직 바다 속 60미터 이상도 못 내려가고 있었다. 기술의 발전 속도는 언제나 연구자들의 바람을 따라잡기 힘들었다.

실비아 역시 해저 탐사를 위한 기술에 갈증을 느끼고 있었고, 본격적으로 최신 기술을 알아보는 일을 시작했다. 새로운 것이 없을까? 곧 등장하게 될 기술은 무엇일까?

하지만 1970년대의 해저 로봇 공학은 걸음마를 막 떼기 시작한 단계였다. 물 밖에 앉아 모니터를 보면서, 카메라와 탐사 장비를 갖춘 기계를 조종하려는 정도였다. 또 다른 접근법은 사람이 직접 타는 유인 잠수정이었다. 인간을 직접 심해의 조건에 적응시키는 대신에, 우주비행사들이 하는 것처럼 인간을 공기로 한 겹 둘러싼 격리 환경을 만드는 것이다. 그 껍데기는 우주복처럼 작을 수도 있고, 우주선처럼 클 수도 있다.

1979년 알 기딩스가, 자신이 촬영을 하는 동안 실비아는 잠수복을 입고 심해의 해저를 따라 산책하듯이 걸어 보자는 제안을 해 왔다. 1920년에 짐 재럿이라는 사람이 처음 만든, 짐 슈트(Jim Suit)라는 옷을 적용해 보자는 것이었다. 당시에는 국제해양공학주식회사의 필 누이텐이 짐 슈트 15벌을 갖고 있었는데, 실비아는 그의 지원을 받아 직접 잠수복을 입기로 했다.

잠수복은 언뜻 보기에는 사람 모습 같았지만, 무게가 4백50킬로그램이나 나갔다. 우주복 같이 생긴, 공기를 채운 잠수복은 걸어 다니는 냉장고와 비슷하기도 하고, 거대한 흰곰 같기도 했다. 하지만 커다란 도르래를 이용해서 지상에서 내려 보낸 케이블을 감아 올렸다 다시 풀었다 하는 방식은 거추장스러웠다. 실비아는 자신이 마치 줄 끝에 매달린 물고기 같았다.

물 위에서부터 케이블을 연결하는 방식 말고, 다른 방법을 사용해 보기로 했다. 짐 슈트를 잠수함 앞 끄트머리에 고정시킨 채 바다 밑으로 내려간 뒤, 거기서부터 자유롭게 해저를 걸어다니는 계획이었다. 이때 짐 슈트와 조그만 잠수함은 5.5미터 길이의 가느다란 통신선만으로 연결하는 것이다. 알 기딩스와 필 누이텐은 이 엉뚱하고 무모한 계획에 매료되었지만, 하와이 대학의 '스타II'를 책임 관리하던 존 크레이븐은 위험 요소가 너무 많다며 주저했다. 하지만 실비아는 그 모든 사람들을 설득하고, 기금을 마련했다. 짐 슈트를 실비아의 몸에 맞추고, 이음매들은 좀 더 유연하게 재조립했다. 그리고 실비아는 강도 높은 훈련을 했다.

1979년 10월 19일, 조그맣고 노란 잠수정 '스타II'가 잠수정 맨 앞의 플랫폼에 짐 슈트를 입은 실비아를 묶고서는 바다 속으로 내려가기 시작했다. 하늘빛 바닷물이 회색으로, 점차 짙은 푸른색으로 바뀌었다. 마치 여름밤 나방들처럼 그녀의 헬멧에서 나오는 희미한 빛이 반짝였고, 그녀의 맥박은 흥분으로 빨라졌다. 해저 3백50미터 지점에 이르자 '스타II'는 해저의 모래바닥에 부드러운 충격과 함께 착륙했다.

"연결 부위는 괜찮은가요?"

"별일 없어요?"

알 기딩스는 초조함을 감추지 못하고 계속 질문을 던져 왔다. 하지만 실비아는 바다 속 세계에만 정신이 팔려 있었다. 《오즈의 마법사》에 나오는 녹슨 깡통 인간처럼 실비아는 천천히 짐 슈트의 팔다리를 움직여 보았지만, 육중한 수압 때문에 뻣뻣하게 잘 움직여지지 않았다. 천천히 발을 굴러 보고, 팔꿈치를 굽혔다 폈다 했다.

조금씩 적응이 되어 가면서, 당장 탐험을 시작하고 싶었지만, 실비아는 우선 더 깊이 내려가자고 했다. 그녀는 더 많은 산호와 물고기들을 유혹할 바위들이 있는 곳을 찾고 싶었다. 30분 정도 지나 마침내 3백81미터 지점에 다다랐을 때 거기에 머물기로 했다. 잠수정의 동력 공급이 줄어들고 있었던 것이다.

레버를 돌려서 실비아를 풀어 주는 것은 알 기딩스에게 달려 있었다. 하지만 만 번 가까이 잠수를 한 알에게도 무척 어렵게 느껴지는 일이었다.

“준비 됐어?”

“언제라도!”

드디어 알은 레버를 돌렸다. 그런데 이때 갑자기 문제가 발생했다. 짐 슈트의 발바닥이 ‘스타II’의 플랫폼에 달라붙어 떨어지지 않는 것이었다.

잠수정을 앞뒤로 움직이면서 흔들어 대자, 다행히 짐 슈트가 바닥에서 떨어졌다. 마침내 실비아는 바다 속을 혼자의 힘으로 돌아다닐 수 있게 된 것이다.

하와이에서 9.5킬로미터 벗어난 바다, 그 밑 3백81미터 지점은 상상했던 것과 전혀 달랐다. 그만큼 아래로 내려가면 햇빛이 닿지 않아 완전히 깜깜한 바다일 거라고 상상했었는데, 한낮의 햇빛은 바다를

뚫고 그 깊은 곳까지 들어와 심해를 진한 쪽빛으로 물들였다. 별들은 없었지만 푸른 불꽃으로 빛을 내는 발광 생물체들이 있었고, 어릴 적 읽었던 《해저 반 마일까지 잠수》에서 자신을 황홀경에 빠뜨렸던 것과 똑같은 생물체들도 있었다.

알 기딩스는 '스타II' 잠수정 안에서 그것을 촬영했고, 실비아 얼은 바다 속을 천천히 유영했다. 그들을 처음 맞아 준 건 오징어들과 문어들이었다.

그들은 첫 인사로 먹물 대신 생물학적 발광성 물감을 획 내뿜었다. 어두운 환경에서 검은 물감은 별 소용이 없고, 번쩍 하고 빛을 내는 편이 다가오는 약탈자를 혼란에 빠뜨릴 수 있기 때문이었다. 탐사대를 처음 맞아 준 오징어와 문어 외에도, 심해에는 너무나 멋진 생물체들이 가득했다.

그 중에서도 가장 흥미로웠던 것은 거대한 산호초였다. 뻗어나간 줄기 같은 것도 없이 그냥 한 덩어리로, 바다의 바닥에서 구레나룻처럼 나선형으로 자란 산호가 실비아의 머리 훨씬 위까지 솟아 있었다. 어떤 것들은 2미터 가까이 되어 보였다. 빛바랜 침대 용수철 같은 대나무 산호는 검은 줄무늬가 있는 커다란 나선형을 이루고 있었다.

살아 있는 폴립(해파리, 산호 등의 자포동물의 기본적인 체형의 하나)의 꼭대기 근방을 건드리자 파란빛의 작은 도넛들 같은 파동이 산호의 나선 아래까지 쭉 퍼졌다. 이때 바닥 근처를 건드리자, 위아래에서 동시에 빛의 파장이 일어나는 놀랍고도 멋진 장관이 연출되었다.

실비아의 마음은 끝없이 이어지는 질문들로 가득 차올랐다. 저 빛을 내뿜는 파란 고리들은 어떤 역할을 하는 걸까? 다른 동물들을 쫓아 버리려는 경고의 표시일까, 아니면 먹이를 유혹하는 것일까? 시간이 다 되었다는 알의 음성에 그녀의 생각은 중단되었다.

"장난하지 말아요! 이제 20분밖에 안 된 것 같은데."

아쉬움을 뒤로 하고 육지에 오르자, 전 세계 신문들은 실비아의 잠수를 보도했다. 알이 찍은 사진들은 《심해탐사 : 바다 속 모험》을 비롯한 여러 책들로 출판됐다. 또 동영상은 《바다 교향곡》으로 공개되었고, 영국 BBC의 다큐멘터리 《지구상의 생물》 제작에도 활용되었다.

실비아는 서서히 사람들이 잠수에 관심을 보이기 시작하자 더할 나위 없이 기뻤다. 하지만 책과 영상들에 대한 일시적인 관심에서 한 발 더 나아가, 바다 속 생태 연구에 대한 지속적인 관심이 필요했다. 바다 속에 대해서는 아는 것보다 여전히 모르는 것이 많았고, 발견하고 연구해야 될 수많은 신비한 생명체들은 깊은 바다 속 어둠에 묻혀 있었다.

실비아는 다른 행성들의 생명체에 대해서만이 아니라, 바로 여기 지구의 생명체들을 발견하고자 하는 그녀의 갈증을 더 많은 사람들과 공유하게 되기를 바랐다.

딥로버, 한 발 더 깊이

　실비아는 1979년 짐 슈트를 입고 잠수할 때부터 그레이엄 호크스라는 새로운 동료와 함께했다.

　그는 더 깊은 곳으로 들어가기 위해 잠수복을 현대화하는 일에 관심을 가진 창조적인 기술자였다. 당시에 그는 상업적이고 산업적인 용도로 쓸 수 있는, 대양 탐사를 위한 다양한 새로운 장비들을 연구하고 있었다.

　그레이엄 호크스가 가장 주력하고 있었던 일은, 인간의 손으로 할 수 있는 것들을 대신 해 주는 로봇과 그 작동 시스템의 개발이었다. 그것은 수천 킬로미터 떨어진 곳에서도 기계 팔을 장착한 로봇 장비를 작동시키는 데 꼭 필요한 것이었다. 그렇게 무선으로 조종해서 우주 공간에서도 사용하고, 로봇과 기계 팔을 연결해 물속에서도 사용할 수 있게 하려는 것이었다.

　한편 실비아는 점점 더 바다 깊은 곳까지 들어가려는 자신의 열정을 쫓아오지 못하는 기술력에 답답해 하고 있었다. 실비아는 더 이상 기다리고만 있을 수 없다고 판단하고, 스스로 대양 탐사를 진전시킬 방법을 찾기로 했다.

1년이 넘게 편지를 주고받던 실비아와 그레이엄은 1981년 워싱턴의 레스토랑에서 다시 만났다.

두 사람은 식사도 제대로 하지 않은 채, 잠수함 얘기에만 열중할 정도로 의기투합했다. 결국 해양학자 실비아 얼과 공학자 그레이엄 호크스는 동업자가 되어, 일인용 잠수정을 제작하기로 했다. 즉 대양 속을 돌아다닐 수 있는 작은 차량을 만드는 것이었다. 그들은 자신들의 회사를 '심해 기술'이라 불렀고, 나중에는 '심해 엔지니어링'이라고 이름을 바꾸었다.

실비아는 언제나처럼 열정적으로 사업에 온몸을 바쳤다. 그레이엄 호크스가 대표와 공학 책임자를 맡고, 실비아가 부대표로서 비서와 재정, 온갖 사소한 일을 했다.

한쪽에서는 지원을 좀 더 끌어내기 위해 뛰어다니고, 다른 한쪽에서는 그동안 계속 설계도를 발전시켜 나갔다. 결국 호크스는 원격조종되는 큰 차량(ROV. 로브)를 설계했는데, 해저 장비들을 검사하는 데 사용할 수 있는 것이었다. 하지만 첫 구매자를 찾는 일은 생각보다 어려웠다. 해저 기술은 가격이 높았고, 더구나 이름도 알려지지 않은, 이제 막 시작한 회사에서 선뜻 새로운 장비를 사고 싶어 하는 사람은 없었다.

실비아는 사업 세계가 과학계보다 훨씬 여성들에게 적대적임을 느낄 수 있었다. 실비아가 로브를 판매하거나 새로운 회사에 투자할 것을 설득하려고 사업가들을 만나면, 그들은 노골적으로 실비아를 무시했다.

"사업 세계에서 남자들은 여성들을 진지하게 받아들이지 않는 경향이 있습니다. 그들은 여성의 머릿속에는 뇌가 들어 있지 않다고 생각해요. 어떤 사람들은 너무 거만해서 한 대 후려치고 싶어집니다."

그렇게 몇 달이 흐르고, 회사가 망하지나 않을까 걱정되던 때, 마침내 밴딧이라는 이름의 로브 한 대를 쉘 정유회사에 팔았다. 그리고 아홉 개의 주문이 잇따랐다. 재정이 확보되자 두 사람은 이제 거칠게 없었다.

1984년, 마침내 그들은 일인용 잠수정 제작이라는 목표를 달성했다. 딥로버(Deep Rover. 바다 속 유랑자)는 기계로 된 양팔을 가진 작고 둥근 기구였다. 투명한 아크릴로 만든 딥로버는 대양 속을 달려가는 튼튼한 공기방울 같았다.

드디어 실비아의 꿈이 현실이 된 것이다. 짐 슈트의 소유자인 필 누이텐이 첫 번째 것을 구매했다.

필 누이텐과 실비아, 그레이엄은 돌아가면서 바다 속으로 내려가기로 했다. 드디어 샌디에이고 근처 바다에서 딥로버는 천천히 내려가기 시작했다.

"조심해요, 그레이엄!"

실비아가 목이 터져라 외쳤지만, 바다는 잠잠하기만 할 뿐이었다.

잠수정의 깊이를 나타내는 계기판은 숫자를 계속 더해 가고 있었다. 그리곤 천 미터를 가리키더니 섰다.

"성공이다!"

실비아는 환호성을 질렀다.

두 번째로 실비아가 탔다. 물론 작동 방법은 잘 알고 있었다. 바다 속으로 내려가기 시작하자 실비아는 마음이 푸근해졌다. 모든 빛을 다 끄고 바다 속을 느껴 보고 싶었다. 실제로 빛을 다 끈 상태로 내려가자, '끼익끼익' 잠수정에서 삐걱거리며 나는 소리까지 흥미롭게 귀에 잡혔다. 자세 제어 로켓의 작동을 멈추게 하고 잠시 그냥 부유하면서 무슨 일이 일어나는지 지켜보기도 하고, 다시 로켓을 작동시키고는 조금씩 움직이면서 밖을 보기도 했다. 마치 플랑크톤이 된 것 같았다.

아래로 내려갈수록 점점 어두워졌다. 하지만 발광성 생명체들 때문에 결코 완벽하게 깜깜해지지는 않았다. 마치 은하계 속으로 빠져드는 것 같았다. 살아 있는 것 같은 빛들이 팍팍 터지고 섬광이 번쩍였다. 해파리에서 나오는 파란 불꽃, 형광색의 불룩한 것을 불어 내는 작은 새우, 그리고 불타오르는 것 같은 문어와 오징어들. 정말 놀라운 대부대의 행렬이었다. 그것은 미국 독립기념일을 능가하는 불꽃 축제였다. 그리고 바닥까지 내려갔다. 거기서 또 모든 불을 다 껐다가 다시 켰다.

바닥은 너무 달랐다. 그곳에는 가파른 절벽과 작은 암석들이 있었다. 순간, 붉게 타오르는 듯 반짝거리는 것이 눈에 띄었다. 붉은색으로 타오르는 은처럼 보였다. 실비아는 매우 흥분되었다. 그것은 가까이 있었다. 놀라게 하지 않으려 조심스럽게 다가갔다.

하지만 가까이 다가가서 보니 그것은 콜라 깡통이었다. 너무 실망스러웠다. 그 심연마저 야생이 아니라니! 벌써 인간의 거친 손길이 닿아 있었던 것이다.

딥로버를 개발하면서 한 몸처럼 붙어 다녔던 실비아와 그레이엄은 결국 1986년 결혼했다. 그리고 둘은 딥로버 개발에 만족하지 않고, 또 하나의 꿈을 함께 키워 갔다.

그것은 실비아와 그레이엄이 함께 이름 붙인 대양 에베레스트를 탐험하는 것이다. 지상의 꼭대기 에베레스트 산을 오르는 것이 등반가들의 꿈인 것처럼, 대양 에베레스트라는 바다의 가장 깊은 곳을 탐험할 새로운 방법을 찾아내는 것은 그들의 간절한 바람이었다. 딥로버가 갈 수 있는 곳을 넘어 훨씬 깊은 곳으로.

"대양 에베레스트는 결국 대양의 가장 깊은 곳에서부터 우리 행성의 표면에 도달한다는 암호명이라고 할 수 있습니다. 긴 시간 동안 우리 자신의 두 눈으로 직접 목격함으로써, 우리는 깊은 바다 속에서 벌어지고 있는 일들을 더 잘 이해할 수 있게 될 것입니다."

아래로 내려갈수록 점점 어두워졌다. 하지만 발광성 생명체들 때문에 결코 완벽하게 깜깜해지지는 않았다. 마치 은하계 속으로 빠져 드는 것 같았다. 살아 있는 것 같은 빛들이 팍팍 터지고 섬광이 번쩍였다. 해파리에서 나오는 파란 불꽃, 형광색의 불룩한 것을 불어 내는 작은 새우, 그리고 불타오르는 것 같은 문어와 오징어들. 정말 놀라운 대부대의 행렬이었다.

지구를 지키기 위한 활동

실비아는 점점 세상의 주목을 받기 시작했고, 그 명성은 계속 커져갔다. 그녀는 해저에서 6천 시간 이상을 보냈고, 많은 잠수 기록을 보유하고 있었으며, 다른 생물학자들은 그녀의 이름을 따서 새로운 종의 학명을 붙임으로써 경의를 표할 정도였다. 바다 고슴도치는 그녀의 이름 실비아(Sylvia)를 따 디아데마 실비(Diadema sylvie)로, 홍색 조류는 성 얼(Earle)을 따 필리나 얼리(Pilina earli)로 이름이 붙여졌다.

하지만 실비아는 오직 한 분야의 전문가가 되는 대부분의 과학자들과 달랐다. 그녀는 자신의 전문 분야인 조류를 넘어서 전체 바다 생태계에까지, 또 지구 생태계에서 바다 생태계가 어떤 역할을 하는지까지 관심을 확장했다. 하지만 혼자의 힘으로 해내기에는 벅찬 일이었다. 그런데 1990년, 줄곧 정부의 해저 탐사에 대한 관심 부족에 좌절해 오던 실비아에게 그것을 바꿔 볼 기회가 왔다. 대통령이 실비아를 국립해양대기국의 책임 과학자로 임명한 것이다.

실비아는 그 직위를 맡은 최초의 여성이었다. 하지만 그녀는 그 직책을 받아들여야 하는지 확신이 생기지 않았다. 정부를 대표하는 고위직 인사가 되면, 언론과 대중들에게 자신의 주장을 펼치기 어려워질 수도 있기 때문이었다. 하지만 결국 그녀는 한번 그 일을 해보기로 했다.

무엇보다 먼저 실비아는 해저 연구에 투자하도록 미국 정부를 설득시키는 데 온 힘을 쏟았다. 미국 정부는 바다를 내려다보기만 하는 인공위성과 바다 위에만 떠 있는 현대적인 전함들에는 수십억 달러를 지출하면서도, 해저의 생명에 대한 연구에는 아주 인색했다. 실비아는 실제로 정부가 해저 연구보다 우주선의 화장실에 더 많은 비용을 지출하는 것을 종종 지적하곤 했다.

그러나 그녀가 아무리 애를 써도, 정부 관료들의 입장에는 변화가 없었다. 주장과 설득에는 귀를 막고, 정략만이 앞서는 관료 사회는 그녀에게 맞지 않았다. 결국 1992년 2월, 실비아는 국립해양대기국을 그만뒀다.

하지만 세계의 대양에서 일어나는 문제점을 더 많이 목격하면 할수록, 실비아의 걱정은 커져만 갔다. 그녀는 가는 곳마다 바다의 생명들이 고통에 처해 있는 것을 발견했다. 크루즈 여행선에서 버려지는 쓰레기와 플라스틱 봉지들은 산호를 질식시켰다. 고기잡이 배들이 대서양과 태평양에서 거대한 예인망으로 바닥을 훑으면서 너무 많은 양을 잡아들이는 바람에, 새끼를 낳기도 전에 물고기들을 고갈시켰다. 강에 버려진 화학 물질과 하수 오물은 결국 바다로 흘러들어 연약한 식물과 동물들을 죽였다. 그녀가 어릴 적에 즐겁게 돌아다녔던 멕시코 만은 오염되어 해초들이 모두 사라져 버렸고, 수많았던 가리비와 게, 그리고 해마도 사라졌다.

그런 안타까운 마음을 담아 실비아는 이렇게 말한다.

"나는 환경운동가가 되겠다고 의도적으로 나선 적은 없습니다. 하지만 자신이 소중하게 여기는 것들이 돌이킬 수 없게 파괴되는 것을 본다면, 누구나 자신이 할 수 있는 한 모든 힘을 다 쏟지 않고는 배길 수 없을 것입니다."

바다를 탐사하고, 고래들과 헤엄치고, 새로운 생물들을 찾아내 이름을 붙여 주며 바다에서 나머지 생을 보내는 것이야말로 실비아가 가장 좋아하는 일이기에, 그녀는 세계의 바다에 대한 책임을 느끼는 것이다. 설령 그토록 좋아하는 바다에서 조금 떨어져 있더라도, 그녀의 절박함을 다른 이들이 공유하도록 하기 위해, 그녀의 메시지를 사람들 가까이 전달하기 위해, 실비아는 지상에서 더 많은 시간을 보내기로 마음먹었다.

실비아는 텔레비전 프로그램에 백 회 이상 출연했고, 많은 다큐멘터리 영화들이 그녀의 노력으로 만들어졌다. 60여 개 나라에서 강연을 했고, 1996년에는 바다의 상태에 관한 라디오의 일일방송《오션리포트》를 진행했다. 또, 그녀의 많은 경험들과 그녀가 목격한 변화들을 담아낸《바다의 변화 : 대양의 메시지》를 포함해 수많은 책을 출간했는데, 1995년에 나온 그 책은 많은 사람들에게 바다 생태계의 중요성을 일깨워 주었다. 이제 실비아는 할머니가 다 되었지만, 바다를 살리기 위한 일이라면 마다 않는 그녀의 바쁜 일정은 결코 줄어들지 않고 있다.

유엔과 빌 클린턴 전 미국 대통령은 1998년을 '대양의 해'로 지정했고, 실비아는 내셔널지오그래픽의 주재 과학자로서 그 해를 보냈다. 그리고 실비아는 요즘 바다 생명을 보존하기 위한 중요한 수단의 하나로 보호구역에 관심을 집중하고 있다.

사람들은 자신이 알지 못하는 것들을 좋아하기 어렵다. 그래서 실비아는 사람들이 직접 바다 탐사를 해 보면, 왜 바다 세계가 보존되어야 하는지 잘 이해할 수 있을 것이라고 믿는다. 그녀는 젊은이, 어린이들과 함께 바다에서 지내면서, 환경 친화적인 바다 탐사를 하면서, 곁에서 그들의 호기심과 흥분을 느끼면서, 지구의 미래에 대한 희망을 읽는다.

"궁극적으로는 바다에 대한 무지를 몰아내는 것이 가장 중요한 성과가 될 것입니다. 대양을 위협하는 그 어떤 문제점들보다, 우리가 '모른다'라는 것이 가장 커다란 위험일 수 있기 때문입니다. 알게 되면 돌보게 되고, 돌보게 되면 희망이 생깁니다. 우리 자신과 우리 아이들, 바다의 지속 가능한 미래를 보장할 대양의 도덕이라는 희망 말입니다."

전 세계 바다 생태계의 현황

인간의 욕망으로 멸종 위기에 처한 바다 생태계

현재 지구상의 바다는 크게 두 가지 때문에 심하게 앓고 있다. 하나는 지구상의 모든 생태계가 그러하듯 무분별한 욕망에 의한 개발이고, 다른 하나는 과학과 문명의 발달에 따른 오염이다.

2006년 11월 《사이언스》에 따르면, 모든 어류와 해산물들이 현재 속도로 줄어든다면 2048년에 모두 멸종할 것이라는 예측까지 나와 있다. 하지만 미국 월드워치 연구소 연구원인 브라이언 핼 웨일의 〈당일 잡은 해산물 : 보다 건강한 바다를 위한 해산물 선택〉에 따르면, 생각지도 않은 협력자, 즉 소비자의 도움으로 어장 감소를 피할 수도 있다고 한다. 뒤집어 생각해 보면, 우리가 식탁에서 소비하는 바다 자원이 얼마만큼 대단한 양인가를 잘 말해 주는 것이라고도 할 수 있다.

최근 조사에 의하면, 지난 반세기 동안, 어종의 29퍼센트가 멸종 상태(연구 개체군의 90퍼센트 이상이 감소한 경우)에 이르렀다고 한다. 또한 해안 및 하구 생태계에 관한 12개의 연구에서 생태 다양성이 50퍼센트 이상 줄어든 것을 발견하였으며, 이에 따라 생존 가능한 세계 어장 수가 33퍼센트 감소하였으며, 바다의 오염물질 자정 및 필터 능력이 63퍼센트 감소되었다고 한다.

한편, 국제 환경단체 그린피스는 남획과 해적 어로 행위 때문에 바다가 망가지고 있다면서 전세계 바다의 40퍼센트를 바다 생물 보호구역으로 지정할 것을 촉구하고 있다. 그린피스는 해적 어로 행위로 인해 전 세계 극빈자들이 연간 90억 달러 어치의 물고기를 도둑맞고 있으며, 해적 행위는 남획과 함께 바다를 급속도로 파괴하고 있다고 지적한다.

쓰레기로 뒤덮여 숨을 못 쉬는 바다

그린피스는 또 〈전 세계 바다의 플라스틱 쓰레기〉라는 보고서에서 쓰다 버린 칫솔과 해변용 장난감, 콘돔 등 플라스틱 쓰레기가 태평양 한복판에서 거대한 소용돌이를 이루고 있어 바다 생물들의 생명을 위협하고 있다고 지적한다. 자연분해되지 않는 각종 플라스틱 쓰레기가 해류와 조류에 의해 수천 킬로미터를 이동하게 되며 이런 쓰레기들은 하와이 제도 북서부에서 멀지 않은 해역에 텍사스주 크기의 거대한 소용돌이로 확대될 가능성이 있다는 경고도 하고 있다. 이런 쓰레기의 80퍼센트는 육지에서, 20퍼센트는 바다에서 오는 것이며 주 오염원은 관광과 하수, 어업, 선박 폐기물이며 바다새와 바다사자, 고래, 물고기들이 이런 쓰레기로 고통을 겪고 있다.

꿈을 말하기도 전에 비극이 다가온 것처럼, 1950년대부터 인류가 인위로 만든 핵 물질이 바다에 버려지면서 바다 생태계는 물론 인간 또한 피해를 보고 있다. 2006년에 50주년이 된 일본 미나마타의 수은 중독 사고는 수은 폐수를 흘려 버린 인간에 대한 바다의 반란이었으며, 2만 명 이상의 사상자와 20만 명의 피해자를 남긴 이 사건은 20세기 최대의 연안 오염 사건이라고 할 수 있다.

그리고 석유의 폭발적인 사용과 석유 경제의 세계적 구축으로 대형 유조선이 바다에 등장하게 된 것 또한 바다 생태계를 위협하고 있다.

1967년 유조선 '토리 캐년' 호는 좌초되어 북해를 완벽하게 오염시켰으며, 이어 1989년 알래스카의 평화로운 해안을 덮친 '액손 발데즈' 호의 사고는 대형 바다 오염 사고가 우리의 일상 생활에 얼마나 심각한 영향을 끼칠 수 있는지 잘 보여 줬다. 결국 1천만 마리의 바다새, 3만 마리의 해달, 5천 마리 이상의 보호종 대머리독수리의 서식지가 초토화되었다. 이러한 대형 기름 사고는 우리나라에서도 1995년 '씨프린스 호'의 사고로 나타났다.

폐기물 투기는 가장 조직적으로 벌어지는 인간들의 가장 우매한 생태계 파괴이며, 최첨단 전자 장비를 갖춘 현대의 어업은 바다 생태계의 정점에 있는 대형 어류에서부터 기초 생산자인 크릴새우에 이르기까지 철저하고 과감하게 남획함으로써 그들의 멸종을 재촉하고 있다.

MARGARET D. LOWMAN

우듬지 연구의 신기원을 연 나무 위의 여성

마거릿 로우먼

우림의 생명이 시작하는 곳, 우듬지

우듬지는 우림의 '발전소'이며, 지구상에 남아 있는 최후의 생물학 개척지로, 대부분의 광합성이 일어나는 곳이다. 그것은 곧 우듬지가 우림의 생명이 시작하는 곳이라는 징표이다.
오랫동안 그곳은 범접할 수 없는 곳이어서 과학 연구의 손길이 닿지 못했다. 하지만 그 덕에 파괴를 부르는 인간의 손길로부터도 안전할 수 있었다.

사람이 우듬지에 오른다는 것은 결코 쉬운 일이 아니다. 중력, 개미, 썩은 나무줄기, 가시 등 이겨 내야 할 것들이 너무 많다.

그래서 오랫동안 과학자들은 숲 바닥의 침침한 그늘 속에 서서, 어쩌다가 파리한 초록빛이 잠깐 비칠 때면 위를 올려다보거나, 새들과 원숭이들의 수다로 시끌벅적한, 찬란하게 빛나는 우듬지의 경이로움에 놀라워하는 데 그저 만족할 수밖에 없었다.

캐노피메그, 마거릿 로우먼

“만약 우리가 아무런 조치를 하지 않는다면, 지구의 우림은 앞으로 25년 안에 사라지게 될 것입니다.”
캐노피메그는 단호하게 이야기했다.
캐노피메그(Canopymeg)는 숲의 천장을 이루는 나무 꼭대기인 우듬지를 일컫는 ‘캐노피’에 마거릿 로우먼의 애칭 ‘메그’를 붙여 부르는 별명이다.
애정과 존경이 담겨 있는 이 한마디만으로도 마거릿 로우먼과 우듬지의 떨래야 뗄 수 없는 관계를 잘 알 수 있다.

나무 위의 여자, 로우먼

로우먼은 우듬지에 수천 번이나 올랐다. 잎을 따기 위해 밧줄을 타고 올랐고, 난초를 수집하려고 열기구 풍선을 타고 높이 날았으며, 잎사귀들 사이로 공중그네를 타거나, 고무보트를 우듬지에 받쳐 놓고 그 가장자리에 매달려 식물과 곤충 종들을 수집했다. 또한 일상에서는 거미원숭이들 곁에서 춤추는 나비들과 함께하기도 했고, 나무 꼭대기에 있는 연못, 브로멜리아드 호수 속의 마법에 걸린 듯 신비한 작은 개구리를 들여다보기도 했다.

생태계의 수호자로 나서다

로우먼은 아프리카의 카메룬, 중남미의 페루와 벨리즈, 파나마, 그리고 호주와 사모아, 우듬지가 있는 곳이면 어디든 달려갔다.
이러한 그녀의 노력 덕에 이제 우듬지의 꽃과 열매, 우듬지의 성장과 소멸 등을 연구할 수 있는 토대는 마련되었다.
더불어 로우먼은 지구 생태계에서 우림의 역할, 특히 가장 활발하게 생명의 순환이 이루어지는 우듬지의 비밀을 밝혀내면서, 숲 보존의 필요성을 열정적으로 전파하고 있다.

꼬마 수집광, 자연과학자가 되다

마거릿 로우먼은 1953년 미국의 뉴욕에서 태어났다. 유복한 가정에서 부모의 사랑을 듬뿍 받고 자란 로우먼은 어릴 때부터 조개껍데기, 나비, 새 둥지뿐만 아니라 벌레에다 나뭇가지까지 눈에 띄는 대로 꼭꼭 챙겨서 집에 들어오곤 하던 수집광이었다.

귀여운 꼬마 수집광은 아주 평범하고, 소심한 아이였다. 특별히 기억할 만한 일이라야 초등학교 5학년 때 뉴욕 주 과학전시회에서 2

등 상을 받은 정도였다. 그런 로우먼이 두 여성에게 푹 빠져 들어갔다. 한 사람은 미국 최초의 환경운동가 중 한 사람인 레이첼 카슨으로, 그녀는 생명의 그물망 속에 있는 섬세한 관계들에 대해 연구하고 책을 썼다.

다른 한 사람은 유명한 지하철도(미국 남북전쟁 시기에 남부의 흑인 노예들을 북부로 탈출시키는 활동을 '지하철도[Underground Railroad]'라는 은어로 불렀다.) 조직의 지도자 해리엇 터브먼이었다. 해리엇 터브먼은 깜깜하고 삭막하기만 한 밤에 시골 변두리와 깊은 숲을 요리조리 헤치고 다니면서 수많은 흑인 노예들에게 자유의 길을 안내한 사람이다.

로우먼은 해리엇 터브먼이 이끼가 자라는 나무의 북쪽 면을 따라감으로써, 깜깜한 밤길에만 이동해야 하는 탈출 활동을 능숙하게 이끈 장면을 읽고 또 읽었다. 그 위험한 여정에서 사람들을 인도하기 위해서 터브먼은 자연환경과 조화를 이뤄야 했다. 로우먼은 지금도 해리엇 터브먼이야말로 선구적인 현장 자연주의자이자, 최초의 여성 자연주의자였다고 이야기한다.

소심한 어린아이에서 수줍지만 발랄한 소녀로 자란 로우먼은 또 하나의 큰 경험을 하게 된다. 자연 탐구를 위한 여름 캠프에 참가한 것이다. 당시에는 캠프를 열거나 참여하는 게 그다지 흔치 않은 일이었고, 게다가 외향적이지 않은 로우먼에게는 더더욱 쉽지 않은 기회였다. 캠프가 한창일 때, 소란스러운 아이들을 모아 놓고 트로트 선생님은 미국 환경운동의 아버지라 불리는 알도 레오폴드에 대해 이야기해 주겠다고 했다.

아이들은 눈을 반짝반짝이며, 자리를 당겨 앉았다. 사람들 이야기만큼 재미있고, 흥미진진한 것도 없었다. 선생님의 이야기는 아이들을 순식간에 위스콘신의 프레리로 데려갔다.

바람이 일자, 반짝이는 풀들의 물결이 끝없이 이어졌고, 광활한 풀바다를 누비던 레오폴드의 눈길이 닿았던 곳을 따라 로우먼의 눈빛도 반짝이며 따라갔다. 인간을 생태계의 한 구성원으로 생각하고 살면서, 삼림과 야생동물의 생태계 보존을 위한 정책과 환경 단체를 만든 레오폴드. 해질 녘 작은 언덕 위에서 선생님의 이야기는 천천히 이어졌고, 마치 레오폴드가 함께하는 듯, 로우먼은 그의 세계에 깊숙이 빠져 들었다.

청소년기의 경험은 삶 자체를 뒤흔들어 놓거나, 아주 중요한 계기가 되기도 한다. 로우먼의 경우도 그랬다. 자연에 대한 끝없는 호기심과 탐구의 열정을 가슴에 품게 되면서, 그것이 비춰 주는 길을 자연스럽게 따라 걷게 되었다. 로우먼은 대학에서 식물학을 전공하고, 졸업 후에는 나무를 연구하러 스코틀랜드로 유학을 떠났다.

사계절이 뚜렷한 북부 뉴욕에서 냉기가 1년 내내 넘치는 스코틀랜드로 가는 것은 누구도 상상하지 못한 일이었다.

그때까지 미국 밖으로는 가까운 캐나다도 한번 가 본 적이 없었던 로우먼이었으니 말이다. 로우먼에게는 기숙사 방에서 담요를 덮어쓰고는 책을 읽으며 한기를 이겨 내는 것이 유학 생활에서 가장 먼저 익숙해져야 할 일이었다.

마침내 자작나무의 계절적 특성을 주제로 논문을 써서 생태학 석사 학위를 받자마자, 시드니 대학 식물학과에서 장학금을 주면서 입학을 권유해 왔다. 차가운 스코틀랜드에서 이번엔 열대의 호주로!

열대우림을 연구하고 싶어 했던 로우먼에게는 절호의 기회였다. 대학원 지도 교수의 강력한 권고도 있었지만, 더는 얼어붙은 몸을 떨면서 연구하고 싶은 마음이 없기도 했다.

로우먼은 감사하는 마음으로 받아들였다. 하지만 호주라는 나라도, 그 위치도, 그곳의 식물상에 대해서도 로우먼은 제대로 알지 못한 상태였다.

열대우림으로

1978년 10월, 로우먼은 먼 남쪽 땅으로 향했다. 그때만 해도 나무 타는 일을 직업적으로 할 거라고는 상상도 하지 못했다. 지구를 반

바퀴나 돌아 시드니에 도착한 로우먼은 열대의 숲 속에 사는 원숭이, 코알라, 새, 나비 같은 활동적인 동물을 연구하고 싶었다.

당시에는 대부분 땅 위에서 관찰하고, 필요할 경우에만 간혹 망원경을 이용하는 연구 방법이 오랜 전통이었지만, 박사 과정이라는 엄청난 과제를 놓고 이리저리 구상을 하던 로우먼은 우림 우듬지에 사는 나비를 전공하기로 마음먹었다. 그리고 나무 잎사귀들 사이에 서서 형형색색의 나비들을 세면서 멋진 시간을 보내는 자신을 상상해 보곤 했다.

하지만 지도 교수는 달랐다. 이리저리 날아다니는 나비는 쉬운 연구 대상이 아니기 때문이었다. 결국 로우먼은 지도 교수의 충고를 받아들였다. 대학원 시절에 식물학을 연구했으니, 계속해서 우림의 나뭇잎 성장 유형을 연구하기로 했다.

나뭇잎을 연구하는 건 힘든 일이 아니었지만, 로우먼은 실험이라기보다는 단순 묘사에 가까운 그때까지의 연구 방식에 만족할 수 없었다. 물론 땅 위에서도 나뭇잎을 관찰할 수는 있었지만, 그럴 경우 연구 가능한 것은 그늘진 곳의 나뭇잎들뿐이었다.

호주는 땅덩이가 7백70만 평방킬로미터에 이르는 엄청나게 큰 나라로, 숲들은 다양한 생태학적인 변화상을 갖추고 있다. 산꼭대기에는 냉온대림, 계곡과 내륙에는 저지(低地) 우림, 대륙의 서쪽 경사면에는 건조림이 분포해 있다. 이는 아주 오랜 옛날 호주와 남극, 아시아 대륙이 하나로 연결되어, 곤드와나랜드(Gondwanaland)로 불렸던 시기에 만들어진 생태적 특성을 반영하는 것이다.

현재 호주 숲의 대부분은 건조림이지만, 과거에는 인도네시아까지 숲이 이어져 있었던 영향으로 인도, 말레이시아의 열대적 특성을 가진 식물들과, 칠레와 뉴질랜드에서 발견되는 남극적 특성을 가진 식물들도 울창하다. 이 두 요소가 만나면서 호주에는 다른 곳에서는 보기 드문 식물들이 자라고 있다. 당연하게도 로우먼은 이렇게 생물학적 다양성이 집중적으로 나타나는 나무 꼭대기, 즉 우듬지를 연구해야 한다고 판단했다.

그러나 우듬지 연구에는 결정적인 방해 요소가 있었다. 나무를 타야만 하는 것이었다. 로우먼은 직접 기어오르지 않고 나뭇잎을 연구할 수 없을까 이리저리 궁리해 봤다. 심지어 원숭이를 훈련시켜 올려 보내는 것까지도 떠올려 보았지만, 결국 스스로 나무를 타는 것 말고는 다른 방법이 없다는 결론에 이르렀다.

직접 나무를 타기 위해서는 다양한 기술과 장비가 필요했다. 하지만 당시 시드니에는 등산용 장비를 구할 수 있는 곳이 없었다. 결국 로우먼은 대학의 아마추어 동굴 탐험 클럽을 찾아가 등산 기술과 장비들에 대한 조언을 구했다.

그들의 도움을 받아 자동차 안전벨트로 손수 멜빵을 만들었고, 고무총으로 밧줄을 나뭇가지에 쏘아 올리는 방식으로 첫 번째 나무 타기에 도전할 수 있었다.

최초의 등반에서 로우먼은 로프에 대롱대롱 매달린 채 무게중심을 잡기 위해 이쪽저쪽으로 흔들흔들 오르락내리락하느라 정신을 차릴 수가 없었다. 다음 날은 온몸의 근육이 쑤셔 꼼짝을 할 수가 없었다. 하지만 연구 대상에 한 발짝 접근했다는 흥분으로 로우먼은 다시 나무에 매달릴 수 있었다.

얼마 동안 집중적으로 훈련을 하고 나자 호주의 어떤 우듬지에라도 오를 수 있을 것 같은 자신감이 생겼다. 등정용 로프 70미터, 직접 만든 멜빵, 나무에 오를 때 몸을 끌어 올려 줄 암벽 등반용 도구 쥬마 두 개와 내려올 때 사용할 웨일즈테일, 집에서 직접 만든 새총, 납추와 낚싯줄, 야외용 메모장으로 잔뜩 무장한 채 로우먼은 나무 꼭대기에서의 삶을 시작할 채비를 갖추었다.

그 뒤 로우먼은 온대와 아열대, 열대우림으로 수백, 수천 킬로미터씩 차를 몰고 다니면서 수많은 나무들의 꼭대기에 올랐고 월별로 모니터를 했다.

서서히 우림을 알아 나갔고, 나무 오르는 법을 익혔다. 우여곡절 끝에 초기의 어려움을 이겨 내게 되자, 로우먼은 곧 장기적인 연구에 돌입했다. 먼저 장소 선별을 위해 국립공원과 보호구역을 돌아다녔고, 그 다음에 선별된 연구 지역마다 수시로 오르내릴 실험용 나무를 정하고, 필요한 장비들을 설치했다.

우림과 우듬지 생태

우림

'우림(rainforest)'이란 말은 1898년 독일 식물학자 A. W. F. 쉼퍼가 처음 만들어 낸 것으로, 습한 상태가 한결같이 유지되는 곳에서 자라는 숲을 가리킨다. 연간 강우량이 2천 밀리미터 이상인 곳으로, 온대에서도 우림을 찾아볼 수 있기는 하지만 가장 잘 알려진 곳들은 대부분 적도 벨트를 따라 분포한다.

이런 열대우림의 역사는 2억 년이 다 되어 간다. 그 영겁의 세월을 거치며 수많은 다양한 생명체들로 진화하여, 오늘날 열대우림에서 보이는 놀랄 만한 종 다양성을 만들어 냈다. 예를 들어, 말레이시아 열대우림 1헥타르는 1백80종이 넘는 나무를 포함하고 있는 반면, 같은 면적의 온대우림에서는 10종 이상을 찾기 어렵다.

우듬지

'우림' 하면 대부분 짙은 초록빛의 바다 같은 숲을 떠올리고, 실제로 열대 지역은 지구상에서 태양빛을 가장 많이 받는 곳이지만, 숲 바닥까지 닿는 빛은 그 가운데 1~2퍼센트에 불과하다. 그렇기 때문에 식물들은 가능한 한 최대한의 빛과 공간을 차지하려고 애쓰며, 그러지 못할 경우, 빛의 양과 온도는 떨어뜨리고 습도를 증가시켜 살아남는다. 물론 모든 숲들은 저마다 다른 기후 조건을 갖고 있기 때문에 그 양상은 조금씩 다르다.

숲에서 발육이 가장 왕성하고 울창한 층은 숲 바닥에서 20~30미터 위에 분포하는데 바로 그곳에, 착생식물(몸을 지탱하기 위해 다른 식물이나 물체에 붙어서 생장하는 난초류, 양치류 등)과 덩굴식물들의 빽빽한 잎들이 숲의 천장을 이루고 있는 우듬지가 자리 잡고 있는 것이다. 눈부신 태양에 노출되어 뜨거운 햇빛을 듬뿍 받는 곳, 광합성의 대부분이 이루어지는 곳, 이곳이 바로 숲의 발전소, 우듬지이다. 꽃을 피우고 열매를 맺는 일도 대부분 이곳에서 일어나고, 식물이 생산해 낸 것을 소비하는 수많은 곤충과 동물들도 이곳으로 모여든다.
습한 열대우림의 다양한 식물 중 절반 가량은 우듬지에서 살아가는 착생식물들이며, 이들은 나무에 사는 수많은 새와 포유동물들에게 필수적인 먹이 공급원이 되어 준다. 한편 우듬지의 잎이나 가지는 강한 비바람, 영양분과 오염물이 한번 걸러져서 땅으로 내려올 수 있게 해 준다. 또한 우듬지의 생명체들은 대기와 숲의 경계면에서 살아가면서, 지구적인 규모에서 대기가 어떻게 변하는지를 보여주는 척도가 되기도 한다.

우듬지의 생명체들

우듬지라는 공중 정원에는 얼기설기 뒤섞인 나뭇가지들에 온갖 종류의 착생식물들이 함께 자라고 있고, 사시사철 꽃이 피면서 달콤하고 풍부한 꽃가루가 새들뿐 아니라 박쥐들까지 유혹하기도 한다.
우듬지의 이러한 환경을 잘 활용하기 위해, 동물들은 특별한 진화를 해 왔다. 예를 들어, 발톱이 세 개인 나무늘보가 이동하는 것을 보면 얼마나 잘 우림에 적응했는지 알 수 있는데, 갈고리처럼 생긴 발이 없다면 나뭇가지 아래 거꾸로 매달린 채 살 수 없을 것이다.
새를 제외하면, 실제로 비행이 가능한 유일한 척추동물은 박쥐뿐이지만, 우듬지에서는 개구리, 뱀, 도마뱀, 심지어 포유류까지도 한 곳에서 다른 곳으로 미끄러지며 날 수 있도록 세포막을 발전시켰다. 또한 많은 영장류들이 마치 다섯 번째 발인 것처럼, 잡는 힘이 있는 꼬리를 갖고 있는데, 이들은 나뭇가지 사이를 신속하고 민첩하게 통과하는 데 꼬리를 사용한다.
열대우림의 우듬지는 실로 진화의 보고라 할 만하다.

우듬지 현장 연구

나무 타기 선수가 된 로우먼에게도 가장 올라가기 어려웠던 나무가 있었는데, 짐피짐피나무라는 재미있는 이름으로 불리는 자이언트 가시나무였다. 보통 들판에서는 1미터 정도 자라지만 우림의 협곡에서는 60미터 높이까지 자라는 쐐기풀과의 자이언트 가시나무는, 이름처럼 잎과 잎자루가 수천 개의 가시로 뒤덮여 있고, 이 가시들은 사람의 피부를 찢어 놓을 뿐 아니라 상처 위에 독소까지 뿜어낸다. 조심해야 했다. 그래서 로우먼은 가까이 있는 다른 나무로 올라가 손을 뻗쳐 이미 매겨 놓은 일련번호에 따라 잎들의 상태를 살펴 정보를 기록하곤 했다. 하지만 장갑을 껴도 완전히 가시를 피할 수는 없었기 때문에 그녀의 손은 아물 날이 없었다. 나중엔 감각이 무뎌진 채로 작업을 계속해야만 했다.

그렇게 하루도 빠짐없이 나무에 오르던 1979년 9월 어느 날이었다. 뉴사우스웨일즈 마운트케이라 보호구역에서 새로운 연구지를 답사하던 중 마음에 딱 드는 골짜기를 발견하고는 숲으로 들어갔다. 하루가 어떻게 갔는지 모를 정도로 정신없이 둘러보고는 골짜기를 내려오다, 로우먼은 그 자리에 멈춰 서고 말았다. 돌아보니 주위가 온통 뱀 천지였다. 그것도 하나같이 독사들인 호주산 갈색뱀이었다. 이들은 짝짓기 철인 봄이 되면 행동이 사나워지기로 유명한데, 양지바른 곳에 몸을 녹이려고 모여들었던 것이다. 다행히 아무 탈 없이 그곳을 탈출할 수 있었지만, 다른 곳을 찾아야 했다. 나무 꼭대기보다 발밑에 신경을 곤두세운 채 연구를 할 수는 없는 일이었다. 결국 다른 보호구역의 저지대 구릉을 찾아냈고, 그 골짜기를 떠났다.

자이언트 가시나무에 이은 두 번째 연구 수종은 낙엽활엽수로, 참나무와 단풍나무 숲에 들어가서 장기간의 야외 조사 작업을 할 계획이었다. 로우먼은 뉴잉글랜드 국립공원 해발 1천7백 미터 지점의 냉온우림 즉, 운무림에 있는 조그만 통나무집을 연구 기지로 삼았다. '톰의 오두막집'으로 불렸던 그 집은 남극너도밤나무에 둘러싸여 있었는데, 로우먼은 그곳에서 두 번째 연구 수종에 이어 세 번째로 남극너도밤나무까지 연구하기로 했다.

손전등과 성냥, 약간의 식료품과 기록 노트를 준비하고, 그녀는 홀로 운무림의 우듬지를 뒤지고 다녔다. 가끔씩 외로움을 느끼기도 했지만, 숲 속에서 홀로 지내는 그 시간들은 오히려 그녀를 강하게 단련시켰다. 톰의 오두막집은 햇빛이 들지 않아 늘 습기로 눅눅하고, 전기도 들어오지 않았지만, 가스와 샤워 시설이 있다는 것만으로도 로우먼에게는 더없이 훌륭한 기지였다. 그리고 나무를 오르내리느라 땀에 푹 절은 채 숲 속 오두막에 돌아와서, 뜨거운 물로 하루의 노고를 씻어 내는 일은 행복 그 자체였다.

그러던 어느 날, 2주일 동안 기지를 비웠다 돌아와 보니, 톰의 오두막집을 둘러싸고 있던 남극너도밤나무들이 모두 황량하게 발가벗은 채 서 있었다. 그때가 호주의 초봄인 9월이었는데 새로 난 잎들을 누군가가 다 갉아먹어 버린 것이었다. 그 게걸스런 대식가는 자신의 흔적조차 남기지 않았다.

이 정체불명의 대식가는 과연 무엇일까? 증거 하나 남기지 않은 범인의 정체를 밝히려면, 다시 새 잎이 돋아나는 이듬해 9월까지 한 해 더 기다릴 수밖에 없었다. 꼬박 1년이 지난 어느 저녁, 손전등으로 우듬지를 더듬던 로우먼은 어린 잎 위에서 가느다란 실에 매달려 움직이는 애벌레를 발견했다. 바로 이놈이었다.

애벌레들은 폭발적으로 그 수가 늘어나기 시작하더니, 며칠이 지나자 새 잎사귀마다 열 마리씩 매달려 정신없이 먹어 댔다. 몸도 마구 커졌다. 엄청난 속도로 늘어나는 개체수와 식사량을 측정하느라 로우먼도 정신이 없을 정도였다. 그러던 어느 날, 이들은 또 한꺼번에 싹 사라져 버렸다. 새 잎들은 모조리 폭격이라도 맞은 듯 나뭇가지들만 휑하게 남았다. 애벌레들이 부화해서 어떤 성충이 되는지를 아직 확인하지도 못했는데 말이다. 또 한 해를 기다려야 했다.

이듬해, 로우먼은 애벌레들이 나타나자 약간의 애벌레들을 조심스럽게 시드니에 있는 집으로 데려왔다. 애벌레들과 함께 옮겨 온 싱싱한 너도밤나무 가지들로 아파트 거실은 숲 속이 되었지만, 그녀는 초식곤충의 한살이를 모조리 기록할 수 있었다. 그 사이 애벌레들은 딱정벌레가 되어 그 정체를 드러냈다.

그러나 로우먼은 처음 보는 것이어서 이들의 표본을 시드니 대학과 호주 박물관에 보냈지만 그 정체가 확인되지 않았다. 결국 영국에까지 보내고 나서야 이들이 이전에는 발견된 적이 없는 새로운 종류의 잎딱정벌레라는 것을 알게 되었다. 이때 로우먼은 최초 발견자의 기쁨이 어떤 것인지 알 수 있었다.

로우먼이 남극너도밤나무에서 만난 그 딱정벌레만이 정체불명의 포식자는 아니었다. 우듬지에 서식하는 다른 많은 초식곤충들 역시 포식자들이었지만, 나뭇잎이나 나무껍질 속에 숨어 있기도 했고, 어떤 놈들은 짧은 기간 잠깐 나타났다가 순식간에 사라져 버리기도 해서 발견하지 못했을 뿐이었다.

북반구의 온대 낙엽수에 비하면, 호주에서는 4~5배에 달하는 어린 잎이 곤충에게 먹히고 있었다. 연구에 주어진 2년의 시간 대부분을 로프에 매달려 보냈는데도 로우먼은 활동 중인 다른 초식곤충을 발견하지 못한 채 노리고 국립공원의 난온우림에서 연구를 이어 가고 있었다.

수수께끼의 늪에서 헤어나지 못하던 로우먼은 저녁 뒤에는 늘 그랬듯이 산책을 나섰다. 그러다 뭔가가 갉아먹는 것 같은 소리에 조용히 귀를 기울였다. 숲은 온통 비밀과 신비스러움으로 가득 찬 곳이기에, 로우먼은 새로운 곤충이나 작은 벌레를 만나 볼 기대에 한층 호기심을 키우고 있었다. 나무로 다가가니 소리가 더 가까워졌다. 소리는 이곳저곳에서 요란하게 나고 있었다. 로우먼은 손전등으로 살그머니 비추어 보곤 순간 놀라고 말았다. 캘리코나무의 어린잎을 열심히 먹고 있는 대벌레를 발견한 것이다. 너무도 반가웠다. 이 발견은 로우먼의 연구에 돌파구가 되었다. 우림에서는 대부분의 초식곤충들이 주로 밤에 먹이를 먹는다는 것을 발견하게 된 것이다.

이제 로우먼의 활동 시간은 밤까지 연장되었다. 게다가 땅 위에서는 우듬지의 나뭇잎과 그것을 먹는 곤충들을 관찰할 수 없어서, 그녀는 깜깜한 한밤중에 나무 꼭대기로 낚싯줄을 쏘아 올리고 로프를 고정시키는 데 전문가가 되어야 했다.

이제는 혼자가 아니야

그 많은 곤충들과 잎사귀들의 표본 추출 작업을 혼자서 하는 것은 사실 불가능에 가까운 일이었다. 다행히 그렇게 몇 년 동안 고군분투하던 로우먼에게 '어스워치'가 지원의 손길을 뻗쳐 왔다. 어스워치는 자원활동가들을 모집하여 세계 곳곳의 현장에서 일하는 과학자들을 직접 도와주는 단체이다.

1980년, 어스워치는 수십 명의 자원활동가를 보내 주었다. 당시 로우먼은 네 번째 집중 연구 수종인 사사프라스나무의 우듬지 위아래에 서식하는 나방의 개체수를 비교할 계획이었다.

로우먼은 그 첫날 밤 한 팀을 불러 모았다. 11명으로 이루어진 자원활동가들은 호기심과 의욕으로 가득 차서 사사프라스나무 아래로 모였다. 달도 없어 깜깜하고 축축한 밤이었다. 다들 손전등을 켠 채 웅성거리면서 로우먼의 지시를 기다렸다.

로우먼은 그날 밤에 설치할 조명 덫의 작동 방식을 설명하기 위해 조명 덫을 켰다. 강한 불빛을 나무 위로 쏘자, 갑자기 머리 위에서 천둥이 치는 듯한 폭발음이 들렸다. 마치 나무가 통째로 날아가 버리는 것만 같았다. 그러고는 머리 위로 깃털과 배설물이 쏟아져 내렸다.

자원활동가들은 너무나 놀라서 혼이 다 빠져나갈 정도였다. 몇 사람은 털썩 주저앉고, 몇 사람은 머리에 뒤집어 쓴 배설물을 털어 내고 있었다.

로우먼과 자원활동가들이 서 있던 사사프라스나무 우듬지에는 25마리 가량의 덤불칠면조가 둥지를 틀고 있었다. 이들은 놀라면 배설을 해 버리는 습성이 있는데, 손전등 빛과 시끄러운 소리에 놀라 잠에서 깼던 것이다.

어스워치(Earth Watch)

어스워치는 1971년에 설립되어, 자원활동가들이 세계 각지의 연구팀에 합류할 기회를 제공함으로써 과학자들의 현장 연구를 지원해 온 비영리단체다. 이러한 독창적인 활동 방식은 대중이 과학을 바라보는 관점을 변화시키고, 지속 가능한 환경을 만들어 내기 위해 대중이 능동적으로 참여하도록 이끌었다는 평가를 받고 있다.

오늘날 사회는 수많은 복잡한 환경 및 사회적 쟁점들에 직면해 있다. 어스워치는 이러한 문제에 체계적으로 접근하고 해결하기 위해서는 대중이 과학적 교양을 쌓는 일이 최선의 길이라고 여기고 우림 생태학, 야생의 보존, 해양과학, 고고학 등 많은 분야의 현장 데이터 수집을 위해 매년 4천여 명의 자원활동가들을 내보낸다. 이를 통해 각계각층의 사람들이 지구를 보존하는 일에 적극적으로 기여할 수 있도록 도와주고 있는 것이다.

이는 크게 연구, 교육, 보존이라는 세 가지 활동 영역으로 나뉘는데, 현재 케냐 삼부루 지역의 야생 서식지 연구 활동, 호주 퀸즈랜드의 독특한 생태계 위협에 대한 연구와 개선 활동, 벨리즈 연안 자원의 관리와 보존 활동, 브라질 판타날 지역의 세계에서 가장 넓은 담수 습지대 보존을 위한 활동 등이 이루어지고 있다. 누구나 어스워치를 통해서, 이러한 활동에 참여할 수 있다.

지구화 시대의 환경문제

이제 본격적인 지구화 시대를 맞이하여, 무려 60억의 인구가 살아가고 있는 지구에서 인간의 삶에 필요한 모든 것들은 전 지구적 차원에서 영향을 주고받고 있다. 특히 환경문제는 그 어떤 문제보다, 국가의 경계를 비롯해 모든 인위적 경계를 뛰어넘어 연관되어 있다.
사막화로 인한 중국 고비 사막의 황사가 우리나라, 일본을 거쳐 태평양까지 나아가는 현상만 보더라도 그것은 쉽게 알 수 있다. 이러한 문제는 결코 국경 안에서 한 나라만의 힘으로 해결될 수 없기에, 세계기후협약 같은 것이 탄생하게 된 것이다. 또한 국경을 뛰어넘어 지구 곳곳에서 활동을 벌이는 국제 환경운동 단체들의 역할은 점점 더 커져 가고 있다. 뿐만 아니라, 환경문제는 무척 다양하고, 과학, 경제 등 다른 분야들과도 밀접하게 연관된 복합적 성격을 지니기 때문에, 지구를 살리기 위한 활동에는 다양한 쟁점을 전문적으로 다루는 수많은 단체들의 활동이 함께 결합될 수밖에 없다.

이미 국제적 쟁점으로 부각된 사안들만 해도, 유독성 화학 물질과 유해 쓰레기, 삼림과 생태계, 토양 오염 및 사막화, 유전자 자원, 변이 및 생물의 종 다양성, 야생동물과 보호구역, 대기 자원과 기후, 물, 보건과 위생, 쓰레기 감량과 재활용, 인간 거주지 보존, 에너지의 생산과 사용, 화석 연료 및 원자력, 대양 및 해안 지역의 해양 보존 등 한꺼번에 다 거론할 수 없을 정도로 많다. 더구나 전 지구적으로 전개되는 개발과 그에 따른 산업별 중심 국가의 변동, 노동력의 이동 등으로 환경운동 단체의 활동은 인권과 미디어에 대한 감시 활동으로까지 나아가고 있다.

환경운동 단체들의 노력

세계적인 환경운동 단체인 열대우림행동네트워크가 열대우림을 파괴하는 다국적 기업을 저지하기 위해 그들에게 자금을 조달하는 다국적 금융 기관과 벌이는 싸움에 중점을 두면서, 열대우림에서 살아가는 원주민들의 생존권 투쟁에 결합하는 것에서 알 수 있듯이, 환경 보존 활동은 다양한 측면에서 접근할 필요가 있다. 한편, 그 활동의 촉수가 지구 구석구석까지 미치는 세계자연보호기금, 국제환경보전, 자연보전과 같은 대규모 환경운동 단체를 비롯해, 핵실험 반대 투쟁에서 시작된 그린피스 같은 국제적인 환경운동 단체들은 전 지구적 차원에서 환경문제를 바라보지만, 실제 활동은 현지에서 지역 기반을 둔 단체들과 협력하여 해 나가고 있다.

냄새를 풍기며, 조용히 서 있던 자원활동가들은 샤워를 하러 각자의 방으로 들어갔다. 로우먼은 마음이 무거워졌다. 어떻게 만들어진 기회인데, 이런 일이 벌어지다니. 로우먼은 자원활동가들이 이번 일 때문에 과학에 대한 열정이 싸늘하게 식어 버리지 않을까 걱정에 휩싸였다. 멀리 세계 곳곳에서 외로운 과학자를 돕기 위해 달려온 이들이 모두 떠나 버린다면……. 로우먼은 마음이 너무 쓰라려 잠을 이룰 수 없었다.

"선생님, 안녕하세요. 오늘은 어디로 갈까요?"

다음날 같은 시각, 자원활동가들은 한 사람도 빠지지 않고 다시 모였다. 약속이나 한 듯 머리며 어깨에다 수건과 비옷을 뒤집어쓴 채로.

이렇게 1980년 처음 로우먼의 연구에 결합한 어스워치는 그 뒤로도 10년간 2백50명이 넘는 자원활동가들을 파견하여 그녀의 우듬지 연구를 격려하고 지원했다. 그 뒤로 로우먼은 어스워치의 과학자문위원으로 활동했다.

유칼리나무의 죽음

1980년대 초반, 호주에는 알 수 없는 병이 번져 유칼리나무가 죽어

가기 시작했다. 유칼리나무는 건조한 호주를 덮고 있는 숲의 95퍼센트를 차지할 정도로 대표적인 나무인데, 1980년대 중반에는 잎병이 수백만 그루의 나무로 끝 간 데 없이 번져 나가 그 상황이 심각했다. 잎병 증상은 유칼리나무의 우듬지에서 발원한 것으로 보였고, 우림에서 박사 과정을 마친 로우먼은 당시 호주에서 우듬지에 대한 전문지식을 가진 유일한 인물로, 문제 해결을 위한 프로젝트에 참여했다.

로우먼은 이 환경 재앙을 연구하기 위해 시드니 도심에서 뉴사우스웨일즈 중심부의 아미델이란 농촌 마을로 거처를 옮겨야 했다. 잎병은 오지 농촌으로 갈수록 더 심각했고, 농촌에 세워진 유일한 대학인 뉴잉글랜드 대학이 아미델에 있기 때문이었다. 그곳에서 그녀는 호주 연방정부의 지원을 받아 연구 활동에 들어갔다.

관광 산업과 농업이 주요 산업인 호주에서 유칼리 잎병은 하루 빨리 원인을 찾아 해결해야 할 과제였다. 호주 농촌에는 이 재앙을 두고 온갖 추측들이 무성하게 퍼져 나갔다. 코알라가 유칼리나무를 지나치게 뜯어먹어서 그랬다는 이야기부터, 잎을 먹어 치우는 곤충, 곰팡이, 가뭄, 초식 가축들의 발굽으로 인한 흙의 통기성 저하, 소나 양의 과잉 사육과 염도(鹽度)까지……. 생물학적 조건, 인간의 영향, 물리적 요소들이 모두 혐의의 대상으로 떠올랐다.

로우먼은 뉴잉글랜드 대학의 동물학과 교수로 있던 해럴드 히트울과 함께 그 프로젝트에 참여했는데 그들은 각자의 전공 분야인 파충류학과 식물생태학 외에 균류학, 토양과학, 수목학, 기상학, 농업경제학, 조류학, 나아가서는 기후학까지 섭렵해 연구를 진행했다.

그 연구 결과는 충격적이었다. 나무의 죽음은 많은 요인들이 뒤섞인 결과였지만, 가장 중요한 원인은 인간의 개입이라는 결론이 난 것이다. 인간은 지난 백여 년 동안 인정사정없이 벌채를 하고, 양이나 소 등 풀을 뜯어먹고 사는 가축들을 엄청난 규모로 길러 자연 순환의 고리에 심각한 변화를 일으켰고, 땅의 변화에 이어 벌레나 균류, 가뭄과 같은 이차적 요인들이 증상을 더욱 악화시켰다는 것이다. 대규모 가축들이 인공적으로 유입됨으로써 흙이 다져지는 유형이 바뀌고, 외래 종의 풀이 도입되거나, 가축들의 배설 때문에 흙으로 돌아가는 영양소들의 비율에 변화가 생겼던 것이다.

또한, 토종 풀을 먹고사는 생명체들이나, 벌채와 개간이 광범위하게 이루어지기 전에 그곳의 나무에 서식하던 토종 조류들 역시 감소되었고, 심지어 양이 유칼리 묘목까지 갉아먹음으로써 유칼리나무의 재생산에 악영향을 주었던 것이다.

잎병은 대단히 복합적인 원인에 의한 거대한 생태학적 병이었다. 이 문제를 해결하기 위해서는 살충제 살포 같은 단기적인 처방을 넘어서야 했다. 인간 중심의 개발과 파괴를 포기하지 않고서는 만신창이가 된 생태계가 다시 본래 모습으로 돌아오기 힘든 상태까지 되고 만 것이다.

유칼리 잎병 연구는 산림 보존이라는 전 지구적 문제를 확인시켜 주었다는 점에서, 또한 인간이 생태계에 미치는 영향에 눈뜨게 해 주었다는 점에서 커다란 교훈을 남겼다.

마거릿 로우먼 | Margaret D. Lowman

이 연구는 산림 보존이라는 전 지구적 문제를 확인시켜 주었다는 점에서, 또한 인간이 생태계에 미치는 영향에 눈뜨게 해 주었다는 점에서 커다란 교훈을 남겼다. 또한 로우먼에게도 중대한 전환점이 되었다. 그녀는 유능한 환경 파수꾼이 되기 위해서는, 과학에 대해 대중과 좀 더 분명하게 소통할 수 있는 방법을 개발해야 한다는 것을 절실히 느끼게 되었다.

주부의 삶과 과학자의 삶 사이

유칼리나무를 연구하면서 로우먼은 많은 농부들을 직접 만나러 다녔다. 호주의 전통을 고수하는 농부들에게서 다양한 이야기를 듣거나, 그들과 의견을 나누는 일은 유칼리나무 죽음의 원인을 찾는 데 중요한 일이었다. 그렇게 광활한 호주의 오지를 뒤지고 다니다, 로우먼은 앤드류라는 사람을 만나 가까워지게 되었다.

앤드류는 잎병 증상을 보이는 5천 에이커의 목장을 가진 목축업자이자 활동적이고 정열이 넘치는 남자로, 호주인다운 매력으로 가득했다. 두 사람은 급속도로 가까워졌고, 이국 땅에서 혼자 연구 활동을 하는 일에 지쳐 있던 로우먼에게는 새로운 전환점이 필요했다. 인생의 중요한 고민을 나눌 단 한 사람의 여성 동료도 없었던 로우먼은 집 뒤뜰에 연구소를 만들면 된다는 낭만적인 생각을 품고 앤드류와 결혼하기로 마음먹었다.

이제 울타리를 둘러친 방목장과 경엽수림이 드문드문 있는 드넓은 목장이 로우먼의 '연구소'가 되었다. 로우먼은 요리와 바느질을 하고 글을 쓰고 건조림을 관찰했다. 그때까지만 해도 로우먼은 과학자로서 일을 하면서 육아와 가사 노동까지 한꺼번에 해내는 일이 얼마나 어려운지 전혀 알지 못했다. 그저 희망을 갖고 최선을 다해 생활하면 될 것이라고 약간은 낙관적인 생각을 하고 있었다.

1985년, 로우먼은 첫 아이를 낳았고, 호주 오지의 커다란 농장의 5대손으로 태어난 그 아들은, 로우먼이 일을 포기하도록 압박하는 데 한몫을 했다.

아이가 낮잠 자는 시간을 이용해 글을 써 보기도 했지만 그것조차 순조롭지 않았고, 로우먼의 연구는 이런저런 집안일에 뒤로 밀리기 일쑤였다. 호주 농촌에서는 남성과 여성의 역할이 전통적으로 뚜렷이 구분되어 있어서, 일단 아기가 태어나면 여성은 대부분의 시간을 육아와 가사에 바쳐야 했다. 하지만 젊은 시절 내내 과학자로서 온 정열을 다해 연구에 몰두했던 로우먼에게는 그런 불합리한 변화를 받아들이는 것이 쉽지 않았다.

게다가 로우먼의 시어머니는 전통적인 여자의 길을 지켜 온 사람으로, 그녀는 가족을 위해 유치원 교사의 길을 중도에 포기했다는 것을 강조하곤 했다. 로우먼은 시간제로라도 현장 연구에 참여할 수 있게 시어머니가 도와주길 바랐지만, 시어머니는 단호했다. 더구나 아기를 돌봐 줄 사람도, 보육 시설도 없는 현실 앞에서 로우먼은 결국 학회나 토론회에 참석하는 일은 포기할 수밖에 없었다. 로우먼은 외딴 농장에서 마음 기댈 곳을 찾지 못하고 있었다.

그 사이 유칼리 잎병에 대한 관심은 전국적으로 높아졌고, 한 출판사로부터 잎병 프로젝트를 함께했던 해럴드 히트울과 로우먼에게 책을 써 보라는 제안이 왔다. 자신을 둘러싼 조건 속에서 점점 자신감을 상실해 가던 로우먼에게 히트울의 적극적 격려와 도움은 커다란 힘이 되었고 결국 출간을 해낼 수 있었다. 또한 지구 반대편에서 꼬박 하루를 비행기 속에 갇혀서 달려와 도와주곤 하던 어머니와 동생의 헌신적인 노력이 없었다면 결코 가능하지 않았을 것이다.

그러던 어느 날, 지구 반대편에서 로우먼을 찾는 전화가 왔다. 호주의 시골 구석에 있는 자신을 찾는 전화가 오다니. 그것도 로우먼이라는 이름으로. 전화 속에서 건너오는 이야기는 참으로 놀라운 소식이었다. 미국의 윌리엄스 대학에서 생물학과 방문 교수로 일해 달라는 제안이었다.

로우먼이 방문 교수 제안에 대해 이야기하자 시댁 식구들은 어이없어 했다. 특히 시어머니는 며느리의 태도에 기가 막혀 할 정도였다. 로우먼의 연구와 과학에 대한 열정을 어느 누구도 이해하지 못했다. 하지만 로우먼은 사회가 관습적으로 요구하는 여성의 역할에만 만족할 수가 없었다.

그렇게 로우먼은 1990년, 다섯 살, 세 살배기 두 아들 에디와 제임스를 데리고 호주 오지의 농장을 떠나 미국으로 향했다. 이제 그녀는 혼자 아이를 길러야 했지만, 힘든 수련 과정을 거쳐 마침내 전문 직업인의 길로 들어서게 되었다는 자신감으로 그 모든 것을 해낼 수 있을 것 같았다.

에디는 유치원에서, 제임스는 보육 센터에서 새로운 문화에 잘 적응해 갔다. 로우먼은 해안 생태계 탐방 과정을 포함한 생물학을 강의했고, 학생들과 함께하는 그 시간이야말로 로우먼 자신이 꿈꾸어 오던, 약동하는 삶 자체였다.

그러던 어느 날 남편의 전화가 왔다.

"그만하면 됐어."

대학과의 계약을 파기하고 돌아오라는 요구였다. 남편의 그 한마디는 로우먼의 생활과 학문 자체를 송두리째 무의미한 것으로 만들어 비렸다. 그녀는 계약을 채우고 가겠다고 했고 호주 식구들은 동의하지 않았다. 상황은 갈수록 분명해졌다. 호주의 시댁에서는 로우먼의 일을 전혀 이해하지 못했을 뿐 아니라, 아내의 자리까지 마땅치 않아 했다.

하늘로 가는 길, 우듬지 통로

1991년 1월, 로우먼은 뜻밖의 편지 한 통을 받았다. 수목 재배가인 바트 보르시우스가 보낸 것이었다. 로우먼은 편지를 읽자마자 감격의 눈물을 쏟아 내고야 말았다. 보르시우스는 우림을 지켜야 한다는 강력한 신념의 소유자인 데다, 나무 위에다 구조물을 설치하고 그 위를 걸어 다니는 전문가였다.

그때까지 로우먼은 우듬지에 오를 때면 밧줄을 이용했다. 하지만 그렇게는 학생들과 함께 우듬지에 오를 수가 없었다. 학생들에게 혼자 나무 타는 법을 가르치기도 해 봤지만 한계가 있었다. 그렇다고 따로 특별한 수단이 있었던 것도 아니었다. 로우먼이 연구하던 1980년대는 우듬지 연구의 초창기였기에 로프나 사다리를 이용해 혼자서 우듬지에 오르는 것 말고는 다른 기술이 개발되지 않았던 것이다.

그런데 보르시우스가 함께 일을 하자고, 로우먼의 일을 돕겠다고 나서다니! 보르시우스는 로우먼에게 구세주나 다름없었다. 나무 위의 집, 나무 위의 다리, 나무 위의 플랫폼, 연구 장비들을 장착할 구조물들……. 로우먼과 보르시우스는 만나자마자 바로 그 자리에서 '하늘로 가는 길'의 구상에 대해 얘기하기 시작했다. 그리고 몇 달 뒤, 월리엄스 대학의 숲에는 최초의 우듬지 통로가 그 모습을 드러냈다. 나무 위에 멋들어지게 지은 집이었다.

이 나무 위의 집은 우듬지 연구에 새로운 전기를 만들어 주었다. 로우먼의 생태학 강좌를 수강했던 학생들 중에는 우듬지 애호가들이 있었는데, 이들은 그 여름을 나무 위에서 보냈다.

그렇게 로우먼의 제자들이 그 '녹색연구실'에서 만들어 낸 성과들은, 그동안 잘 알려져 있지 않았던 서식지에 무궁무진한 연구 과제가 있다는 새로운 화두를 던져 주었다. 그들은 23미터 높이에 올라가 나무와 잎의 성장, 그리고 우듬지의 계절적 변화를 확인하는 일은 물론, 우듬지에 서식하는 소형 포유류, 곤충의 종류, 더 나아가 산성비까지 연구했다.

로우먼은 우듬지 연구 방법의 발전에 앞장서면서도, 학기 동안에는 강의에 온 힘을 기울였다. 그렇게 방문 교수로서의 일도, 약속된 미국에서의 생활도 끝을 향해 달려갔다. 하지만 호주에서는 아무런 연락이 없었다. 호주를 방문했던 가까운 사람들 중에는 남편이 이미 새로운 가정생활을 시작했다는 소식을 전해 주는 이도 있었다. 그래도 로우먼은 호주로 돌아가야 할 것만 같았다.

마음이 무겁고, 혼란스러운 시간이 이어졌다. 그녀를 사랑하는 친구들은 줄지어 찾아와 호주로 돌아가지 말 것을 권유했다. 로우먼은 어려운 결정을 내려야 했다.

아프리카를 날다

마음의 방향을 정하고, 학생들을 가르치고 연구하는 일에 열정을 바치기로 결심한 1991년 7월, 로우먼에게는 놓칠 수 없는 기회가 다가왔다. 아프리카의 열대우림에서 세계의 우듬지 학자들이 한데 모여 우듬지 연구를 진행하는 '나무 꼭대기 위 래프팅' 프로젝트였다. 탐사용 열기구로 나무 꼭대기 위를 항해하고, 우듬지 꼭대기 위에서 표본 추출을 할 때 공기 팽창식 플랫폼을 이용하는 등 그때까지 한 번도 시도되지 않은 전혀 새로운 방식이었다.

12일간의 아프리카 여행이었다. 이 프로젝트는 로우먼이 아이들 없이 혼자 떠난 최초의 탐사이기도 했다. 아이들을 친정 부모님에게 맡겨 놓을 수 있었기 때문에 가능한 일이었다. 과학자 아내를 인정하지 못하는 남편과 살면서는 왕성한 활동 욕구를 스스로 막아야 했던 로우먼이었지만, 이제는 더 이상 절망하지 않아도 되었다. 부모님의 지원은 그만큼 소중했다.

물론 부모님들이 열기구를 타고 아프리카 정글 위를 나는 딸의 과학적 열정에 전적으로 공감한 것은 아니었다. 다만 그것을 현실을 받아들인 것이었다. 둘 다 뉴욕 출신에, 교사 생활을 했고, 결혼 뒤 한

번도 이사를 하지 않은 평범하고 보수적인 사람들이었지만, 딸이 그러한 열정과 의지를 가지게 된 데에는 자신들의 책임도 있다고 인정했고, 탐사 때마다 그녀를 도왔다.

파리를 거쳐 카메룬의 산업도시 구알라 공항에서 해변 휴양지 크리비를 지나 좁은 비포장도로를 한참 달린 뒤에야 캠프에 도착할 수 있었다. 캠프는 세계 각지에서 온 과학자들이 저마다 다른 언어로 이야기하는 통에 너무도 소란스러웠다. 아프리카 적도의 정글 한가운데서 프랑스어, 독일어, 일본어, 영어라니. 로우먼은 취침용 해먹에 누워 다양한 언어로 떠들어 대는 소리를 들으며 온몸의 긴장을 풀었다. 우듬지 탐구라는 하나의 끈으로 전 세계가 거대하게 묶이고, 그 네트워크의 중심에 들어와 있다는 사실에 로우먼은 새로운 의지로 가득 찰 수 있었다.

하지만 아침이 되자 상황이 좀 달라졌다. 캠프에 참여한 세 명의 여성 과학자 가운데 로우먼을 빼고는 모두 돌아가 버린 것이었다. 남성 과학자들의 노골적인 비아냥거림은 로우먼에게도 실의를 안겨 주었지만, 로우먼은 있는 그대로 받아들이기로 했다.

기구는 매일 아침 여섯 시에 이륙했다. 캠프에서 약 2킬로미터 떨어진 곳에 있는 큰 나무들의 꼭대기에 얹혀 있는, 거대한 고무 튜브 같은 래프트 위에 내리면 로우먼의 연구 활동이 시작되었다. 아프리카의 날씨는 캠프 주변의 숲길을 따라 몇 분만 걸어도 땀으로 목욕을 할 정도였지만, 18층짜리 건물 높이의 나무에서 연구를 쉴 수는 없었다.

로우먼은 투망과 곤충용 분무기, 새롭게 고안한 곤충 채집 기술로 우듬지 속의 초식곤충들을 기절시켜 데리고 내려오기도 하고, 이전에 발견된 적이 없는 수종들에서 다양한 표본들을 채취하기도 했다.

캠프 초반에는 욕설을 뱉을 만큼 여성을 차별하고 무시했지만, 연구에 돌입하자 로우먼과 다른 과학자들은 곧 격의가 없어졌다. 캠프에 참여한 과학자들은 로우먼이 가진 열정과 그간의 연구 성과를 존중할 수밖에 없었다.

현장 조사가 끝나면 그들은 매일 회의용 오두막에 둘러앉아 서로의 관심사를 편하게 나누었다. 때로는 우림 속에서 얻은 새로운 아이디어를 털어놓는 값진 시간들을 갖기도 했다.

그 당시만 해도 열대우림에 대해서는 알려진 것이 거의 없었다. 더구나 아프리카 적도림은 더욱 그랬다. 아프리카 대륙은 거의 섬에 가까울 정도로 사면이 바다로 둘러싸여 있어서, 특정 지역에만 서식하는 고유종의 고립지대, 다시 말해 안전지대로 알려져 있었다. 하지만 어느새 아프리카에서도 열대림이 줄어들면서 고유종의 보고가 위협을 받게 되었다. 이제 그것들이 사라지기 전에 아프리카 열대림을 연구해야 할 필요가 더없이 절실해졌다.

하지만 아프리카에 기금을 배정한 국제적 보호 프로그램은 몇 개 되지도 않고, 숲이 사라짐에 따라 아프리카 대륙 전체에서 사막화 현

기구는 매일 아침 여섯 시에 이륙했다. 캠프에서 약 2킬로미터 떨어진 곳에 있는 큰 나무들의 꼭대기에 얹혀 있는, 거대한 고무 튜브 같은 래프트 위에 내리면 로우먼의 연구 활동이 시작되었다.

마거릿 로우먼 | Margaret D. Lowman

상이 심각해지고 있었다.

로우먼은 아프리카의 학생들과 그들의 정부를 교육시키는 데 아프리카 열대우림의 사활이 걸려 있음을 절실하게 깨달았다. 아프리카 프로젝트를 통해 값진 연구 성과와 깨달음을 얻은 로우먼은, 미국으로 돌아온 직후부터 아프리카 현지의 학생과 연구원들에 대한 지원 활동을 계속해 오고 있다.

전 세계로 확장되는 우듬지 연구와 보존 활동

1992년, 로우먼은 플로리다의 사라소타에 있는 셀비 식물원으로 직장을 옮겼다. 이때는 이혼과 이사, 이직을 한꺼번에 치르는 통에 로우먼에게 가장 힘든 시기이기도 했다. 그렇지만 가족과 친구들은 큰 격려와 힘이 되어 주었다.

셀비 식물원에서 로우먼은 연구와 탐사 여행, 행정 업무, 교육 등으로 바쁜 시간을 보냈다. 특히 세계 곳곳의 우림 우듬지들을 탐사하고 돌아오면서 가져온 식물과 꽃들, 곤충의 표본들을 챙겨서 정리하고 분류했다. 그런 표본들 중 일부는 산 채로 가져와 셀비 온실에서 계속 키우기도 했는데, 셀비에 있는 난초와 브로멜리아드(흔히 공중

식물로 불리는 브로멜리아세이아이[bromeliaceae]의 한 부류. 땅 위나 바위에, 혹은 다른 식물에 착생하는 세 종류가 있다. 열대우림의 나무 꼭대기에 뿌리를 내리기도 하며, 우림의 꽃 가운데 귀족으로 통한다.) 수집품은 세계에서 가장 규모가 큰 것이기도 했다.

해를 거듭해 가면서 로우먼의 연구도 성과가 차곡차곡 쌓이고, 어느새 우듬지 연구가 굉장히 인기 있는 과목이 되자, 이제 로우먼에게 열대우림에서 현장 연구를 이끌어 달라는 초청이 쇄도했다. 그녀가 처음 이끈 현장 탐사는 바로 파나마의 바로콜로라도 섬에 있는 스미스소니언 열대연구소의 우듬지 연구용 크레인에 오르는 것이었다.

크레인은 자유자재로 움직일 수 있는 민활함과 원하는 잎사귀에까지 도달하게 해 주는 정확성으로 나무 위의 초식곤충들을 연구하는 데 큰 도움이 되었다. 새들처럼 겁이 많은 종류만 제외하면, 크레인은 우듬지에 서식하는 동물들의 연구에 큰 발전을 가져왔다고 할 수 있다.

더구나 크레인을 활용하면 동료 과학자와 동시에 연구 활동을 할 수도 있었다. 크레인의 곤돌라에서 다른 학자가 우듬지의 초식곤충을 연구하는 동안, 로우먼은 덩굴식물들이 우듬지에 사는 곤충들에게 통로 역할을 하는가를 관찰하기도 했다.

이런 이유로 1992년 이후 워싱턴 주, 베네수엘라, 말레이시아, 호주, 파나마, 일본, 독일, 스위스 등 세계 곳곳에 크레인이 설치되었고,

각 지역의 특성에 따라 크레인도 특화되고 있다. 특히 우듬지 크레인을 이용하는 연구원들이 서로 협력하면서 정보를 교환하기 시작했는데, 이는 지구적 차원에서 숲을 관리하고 보존하기 위해 필수적인 일이다. 그리고 우듬지 플랫폼과 통로를 통해서 연구자들은 한층 수월하고 안전하게 우듬지에 올라갈 수 있게 되었다.

또한 1992년 로우먼은, 열대림 보존 활동가, 등반가, 건축가, 생태학자들과 함께 우듬지건설협회라는 회사를 설립했다. 이 회사는 세계 전역의 연구 기관과 교육 단체를 위해 우듬지 통로를 전문적으로 건설하는데, 이는 우듬지 연구를 더욱 활성화하고 더 나아가 숲 보존에 대한 공감대를 세계적으로 확산하려는 로우먼의 실천적 노력을 잘 보여 준다.

이렇게 로우먼이 개발한 우듬지 통로들은 북미 온대림 전역에서 널리 대중화되면서 교육과 연구에 기여하기 시작했다. 로우먼은 바트와 함께 철새 연구용, 우듬지 연구용, 초식동물 연구용, 시민 교육용으로까지 우듬지 통로의 설치를 확대해 나갔다. 또한 벨리즈, 보르네오, 에콰도르 프로젝트를 통해 열대우림이 있는 다른 나라들에까지 설치를 확대했고, 코스타리카와 멕시코에도 진출했다.

또한 해마다 우듬지 통로 네트워크가 전 세계적으로 넓어지자 호주, 남태평양의 사모아, 북아메리카, 중앙아메리카, 남아메리카, 그리고 아프리카에서도 비교 연구가 가능해졌다.

로우먼의 활동은 이제 우듬지의 연구와 보존이라는 두 가지 축을 중심으로 전 세계를 향해 본격적으로 뻗어가기 시작했다.

이러한 노력은, 1994년 개최되어 28개국이 참가한 제1회 우듬지국제회의로 그 결실을 맺었고, 로우먼은 프랑스의 프란시스 할레 교수와 공동 의장을 맡았다. 4년 뒤 '세계적 전망'을 주제로 하고 참가국이 35개국으로 확대된 두 번째 대회에서도 로우먼은 공동 의장을 맡아 전 세계적으로 번져 가는 우듬지 연구 열기에 힘을 불어넣었다.

교육 활동으로 미래의 씨앗을 심다

"내 활동은 사람들을 과학과 자연에 연결해 주는 것을 목표로 합니다."

이렇게 말하는 로우먼의 우듬지 연구와 보존 활동은 점차 과학의 대중화에 중심을 두게 되었다.

로우먼은 텔레비전의 유명한 독서 프로그램을 통해 숲에 관한 영상물 제작에 참여하고, 식물에 관한 두 개의 프로그램을 진행하기도 했다. 또, 내셔널지오그래픽 채널의 특집 프로그램 《오지 변경의 과학자들》에 주인공으로 출연하기도 했다.

벨리즈에서 로우먼과 첫 탐사를 준비하고 있는 두 아들 에디와 제임스.

학생들은 이들의 탐사를 지켜보고 네트워크를 통해 현장의 과학자들과 대화하면서 자연을 느끼고 지구의 건강과 인간이 그에 미치는 영향에 대해서까지 배우는 기회를 가질 수 있었다.

과학자와 대중 사이의 간극을 좁히려는 이러한 노력은 교육 활동으로 이어져, 그녀는 '과학 교육을 위한 제이슨 프로젝트'의 과학 자문 위원을 맡게 되었다. 제이슨 프로젝트는 해저에서 타이타닉 호를 찾아낸 로버트 밸러드 박사가 기획한 것으로, 그는 과학자들의 연구가 주로 오지에서 이루어지기 때문에 대중과 과학적 발견을 함께할 수 없는 점을 안타깝게 생각해 온 인물이었다. 그래서 자라나는 학생들이 그런 프로그램을 접한다면 큰 경험이 될 거라는 점을 중시해 과학 교육 프로젝트를 만들었다. 프로젝트는 촬영 팀이 과학자들과 함께 오지의 현장으로 가서 탐사 장면을 위성 송출 센터를 통해 생방송으로 내보내면, 그것을 학교와 박물관, 기타 교육 센터에 중계하는 방식으로 이루어졌다.

프로그램을 시작한 지 5년째 되던 1995년은 제이슨 프로젝트 팀이 중앙아메리카로 들어간 첫해이자, 전통적으로 해양 탐사만을 다루다가 처음으로 지상의 생태계에 초점을 맞춘 해이기도 했다. 그 해의 중심 테마는 한 방울의 빗물이 벨리즈 우림의 우듬지, 동굴, 그리고 앞바다를 거쳐 산호초에 이르는 과정을 추적하는 것이었다. 로우먼은 우듬지 과학자로 선정되었고, 산호초 전공 생물학자 제리 웰링턴이 바다를 담당했다.

우듬지에서 식물과 곤충의 상호관계를 조사하는 그녀의 활동은 위성통신을 통해 미국, 캐나다, 중앙아메리카, 영국, 버뮤다에 사는 수십만 명의 학생들에게 전해졌다. 로우먼은 수석 과학자로서 제리와 함께 방송이 진행되는 동안 현장 탐사를 지휘하고 네트워크에 연결된 학생들과 이야기를 나누었다. 로우먼은 2주일 동안 전 세계 수백만 명의 아이들에게 우림 안에서 살아가는 생명체들의 비밀에 대해, 그리고 참여한 학생들로 하여금 스스로 지구의 허파인 숲의 보호자가 되어야 한다는 것을 열정적으로, 설득력 있게 설명했다.

이 프로젝트를 통해 과학자들은 우림 우듬지와 동굴, 산호초에 살고 있는 생명체를 탐사했고, 학생들은 이들의 탐사를 지켜보고 네트워크를 통해 현장의 과학자들과 대화하면서 자연을 느끼고 지구의 건강과 인간이 그에 미치는 영향에 대해서까지 배우는 기회를 가질 수 있었다. 이 기간 동안 로우먼은 벨리즈의 우림 우듬지에서 61차례의 현장학습을 진행했다.

로우먼은 1999년 10차 때는 제이슨 프로젝트 10주년을 기념하여 페루 아마존의 숲 우듬지에서 온대와 열대 그리고 원시우림에 대한 비교 연구를 진행했다. 또, 2004년 15차 제이슨 프로젝트에서는 파나마 우림의 덩굴식물을 연구하면서 '덩굴식물들은 초식동물이 우듬지로 올라가는 진로 역할을 하는가?'를 과제로 삼았으며, 녹색 먹이사슬인 우듬지와 갈색 먹이사슬인 숲 바닥 사이의 연관에 대해서도 연구했다.

이 외에도 로우먼은, 1995년에서 2000년까지 페루 아마존의 열대

생태학을 주제로 교육자 워크숍을 진행했고, 2004년에는 플로리다 과학교사협의회 소속 교사들을 이끌고 파나마의 우림으로 생태 기행 워크숍에 나섰다.

이때 참여했던 한 화학 교사는 이렇게 소감을 말했다.

"열대우림에 들어설 때마다, 항상 모기들이 없다는 것이 놀라웠습니다. 자연에는 모두 각자의 천적이 있다는 사실을 확인하니 경이로울 뿐이었습니다. 그러니 해로운 살충제 사용은 당연히 금지되어야 하는 것이죠. 파나마의 시골 마을에서 만난 아이들의 얼굴은 정말 아름다웠습니다. 우리는 이제 돌아왔지만, 그들과 우리의 관계는 앞으로도 지속될 것입니다."

또한 로우먼은 플로리다 사라소타의 고등학생 24명을 아마존 우림 탐사대로 조직하기 위해 지역 차원의 장학금을 조성하고 이들을 인솔하여 페루에 다녀오기도 했다. 학생들은 세계에서 가장 긴 페루의 우듬지 통로를 탐사하고 정글의 샤먼에게서 약용식물에 대해 배울 수 있었다. 학생들의 넘치는 열정은 로우먼이 감당하기에도 벅찰 정도였고, 그 감동을 고스란히 안고 고향으로 돌아간 그들은 이후 미야카 주립공원의 우듬지 통로 건설을 위한 모금 활동에 적극적으로 나섬으로써 훌륭한 모범을 보이기도 했다.

이러한 교육과 봉사활동, 모든 연령의 다양한 대중들을 위한 생태 커리큘럼 개발 등 그 탁월한 공로를 인정받아, 로우먼은 2003년 미국

생태학회가 주는 유진 오덤 상을 받기도 했다.

로우먼은 현재 플로리다 뉴칼리지에서 생물학과 환경 연구 분야의 교수로 일한다. 하지만 그녀의 활동은 학교 안에만 머무르지 않는다. 과학과 환경 위원회를 설립하여 사라소타협의회 의장으로 활동했으며, 열대생물학협회, 매사추세츠 열대 온실, 미주리 대학의 국제 열대생물학 센터에서도 활동하고 있다. 나무재단(TREE Foundation)의 집행국장으로도 활동하는 로우먼은 재단의 중점 사업으로 미야카 주립공원과 셀비 식물원에 우듬지 통로를 설치하여 미국식물원수목원협회로부터 그 공로를 인정받아 상을 받기도 했다.

나이를 먹을수록 생각은 점점 더 젊어진다는 사실에 스스로 놀란다는 마거릿 로우먼은 자전적 기록인 《나무 위 나의 인생》에서 자신이 배운 가장 값진 가르침에 대해 이렇게 말하고 있다.

"내가 지금까지의 인생 여정을 통해 얻게 된 가장 깊은 통찰은, 불평을 하거나 아니면 소리를 지르거나 둘 다 같은 힘이 들지만, 그 결과는 믿을 수 없을 정도로 다르다는 것이다. 불평을 하는 대신 소리 지르는 법을 배우라."

그녀는 자연이 베푼, 그리고 숲에서 보낸 헤아릴 수 없는 시간이 자신에게 준 지혜와 힘을 소중하게 받아들였고, 그것을 인간에 의해 훼손되어 가는 자연에, 사라져 버릴 위기에 처한 숲에 되돌려주려 지금도 쉼 없이 애쓰고 있다.

전 세계 우듬지 연구와 보존 현황

우듬지 연구 현황

우림 우듬지는 적도 위에서 지구를 띠로 에워싸고 떠 있는 군도, '여덟 번째 대륙' 등으로 일컬어진다. 또한 여전히 지구상에 있는 동식물 절반 이상의 보금자리이기도 하다.

우듬지 연구자인 G. G. 파커는 우듬지를 "초목의 꼭대기에 있는 잎사귀, 잔가지, 나뭇가지, 착생식물, 그리고 숲 속의 균열로 생긴 틈새 공기까지 모든 것이 합쳐진 집합체"라고 정의했는데, 그만큼 우듬지 연구는 여러 전문 분야에 걸쳐 있다는 것이 특징이다. 환경생물학, 식물학, 숲생태학, 기상학, 컴퓨터공학, 대기과학, 통계학, 동물학 같은 다양한 분야를 모두 포괄한다. 지금까지 우듬지 연구가 대부분 혼자서 혹은 소그룹 단위로 이루어져 온 데 반해, 최근의 학제간 제휴를 통한 연구 그룹들은 건설 크레인, 열기구 풍선, 원격 탐지기 등 광범위한 접근과 분석 도구들을 사용하여 협력하기 시작했다. 그렇다면 무수한 연구 과제를 눈앞에 둔 우듬지의 현황은 어떠할까?

우듬지를 지키기 위한 노력

인간이 전 지구적 차원에서 가속화시킨 수많은 변화 가운데 하나인 삼림 벌채는 이제 숲의 생물학적인 본래 모습까지 위협하고 있다.

현재 열대우림은 전 세계적으로 1분마다 40헥타르씩 사라져 간다. 당연히 그 숲에 의존해 살아가는 종들 또한 사라져 간다. 퓰리처 상 수상자인 E.O.윌슨을 비롯해 많은 사람들은 드러나지 않는 멸종의 비율을 매년 3종 중 1종일 것으로 추산한다. 1970년대에는 하루에 한 종이 멸종하는 것으로 추산되었고, 1980년 들어서는 시간당 한 종으로 늘어났다. 21세기 첫 10년간 어쩌면 우리는 시간당 백 종 이상이 인간의 무지와 욕망의 먹이가 되어 사라지는 것을 볼지도 모른다고 우려하는 과학자들도 있다.

하지만 전망이 완전히 어둡기만 한 것은 아니다. 직업적 환경 운동가, 과학 교육자, 자원활동가들의 네트워크 등 다양한 개인과 집단에서 자연 자원에 대한 책무를 촉구하고 나서고 있기 때문이다. 우듬지생물학은 우리의 할 일과 방향을 알려 주는, 이제 막 떠오르는 과학이다. 저명한 열대생태학자인 토마스 E. 러브조이는 최근에 "탐험의 시대가 아직 끝나지 않았다는 것을 우듬지생물학보다 더 명쾌하게 보여 주는 것은 없다."고 말할 정도다. 또한, 우듬지생물학보다 더 과학 연구자, 교육자, 그리고 다른 여타 사회 구성원들 사이의 협력을 불러일으키는 학문은 없다. 게다가 수많은 학생들까지 나무 꼭대기로 불러들이고 있다. 이 과학의 경계선에는 밧줄과 크레인, 공기 보트와 우듬지 다리를 타고 접근해 가야 하는 새로운 세계가 존재한다.

최근 들어서는 생물 다양성, 지구적 기후 변화, 열대림의 남벌에 대한 대중적 관심이 높아지면서, 우듬지에 관한 책, 심포지엄, 대중적인 기사들과 영상들도 만들어졌다. 또 이러한 인식이 대중적이고 정치적인 영역으로까지 파고들어, 1997년 미국의 워싱턴 주에서는 숲 우듬지 주간을 선포하기도 했다. 인류의 생존을 위해 우리 모두의 힘과 열정을 필요로 하는 지구의 보배를 발견하고 지켜갈 수 있는 희망은 여전히 존재한다.

마리아 라이헤

참고도서 및 관련 사이트

《Lines to the Mountain Gods : Nazca and the Mysteries of Peru》, Evan Hadingham, Random House, 1987.
《The Mystery of Nazca Lines》, Tony Morrison, Nonesuch Expeditions, 1987.
〈Mystery of the Ancient Nazca Lines〉, Loren McIntyre, 《National Geographic》, May 1975.
《Maria and the Stars of Nazca》, Anita Jepson-Gilbert, TAE Nazca Resources, Colorado, 2004.
《나스카 유적의 비밀》, 카르멘 로르바흐, 푸른역사, 1999.
《신들의 전차》, 에리히 폰 대니켄, 정음문화사, 2001.
《나스카의 수수께끼》, 에리히 폰 대니켄, 삼진기획, 2001.
《옛 문명의 풀리지 않는 의문들(상)》, 닉 소프 & 피터 제임스, 까치글방, 2001.
《신의 지문(상)》, 그레이엄 핸콕, 까치글방, 1996.

드레스덴대학 나스카프로젝트 http://www.htw-dresden.de/~nazca/
모리엔연구소 http://www.morien-institute.org/mariareiche.html
디스커버리채널 http://www.exn.ca/mysticplaces/nazcalines.asp
유네스코 세계유산센터 http://whc.unesco.org/en/list/700
Nazca Resources http://www.nazcaresources.com/MariaReiche.html
Skeptic's Dictionary http://skepdic.com/nazca.html
Labyrinth http://www.labyrinthina.com/nazca.htm
Crystal Links http://www.crystalinks.com/nasca.html
Inca Link http://www.incalink.com/nazcalines/NAZCALINES3.htm
Dreamscape http://www.dreamscape.com/morgana/rosalind.htm

비루테 갈디카스

참고도서 및 관련 사이트

《Among the Orangutans : The Birute Galdikas Story》, Evelyn Gallardo, Chronicle Books LLC, 1993.
《Orangutan Odyssey》, Birute Galdikas & Nancy Briggs, Harry N. Abrahams, Incorporated, New York, 1999.
《에덴의 벌거숭이들》, 비루테 갈디카스, 디자인하우스, 1996.
《유인원과의 산책》, 사이 몽고메리, 다빈치, 2001.
《고릴라》,《침팬지》,《비비》, BBC 사이언스 어드벤처 4, 5, 6, 다림, 2002.
《인간의 그늘에서 - 제인 구달의 침팬지 이야기》, 제인 구달, 사이언스북스, 2001.
《희망의 이유》, 제인 구달, 궁리, 2003.
《제인 구달 - 침팬지와 함께 한 나의 인생》, 제인 구달, 사이언스북스, 1999.
《고릴라의 수호천사 다이안 포시》, 김정홍 & 남정훈, 뜨인돌, 2005.
《오카방고 흔들리는 생명》, 나일즈 엘드리지, 세종서적, 2002.
《솔로몬의 반지》, 콘라드 로렌츠, 사이언스북스, 2000.

리키재단 http://www.leakeyfoundation.org/
국제오랑우탄재단 http://www.orangutan.org/home/home.php
어스워치 http://www.earthwatch.org/
오랑우탄헬스프로젝트 http://www.orangutan-health.org/
내셔널지오그래픽 http://www.nationalgeographic.com/kids/creature_feature/0102/index.html
유인원위원회 http://www.greatapetrust.org/
야생동물식육대책본부 http://bushmeat.org/

야생동물식육프로젝트 http://bushmeat.net/`
유엔환경개발계획 http://www.unep.org/grasp/
유인원동맹 http://www.4apes.com/
제인구달연구소 http://www.janegoodall.org/
고릴라재단 http://www.gorilla.org/
국제영장류보호연맹 http://www.ippl.org/
열대우림은 살아있다 http://www.rainforestlive.org.uk/
국제숲감시위원회 http://www.globalforestwatch.org/english/index.htm
열대우림행동네트워크 http://www.ran.org/
BBC http://www.bbc.co.uk/nature/wildfacts/factfiles/302.shtml
PBS http://www.pbs.org/wnet/nature/orangutans/index.html

실비아 얼

참고도서 및 관련 사이트

《바다속 이야기》, 실비아 얼, 현암사, 1992.
《우리를 둘러싼 바다》, 레이첼 카슨, 양철북, 2003.
《바다의 생명》, 존 노리스 우드, 프뢰벨, 2002.
《Dive!: My Adventures in the Deep Frontier》, Sylvia Earle, National Geographic Society, 1999.
《Sylvia Earle: Guardian of the Sea》, Beth Baker, Lerner Publications Company, 2001.
《Women Life Scientists : Past, Present, Future》, PP. 149-150, Sylvia Earle: Marine Habitat Rummy', American Physiological Society.

《The Tech》 인터뷰 http://www.thetech.org/revolutionaries/earle/
Academy of Achievement 인터뷰 http://www.achievement.org/autodoc/page/ear0int-1
CNN 인터뷰 http://www.cnn.com/TECH/science/9809/28/heroes.planet/
실비아 얼 홈페이지 http://literati.net/Earle/
미국생리학회 교육자료 http://www.the-aps.org/education/k12curric/pdf/earle.pdf
National Wildlife Federation http://www.nwf.org/nationalwildlife/article.cfm?articleId=683&issueId=23
Conservation International http://www.conservation.org/xp/news/press_releases/2002/013102.xml
Dive Global http://diveglobal.com/photography_film/the_greats/earle.asp

마거릿 로우먼

참고도서 및 관련 사이트

《나무 위 나의 인생》, 마거릿 D. 로우먼, 눌와, 2002.
《열대우림의 친구들》, 제러드 체셔, 아이세움, 2001.
《The Most Beautiful roof in the World: Exploring the rainforest canopy》, Kathryn Lasky Knight, Harcourt Brace & Company, 1997.
《Here is the Tropical Rainforest》, Madeline Dunphy & Michael Rothman, Hyperion, 1997.
《The Great Kapok Tree : A Tale of the Amazon Rain Forest》, Lynn Cherry, Voyager Books, 2000.

캐노피메그 공식 사이트 http://canopymeg.com/
그린피스 http://www.greenpeace.org.uk/forests/
Global Canopy Program http://www.globalcanopy.org/

International Canopy Network http://www.evergreen.edu/ican/research/
Marie Selby Botanical Gardens http://www.selby.org/
The Jason Project http://www.jasonproject.org/
TREE Foundation http://treefoundation.org/

사진의 출처

- 이 중 저작권자와 연락이 안 돼 아직 허락을 받지 못한 사진도 있습니다.
빠른 시일 안에 저작권자를 찾아 정식으로 허락을 받고자 노력하고 있습니다.

마리아 라이헤

표지, 11, 12, 13, 15, 40, 45, 50, 51, 59
〈Mystery of the Ancient Nazca Lines〉, 《National Geographic》, MAY 1975.
16, 29
《Lines to the Mountain Gods : Nazca and the Mysteries of Peru》, Evan Hadingham, Random House, 1987.

비루테 갈디카스

63, 64, 66, 67, 68, 81, 100
《Among the Orangutans : The Birute Galdikas Story》, Evelyn Gallardo, Chronicle Books LLC, 1993.
65, 76, 88, 89, 94, 95, 108, 113, 114, 115
《Orangutan Odyssey》, Birute Galdikas & Nancy Briggs, photographs by Karl Ammann, Harry N. Abrahams, Inc., 1999.

실비아 얼

118, 119, 120, 122, 132, 154, 162
《DIVE! : My adventures in the deep frontier》, Sylvia Earle, National Geographic Society, 1999.
123, 124, 141, 149, 167
《SYLVIA EARLE : Guardian of the Sea》, Beth Baker, Lerner Publications Company, 2001.
148
그린피스

마거릿 로우먼

172, 173, 174, 176, 186, 187, 194, 199, 209, 214, 219
Tree Foundation
175, 177, 185
《The most Beautiful Roof in the world : exploring the rainforest canopy》, Kathryn Lasky Knight, photographs by Christopher G. Knight, Hartcourt Brace & Company, 1997.
221
《Orangutan Odyssey》, Birute Galdikas & Nancy Briggs, photographs by Karl Ammann, Harry N. Abrahams, Inc., 1999.